HEYNE <

Ein Verzeichnis aller im
Wilhelm Heyne Verlag erschienenen
Shadowrun-Bände finden Sie
am Schluss des Bandes

SHADOWRUN

HARRI ASSMANN

# AUF DEM SPRUNG

Neunundvierzigster Band
des
**SHADOWRUN™-ZYKLUS**

**Überarbeitete Neuausgabe**

WILHELM HEYNE VERLAG
MÜNCHEN

HEYNE SCIENCE FICTION & FANTASY
Band 06/6149

*Umwelthinweis:*
Dieses Buch wurde auf chlor- und
säurefreiem Papier gedruckt

Redaktion: Ralf Oliver Dürr

Der Wilhelm Heyne Verlag ist ein Verlag der
Verlagsgruppe Ullstein Heyne List GmbH & Co. KG
www.heyne.de
Printed in Germany 2003
Umschlagbild: Jim Burns
Umschlaggestaltung: Nele Schütz Design, München
Satz: Schaber Satz- und Datentechnik, Wels
Druck und Bindung: Elsnerdruck, Berlin

ISBN 3-453-87192-8

Dank an:

- das Team Pik-Dame, das ich durch die Schatten leiten durfte.
- Snap, der mir den Rücken freigehalten hat.
- Ron den Troll, der nichts Besseres zu tun hat, als armen Squattern die Beine abzubeißen.

*Für Sarah*

»Fair is foul and foul is fair.«
»When shall we three meet again
In thunder, lightning or in rain?«

WILLIAM SHAKESPEARE: *Macbeth*

# PROLOG

Eindringlicher Lärm ließ ihn aus der Dunkelheit zurück in die Wirklichkeit tauchen. Der bleierne Vorhang der Müdigkeit wich extrem starken Kopfschmerzen und ließ das schäbige Apartment vor seinen Augen flimmern.

Das flackernde Licht einer defekten Straßenlaterne drang durch ein kaputtes Fenster in den Raum und ermöglichte es ihm, die Umgebung genauer zu betrachten. Beiläufig fiel sein Blick über den spärlichen Junk, der als Einrichtung diente. Er selbst lag, unter Ekel erregenden Mülltüten begraben, auf einer von Ungeziefer zerfressenen Matratze. Dunkle Flecken ließen das alte Bettlaken mit dem mit Müll übersäten Boden fusionieren. Penetranter Gestank drang ihm in die Nase und veranlasste seinen Magen, kurz zu würgen. Ein alter 2-D-Fernseher, eine echte Antiquität, stand auf einem Stapel aus Autoreifen und diente dem Staub der Jahrhunderte als letzte Ruhestätte. Ein aus Bauschutt errichteter Tisch war im Zentrum des Zimmers platziert und fungierte als Sammelstelle unzähliger Zigarettenkippen. Die Wände wiesen Schimmelflecken auf, und Teile der dreckigen Tapete hatten sich den Gesetzen der Schwerkraft gebeugt und ihren Weg zum restlichen Müll auf dem Boden genommen. Vereinzelt tropfte Wasser durch Löcher in der Decke und bildete feuchte Pfützen auf dem an mehreren Stellen faulenden Holzboden. Aus weiter Ferne wurden die Sirenen von HanSec-Einsatzfahrzeugen an seine Ohren herangetragen.

Eine unbeantwortete Frage drängte sich ihm in den Vordergrund: *Was zur Hölle mache ich hier?*

Aus seinen Gedanken gerissen, hörte er den eindringlichen Lärm, der ihn eben geweckt hatte, erneut. Jemand klopfte an eine Tür, und dem Lärm nach zu urteilen, musste es sich dabei um die Tür zu diesem Apartment handeln.

Mechanisch wanderte die rechte Hand in das Innere seines Dusters. Zielstrebig schlossen sich die Finger um den beruhigenden Griff der Salvalette Guardian. Auf der Retina entfaltete sich das Fadenkreuz mit den Zielkoordinaten der Smartgunverbindung. Blitzschnell wurde Adrenalin in den Körper gepumpt, und geschmeidig wie eine Katze stieß er sich vom Boden ab. Die Müllsäcke, die ihn gerade noch bedeckt hatten, stoben auf und segelten in unregelmäßigen Bahnen zu Boden. Bevor sie diesen jedoch erreichten, hatte er schon zwei lange Sätze gemacht und stand neben der Tür. Den Rücken an die Wand gepresst und die Waffe im Anschlag haltend, wartete er ab.

In diesem Augenblick erinnerte ihn das Flackern der Straßenlaterne auf unerklärlicher Weise an das Mündungsfeuer von Sturmgewehren auf dem Schlachtfeld. Bilder von uniformierten Männern drängten sich ihm auf, die Schreie von sterbenden Frauen und Kindern heulten in seinen Ohren wider. Diese Bilder unterdrückend, widmete er sich wieder der alten Holztür. Wie in dem Rest des Zimmers hatte auch hier der Zahn der Zeit seine Spuren hinterlassen. Ein kräftiger Tritt würde reichen, um dieses Hindernis aus den Angeln zu werfen. Sein Blick raste zu den Angeln. Unbewusst hatte er sich auf die richtige Seite gestellt. Sollte jemand auf die Idee kommen, die Tür aufzustoßen, konnte er auf jeden Fall sicher sein, dass er die Reste des nutzlosen Hindernisses nicht gegen den Kopf bekommen würde.

Eine kurze, endlos erscheinende Pause entstand.

Als das Klopfen erneut einsetzte, riss er mit der Linken die Tür auf, trat gleichzeitig einen Schritt in den

Türrahmen und richtete die Rechte mit der Waffe ungefähr in Kopfhöhe auf den Eindringling.

Das unregelmäßige Flackern der Deckenbeleuchtung tauchte den Flur in kaltes, steriles Licht und ließ die Schatten im Gang in unregelmäßigen Abständen bedrohlich auftauchen und verschwinden. Abschätzend musterte er die Person, die ihm gegenüberstand.

Vor ihm räkelte sich eine ungefähr eins siebzig Meter große, attraktive Blondine. Gekleidet war sie in feuerrote Très-Chic-Klamotten, die förmlich nach Geld stanken. Eine Hand hatte sie lässig am Türrahmen abgestützt, die andere genauso lässig in ihre Hüfte gestemmt.

Völlig unbeeindruckt schaute sie in die todbringende Mündung der schweren Pistole, lächelte ihn an und sagte ganz bescheiden und beiläufig klingend in einem Deutsch, das auf eine sehr gute Ausbildung schließen ließ: »Guten Abend, mein Name ist Candle. Entschuldigen Sie die späte Störung, aber ist Herr Chardwin Brown zu sprechen?«

Die gefährlich wirkenden braunen Augen der Frau musterten jede Pore an seinem Körper und ihr Blick sagte ihm – mach keinen Fehler, es könnte dein letzter sein.

*Verdammt noch mal, woher soll ich das wissen,* schoss es ihm durch den Kopf.

Kühl erwiderte er: »Ich bin allein hier, Sie haben sich in der Tür geirrt.«

Etwas in ihren Augen verriet ihm, dass sie bereits wusste, dass er allein war.

Langsam nahm sie die eine Hand vom Türrahmen und begann erneut zu sprechen: »Aus zuverlässiger Quelle weiß ich, dass Chardwin Brown, ein zwei Meter siebzehn großer und übergewichtiger Schwarzer, hier auf mich wartet. Also, wie ein Hüne sehen Sie nicht gerade aus, ich würde eher auf eins fünfundachtzig tippen, und ein übergewichtiger Schwarzer sind Sie auch nicht. Wenn Sie nicht Brown sind, was suchen Sie dann in seiner Wohnung? Zumindest steht sein Name auf der kaputten Türklingel.«

Das war eine gute Frage, denn er wusste selbst nicht, was er hier machte. Angestrengt versuchte er sich an etwas zu erinnern. Aber in seinem Kopf hausten nur diese grässlichen Kopfschmerzen, die jeden klaren Gedanken im Ansatz unterdrückten.

Langsam packte ihn schieres Entsetzen, er wusste noch nicht einmal, wer er war.

Gedankenverloren ließ er die Waffe sinken und machte Anstalten, sie wegzustecken. Das Flackern der Neonleuchte riss ihn aus seinen frustrierenden Überlegungen zurück.

Die Situation hatte sich schlagartig verändert. Die Frau hatte mittlerweile ihre Hände an die Schläfen gedrückt und ihre Augen geschlossen. Sie öffnete den Mund und sprach mit hohl klingender, abwesender Stimme zu ihm. »Mein Herr, ich fürchte, Sie bekommen Besuch. Wenn Sie Glück haben, sehen wir uns später wieder.«

Für einen kurzen Augenblick setzte die Deckenbeleuchtung aus, danach war die Frau verschwunden, und das Geräusch von schweren Stiefeln auf der Betontreppe forderte seine ganze Aufmerksamkeit.

Die wichtigen Fragen ignorierend, stellte er sich der neuen Aufgabe. Kurz wog er seine Chancen ab. Dem Lärm nach zu urteilen, mussten es etwa fünf Personen sein. Von der Art ihrer Bewegungen schloss er auf eine militärische Ausbildung und verwarf den Gedanken, wie ein Trid-Held die Treppe hinabzustürmen und seine Gegner der Reihe nach niederzumähen.

Hastig schloss er die Tür und rannte im Schutz der Wände auf das Fenster zu. Da er keinen Laut mehr von draußen hörte, mussten seine Besucher ihre Positionen eingenommen haben. Neben dem Fenster duckte er sich nieder und dachte angestrengt nach. Die plötzliche Stille wurde von dem ohrenbetäubenden Lärm eines automatischen Sturmgewehrs abgelöst. Instinktiv ließ er sich fallen und musste mit ansehen, wie die Tür und die Wand daneben von Geschossen durchschlagen wurden. Danach rollte eine Granate in die Mitte des Zimmers und drohte ihn zu zerfetzen. Ohne weiter über seine aussichtslose Lage nachzudenken, sprang er durch die zersplitterte Fensterscheibe in die Tiefe.

Alles lief wie in Zeitlupe ab, stumm hatte er schon mit dem Leben abgeschlossen und machte sich mit dem Gedanken vertraut, unten auf dem Boden aufzuschlagen und sich dabei sämtliche Knochen zu brechen. Die Häuserfront zog an ihm vorbei, und er schätze die Entfernung zur Straße auf gut zwanzig Meter.

Über ihm brach ein Inferno aus. Die Explosion hüllte die Welt in rotes Licht, und das alte Haus bebte unter der Wucht der Detonation.

Unter ihm kam ein großer Müllberg in Sicht. Mit einem dumpfen Aufprall und von brennenden Trümmern begleitet, ging er in den stinkenden Massen unter und war froh darüber, dass die Bewohner dieser Gegend allen Müll auf die Straße warfen und sich dazu entschlossen hatten, keine Mülltonnen zu benutzen.

*Geschafft, ich lebe!*

Die Freude währte nur kurz. Neben ihm schlugen Kugeln im Müll ein. Irgendwo über ihm musste ein Scharfschütze sitzen und auf ihn lauern.

Schnell kämpfte er sich aus dem Müllberg hervor und sprang, während um ihn herum Kugeln aufschlugen, auf den nassen Bürgersteig. Aus den Augenwinkeln sah er das Aufblitzen des Mündungsfeuers auf einem Häuserdach, dreißig Meter entfernt vor ihm.

Im Schutz eines alten VW-Lieferwagens hockte er sich auf den Boden und gönnte sich eine kurze Atempause. Über ihm zerbarst das Glas des Fahrzeugs in unzählige Splitter und verteilte sich in seinem Nacken. Rasch rollte er nach links an dem Lieferwagen vorbei, zielte auf das Mündungsfeuer des Angreifers, beachtete die Informationen seiner Smartgunverbindung und schoss das Magazin leer.

Als er das Magazin auswarf und ein neues nachschob, rannte er schon weiter im Schutz der parkenden Autos durch den Regen die Straße entlang. Den Aufprall des schreienden Schützen ignorierend, hastete er weiter.

Die Gegend, in der er sich befand, gehörte wahrscheinlich zu den Armenvierteln von Altona. Verwitterte Häuser waren stumme Zeugen seiner Flucht. Die Bewohner zeigten nicht, dass sie mit dem Krach draußen etwas zu tun haben wollten. Kein Fenster wurde geöffnet, kein Licht angeschaltet.

Schwer atmend zog er sich in einen dunklen Hauseingang zurück und fluchte leise vor sich hin. Als sein Körper sich beruhigt hatte, überlegte er, wer ihn ausschalten wollte. Da er nicht wusste, wer er war, konnte er nur Vermutungen anstellen. Er zuckte mit den Schultern und machte sich daran, seinen Weg fortzusetzen. Jetzt galt es erst einmal, einen sicheren Platz für die Nacht zu finden.

Gerade wollte er aus dem Hauseingang treten, als ihm ein Lieferwagen auffiel, Landrover Model 2046, der die Straße entlang kroch. Die Scheiben des Fahrzeugs waren verdunkelt und ließen keinen Blick auf die Insassen zu. Im trüben Licht der vereinzelt noch funktionierenden Laternen meinte er zu erkennen, dass das Gefährt ursprünglich mit Flecktarnfarbe lackiert gewesen war.

Seine Finger schlossen sich fester um den Griff der Waffe. Kurz vor ihm blieb der Wagen stehen. Verdammt, sie mussten ihn bemerkt haben, aber wieso nur?

Er hörte, wie sich die Seitentür des Lieferwagens öffnete und mehrere Leute auf die Straße sprangen. Neben einer Laterne sah er etwas, das einem fliegenden Mülldeckel glich.

Jetzt ging ihm ein Licht auf. In dem Fahrzeug musste ein Rigger sitzen. Der Kerl hatte ihn höchstwahrscheinlich die ganze Zeit beobachtet.

Waffen wurden entsichert, und der Rigger machte sich daran, eine drehbare Vengeance aus dem Fond des Wagens auszufahren. Das Heulen der Elektromotoren verriet ihm, dass die tödliche Bleischleuder durchgeladen wurde. In wenigen Sekunden würde er von den Geschossen durchsiebt werden. Sein Puls raste, und er versuchte einen Ausweg zu finden. Aber das Rattern des Bordgeschützes blieb aus.

Statt dessen sprach eine metallische, verzerrt klingende Stimme mit russischem Akzent aus einem Lautsprecher. »Chardwin Brown, kommen Sie mit erhobenen Händen raus und ergeben Sie sich. Wir werden Ihnen kein Haar krümmen! Werfen Sie Ihre Waffe weg, und treten Sie langsam vor!«

*Ach, Scheiße! Die Granate von eben sollte wohl nur eine kleine Aufmerksamkeit gewesen sein!*

Bevor er sich entscheiden konnte, raste ein roter Porsche 996/337 die Straße hinunter. Der Fahrer ließ die Bremsen kreischen, schaltete einen Gang tiefer und kam ein ganzes Stück hinter dem Transporter mit dampfenden Reifen zum Stehen. Die Beifahrerscheibe glitt lautlos nach unten, und ein Armtech Minigranatenwerfer wurde durch die Öffnung geschoben.

Seine Verfolger blieben nicht regungslos stehen. Er hörte aus dem Inneren des Wagens, wie jemand wild fluchend auf den Armaturen herumprügelte. Die Hydraulik der Vengeance heulte erneut auf, als das Geschütz auf das neue Ziel ausgerichtet wurde.

In der Gasse konnte er hören, wie ein anderer in das Wageninnere hechtete und versuchte, die Seitentür zu schließen. Gleichzeitig sprangen zwei Muskeln in kompletter Vollrüstung hinter dem Fahrzeug hervor und gaben kurze Feuerstöße auf die Gasse ab, in der er stand. Ein dritter richtete ein Sturmgewehr auf den Porsche und rotzte den ganzen Streifen durch. Er musste jedoch mit ansehen, wie die Geschosse wirkungslos an einer unsichtbaren Barriere abprallten.

Mit einem Mal verschwand die Barriere um den Porsche, und der Granatwerfer eröffnete erbarmungslos das Feuer. Das Innere des Rovers stülpte sich förmlich nach außen. Mehrere Explosionen sorgten dafür, dass der Fahrer mit seinem Sitz durch die Frontscheibe katapultiert wurde. Der Mann, der versucht hatte, die Tür zu schließen, flog mit dieser gegen den ersten Schützen und beendete die Reise erst an der Häuserfront. Die beiden, die auf ihn angelegt hatten, warfen sich bei der Wucht der ersten Explosion auf den Boden. Der Tank und die Munition der Vengeance detonierten. Das brennende Chassis des Transporters wurde wie ein Spielzeug durch die Luft gewirbelt und begrub die schreienden Muskeln unter sich. Die Reste der Munition schossen die Straße entlang und ließen mehrere Fensterscheiben zu Bruch gehen.

Die Tür des Porsche öffnete sich. Ein Ork kletterte mühsam aus den Tiefen des Wagens und winkte ihm mit der Waffe zu. Eine ramponierte Panzerweste verbarg eine Lederjacke und bedeckte einen muskelbepackten Oberkörper. Wenn er den Ausbeulungen unter der Weste glaubte, war davon auszugehen, dass der Granatwerfer nicht die einzige Waffe war, die der Meta bei sich trug.

Achselzuckend trat er aus der Gasse hervor und schritt langsam auf den Samurai zu. Vereinzelt flogen immer noch Reste der Munition als Querschläger umher, und er konnte von Glück sagen, dass ihn keiner traf.

Die breiten Schultern des Orks wandten ihm den Rücken zu. Eine Geste, die zum Ausdruck brachte, dass der Samurai ihn in keiner Weise als Bedrohung ansah, oder dass der Ork noch einen Trumpf im Ärmel hatte. Wie auch immer, er hatte sowieso nicht vor, sich mit seinem Lebensretter anzulegen. Der Muskelberg machte sich daran, auf die Rückbank des Wagens zu kriechen. Vorsichtig näherte er sich dem Fahrzeug.

Aus dem Porsche raunte die tiefe und grunzende Stimme des Ork in gebrochenem Deutsch: »Hey, Chummer, mach hinne! In wenigen Augenblicken wimmelt's hier von HanSec-Bullen und Holsten-Zombies! Setz deinen Arsch in Bewegung!«

Da er auch keinen Drang verspürte, sich mit der Polizei oder der größten Straßen-Gang Altonas anzulegen, ließ er sich auf den Beifahrersitz fallen, schloss die Tür und widmete seine Aufmerksamkeit dem Fahrer. Dieser war, um genau zu sein, eine in Leder gekleidete Fahrerin, und diese schaute mit dem leeren Blick einer Riggerin auf die Kontrollfelder des Armaturenbretts. Hautfarbe und schwarze Haare ließen auf lateinamerikanisches Blut in ihren Adern schließen.

Bevor er etwas sagen konnte, schoss der Wagen mit quietschenden Reifen los. Die Wucht der Beschleunigung drückte ihn tiefer in den Sitz des Nobelrennwagens. Er spürte einen Druck im Rücken und ging davon aus, dass der Ork sich nicht freute, ihn zu sehen, sondern eine Waffe in den Sitz gebohrt hatte. Zögernd öffnete er den Mund und wollte anfangen zu sprechen, aber eine ihm bekannte Stimme ließ seine Worte auf den Lippen gefrieren.

»Weil wir eben so unsanft unterbrochen wurden, sollten wir unser Gespräch jetzt fortsetzen.«

Den Blick von der Straße abwendend, schaute er nach hinten. Neben dem Ork machte er die Silhouette der attraktiven Blonden aus.

Der grunzende Metamensch fuhr ihn an: »Los, guck nach vorn auf die Straße, steck deine Wumme weg und genieß die Fahrt!«

Ein zarter Druck mit der Waffe unterstrich die harten Worte der Messerklaue. Folgsam richtete er den Blick wieder auf die Straße und steckte seine Waffe zurück in den Tarnhalfter.

Die Häuser und am Straßenrand geparkten Autos schossen förmlich an ihm vorüber. Ein Blick auf die LCD-Anzeige des Cockpits ließ ihn schwer schlucken. Die Riggerin bretterte mit 140 Sachen durch die verwinkelten Gassen und vollzog so nebenbei noch einige waghalsige Überholmanöver. Gegen die Übelkeit ankämpfend, richtete er den Blick auf seine Füße.

Die Blondine sprach weiter: »Entschuldigen Sie das ungehobelte Verhalten meines Begleiters. Er ist nicht sonderlich guter Laune, wenn er sich mit Leuten unterhalten muss, deren Sprache er nur unzureichend versteht.«

Die maskuline, hohl klingende Stimme der Riggerin grölte in einer Sprache, die sich HanseSprech nennt, eine Kombination aus Russisch, Tschechisch und Deutsch: »Chet, du hättest auf Pandora hören sollen, als sie dir riet, ihren Deutschunterricht nicht auf die leichte Schulter zu nehmen. Soeben ist dir eine gute Beleidigung entgangen!«

Der verdutzte Ork hatte die ganze Sache anscheinend immer noch nicht verstanden und raunte: »Ich habe dir tausendmal gesagt, Ratón, lass Pandora aus dem Spiel. Ich will von der Zauberkugel nichts mehr hören!«

»Bitte, meine Damen und Herren! Wir wollen unseren Gast nicht mit persönlichen Differenzen langweilen. Wir sollten uns erst einmal miteinander bekannt machen«, meldete sich die Blondine zu Wort und beendete damit das Wortgefecht der beiden.

Der Ork brachte nur ein zustimmendes Grunzen zustande und drückte ihm die Waffe fester ins Kreuz. Da die Riggerin nichts Gegenteiliges verlauten ließ, sagte Candle: »Also, wie Sie bereits gehört haben, heißt unser kleiner Freund hier Chet. Die bezaubernde Fahrerin wird Ratón genannt. Mich kennen Sie ja schon. Mein Name ist Candle.«

*Wie ich's mir schon gedacht habe, Runner!*

Die Abfälligkeit dieses Gedankens verwunderte ihn. Anscheinend hatte er eine Abneigung gegen diese Art von Leuten. Hatte es etwa mit seinem Beruf zu tun?

»Da wir uns jetzt vorgestellt haben, finde ich es an der Zeit, dass Sie uns sagen, wer Sie sind, mein Herr.«

Erneut suchte er in den dunkelsten Winkeln seines Verstandes nach einer Antwort auf ihre Frage. Aber das Einzige, was die Anstrengungen bewirkten, waren die Kopfschmerzen, die ihn erneut plagten. Diesmal waren sie stärker und intensiver als zuvor. Benommen erwiderte er nur: »Entschuldigen Sie, aber darauf kann ich Ihnen leider keine Antwort geben. Ich weiß es selber nicht.«

Die eintretende Stille wurde von dem aufbrausenden Ork unterbrochen. »Ich habe dir gleich gesagt, Candle, der Knabe bedeutet nichts als Ärger. Ich finde, wir sollten ihn den Hans-Alpers-Schlächtern als Spielzeug auf die Straße werfen. Die Trolle sind immer noch sauer auf uns, vielleicht würde das ihre Stimmung etwas heben!«

»Halt den Mund!«, fauchte Candle, und Chet verstummte sofort. In ruhigem Ton fuhr sie fort: »Nehmen wir an, Sie sagen die Wahrheit, mein Herr. Woran können Sie sich denn erinnern?«

Müde legte er die Hände an die Stirn und begann seine Schläfen zu massieren.

»Lady, es tut mir wirklich Leid, aber es hat für mich den Anschein, dass mein Leben mit Ihrem Klopfen an die Tür erst begann. Vielleicht können Sie mir erzählen, wieso Sie mich gerettet haben?«

Die Frau ließ sich seine Worte durch den Kopf gehen. Weil der Ork seine Waffe nicht abschoss, konnte er erleichtert aufatmen und davon ausgehen, dass man ihn zumindest jetzt nicht geeken würde.

»Also gut«, begann sie erneut. »Wie ich Ihnen vorhin schon erzählt habe, hatte mein Kontakt mich zu dieser Adresse geschickt. Dort sollte ich Chardwin Brown treffen. Ein großer, übergewichtiger Schwarzer. Dieser Mann hatte die Info verbreiten lassen, dass er Firepower, Magie und einen fahrbaren Untersatz gebrauchen könnte.«

Mittlerweile hatten sie die gefährliche und verwahrloste Gegend Altonas verlassen. Um diese Uhrzeit wirkten die Industrie- und Hafengebiete mit ihren Kränen und Containerstapeln wie tote Dinosaurier, die ihre verdorrten Glieder in den Nachthimmel ausstreckten. Allmählich verschwanden die Elendsviertel im Rückspiegel und ließen die Ausläufer des Stadtviertels Blankenese vor ihren Augen erstrahlen. Die Riggerin drosselte das Tempo auf die zulässige Höchstgeschwindigkeit. Hier waren die Häuser gediegener und die Vorgärten gepflegter. HanSec hatte diesem Bereich eine der besten Sicherheitsstufen zugeordnet, somit war davon auszugehen, dass die Runner keine unnötige Aufmerksamkeit auf sich ziehen wollten. So tough der Ork auch sein mochte, zu viel Blei würde auch seinen Körper ins Nirwana befördern. Über ihnen zog ein Sicherheits-Helikopter von HanSec vorüber und segelte majestätisch in Richtung Altona.

»Kurz bevor ich an Ihre Tür klopfte, habe ich mir Ihren Körper von der Astralebene aus angeschaut. Außer einer Waffe und diverser Cyberware konnte ich nichts Auffallendes an Ihnen entdecken.«

»Danke«, erwiderte er trocken.

Mit einem amüsierten Unterton in der Stimme sprach sie weiter: »Nichts für ungut. Ihre Aura zeigte mir, dass Sie vor kurzem starker Magie ausgesetzt waren. Meine Versuche, auf der Astralebene mehr darüber zu erfahren, sind leider gescheitert. Kurz entschlossen rief ich einen Watcher und wies ihn an, mich zu alarmieren, falls sich Besuch einstellen sollte. Chet und Ratón bezogen draußen Position, während ich an die Tür klopfte.«

Aus den Worten, mit denen sie um sich warf, konnte er schließen, dass sie eine Magierin war. Die ganze Zeit über hatte er den Eindruck, schon mehr als einmal mit solch merkwürdigen Gestalten zusammengetroffen zu sein.

Chet grunzte laut und unterbrach ihren Redefluss. »Hey, Candle, willst du ihm deine Lebensgeschichte erzählen? Ich glaub nicht, dass er nur die Hälfte von dem Quatsch versteht, den du da verzapfst ...«

Er hörte kein Wort, aber wenn Candle den Ork so angeschaut hatte wie ihn erst kürzlich an der Tür, war das wohl der Grund, warum Chet nicht weiterredete.

»Also, ich klopfte an die Tür. Die ganze Zeit über askennte ich die Gegend. Plötzlich erschien mein Watcher und teilte mir mit, dass mehrere Personen auf dem Weg die Treppe hinauf seien. Ich gab meinem kleinen Gehilfen den Auftrag, sich an Ihre Fersen zu heften, und beschloss, erst einmal abzuwarten. Nachdem die Wohnung in die Luft geflogen war, teilte mir mein unsichtbarer Freund mit, wo Sie sich befanden. Die ganze Sache kam mir etwas merkwürdig vor – folglich wollte ich mich noch einmal ausführlicher mit Ihnen unterhalten. Den Rest kennen Sie.«

Die Kaltblütigkeit, mit der sie das sagte, ließ ihn schaudern. Hatte sie die Muskeln nur ausgeschaltet, um mit ihm zu sprechen? Kein vernünftiger Mensch hätte sich gegen so viel Firepower gewendet, um ein Gespräch zu führen. Aus ihrem Auftreten schloss er, dass sie in einem Kon aufgewachsen sein musste. Ihre Selbstsicherheit und Vorgehensweise waren Zeichen dafür, dass sie es gewohnt war, Befehle zu geben und analytisch zu denken. Er nahm sich die Zeit und dachte über ihre Worte nach.

Mehrere Minuten verstrichen, ohne dass jemand ein

Wort sagte. In der Nähe eines künstlich erbauten Sees stellten sie den Wagen ab.

Chet brachte eine Sprengladung an dem Porsche an, bevor sie sich von dem Fahrzeug entfernten. Ratón stieß einen tiefen Seufzer aus und meinte nur: »Zu schade. Ich bin ganz sicher, dass der Besitzer den Wagen nicht vermissen wird.«

Candle starrte sie nur an und schritt unbeirrt weiter auf eine kleine Baumgruppe zu. Chet hatte sich schon an die Arbeit gemacht und zerrte an einer Plane. Zum Vorschein kam ein gepanzerter, grüner Lieferwagen der Marke Nissan-Holden Brumby. Weil er sich etwas fehl am Platze vorkam, half er dem Ork bei der Arbeit. Präzise stimmten ihre Bewegungen überein, als sie die Plane einpackten. Chet schaute ihn an und grunzte: »Wohl mal beim Militär gewesen?«

Als sie den See einige Kilometer hinter sich gelassen hatten, färbte eine Explosion den Himmel für kurze Zeit rot. Doch das alles bemerkte er nur am Rande, in seinen Ohren hallte immer noch die Frage des Orks wider.

*Wohl mal beim Militär gewesen?*

# 1

Zack bahnte sich einen Weg durch die endlos erscheinenden Massen des *Cult*, einem im Keller gelegenen Club auf der Großen Freiheit, Ecke Reeperbahn. Ein elektronisches Display in seinem Cyberauge setzte ihn davon in Kenntnis, dass sein Kontakt in frühestens zehn Minuten zu erwarten war. Er setzte sich abseits der Bar an einen der spärlich im Raum verteilten Tische mit dem Rücken zur Wand und ließ die Atmosphäre des Clubs auf sich einwirken.

Das *Cult* bestand aus einem rechteckigen Raum, um den sich ein schlauchartiger Gang zog. Der größte Teil des Hauptraums diente als Tanzfläche und Bar. Der Boden war einer Meereslandschaft nachempfunden, und die Außenwände bestanden aus Panzerglasscheiben, hinter denen sich aufgrund des hohen Grundwasserspiegels Wasser befand, das durch die Grundmauern sickerte. Einige Pumpen sorgten dafür, dass das Schlickwasser von aufsteigenden Luftblasen gelegentlich aufgewirbelt wurde. Anfängliche Versuche, Goldfische in der Brühe schwimmen zu lassen, hatten dazu geführt, dass die armen Tiere wegen des verseuchten Wassers nur mit dem Bauch nach oben trieben und so zu einer zweifelhaften Unterhaltung der Gäste gesorgt hatten. Der Versuch war schnell aufgegeben worden, denn der Besitzer wollte nicht auf der Liste einiger Ökoterroristen landen und seine Existenz in Rauch aufgehen sehen.

Die Decke des Lokals war einem altertümlichen Gewölbe nachempfunden. Kitschige goldene Verzierungen ließen einen Hauch von Barock erahnen. Früher sollte der Laden mal ein Bordell oder ein Tittenlokal gewesen sein. Aber das Einzige, was abgesehen von den spärlich bekleideten Besucherinnen noch an die einstige Einnahmequelle erinnerte, war eine nicht funktionstüchtige Dusche an einer Wand. Mächtige Boxen ließen den Raum unter ihrem Druck erbeben und sogar die Scheiben vibrieren. Goldfarbene Stühle und Tische glänzten im Licht der teuren Laseranlage und warfen die reflektierten Strahlen durch den ganzen Saal. Mehrere kleine Leitern führten zu Metallkörben, die von der Decke hingen, in denen aufreizend gekleidete Tänzerinnen die Menge zum Tanzen oder Hinschauen animierten. Oft kam es zu Schlägereien, weil die Plätze unter den Käfigen bei der männlichen Kundschaft besonders beliebt war. Diese Revierstreitigkeiten wiederum sorgten für eine spezielle Art von Unterhaltung, die bei einigen Besuchern den eigentlichen Charme des Lokals ausmachte.

Die Gerüche waren entweder ungemein exotisch oder abstoßend. Zuerst roch man ein aufdringliches Parfum, einen Augenblick später hatte die Klimaanlage dieses verscheucht, und eine Fahne von Schweiß drang einem in die Nase.

Zacks Blick fiel auf einen der schmalen Korridore, die von dem Hauptraum abzweigten. Von diesem Gang führte eine Treppe zu einem Bereich, der nicht für die Öffentlichkeit zugänglich war. Zwei Messerklauen standen am Fuß des Aufgangs. Der Türsteher am Eingang des *Cult* konnte nur selten ein gequältes Lachen mit seinen von Aufbaupräparaten verseuchten Muskeln zeigen, aber die bloße Erscheinung der beiden an der Treppe reichte aus, um die von Designer-Drogen oder Chips berauschte Menge davon abzuhalten, die Party auf diesen Teil des Lokals auszuweiten.

Zack wusste, dass das *Cult* ein beliebter Treffpunkt für Shadowrunner und zahlungsfähige Schmidts war. Bisher hatte er aber nicht das Glück gehabt, in diese Liga aufzusteigen. Dort wurde mit Summen gehandelt, von denen er nur träumen konnte.

Deprimiert richtete er den Blick wieder zum Haupteingang des Clubs. Mittlerweile waren es noch fünf Minuten bis zu seiner Verabredung. Den innerlichen Zorn über seine jetzige Situation herunterschluckend, rief er sich die Geschehnisse der letzten Monate zurück ins Gedächtnis.

Alles hatte so gut angefangen. Auf Anhieb hatte er sich mit ein paar Leuten zusammengeschlossen und ein Team aufgestellt. Chet, der Orksamurai, war zwar ein ungehobelter Klotz, aber wenn es darauf ankam, konnte man sich auf ihn verlassen. Ratón, die Riggerin, war ein Ass. Sie kannte sich mit der nötigen Elektronik aus und war im Umgang mit Fahrzeugen eine Leuchte. Die Letzte im Gespann war Pandora, die Magierin, gewesen. Aus ihren Erzählungen wusste Zack, dass sie eine Exec des Chemiegiganten Bayersdorf war. Sie gab der Gruppe den Namen Pik-Dame und sorgte dafür, dass das Geschäft lief und einige Aufträge hereinkamen. Mit dieser Zusammensetzung schien der Erfolg gewährleistet. Aber nach einem fehlgeschlagenen Run – zum Glück hatte keiner von ihnen dabei ins Gras gebissen – bekamen sich die Magierin und der Ork in die Wolle. Das ganze Desaster endete damit, dass Pandora wütend die Gruppe verließ und von der Bildfläche verschwand. Das Chaos schien komplett. Die magische Unterstützung war weg, und Streitereien waren an der Tagesordnung. Vor zwei Monaten brachte Chet Candle mit in ihre Bude. Nach einigen Tagen spielte sich die Frau immer mehr in den Vordergrund und riss das Steuer an sich. Kurz entschlossen hatte Zack seine Sachen gepackt und war in das nächste Sargrattenloch gezogen.

Jetzt wartete er hier, weil Teresa ihm eine Nachricht zugespielt hatte. Teresa war seine Schieberin und versorgte ihn gelegentlich mit Aufträgen. Natürlich verdiente sie ihren Teil an ihm, aber Teresa war einer der wenigen Kontakte, auf die er sich verlassen konnte. Freudig strahlend hatte ihm die beleibte Schönheit zu verstehen gegeben, heute Abend hier zu erscheinen. Ihre Anspielung auf einen ausstehenden Gefallen ließ seine Träume von einem gefüllten Ebbie den Bach runtergehen. Der Kontakt wüsste, wer er sei, und es würde ausreichen, hier in einem Stück zu erscheinen. Also hatte er die besten Klamotten angezogen und war zum *Cult* getigert.

Plötzlich fiel ihm auf, wie eine Kellnerin mit ihrem Tablett auf seinen Platz zukam. Die Frau stellte das Tablett auf den Tisch, schob ihm einen Drink zu und hielt erwartungsvoll ihren Ebbie vor sein Gesicht.

Aus der Zielstrebigkeit, mit der sie auf ihn zugekommen war, schloss er, dass sein Kontakt mit der Sache zu tun hatte, außerdem war es nicht üblich in diesem Laden, die Drinks gebracht zu bekommen. Die musste man sich im Gerangel mit der Masse der Besucher an der Bar erkämpfen. Widerstrebend transferierte er die geforderte Summe für den Drink und legte noch ein saftiges Trinkgeld obendrauf. Bevor er aber etwas aus der Kleinen herausbekommen konnte, hatte sie ihr Tablett aufgenommen und war, ohne ihm ein Lächeln zu schenken, in der wogenden Masse verschwunden. Und selbst wenn es anders gewesen wäre, hätte er sie bei dem Lärm nicht verstehen können. Missmutig beäugte er das Glas vor sich. In dem Cocktail, natürlich ohne Alk, steckte ein Papierschirmchen mit der Aufschrift: *Kommen Sie die Treppe hoch.*

Gelassen stand er auf und bahnte sich nicht ganz sanft einen Weg durch die tanzende Menge, was zur Folge hatte, dass man ihm ein paar giftige Kommentare hinterherrief. Aufgrund seiner ausgeprägten Statur und seines netten Lächelns sahen seine Opfer aber davon ab, ihm eins zu verpassen.

Am Fuß der Treppe verharrte er einige Schritte vor den beiden Muskelbergen. Ihre Silvershades zeigten keinerlei Reaktion, aber Zack vermutete, dass jeder Zentimeter an seinem Körper genauestens unter die Lupe genommen wurde. Sie nickten ihm beiläufig zu, und die Tür am Ende der Treppe öffnete sich wie von Geisterhand. Als er in den dunklen Raum schritt, schaltete er seinen Lichtverstärker ein und ließ den Blick durch das Zimmer gleiten.

Abgesehen von einem großen Tisch mit einem leeren Aschenbecher darauf, mehreren Stühlen und einer Tür, die vermutlich ein Hinterausgang war, befand sich nichts in dem Raum. Er schloss die Tür hinter sich, und dank der guten Schallisolierung verstummte der Lärm sofort.

Locker ließ er sich in der Dunkelheit auf einen Stuhl fallen und spielte den Coolen. Jetzt galt es erst einmal, einen kühlen Kopf zu bewahren, denn eins war sicher: Er wurde beobachtet.

Genau eine Minute später ging die Hintertür des Zimmers auf, und das Licht im Raum schaltete sich ein.

Ein schlanker, großer Mann trat an den Tisch und setzte sich, ohne ein Wort zu sagen, Zack gegenüber. Zack fiel auf, dass der Anzug des Mannes einwandfrei saß und wie eine Uniform wirkte. Silberne Strähnen hatten das einst schwarze Haar vom Alter gezeichnet. Trotz des allgemeinen Trends, sich dank der Chirurgie und Magie immer jünger zu stylen, hatte der Mann davon abgesehen und trug sein ergrautes Haar selbstbewusst zur Schau. Zack musste kurz daran denken, dass die meisten Runner nie ein Alter erreichten, in dem man graue Haare auf natürlichem Wege bekam.

Mit kalten, blauen Augen musterte er Zack wie jemand, der einen Mörder vor sich sitzen sah.

*Vermutlich von der Regierung! Scheiße, wo bin ich denn jetzt wieder hineingeraten?*, dachte Zack.

Der Anzug holte eine Schachtel echter Zigaretten hervor und bot Zack über den Tisch hinweg auch eine an. Dieser schüttelte nur den Kopf und beobachtete den anderen, wie er das kostbare Glimmstück anzündete, sich zwischen die Lippen presste und genüsslich einen langen Atemzug nahm.

Nachdem dic Zigarette zur Hälfte aufgeraucht war und Zacks Nerven blank lagen, richtete der Mann das Wort an ihn. »Sie erlauben doch, dass ich Sie der Einfachheit halber Zack nenne?«

Ohne eine Antwort abzuwarten, fuhr der Anzug fort. »Ich will Ihnen sagen, warum Sie heute hier auftauchen sollten. Mein Auftraggeber hat ein kleines Problem.«

Bei den Wörtern *kleines Problem* krümmten sich Zacks Zehennägel. Schon zu viele seiner Freunde waren wegen *kleiner Probleme* durchsiebt worden. Aber sollte der

Kerl erst einmal seinen Spaß haben und seine Lügen herunterleiern.

»Vor kurzem ist ein guter Freund von ihm verschwunden. Ihre Aufgabe soll es sein, diesen Freund zu finden und die Info über seinen Aufenthaltsort an uns weiterzuleiten. Mein Auftraggeber wird dann die weiteren Schritte einleiten und sich natürlich für Ihre Mühen erkenntlich zeigen. Sie müssen den Mann nur finden, der Rest geht Sie dann nichts mehr an.«

Zack dachte nach. Das Ganze klang ihm zu einfach. Aber was für eine Wahl hatte er? Seit Monaten kroch er auf dem Zahnfleisch und ernährte sich von Soyfood, sofern er genug Kohle hatte, um sich welches zu beschaffen. Das Sarghotel, in dem er hauste, glich mehr einer unterirdischen Miniaturvariante der Gefängnisinsel Big Willy, in der Trolle versuchten, auf engstem Raum in Harmonie miteinander auszukommen.

Entschlossen sagte er: »Das hört sich nicht schlecht an, aber wie viel springt dabei für mich raus?«

Der Anzug zog an seiner Zigarette, bevor er antwortete. »Ich bin dazu berechtigt, Ihnen viertausend Euro als Vorschuss zu überreichen. Zusätzlich erhalten Sie weitere tausendfünfhundert Euro für Ihre Auslagen, und ob Sie das Geld ausgeben oder nicht, ist meinem Auftraggeber egal. Bei erfolgreichem Abschluss erhalten Sie eine Prämie in Höhe von dreitausend Euro.«

Zack bewegte sich auf sehr dünnem Eis, trotzdem entschloss er sich, den Preis in die Höhe zu treiben. »Zweitausend Euro Spesen und viertausend Euro bei erfolgreichem Abschluss, und die Sache ist geritzt.«

Die Sekunden, in denen der Anzug über seinen Vorschlag nachdachte, kamen ihm unendlich lang vor.

Nachdem der Mann die Zigarette ausgedrückt hatte, sagte er schließlich: »Gut, lehnen Sie sich zurück, und merken Sie sich, was ich sage. Aus Sicherheitsgründen unserem Auftraggeber gegenüber möchte ich Sie bitten, keine Aufnahmen mit Ihrer Augenkamera zu machen oder das Gespräch oder Teile davon aufzuzeichnen.«

Der aalglatte Kerl wusste verdammt gut über Zack Bescheid. Das gefiel ihm nicht.

»Da ich sehe, dass Sie keine Einwände haben, zeige ich Ihnen jetzt den Mann, den Sie suchen müssen.«

Aus der Tasche zog Herr Schmidt einen Taschentrid und stellte ihn zwischen ihnen auf den Tisch. Dann legte er einen Chip ein und wartete, bis die Lichter im Raum erloschen. Zack suchte eine Sekunde die Fernbedienung, konnte aber keine entdecken und richtete seine Aufmerksamkeit wieder auf die Projektion.

Vor Zack erschien das Holo eines Mannes, der über eine Straße ging und auf ein Haus zusteuerte. Die Aufnahme war recht dunkel, und wegen des starken Regens war es Zack nicht möglich, mehr über die Kleidung seines Zielobjekts herauszufinden. Als der Mann den Hausflur betrat und die Beleuchtung zum Leben erwachte, zoomte die Kamera auf das Gesicht des Mannes, und Zack konnte sich die Züge einprägen.

Der Mann, den er suchen musste, war etwa eins neunzig groß, hatte kurz rasiertes, vermutlich schwarzes Haar, ausgeprägte Wangenknochen, einen Dreitagebart und war anhand seiner Bewegungen verchipt oder mit Bioware ausgerüstet.

Sobald die Vorführung endete, packte der Anzug das Gerät ein, setzte ein künstliches Lächeln auf und sagte: »Nun, Herr Zack. Ich kann Ihnen noch als Hilfe mit auf den Weg geben, dass diese Aufnahmen vor einem Haus in den weniger gut betuchten Wohngegenden von Altona gemacht wurden. Wenn Sie irgendwelche Fragen haben sollten oder den Mann gefunden haben, rufen Sie diese Nummer an und fragen Sie nach dem Namen, der auf der Karte steht.«

Mit diesen Worten legte der Anzug eine Karte auf den Tisch, drehte sich um und ließ Zack allein. Zack nahm das Papier auf, merkte sich die Nummer sowie den Namen und schluckte den Zettel hinunter.

*Tja, Simon, so schnell wird man ein Teil von mir!*

## 2

Das Persona-Icon des Deckers glitt durch die pulsierenden Energiebahnen der Matrix. Vor dem Eingang eines SAN blieb es stehen und schaute die weiß leuchtende Tür des Zugangs an. In dem Leuchten konnte der Decker das Spiegelbild seines Icons sehen, das an einen längst vergessenen Comic-Helden aus den Achtzigern des letzten Jahrhunderts erinnerte. Sie glich einem vierzehnjährigen, mitten in der Pubertät steckenden Teenager. Das Gesicht war von unzähligen Sommersprossen und Pickeln übersät. Rote Haare standen wirr vom Kopf ab. Der Rest des schmächtige Raufbolds steckte in viel zu großen Klamotten. Das Hemd war schmutzig, und die Ärmel schlabberten bis zu den Knien hinunter. Die weite Hose steckte in riesigen Turnschuhen, und das Icon drohte jeden Augenblick über die ungebundenen Schnürsenkel zu stolpern.

Aufmerksam glitten die Augen des Kindes die Tür entlang. Dann öffnete sich ein schwarzer Spalt in der Tür, und einige Daten in der Gestalt von Brieftauben glitten aus der Dunkelheit. Hinter ihnen schloss sich das pulsierende Weiß wieder über dem Durchlass. Dieser Vorgang wiederholte sich in unregelmäßigen Abständen.

Der Teenager griff in seine rechte Tasche und brachte einen Kaugummi zum Vorschein. Er schob ihn in den riesigen Mund und begann schmatzend zu kauen. Nach einigen Kaubewegungen schnippte das Icon mit den Fingern, nahm den Kaugummi aus dem Mund und warf ihn gegen eine Taube, die gerade die Tür passieren wollte. Der Kaugummi schloss sich um die Flügel des Vogels, und das Programm war nicht in der Lage, aus der Öffnung zu verschwinden. Es blockierte den Eingang und machte es dem Abwehrprogramm unmöglich, den Zugang wieder zu versperren.

Mit den Fingern schnippend, schritt der Decker unter der Taube hindurch ins Innere des Ports. Als er die Taube passiert hatte, zog er den Kaugummi vom Programm ab, gab der Taube einen Klaps und sorgte dafür, dass das Zugangsprogramm im gewohnten Trott seine Arbeit fortsetzen konnte. Schließlich wollte er nicht entdeckt werden.

Sein Weg führte ihn in einen kaum gesicherten Slave-Node. Snap betrachtete das Innere des Konstruktes. Es glich einer riesigen, kugelförmigen Postzentrale. Mehrere graue Arbeiter klebten Briefe an Tauben und schickten sie los. Er startete ein Schmökerprogramm. Seine Persona holte aus den unendlichen Tiefen der Hosentasche zwei kleine Ratten hervor und schickte sie auf die Suche.

Heute früh hatte der Decker den Auftrag erhalten, bei einer kleinen Verwaltungsstelle des Chemiegiganten der Bayersdorf AG einzudecken und einige Informationen zu *kopieren*. Die Bereiche, in denen er sich bewegen müsste, seien nicht besonders stark gesichert, hieß es, und bei einem Matrixcowboy von seinem Kaliber dürfte es kein Problem sein, die Daten schnell zu beschaffen. Wenn sein Stillschweigen garantiert wäre und keine anderen Daten bei der Exkursion entwendet würden, wäre Herr Schmidt bereit, für den Kontrakt zehntausend Euro zu zahlen. Das Geld schon für neue Programme ausgebend, hatte er zugesagt.

Von dem Slave-Node aus konnte Snap sehen, wohin die Rohrpost des Konzerns transferiert wurde. Nach einigen Augenblicken hatten die Ratten die Fährte gefunden. Snap rief das Programm zurück und machte sich daran, den Knoten zu verlassen. Das nächste Hindernis war ein Wächter-IC. Der Chromsoldat stand lässig mit einer automatischen Waffe in der Hand vor dem Zugang zum nächsten Knoten und musterte aufmerksam jeden, der durch die Tür treten wollte. Die blaugraue Chromuniform mit dem Bayersdorf-Abzeichen zeigte bislang nicht, dass sie von dem Eindringling Notiz genommen hätte.

Das Icon des Jungen holte einen großen Filzstift aus der Tasche und begann eine Taube zu malen. Dann setzte es sich in den Schnabel des Vogels und flog unbemerkt an dem Blaster-Programm vorbei.

Der Datenspeicher, in den er sich nun einschlich, war für die Aufbewahrung von Lieferaufträgen zuständig. Viele Sekretärinnen tippten auf vorsintflutlich aussehende Schreibmaschinen ein und legten die Schreiben in Ablagemappen. Kurierjungen holten die Mappen ab und sorgten dafür, dass Kopien gemacht wurden und die Schreiben zu ihrem Bestimmungsort gelangten.

Als Snap seine Ratten erneut losschickte, erwachte ein Zugangs-IC zum Leben. Das Programm glich dem Erscheinungsbild eines Kammerjägers. Auf dem Rücken des Konstruktes war ein riesiger, mit grünem Gift gefüllter Tank befestigt. In der Hand hielt der Bug-Buster eine riesige Spritze, die durch einen Schlauch mit der gefährlichen Flüssigkeit verbunden war.

Zeitgleich hatten seine Ratten etwas gefunden. Snap besaß aber nicht mehr genügend Zeit, sein Schmökerprogramm zurückzurufen. Schnell griff er sich die Daten aus dem Knoten und hoffte, dass es die richtigen waren.

*Zeit zum Abhauen!*

In diesem Augenblick betätigte das Zugangs-IC, das anscheinend mit einem Teerbaby verbunden war, die Spritze und hüllte die Ratten in grünen Dunst. Snaps

Schmökerprogramm stürzte ab und ließ sein Deck für kurze Zeit ins Stocken geraten.

Der Decker lud sein Schildprogramm hoch. Das Icon griff in seine Hosentasche, zerrte einen Mülldeckel hervor und versteckte sich dahinter. Das Dröhnen von Alarmsirenen ließ den Knoten erzittern. Aus dem Slave-Node trat der Chromsoldat in den Knoten und schaute sich hektisch um. Das Zugangs-IC zeigte mit seiner Spritze auf den zitternden Teenager. Sofort richtete der Soldat die Waffe auf den Decker und eröffnete das Feuer. Der Schild des Deckers drohte sich aufzulösen, und Snap fand nur die Zeit, ein kleines Angriffsprogramm hochzufahren. Der Junge griff in seine Tasche, holte ein Blasrohr hervor und schoss mit Erbsen auf die Mündung der Waffe. Weil das Glück auf seiner Seite war, krepierten die Schüsse im Rohr, und der Soldat wurde von der Wucht der Explosion zu Boden geworfen. Sofort griff das Kid erneut in die Hose und zog sich ein Paar Skates an, machte auf dem Absatz kehrt und verließ schnell den Knoten. Im Slave-Node musste er erkennen, wie sich ein riesiges Metalltor senkte. Missmutig suchte er nach einem Mittel, die neue Barriere zu durchdringen. Snap startete sein heiliges Mega-Angriffsprogramm. Das Icon griff in sein Hemd und brachte einen Presslufthammer zum Vorschein. Mit einem teuflischen Grinsen stürmte der Junge auf die Barriere zu. Unter dem stakkatohaften Dröhnen des Werkzeugs verschwand die Barriere allmählich.

Hinter sich hörte er, wie jemand den Raum betrat. Verwirrt darüber, dass seine Sensoren ihn nicht gewarnt hatten, drehte sich der Decker um. Das Konstrukt eines Konzerndeckers stand vor ihm. Das Icon sah wie ein flimmernder Roboter aus. In seiner Hand hielt er eine kleine Laserpistole und wartete ab. Snap ging die Liste seiner Programme durch. Eine dumme Idee kam in ihm auf, die er auch sofort in die Tat umsetzte. Sein Teenager kramte eine Hand voll Knallerbsen hervor und schob sich gleichzeitig den Mund voller Kaugummis. Das Icon warf die Erbsen auf den verdutzten Kon-Decker, der daraufhin wild umhersprang, in der Annahme, jetzt würde ein größeres Programm gestartet. Snap warf die Kaugummis auf den Boden, und der Kon-Decker konnte nicht verhindern, dass seine Füße in der klebenden Masse stecken blieben. Der Roboter schüttete Öl aus seinen Leitungen, um das Bremsprogramm abzuschütteln. In der so gewonnenen Zeit ergriff Snap erneut seinen Presslufthammer und gab der Barriere den Rest. Einige Millisekunden später verschwand der Knoten hinter ihm. Die Skates trugen den Decker weg vom Ort des Verbrechens.

Als er sich ausstöpselte, tauchte die Realität vor seinen Augen auf. Müde gähnte er und lud die Daten auf den Bildschirm. Er brauchte einige Sekunden, bis sich sein Körper von den Strapazen des Runs erholt hatte. Snap sah, dass sein Ausflug nicht umsonst gewesen war. Die gesuchten Daten waren sicher. Schnell kopierte er sie auf einen dafür vorgesehenen Chip. Ein Alarmsignal an seinem Deck setzte ihn davon in Kenntnis, dass ein Aufspür-IC seinen Zugang entdeckt hatte. Schnell zog er den Stecker aus dem LTG-Zugang.

Die alte Telefonzelle hinter sich lassend, stiefelte er den Gang hinunter und passte sich der Masse auf dem Weg zur nächsten Hovercraft-Anlegestelle an. Die Aktion in der Matrix hatte nur wenige Sekunden gedauert. Zu schade, dass er nicht da sein konnte, wenn die Konzernbullen oder HanSec sein Geschenk finden würden.

Mit den Fingern schnippend summte er ein Lied und freute sich darüber, so viele Euro in so kurzer Zeit gemacht zu haben.

In der Telefonzelle klebte ein Kaugummi mit der Nachricht: *Just Kidding – alles nur Spaß!*

Als er das Hovercraft an der Haltestelle Jungfernstieg verließ, suchte er die ihm empfohlene Bank im nahe gelegenen Einkaufszentrum der Rathausstadt auf. Er ging zum vorgegebenen Schließfach und legte den Chip hinein. Ein Bankangestellter gab ihm daraufhin einen beglaubigten und satt gefüllten Ebbie und wies ihm dann freundlich, aber bestimmt die Tür.

Schnellen Fußes suchte sich Snap den besten Weg zu seinem Schieber. Den Auftrag hatte er schon vergessen. In Gedanken warf er seine Einkaufspläne von vorhin über den Haufen und entschied sich, vielleicht doch die Camera obscura zu ergattern.

*Wie gewonnen, so zerronnen!*

# 3

Die Kopfschmerzen machten ihm schmerzlich bewusst, dass das Ganze kein Albtraum war, aus dem er gleich aufwachen würde.

Das Holpern des Nissan lenkte seinen Blick auf die Straße. In einiger Entfernung voraus konnte er eine große, mobile HanSec-Straßensperre erkennen. Ratón drosselte gelassen die Geschwindigkeit und lenkte den Transporter in eine abgelegene Seitenstraße.

Der Ork fluchte. »Verdammt! Wieso werfen wir den Kerl nicht den Grünwasserwerfern vor die Füße und fahren weiter! Der Rest regelt sich dann von selbst!«

Anscheinend konnte sich der Ork doch fließend artikulieren. Wenn er sauer war, ließ er erkennen, dass er sich gewählt ausdrücken konnte.

»Los, aussteigen«, sagte Candle knapp und ging auf Chets überflüssigen Kommentar nicht weiter ein.

Als er aus dem Lieferwagen sprang, landete er knietief im Schlamm. Die Gullys waren nicht in der Lage, die stinkenden Massen aufzunehmen. Er wollte nicht weiter darüber nachdenken, was alles in der Brühe schwamm, und stiefelte den anderen ziellos hinterher.

Ihr Weg hatte sie über einige Umwege von Norden her wieder näher an die Slumviertel Altonas gebracht. Gedankenverloren steckte er die Hände in die Taschen seines ramponierten Dusters. Die rechte Hand ertastete einen Credstick. Verwundert beförderte er ihn ins Neonlicht der wenigen Straßenlaternen.

Als er versuchte, den Stick zu lesen, musste er erkennen, dass die LCD-Anzeige erledigt war. Reste davon fand er als Beweis dafür in seiner Tasche. Aber da, wo ein Teil ist, müssen auch andere sein. Seine Finger machten sich daran, seine Kleidung abzutasten. In den Hosentaschen fand er die Keycard zu einem Sarg. Sie trug die Aufschrift: *Coffinparadise – Rent a coffin and enjoy!*

Um die Aufmerksamkeit der Messerklaue zu gewinnen, zupfte er den Ork am Ärmel.«

Der Ork reagierte mit einem Grunzen. »Was is'n los, Weichei?«

Er ging nicht weiter auf die Beleidigung des Metas ein. »Ich habe hier etwas gefunden, das vielleicht dazu beitragen könnte, mich früher loszuwerden!«

Auffordernd streckte er dem Ork die Keycard hin.

Chets Cyberaugen lasen die Aufschrift.»Also, wenn du da pennst, is bei dir bestimmt nix zu holen«, sagte er verächtlich. »Der Schuppen is zwei Straßen weiter in der Leverkusenstraße. Könnt auf unserem Weg sein. Hey, Candle! Herr Ich-Weiß-Nichts hat was gefunden! Wirf 'nen Blick drauf!«

Candle verlangsamte ihren Schritt und musterte die Karte im trüben Licht der Straßenbeleuchtung eindringlich.

»Okay, sieht nicht schlecht aus. Zumindest ein Anhaltspunkt, schauen wir mal vorbei. Vielleicht erfahren wir dann endlich, wer du bist und wo wir Brown finden.«

Im Schatten der Häuser schlichen sie durch die dunklen, regennassen Straßenzüge und wichen den abendlichen Gefahren einer Großstadt aus.

Das Coffinparadise war eine achtstöckige, heruntergekommene Flohkiste. Die Fassadenverkleidung lag in großen Teilen auf dem Bürgersteig verteilt und diente vorbeischlendernden Fußgängern als Stolperfalle. Mehrere Buchstaben der Leuchtschrift waren kaputt und hatten den eigentlichen Namen als verstümmeltes Wortspiel für Hochbegabte hinterlassen. Das Einzige, was man noch lesen konnte, war: *Cof…aradi…e.*

Klang zwar sehr exotisch, aber auch nichtssagend.

Chet öffnete die Tür und wartete, bis alle in die Eingangshalle getreten waren. Hinter sich zog er scheppernd die Tür zu. Ein Zwerg schaute hinter dem Tresen hervor und widmete seine volle Aufmerksamkeit wieder dem Trid, das laut durch das Foyer hallte. Laut johlend feuerte der Zwerg die Hamburger-Oktopus an. Anscheinend zerlegte die Mannschaft gerade im Combat-Biking die Crocodiles aus Köln.

Das Foyer war ein schäbiger Saal. Ein vor Nässe triefender Linoleumboden gewährte an einigen Stellen den Blick auf geborstenen Beton. Metallboxen waren zu Stühlen umfunktioniert worden. Mehrere Soyautomaten standen an den Wänden verteilt, und ein defekter Ventilator blies ächzend und stotternd kalte Luft in den Raum. Ein Blick nach oben zeigte ihnen, dass das Dach an mehreren Stellen fehlte. Särge schwebten in bedrohlicher Höhe an langen Eisenketten übereinander. Rostige Gitterstege führten, einem Hindernislauf gleich, von Sarg zu Sarg.

*Wirklich einladend!*

Laut der Nummer auf der Karte befand sich der Sarg, den sie suchten, in der obersten Etage. Wie hätte es auch anders sein sollen, ein Schild mit einem Text in einer fürchterlichen Rechtschreibung verwies darauf, dass der Aufzug außer Betrieb war. Mühsam erklommen sie die Stufen in den achten Stock. Auf dem Weg wichen sie dem Schutt aus und stolperten mehrmals über sich bewegende Haufen, die sich als Squatter entpuppten.

Der schaukelnde Weg über die Gitter endete am letzten Sarg auf der rechten Seite. Zögernd steckte er die Keycard in den Schlitz. Piepsend zeigte ihm die Anzeige, dass noch ein Betrag von zwanzig Euro ausstand. Er zog den Stick aus der Tasche und wollte ihn in die dafür vorgesehene Vorrichtung schieben. Einige Piktogramme setzten ihn aber davon in Kenntnis, dass nur Ebbies akzeptiert wurden.

*Wie verwunderlich!*

Murrend holte der Ork einen Ebbie hervor und transferierte die geforderte Summe. Das Fluchen des Metas ignorierend, zog er die Keycard ein zweites Mal durch den Schlitz. Summend erwachte die alte Elektronik zum Leben und öffnete zischend die Verriegelung.

Sein Zeigefinger drückte auf den Schalter.

Als sich der obere Teil des Sargdeckels öffnete, wehte ihnen ein bestialischer Gestank entgegen und raubte ihnen den Atem.

Ratón zog sich würgend zurück und überließ den anderen den unangenehmen Anblick. Ihr Erbrochenes klatschte acht Stockwerke tiefer auf den Boden.

Chets gegrunzter Kommentar war treffend. »Der Typ sieht ›brown‹ aus. Ich schätze, wir haben unseren Mann gefunden. Besser gesagt, Teile von ihm.«

Die Leiche war am ganzen Bauch aufgeschlitzt worden. Eingeweide hingen heraus und zeigten ihnen das Rückgrat des Toten. Ein Arm, ein Bein und die Augen fehlten. Die Teile waren mit chirurgischer Präzision entfernt worden. In den Augenhöhlen sah man noch die Reste der Cyberware. Die dunklen Öffnungen starrten ihn an und ließen ihn den Blick abwenden.

Chet schob ihn unsanft zur Seite und machte sich daran, den Toten zu durchsuchen. Die Fetzen der Kleidung waren mit geronnenem Blut getränkt. Mit einem tödlich scharfen, langen Messer schlitzte der Ork die Kleidung auf und tastete sie ab.

Die Ausbeute der Aktion waren ein Feuerzeug, ein Credstick und ein Streichholzbriefchen mit dem Aufdruck: *Sherlock Holmes, Bachstraße.* Auf der Rückseite stand in Blut geschrieben: *Haltet euch aus der Sache raus!*

Der Ork schloss den Deckel und forderte sie auf runterzugehen. Mittlerweile war der Zwerg durch die Brechlaute von Ratón aufmerksam geworden und lugte neugierig nach oben. Ratón hinter sich herziehend, hetzte er die Treppe hinab. Die Squatter kickte er aus dem Weg.

Auf der Straße fühlten sie alle, dass sie beobachtet wurden. Seine Nackenhaare stellten sich auf. Aber so sehr er es auch versuchte, gelang es ihm nicht, etwas in der näheren Umgebung auszumachen.

Der Ork schob sie weiter die Straße hinauf, die Hand immer griffbereit unter der Panzerweste. Als sie an einer Bushaltestelle ankamen, entschlossen sie sich dazu, auf den Nachtbus zu warten. Das klapprige, mit Graffiti und Gangzeichen bemalte Gefährt bog einige Zeit später um die Ecke. Der Busfahrer saß in einer durch Panzerglas gesicherten Kabine und würdigte sie keines Blickes. Vermutlich hatte er gelernt, dass man die Leute nicht zu lange anstarrte. Einige der Fahrgäste neigten dazu, schnell nervös zu werden und ausgesprochen heftig zu reagieren.

Stumm setzten sie sich auf die schäbigen Plastikbänke und warteten, bis der Bus die Fahrt wieder aufgenommen hatte.

»Was jetzt?«, fragte er die Runde.

Bedrückendes Schweigen war die Antwort.

Chet holte den Credstick hervor und schaute auf die Anzeige. Seine Augen weiteten sich.

Candle forderte den Ork mit einer Handbewegung auf, ihr den Stick zu geben. Zuerst betrachtete sie den Standard-Credstick, danach warf auch sie einen Blick auf die Anzeige. Laut pfiff sie durch die gespitzten Lippen und murmelte: »Schöne Summe. Aber wie ist das möglich? Normalerweise kann man auf dem Stick nur fünftausend Nuyen speichern. Vielleicht sagt Ihnen das Ganze etwas.«

Er schaute sich den Stab an, konnte aber nichts Auffälliges an seinem Äußeren finden. Es war ein gewöhnlicher Blanko-Credstick. In den ADL waren sie zwar kein reguläres Zahlungsmittel, aber in den besser betuchten Gesellschaftsschichten und unter Shadowrunnern wurden sie bei ausländischen Transaktionen oft verwendet. Reiste man auf legalem Wege in die ADL ein, wurde ein Credstick gegen das hier übliche Zahlungsmittel, einen Ebbie, eingetauscht. Die Anzeige ließ jedoch in roten Ziffern die astronomische Zahl 55.578.923 vor seinen Augen aufleuchten. Gedankenverloren reichte er Ratón den Stick, massierte mit beiden Händen seine Schläfen und versuchte nachzudenken. Müde schlossen sich seine Augen, und er war kurz davor einzuschlafen. Chets Grunzen holte ihn zurück in die Wirklichkeit. Auffordernd schaute der Ork die Magierin an und sagte: »Es ist zwar schon fast halb drei, aber ich schätze, es wäre besser, wir würden zu Teresa gehen. Vielleicht hat sie eine Idee.«

Candle nickte leicht, und Ratón schaute immer noch fasziniert auf die Anzeige des Credsticks.

»Entschuldigt die Frage, aber wer ist Teresa?«

Candle warf einen Blick auf den Ork und meinte dann: »Du kennst sie länger, Chet. Entscheide du, was er wissen darf.«

Die Augen des Orks starrten ihn an und verengten

sich für einen kurzen Moment. Lächelnd bleckte der Meta seine Lippen und zeigte ihm die polierten Hauer. »Also Chummer, wenn du mich verschaukeln willst, tanz ich Tango mit dir, nachdem ich dir die Beine ausgerissen hab. Was ich dir jetzt verzähl, is geheim. Kein Wort davon kommt über deine Lippen!«

Bei diesen Worten fuhr der Ork seine messerscharfen Sporne bedrohlich nahe vor seinem Gesicht aus.

Er schaffte es, nicht zurückzuzucken, kniff nur leicht die Augen zusammen und nickte dem Samurai zu.

»Okay. Ich seh, wir verstehn uns! Teresa is nämlich 'ne alte Freundin von mir. Hat mich immer auf den richtigen Weg zurückgeholt. Man munkelt, dass sie selbst mal 'ne erfolgreiche Runnerin war. Jetzt hat sie sich zurückgezogen und leitet seit ein paar Jahren ein Fischgeschäft. Nix Besonderes, zwar echter Fisch, aber einiges von dem Zeug is schon wieder gut dabei, Beine zu kriegen. Das ganze is natürlich nur Schau, hauptsächlich is sie 'ne Schieberin. Macht alles zu Kohle und kann gut vermitteln. Wenn du Probleme hast oder dir der Arsch auf Grundeis läuft, auf Teresa kannst du dich verlassen. Vorausgesetzt, sie kann dich leiden. Mich kann sie leiden, und ich will, dass es so bleibt!«

Der Bus hielt an der Sternschanze. Die Gruppe stieg aus und machte sich wieder zu Fuß auf. Von hier aus war es Chet zufolge nur noch ein Katzensprung bis zu Teresas Laden.

Das Geschäft war in einem alten, dreistöckigen Haus untergebracht. Eine weiße Tafel mit schwarzen Lettern drauf trug den Schriftzug: *Teresas Fischladen.*

Neben dem Schriftzug war ein Angelhaken aufgemalt, und ein grinsender Aal schaute auf den Betrachter hinab. Um diese Uhrzeit war der Laden natürlich geschlossen. Ein altes Rolltor war vor dem Eingang heruntergelassen. Dunkle Fenster in der Häuserfront waren ein weiteres Zeichen dafür, dass kein Bewohner mehr wach war. Da Chet wusste, dass die Klingel kaputt war, tippte er in sein Handkom Teresas Nummer ein. Auf seinem Display erschien das Schild des Ladens, und eine weibliche, angenehm klingende Stimme setzte sie davon in Kenntnis, dass das Geschäft bereits geschlossen war und wann es geöffnet sei. Chet wartete ab und tippte eine andere Nummer ein.

Der Bildschirm wurde schwarz, und eine müde Stimme fragte, ob es wichtig sei. Chet grunzte nur ein »Ja«. Nach einigen Sekunden fuhr das Rolltor hoch und erlaubte ihnen, den Laden zu betreten. Zögernd traten sie ein.

Die Kühlregale des Ladens waren leer geräumt und ausgeschaltet. Im rückwärtigen Teil öffnete sich eine weitere Tür, und hinter ihnen schloss sich das Tor wieder. Chet bahnte sich den Weg durch das Geschäft und steuerte auf die zweite Tür zu. Die riesige Metalltür führte sie in einen Kühlraum. Hier waren Schienen an der Decke angebracht, und Fleischerhaken baumelten von ihnen herab. Das Erste, was sie sahen, als sie die Kühlkammer durchquert und den nächsten Raum betreten hatten, waren zwei verchromte Rottweiler. Bereit zum Sprung, kauerten die Tiere vor ihnen und schnüffelten neugierig in der Luft, um die neuen Gerüche zu entschlüsseln. Selbstsicher ließ der Ork seine Pranken begutachten und streichelte den Tieren den Kopf. Ein Pfeifen ließ die Hunde herumfahren und in den hinteren Teil des großen Wohn- und Arbeitszimmers verschwinden. Er folgte dem Blick von Chet und sah einen großen Schreibtisch. Eine ältere, etwas beleibtere, aber immer noch gut aussehende Frau saß dahinter und schenkte ihnen ein freundliches Lächeln.

Sie hatte kurze rote Haare, und ihr Körper steckte in einem engen rosa Bademantel. Die nackten Füße ruhten auf der Tischplatte, und sie wackelte entspannt mit den

Zehen. Die einzig erkennbare Cyberware war eine Datenbuchse oberhalb der rechten Augenbraue. Aufmerksam musterte sie ihre Besucher. Ganz besonders den, den sie nicht kannte. Mit einer lockeren Bemerkung eröffnete sie das Gespräch. »Chet, siehst du, nachdem du die Hunde mehrmals ausgeführt hast, mögen sie dich sogar. Früher hätten sie dir wohl bei so einer Geste die Hand abgebissen.«

Das Grunzen des Orks sollte wohl eine Antwort darstellen. Nun brachte sie einen geschäftlichen Tonfall in ihre Stimme. »Also, womit verdiene ich euren Besuch? Stimmt etwas nicht mit dem Auftrag? Euer Treffen mit Herrn Schmidt sollte bereits stattgefunden haben.«

Candles Stimme wurde ebenfalls geschäftlich, aber eine leichte Schärfe lag in ihren Worten. »Chardwin Brown war nicht da. Wir fanden seine Leiche im Coffinparadise.«

Teresa legte die Stirn in Falten.

Candle, Chet und Ratón erzählten ihr die ganze Geschichte. Danach richtete sie ihre Aufmerksamkeit erneut auf den Fremden. »Mein Herr, wenn das stimmt, was meine Freunde sagen, und davon gehe ich aus, haben Sie ein Problem.«

Sie machte eine kurze Pause. »So wie es aussieht, will jemand Ihren Arsch und setzt einiges daran, ihn zu bekommen. Aber was macht die Keycard in Ihrer Tasche? Ich mag es nicht, wenn meine Kunden gegeekt werden. Ich möchte, dass Sie mit Ihren neuen Freunden einen Bekannten von mir aufsuchen. Dieser kann möglicherweise herausfinden, welcher Art von Magie Sie ausgesetzt waren. Vielleicht ist es ihm sogar möglich, Sie zu heilen, wenn Schäden vorhanden sind, und etwas Licht in die Sache zu bringen. Ich werde für die Kosten aufkommen. Danach werden Sie, vorausgesetzt, Sie leben lange genug, in meiner Schuld stehen. Ich bin sicher, wir werden uns einig. Die Credsticks schicke ich einem

Freund von mir – es ist möglich, dass er etwas in Erfahrung bringen kann. Alles, was mit Technik zu tun hat, stellt für ihn eine Herausforderung dar, und ich bin sicher, er wird das Mysterium der Sticks aufdecken können. Ansonsten schönen Abend noch. Wenn was ist, meldet Euch auf der zweiten Leitung. Chet, du hast die Nummer.«

Mit diesen Worten schickte sie alle freundlich vor die Tür. Hinter ihnen schloss sich das Tor und ließ sie auf der verregneten Straße zurück.

Ratón hockte sich auf eine Mülltonne und zerrte aus ihrem Rucksack ein Steuerpult hervor. Sie führte den Stecker an ihre Datenbuchse und stöpselte sich ein. Die Riggerin fühlte, wie ihr Körper mit der Maschine eins wurde. Die Daten- und Stromleitungen wurden zu ihren Adern und der Motor des Fahrzeugs zu ihrem Herzen. Ein Gedanke an die Sicherheitssysteme zeigte ihr, dass in der Zwischenzeit niemand versucht hatte, sich an ihrem Nissan zu vergreifen. Mit einem Gedanken von ihr erwachte der Wagen pulsierend zum Leben. Das Röhren des Motors ließ ihren Pulsschlag in freudiger Erwartung schneller werden. Auf einen stummen Befehl hin schaltete sie das Licht ein und lenkte das Fahrzeug zurück auf die Straße.

Als sie der gewohnten Routine nachging, beruhigte sich ihr Körper und ließ sie den Anblick im Sarghotel und das Gefühl der Übelkeit vergessen. Die Bilder des Verstümmelten verblassten, und Daten erfüllten ihre Sinne fortwährend mit gewohnten Informationen.

Schnell kontrollierte sie die Kommunikationssysteme. Die HanSec-Sperre war aufgelöst worden, und die Jungs hatten sich größtenteils aus diesem Bereich Altonas verzogen. Sie steuerte den Nissan durch die Slumviertel. Gelegentlich parkte sie das Fahrzeug und ließ eine Go-Gang passieren. Schließlich wollte sie keinen unnötigen Ärger haben.

Danach fuhr sie unbeirrt weiter. Nach einigen Minuten sah sie Teresas Laden auftauchen und entdeckte ihren auf der Tonne sitzenden Körper. Bei diesem Augenblick begann ihr Verstand jedes Mal an der Realität zu zweifeln. Oft hatte sie sich die Frage gestellt, wie es möglich sei, dass ihr Geist eine Einheit mit der Maschine bildete, während ihr Körper versunken zurückblieb.

Kurz vor der Tonne drosselte sie die Geschwindigkeit, stoppte den Nissan, öffnete die Türen und stöpselte sich aus. Sobald sie die Kontrolle über ihren Körper zurückgewonnen hatte, stieg sie auf den Fahrersitz und wartete, bis die anderen eingestiegen waren. Freudig stöpselte sie sich wieder ein und ließ ihren Geist mit der Maschine erneut verschmelzen.

Der Ork setzte sich mit dem Fremden auf die Rückbank, und Candle nahm auf dem Beifahrersitz Platz. Die Magierin gab ihr die neue Adresse. »Los, fahr uns ins Rattennest!«

## 4

Snap schreckte auf, als er das Komgerät hörte. Bei seinem Schieber für Hightech hatte er nach langem Handeln endlich die Camera obscura ergattert. Mit dem Gerät war er in der Lage, die Matrix für einige Zeit seiner Realität anzupassen, und er gewann einige entscheidende Vorteile, da andere Programme kostbare Zeit aufbringen mussten, um sich seiner Umgebung anzupassen. Er war ganz in die Arbeit vertieft gewesen, und das Komgerät musste wohl schon längere Zeit geklingelt haben. Er drückte die nötigen Tasten und schaltete, weil er die Nummer des Anrufers kannte, den Bildschirm ein. Teresas Gesichtsausdruck zeigte ihm, dass der Anruf geschäftlich war. Ohne ein Wort der Begrüßung fing sie an: »Snap, ich habe einen Job für dich. Hast du Zeit?«

»Ja, kein Problem. Schieß los«, antwortete er sofort.

»Du musst für mich einige Daten checken. Ich werde dir die Infofiles von zwei Credsticks senden. Eine der Dateien ist fast ganz zerstört, aber mit etwas Glück kannst du mit den Daten was anfangen. Die andere bezieht sich auf einen Kerl mit dem Namen Chardwin Brown. Sieh an, ob du irgendwelche Infos über ihn aus dem Netz ziehen kannst, und ob etwas über seinen Tod bekannt ist. Weitere Einzelheiten kann ich dir leider nicht geben.«

Sein Kom zeigte an, dass die Dateien bereits übermittelt worden waren und in der Ablage darauf warteten, von ihm gelesen zu werden.

»Teresa, wie sieht es mit der Bezahlung aus?«

Bei dem Gedanken an Kohle musste er daran denken, so schnell wie möglich welche zu bekommen. Die neue Hardware hatte ihn die letzten Reserven gekostet.

»Versuch dein Bestes, und falls du über etwas stolperst, sag mir Bescheid. Aber unternimm keine unüberlegten Aktionen. Ich will nicht, dass jemand auf dich aufmerksam wird. Die Bezahlung ist dein üblicher Tarif.«

Nach diesen Worten wurde der Bildschirm schwarz, und die elektronische Stimme machte ihn darauf aufmerksam, dass der Anrufer das Gespräch beendet hatte. Seufzend überprüfte er das Deck noch einmal, befand die Arbeit für gut und stöpselte sich ein.

Von dem Deck aus wählte er die Daten in dem Komgerät an und kopierte sie in den Hauptspeicher des Cyberdecks. Ein Blick zeigte ihm, dass die erste Datei so gut wie hinüber war. Snap entschied sich dafür, sie erst einmal ruhen zu lassen. Die zweite Datei haute ihn fast um. Laut Infos handelte es sich um einen Standard-Credstick, ausgestellt in London. Aber der Stick war mit der grandiosen Summe von 55.578.923 Nuyen beschrieben. Eine genauere Untersuchung ergab, dass diese Zahl nicht richtig war. Die angegebene Summe ergab sich aus der Vielfalt von mehreren Konten, auf die der Besitzer anscheinend Zugriff hatte.

Die Abstufungen der einzelnen Beträge waren durch unterschiedliche Sicherheitsüberprüfungen geschützt. Bei manchen war ein Codewort ausreichend, andere verlangten aber die Kontrolle der Netzhaut. Schnell schickte er eine Nachricht zu Teresa und verlangte, dass sie ihm den Stick zuschickte. Aus der Ferne war eine genaue Analyse nicht möglich. Nachdem er die Nachricht auf ihr Kom gespeichert und verschlüsselt hatte, rief er seine Würmer und Suchroutinen auf und veranlasste sie, die zu den Kontonummern zugehörigen Konten ausfindig zu machen. Würmer waren Expertensysteme, welche die SIN oder einen Code des Erstellers in sich trugen. Es verstand sich von selbst, dass Snap eine getürkte, aber für oberflächliche Kontrollen wasserdichte SIN benutzte, um bei erforderlichen Abbuchungen einen Geldtransfer zu erlauben.

Danach befasste er sich mit der auf dem Stick gespeicherten SIN. Einige Programme und Würmer sollten ebenfalls versuchen, alle oberflächlichen Daten ausfindig zu machen. Er wollte die Routinen nicht zu tief graben lassen. Teresa hatte ihn davor gewarnt, zu aufdringlich zu sein. Da er noch kein Blut gewittert hatte, entschied er sich vorsichtshalber, ihrem Rat Beachtung zu schenken. Von jetzt an galt es, abzuwarten und zu schauen, was die Nachforschungen ans Tageslicht brachten.

Um nicht untätig herumzusitzen, startete er einige Simulationen und ließ die Camera obscura mehrmals prüfen. In der Zwischenzeit schaute er sich die erste Datei erneut an. Die einzelnen Daten waren zu klitzekleinsten Fragmenten zerschossen worden. Sogar nach einigen Stunden Arbeit hatte er es nicht geschafft, die Nummer des Sticks zu rekonstruieren. Halbherzig startete er weitere Routinen, um die Datei von einigen Programmen automatisch reparieren zu lassen. Er glaubte aber nicht wirklich, auf diesem Wege erfolgreich zu sein. Ein Blick auf die Uhr zeigte ihm, dass es Zeit war, aufzuhören.

Als er sich ausstöpselte, knurrte sein Magen hungrig, und sein Körper drohte vor Müdigkeit zusammenzubrechen. In der Matrix war alles einfacher, dort musste er sich nicht mit so alltäglichen Gebrechen herumschlagen. Seufzend schaltete er den Soyfood-Automaten an und wartete, bis der Fraß fertig war.

# 5

Vor ihnen lag das riesige Gelände des Müllentsorgungszentrums Hamburg-Nord. Die Halde erstreckte sich einige Kilometer vor ihren Augen. Viele meterhohe Berge von Schrott und Unrat ragten empor, Häusern gleich in die Höhe gebaut, und machten es dem Betrachter schwer, eine klare Grenze zu ziehen. Im Zentrum sahen sie die Feuer und Rauchsäulen der Verbrennungsanlage. Große Planierraupen und Kräne luden den Abfall auf Förderbänder, und die stinkenden Massen nahmen den Weg zu ihrem Bestimmungsort auf. Smog hüllte alles in seinen verseuchten Atem und ließ die ganze Szene bedrohlich aussehen. Als sie näher heranfuhren, erblickten sie einen langen, hohen und laut den angebrachten Schildern unter Starkstrom stehenden Zaun. Vermutlich zog er sich um das gesamte Gelände des Müllentsorgungszentrums.

Weil die Haupt- und Seiteneingänge bewacht wurden, lenkte die Riggerin ihren Nissan in eine Seitenstraße. Der Geländeantrieb brachte das Fahrzeug ohne Problem durch den Schutt, der die Grenzen des Geländes längst überwunden hatte und mit den Häusern zu einer Einheit zusammengeflossen war.

Grunzend reichte der Ork ihm einen Chemoanzug. »Ich mag zwar in deinen Augen verseucht sein, aber das, was du gleich siehst, is nich besonders angenehm auf der Haut. Und vertrau mir, mein Fell hält bestimmt mehr ab als deins.«

Als er den Anzug anlegte, fragte er Candle: »Was ist das Rattennest eigentlich?«

»Sie sind wirklich nicht oft in der Gegend. Das, was Sie da vor sich sehen, ist das Rattennest! Erläuterungen dazu finden Sie in keinem Touristenführer. Bilden Sie sich am besten Ihre eigene Meinung.«

Er versuchte einen Zusammenhang zwischen dem Namen Rattennest und der Müllentsorgungsanlage zu ergründen. Seiner Ansicht nach waren Ratten das Mindeste, was man auf dem Gelände fürchten sollte.

Leise glitt die Seitentür des Nissan auf. Der Gestank draußen war unbeschreiblich. Der Filter im Anzug leistete zwar eine ganze Menge, war aber nicht in der Lage, alle Spuren des Drecks in der Luft zu beseitigen.

Froh darüber, dass er den Chemoanzug von dem Ork erhalten hatte, schritt er den anderen hinterher. Die aufgehende Morgensonne wurde vom Smog vollkommen verdeckt. Der strömende Regen hatte auch hier dazu geführt, dass die Gullys die Last nicht bewältigen konnten.

Durch den Schlamm watend, erreichten sie das Wrack eines alten Transporters. Der Lack war von Brandspuren überzogen, und ein Rattenschädel war mit Spraydosen aufgebrusht worden. Die eingeschlagenen Scheinwerfer schauten sie traurig an.

Selbstbewusst hob Chet die Pranke und klopfte kräftig an die Seitentür. Das Klopfen hallte dumpf aus dem Inneren zurück. Schnell öffnete sich die Tür, und sie starrten in die Läufe dreier Holdout-Pistolen. Die Träger der Waffen waren Straßenkids, und ihre Kleidung bestand aus zerfetzten Jeans- und Synthleder-Klamotten.

Das Funkeln in ihren Augen war als ernst gemeinte Drohung zu verstehen: *Du bist zwar besser bewaffnet, aber ich kämpfe bis zum Tod, wenn es sein muss! Chummer, ist dir das den Ärger wert?*

Eingefallene Gesichter waren ein Zeichen für ihre Unterernährung. Der Anführer des kleinen Haufens fauchte sie herausfordernd an. Lispelnd schrie er auf sie ein: »Hey, ihr Pissser! Habt ihr nich gessehen, auf der Karre iss dass Zeichen von den Rat-Sskinss eingebrannt! Wir mögen keine Schlipssträger und Eindringlinge in unsserem Revier. Loss, Hossen runter und zeigt, wass ihr dabeihabt!«

Auffordernd hielt er dem Ork die Holdout gegen das Visier. Das war der größte Fehler, den er machen konnte.

Der Reflexbooster des Orks leistete ganze Arbeit. Bevor einer der drei reagieren konnte, hatte der Ork eine Faust schmerzhaft in die Fresse des Schreihalses geschmettert. Mit der anderen hatte er die Köpfe der beiden übrigen Kids zusammengeklatscht und sie ins Reich der Träume geschickt. Gleichzeitig war Ratón herumgefahren und brachte ihre Ingram Smartgun in Anschlag. Candle bewegte ihre Hände und ließ eine brennende Kugel in ihrer rechten Handfläche erscheinen.

Der Meta war ins Innere geklettert und hatte dem Anführer ein Knie in den Rücken gebohrt. Winselnd und fiepend spuckte der Junge Blut und Zähne. Seine Fieplaute wurden draußen erwidert. Ungefähr zwanzig andere Kids stürmten aus allen Winkeln hervor und umstellten das Wrack.

Lachend stieß Chet den Anführer beiseite und zerrte ihn aus dem Transporter und auf die Beine. Ratón steckte die Waffe weg, und Candle ließ die magische Kugel verschwinden.

Verdutzt schaute der Junge umher. Das Grunzen des Orks sorgte für Aufklärung. »Chummer, wenn ihr nicht bald lernt, dass man sein Gegner nicht nah rankommen lässt oder besser noch ihm die Wumme direkt vor die Nase hält, werdet ihr nächstes Mal nicht mit 'nem blauen Auge davonkommen.«

Sabbernd und den letzten seiner abgebrochenen Zähne ausspuckend, konnte das Bündel in Chets kräftigen Armen nur benommen mit dem Kopf nicken. Die anderen traten näher und hauten dem Ork freudig auf die breiten Schultern. Ratón wurde in die Begrüßung mit einbezogen.

Candle hielt mit gerümpfter Nase Abstand, und er stand wie ein Außenseiter daneben und wartete ab. Nachdem die Begrüßung vorüber war, schlichen die anderen zurück zu ihren Posten.

Chet klopfte dem Gepeinigten noch einmal auf die Schulter und forderte ihn auf, einen Zugang zu öffnen.

Das Kid kletterte zurück in den Transporter und öffnete eine verborgene Falltür. Er erklärte, jetzt noch mehr lispelnd als vorher: »Dasss Wasssser im Gang sssteht nur noch knietiefff. Wir ham geschuffftet wie die Blöden!«

Er schnappte sich eine Taschenlampe und kletterte eine rostige Leiter hinab. Als der Ork hinabstieg, quietschte die Leiter bedrohlich, hielt aber trotz der starken Belastung stand. Die anderen folgten dicht hinter ihm. Über ihnen wurde die Falltür wieder geschlossen, und das Geräusch hallte im Gang laut wider. Der Weg führte etwa drei Meter in die Tiefe und machte dann einen Knick in Richtung Mülldepot.

Vor ihm sah er die Silhouette des Orks und das tanzende Licht der Taschenlampe. Hinter ihm hörte er, wie Ratón und Candle durch das stinkende Wasser wateten. Aufgeschreckte vierbeinige Ratten suchten fiepend das Weite in der Dunkelheit. Nach ungefähr fünfzehn Metern führte eine Leiter zurück an die Oberfläche.

Über ihnen wurde auf ein Klopfzeichen hin etwas scheppernd beiseite gezogen. Eine zweite Falltür wurde geöffnet. Angenehme Wärme schlug ihnen entgegen, als sie in das Innere einer Blechhütte kletterten.

Die Hitze ging von einer Blechtonne aus, in der die Bewohner ein Feuer entzündet hatten. Mehrere meist ältere Menschen lagen in Decken gekauert. Unzählige Krebsgeschwüre verunstalteten die Körper der Leute. Kinder schrien nach Nahrung, und Mütter weinten, weil sie ihre Kinder nicht versorgen konnten. Auf anderen Gesichtern konnte man nur noch hoffnungslose Resignation erkennen. Die Wärme des Feuers stellte einen ganz persönlichen Reichtum für die Bewohner dar. Ein Funken Hoffnung in all dem Dreck, der sie umgab.

Als auch Ratón den Ort der Armut betreten hatte, trat ein völlig verhüllter Mann vor und wuchtete die Tonne über die Falltür. Stumm schauten die glasigen Augen durch die Riggerin hindurch. Mit einem Blick sah er, dass die Augen des Mannes von Säure zerfressen waren. Der lispelnde Straßenjunge, der wohl den Schrecken in seinem Gesicht gesehen hatte, meinte: »Tja, da gucksssst du. Ich heisss Lücke, hängt wohl damit zzzussamm, dasss mir ein paar Zzzähne fehlen. Ssiehss de, ssogar bei dem Wort habe ich Probleme.«

Auf einen Wink von Chet schritt der Knabe durch eine baufällige Seitentür und führte sie über das Haldengelände.

Candle gesellte sich zu ihm und flüsterte ihm ins Ohr: »Passen Sie auf, wo Sie hintreten. Es gibt hier Löcher, die einige Meter tief sind. Fällt man einmal hinein, muss man viel Glück haben. Die Masse zieht einen wie Treibsand hinab und spuckt einen erst Monate später wieder aus.«

Aufmerksam suchte er die Hütten ab, konnte aber außer Squattern und Kranken nichts entdecken. In seinem Kopf tauchten mit einem Mal Bilder auf und ließen ihn zusammenzucken. Männer in Uniform streiften vor seinen Augen durch eine ähnliche Ansiedlung und eröffneten das Feuer …

Beim Aufblitzen des Mündungsfeuers in seinem Kopf wurde ihm schwindelig. Die Kopfschmerzen drohten seinen Schädel zu sprengen. Sein Körper drehte sich um die eigene Achse, und er fiel rückwärts ins Wasser. Die stinkende Flüssigkeit brach über ihm zusammen, die schlammige Masse zerrte ihn an den Füßen hinab in die Tiefe. Das Filtersystem des Chemoanzugs gab auf, und der Brei drang ins Innere der Maske vor. Mehrere Minuten kämpfte er gegen die Fluten an, aber unaufhaltsam sank er tiefer und tiefer. Das Wasser drang ihm in Nase und Mund und raubte ihm den letzten Atem. Ihm wurde schwarz vor Augen, und sein Bewusstsein kehrte zurück in den Schoß der Dunkelheit, mit der alles an diesem Tag begonnen hatte.

Chet sah, wie der Mann in dem Morast unterging, und musste mit den anderen hilflos zuschauen. Fluchend suchte er nach einer Möglichkeit, dem Fremden zu helfen, ohne selbst dem tödlichen Loch zu nahe zu kommen. Die rudernden Arme verschwanden nach kurzer Zeit ganz in der Masse und tauchten nicht mehr auf. Das musste das Ende für den Unbekannten sein.

## 6

Zack schaute sich um. Er war fest davon überzeugt, dass dies das richtige Haus sein musste. Das alte Mehrfamilienhaus erweckte den Eindruck, jeden Augenblick in sich zusammenzustürzen. Weil der Morgen langsam graute, gingen in einigen Fenstern die Lichter an, und die Bewohner machten sich fertig für den Alltagstrott.

Die Straße wirkte leer, nur vereinzelt brannten Feuer in Mülltonnen, und Squatter wärmten ihre kalten Finger. Zuerst wollte er sich die Rückseite des Hauses anschauen. Unauffällig schlüpfte er an Mülltonnen vorbei und erreichte sein Ziel. Der Hinterhof wirkte genauso ärmlich und verdreckt wie der Rest der Gegend. Er hätte aber blind sein müssen, um das Chaos zu übersehen, das den Boden bedeckte.

Trümmer lagen verstreut auf dem Beton und zwischen den Müllbergen. Der Brandgeruch war nicht zu verkennen. Ein aufmerksamer Blick nach oben ließ ihn den Ursprung des Feuers erkennen. Teile der obersten Etage waren komplett weggesprengt worden. Sein Blick glitt abermals über den Boden, und er entdeckte mehrere Stellen, an denen der Beton gesplittert war.

Zack kannte diese Art von Spuren. Hier hatte jemand mit ziemlich scharfer Munition herumgeballert. Dem Einschusswinkel nach musste der Schütze auf der gegenüberliegenden Häuserfront Position bezogen haben. Bei seinem Glück hatte sein Ziel garantiert mit der Sache zu tun.

Die große Frage eines jeden Runners drängte sich immer mehr in den Vordergrund: *Warum kann nichts einfach ablaufen?*

Mit einem mulmigen Gefühl ging er zur Haustür zurück und musterte die wenigen vorhandenen Türschellen. Die Namen sagten ihm nichts. Ein kurzer Druck an der Türklinke zeigte ihm, dass die Tür unverschlossen war. Seine Kunstmuskeln und der Reflexbooster brachten ihn schnell zur obersten Etage. Auf seinem Weg wich er mehreren Trümmern aus und schaute verstohlen um die Ecke.

Die äußerste rechte Wohnung auf dem Stockwerk und Teile des Daches waren einfach verschwunden. Wahrscheinlich lagen sie in ganz Altona verstreut oder waren in ihre Bestandteile zerblasen worden. Ein HanSec-Sicherheitsband versperrte ihm ohne Erfolg den Weg. Das Band sowie die Kreidemarkierungen waren ein deutliches Zeichen dafür, dass die Truppe schon ihre Arbeit erledigt hatte. Natürlich hatte sie auch ganze Arbeit geleistet. Wie eine Horde Hausfrauen beim Ausverkauf hatten sie sämtliche Beweismittel plattgetrampelt. Die Abdrücke würden ihn nicht weiterbringen. Aber die allgemein bekannte Nachlässigkeit, die HanSec bei Ermittlungen in dieser Gegend an den Tag legte, ließen ihn hoffen, dass sich die Untersuchungsbeamten nicht sonderlich aufmerksam umgeschaut hatten.

Zack bückte sich und stocherte in den Resten herum. Nach einigen Minuten entdeckte er endlich, was er suchte. Munitionshülsen.

Dem Kaliber nach musste diese Hülse mindestens von einem mittleren Maschinengewehr abgeschossen worden sein. Missmutig schaute er auf seine Panzerweste. *Das sind ja gute Aussichten! Ich weiß zwar nicht, wie Schweizer Käse schmeckt, aber wenn ich Pech habe, weiß ich, wie er sich fühlt!*

Was sollte er tun? Eins war sicher – der Lärm von gestern war den anderen Hausbewohnern gewiss nicht entgangen.

Zwei Etagen tiefer klopfte er an eine alte Haustür. Auf dem Namensschild stand in Druckbuchstaben *M. Rebbe.*

Nach einigen Minuten hörte er, wie jemand schlurfend an die Tür trat und Anstalten machte, durch den Spion zu spähen. Zack setzte ein freundliches Lächeln auf und grinste in die Linse.

Wieder einige Minuten später – er rechnete jeden Augenblick damit, einen Krampf in den Gesichtsmuskeln zu bekommen – hörte er eine krächzende, wahrscheinlich weibliche Stimme: »Was ist denn los?«

Immer noch lächelnd erwiderte Zack: »Guten Morgen, werte Frau! Entschuldigen Sie die Störung, aber ich bin vom Trid-Kanal der Hamburger Morgenpost!«

Gewichtig holte Zack einen Parkausweis hervor und drückte ihn so eng gegen den Spion, dass ihn garantiert niemand ohne Cyberware auf diese Entfernung lesen konnte. Genauso schnell, wie er den Ausweis hervorgeholt hatte, steckte er ihn auch wieder weg, und fuhr mit seiner Erklärung fort.

»Aus sicherer Quelle haben wir erfahren, dass gestern ein Anschlag auf dieses Gebäude verübt wurde. Ich bin neu bei der Morgenpost und habe sofort eine heiße Story gewittert. Sie als Mieterin wissen doch bestimmt etwas über den Vorfall, das Sie der Öffentlichkeit mitteilen wollen!«

Nach einigem Zögern reagierte die Stimme hinter der Tür erneut. »Und Sie sind sicher, dass Sie mir keine Hightech-Waschmaschine verkaufen wollen?«

Zack konnte sich nur mit Mühe ein Grinsen verkneifen und antwortete todernst: »Aber natürlich, werte Frau. Ich habe mein Leben der Wahrheit gewidmet. Mein Ziel ist es, den Zuschauern die Wirklichkeit zu zeigen.«

Nach erneutem Zögern machte sich die Frau daran, die vielen Riegel ihrer Tür zu öffnen.

Erfreut darüber, dass der alte Trick immer noch klappte, betrachtete Zack die Frau. Vor ihm stand in einem alten Morgenrock und mit einer Haube auf dem Kopf eine etwa sechzig Jahre alte Dame und musterte ihn ihrerseits neugierig.

»Haben Sie keine Kamera?«, krächzte ihn das alte Weib an.

Immer noch freundlich erwiderte er: »Aber Frau Rebbe, ich habe alles im Kopf, was ich brauche.«

Zack deutete mit einem gewinnenden Lächeln auf seine Augen.

»Ach, mit dem neumodischen Zeug werde ich mich nie zurechtfinden. Sind wir schon auf Sendung?«

Zack schüttelte den Kopf. »Nein, das kommt erst in den Zwanzig-Uhr-Nachrichten. Können wir anfangen?«

Zwei Stunden später hatte er die Wohnung der alten Dame verlassen und kannte ihre ganze Lebensgeschichte. Vor allem jedoch wusste er jetzt, dass der Bewohner der zerstörten Wohnung, Chardwin Brown, ein übergewichtiger großer Schwarzer gewesen war. Dieser hatte vorgestern Abend von einem Mann, dessen Beschreibung auf sein Ziel passte, Besuch erhalten. Laut den HanSec-Beamten, welche die arme Frau spät abends noch befragt hatten, war bei dem Anschlag niemand ums Leben gekommen. Deshalb hatte sie den Beamten nichts von dem Fremden erzählt. Sie hatte zwar berichtet, dass jemand geschossen hatte, bevor die Wohnung in die Luft geflogen war, aber aus Angst war die alte Dame nicht an die Tür gegangen, um zu schauen, wer das Feuerwerk veranstaltet hatte.

Das waren ja tolle Aussichten für ihn. Sein Ziel war weg, und alle handfesten Beweise waren vernichtet. Murrend trat er auf die Straße und machte sich daran, die Squatter zu befragen. Dies würde ein langer Tag werden.

Claw fühlte sich nicht wohl. Löwe in ihm war ungeduldig. Auf der Stelle tretend und mit den Muskeln spielend, überlegte er, was als Nächstes bevorstand.

Sein Unsichtbarkeitszauber machte es dem Mann, der die Wohnung verließ, unmöglich, ihn zu sehen. So wie die übrigen Passanten nahm keiner den Löwenschamanen wahr. Hätte sich Claw nicht des Zaubers bedient, würden ihn alle Leute vermutlich anstarren.

Für Claw galt: Ich folge nicht dem Totem Löwe, ich bin Löwe. Diese Einstellung spiegelte sich auch in seiner Kleidung wider. Als Kopfbedeckung trug er einen Löwenschädel, der ab den Schultern in einen Löwenfellumhang überging. Ein Raubtierzahn hing an einem

Lederband befestigt um den Hals und baumelte auf die nackte, braune, muskelbepackte Brust herab. In der rechten Hand hielt er den reich verzierten Jagdspeer seines Stammes aus Afrika. Genauso wie der Speer war auch der Schild mit den Zeichen der Zulus bemalt. Eine enorme Kraft ging von seinem Körper aus und spiegelte sich auch in den fließenden, raubtierhaften Bewegungen wider.

Vor drei Monaten hatte er wegen innenpolitischer Probleme seine afrikanische Heimat verlassen müssen. Eigentlich war das ein Verstoß gegen seinen Stolz gewesen. Normalerweise würde er keinem Kampf aus dem Weg gehen, aber da seine Familie ihn betäubt und über den Seeweg verschifft hatte, sah er die Reise als lange verdienten Urlaub an. Als er in London von Bord gegangen war, hatte er sofort bemerkt, dass die Stadt am Rande des Abgrunds stand. So viel Beton und Industrie konnten nicht gut für Mutter Erde sein.

Er vermisste den Wind der Savanne und das Brennen der Sonne auf der Haut. Der andauernde Regen und Smog verleideten ihm die Stadt schon mehr als genug. Die riesigen Wohnhütten der Konzerne waren ein Zeichen dafür, dass die Menschen der Welt ihre Macht aufdrücken wollten. Aber eines Tages würde die Zeit kommen, und Löwe würde mit seinen Freunden über eine saubere Erde wandeln.

In der Anhäufung von menschlichem Abschaum war es ihm gleichwohl gelungen, ein paar Freunde zu finden. Sofort hatte er sie zu Mitgliedern seines Rudels erkoren. Der große Brown war ein Krieger und Kampfgefährte. Er hatte zwar immer Probleme mit seinem Übergewicht gehabt, aber Claw wusste, dass jeder, der nicht Löwe war, Fehler besaß. Das zweite Rudelmitglied war eine Frau namens Icebaby. Auch sie war eine große Jägerin. Zwar jagte sie Daten, aber ihre Kunst hatte sich schon mehr als einmal als nützlich erwiesen. So sehr er die Frau auch mochte, konnte er mit der Matrix nichts anfangen. Diese künstliche Realität verstieß gegen sein Weltbild. Die Natur war das Wichtigste, Maschinen besaßen kein Leben. Sie waren genauso kalt und tot wie ihre Auren. Wie sollte es möglich sein, in einem toten Irrbild zu leben?

Nach ihrem letzten Run hatten sich die drei für einige Zeit getrennt. Zwei andere Rudelmitglieder hatten bei dem Kontrakt ihren Körper auf der Welt zurückgelassen. Ihre Geister waren auf die große Reise gegangen. Wie Kämpfer hatten sie dem Tod ins Auge gesehen. Sie waren einen guten Tod gestorben. Aber der Rest des Rudels brauchte eine Pause, um die Wunden zu lecken. Icebaby hatte sich still zurückgezogen und ließ gelegentlich von sich hören. Brown war nach Hamburg gereist; dort wollte er ein paar Modifikationen vornehmen lassen. Trotz Claws Einspruch war der große Krieger abgereist. Claw war der Ansicht, dass ein wahrer Krieger seinen Körper trainieren und ihn nicht wie eine Maschine umbauen sollte.

Nun war bereits eine Woche ins Land gestrichen, und Brown hatte nichts von sich hören lassen. Vor drei Tagen hatte ihm sein Totem mitgeteilt, dass eines seiner Rudelmitglieder in Schwierigkeiten steckte. Ein kurzer Kontakt mit Icebaby hatte ihm gesagt, wo er den Freund in Hamburg finden konnte. Sofort hatte er alles Erforderliche unternommen, um aufzubrechen. Seit gestern Abend war er nun in der Stadt und hielt nach dem großen Brown Ausschau.

Als er die Wohnung seines Freundes entdeckt hatte, waren die hier ansässigen Gesetzeshüter – HanSec nannte man die Gesellschaft – schon mitten in ihren Ermittlungen. Eine Reise in die Astralebene war nicht möglich gewesen, weil die Beamten Magier dabeihatten. Später hatte er sich die Wohnung angeschaut, aber die Explosion hatte alle brauchbaren Spuren vernichtet.

Beim Askennen hatte er wohl bemerkt, dass starke Magie in der Wohnung gewirkt worden war. Wegen der starken emotionalen Schwankungen in der hiesigen Gegend veränderte sich das astrale Bild jedoch ständig. Gefühle von Hass, Zorn und Trauer ließen die Niedergeschlagenheit der Bewohner erkennen. Dies führte dazu, dass die Auren der Umgebung ständig wechselten und eine genauere Analyse nicht möglich war.

Seitdem lauerte er nun und wartete auf etwas Verdächtiges. Dieser Krieger war ihm sofort aufgefallen. Aus der Astralebene hatte er gesehen, wie der Mann die Hütte untersucht und mit einer Bewohnerin gesprochen hatte. Die Aura hatte Claw sofort verraten, wo der Mann verchipt war und wo er seine Waffen trug. Die toten Leitungen glitten durch den ganzen Körper und verseuchten die vor Leben pulsierende Aura des Mannes. Schwere Pistolen steckten in zwei Tarnhalftern. Eine kleinere Waffe steckte im rechten Stiefel, und ein Messer war am Rücken befestigt. Eines stand fest, der Mann war gefährlich.

Claw hatte seinen Plan.

*Hinter der nächsten Ecke schnappe ich ihn mir!*

Zacks Unterredung mit den Squattern ergab, dass ein paar Straßen weiter ein Lieferwagen, voll beladen mit Hightech-Drek, in die Luft geflogen war und mehrere Menschen dabei ums Leben gekommen waren. Kurz darauf sei ein Mann, der Beschreibung nach Zacks Zielperson, in einen Nobelschlitten gestiegen und abgebraust.

Das war zwar nicht viel, aber wenigstens etwas. Bevor er der Sache nachging, wollte er erst einmal die Häuser auf der gegenüberliegenden Seite des Hinterhofs in Augenschein nehmen. Vor einem alten Backsteinhaus blieb er stehen. Wie bei dem Rest des Bürgersteigs war auch hier der Beton gebrochen. Eine kaputte

Stelle erschien ihm ungewöhnlich groß, doch der Regen hatte alle Spuren verwischt. Eine Stimme in seinem Innern sagte ihm aber, dass der Schütze auf diesem Haus Stellung bezogen haben musste. Ohne Probleme gelangte er auf das Dach des alten Gemäuers und machte sich auf die Suche.

Von diesem Punkt aus hatte er einen idealen Ausblick. Der Hinterhof und die verwüstete Wohnung waren von hier aus gut einzusehen. Am Häuserrand fand er Einschusslöcher. Die dunklen Verfärbungen auf den Steinen konnten von Blut stammen.

Hinter sich hörte er plätschernde Schritte.

Als Claw auf sein Opfer zuschlich, spürte er, dass dieses ihn bemerkt hatte. Die fließende Bewegung, mit welcher der Mann sich zur Seite warf, abrollte und die Waffen zog, bestätigte seine anfängliche Vermutung bezüglich der Modifikationen. Dieser Mann war bestimmt ein kampferfahrener Krieger, aber nicht gut genug, um für ihn eine Gefahr darzustellen. Claw summte sein Lied, das Lied des Löwen, und ließ die Magie aus seinem Körper gleiten. Für einen kurzen Augenblick weiteten sich die Augen seines Opfers.

Zack sah, wie aus dem Nichts vor ihm die humanoide, beängstigende Gestalt eines Löwen auftauchte.

Claws Gesichtszüge veränderten sich. Seine Haare glichen einer riesigen Mähne, seine Augen blitzten wie die eines Raubtiers, und sein geöffneter Mund glich einem Maul voller spitzer, scharfer und todbringender Zähne. Der Zauber traf den Samurai wie ein Hammerschlag vors Gesicht.

Altonas Straßenlärm wurde vom Dröhnen einer großen Glocke übertönt, die in Zacks Ohren widerhallte. Sein Kiefer zog sich schmerzhaft nach rechts. Von der enormen Kraft mitgerissen, wirbelte sein Körper um die eigene Achse und schlug platschend auf dem nassen Dach auf. Die raue Teerpappe rieb ihm die Haut von den Wangenknochen. Taumelnd rollte er sich ab und zielte auf die Stelle, an der sein Gegner eben noch gestanden hatte. Eine Bewegung neben ihm ließ ihn herumfahren.

Die Löwengestalt war verschwunden, jetzt stand dort ein trainierter, großer und schlanker Schwarzer. Der komische Vogel trug zwar den Schädel und das Fell eines Löwen, aber ansonsten glich er einem afrikanischen Stammeskrieger aus dem Trid. Der Speer zielte auf seine Brust. In der anderen Hand hielt der Verrückte einen Holzschild und bedeckte damit Teile des Körpers. Wie eine Katze, die eine Maus anlächelt, bevor sie zuschlägt, grinste der Mann ihn an. Zack konnte in den Augen des Mannes förmlich lesen: *Du bist kein Gegner für mich!*

Zornig biss der Samurai die Zähne zusammen und verdrängte den pulsierenden Schmerz. *Wir werden sehen, wer von uns beiden der Bessere ist!*

Funkelnd standen sich die beiden Männer gegenüber. Jeder lauerte auf den nächsten Zug des Gegners, und nur wenige Meter trennten die beiden voneinander. Der übliche Lärm Hamburgs schien aus einer anderen Welt zu kommen und drang nur dumpf an sie heran.

Claw befand sich in der Savanne und lauerte einem angeschlagenen Wasserbüffel mit seinem Speer auf. Dies war der Augenblick des Jägers. Gleich würde die Beute mit einem Blick in den Augen zeigen, dass heute ein schöner Tag zu sterben sei. Der Kampfrausch durchflutete seinen Körper und ließ Löwe in freudiger Erwartung knurren.

Zack fühlte sich in die Arena des Urban Brawl versetzt. Vor ihm stand der Line-Out der gegnerischen Mannschaft und versperrte ihm den Weg. Ein Zusammentreffen war unausweichlich. Mit enormer Wucht würden ihre Körper aufeinander prallen, und die pure Kraft würde über den Ausgang der Konfrontation entscheiden. Jetzt hieß es, Augen zu und durch. Es konnte nur einer stehen bleiben.

Beide reagierten gleichzeitig. Claw schleuderte den Speer mit enormer Kraft auf die Brust des Mannes. Zack sprang zur Seite und feuerte die beiden Ares Predator II ab und zersiebte den Schild des Löwenmenschen. Die Schalldämpfer hielten nur den ersten Salven stand und gaben ihren Geist auf. Laut hallten die Schüsse über die Häuserdächer. Der Sprung hatte ihm das Leben gerettet. Von der Wucht des Speers getroffen, taumelte er dennoch zurück und drohte über den Dachrand zu stürzen. Die Waffe hatte seine Panzerweste durchstoßen, war aber von der ballistischen Unterwäsche aufgehalten worden. Zwar hatte ihm die Waffe keine blutende Wunde zugefügt, aber wäre seine Dermalpanzerung nicht gewesen, hätte er sich höchstwahrscheinlich einige Rippen gebrochen.

Claw hatte mit dem Sprung des Mannes gerechnet, war aber davon ausgegangen, dass sein Gegner von dem Dachrand wegspringen würde. Somit hatte sein Speer ihn nur an der Seite getroffen. Ihn hatte die Wucht der Einschüsse auch von den Beinen geworfen. Glücklicherweise hatte er die Rückseite des Schildes mit Kevlarmatten verstärkt, sonst wäre er durchlöchert worden. Die Panzerung hatte zwar die Kugeln abgehalten, aber der linke Unterarm lief schon blau an. Wütend sprang er auf, Löwe musste gewinnen. Mit bloßen Händen ging er auf den Gegner los.

Zack sah, dass sein Angreifer nicht aufgab. Unbewaffnet stürmte der Fremde einem Verrückten gleich auf ihn zu. Somit sah der Runner keinen Grund dafür, die Waffen abzufeuern und ihm auf einfache Weise das Lebenslicht auszublasen. Er brauchte ihn lebend, um an Informationen zu gelangen.

Schnell ließ er die Pistolen fallen und zog den Speer aus der Kleidung, als der Mann nur noch einen Meter von ihm entfernt war. Den Schaft der altertümlichen Waffe hieb er dem Besitzer um die Ohren.

Claw konnte dem ersten Schlag nicht ausweichen. Dumpf schlug der Speer gegen seinen Kopf. Löwe wurde wütend und brüllte. Die Magie ließ erneut seine Aura erstrahlen, und die Energie ließ seinen Körper vor Kraft strotzen. Mühelos fing er den nächsten Schlag der Messerklaue ab.

Zack, der damit gerechnet hatte, ergriff mit seinem Schockhandschuh die spärlich bekleideten Weichteile des stinkenden Monsters und ließ dessen Kronjuwelen erzittern.

Claws Augen weiteten und verdrehten sich, als die Elektrizität durch seinen Körper schoss. Stöhnend ging er zu Boden und wollte einfach nicht glauben, dass er verloren hatte. Der andere war wirklich besser gewesen. Die dreckige Stadt Hamburg verschwand vor seinen Augen.

Zack schaute auf den am Boden liegenden Gegner. Körperlich sah er ja wie ein Mann aus, aber Zack war felsenfest davon überzeugt, einen Löwen gesehen zu haben. Es gab nur eine Lösung: Es musste ein Schamane sein. Bis jetzt hatte er nur wenige Schamanen getroffen, aber in der Sechsten Welt war alles möglich. Der Samurai konnte von Glück sagen, dass er den Kampf überlebt hatte. Normalerweise hätte er mit seinen Kugeln nichts gegen den Magiebegabten ausrichten können.

Der Samurai ging davon aus, dass der Schamane, wenn er dies gewollt hätte, in der Lage gewesen wäre, Zack in einen Topf Petunien zu verwandeln.

Was sollte er jetzt tun? Vielleicht wusste der stinkende Miniaturkater, wo sein Ziel war. Oder er stand in Verbindung mit den Männern, die dafür verantwortlich waren, dass die Wohnung in die Luft geflogen war. Genauso gut konnte er auch nur ein durchgeknallter Penner von der Straße sein. Oder eine Aufmerksamkeit seines Herrn Schmidt. Den letzten Gedanken verwarf er. Teresa hatte den Job vermittelt. Sein Auftraggeber musste clean sein. Außer einer schweren Umhängetasche mit allem möglichen Kram, einem Credstick und einem Blanko-Ebbie über tausend Euro hatte der Fremde nichts bei sich, was ihn ausweisen konnte.

Zögernd bückte sich Zack und ergriff das Handgelenk des Mannes. Der Puls war ungewöhnlich flach und unruhig. Vielleicht könnte der Straßendoc Eyeless ihm weiterhelfen.

Aus der Hosentasche holte er zwei Paar Handschellen hervor und kettete dem Fremden die Hand- und Fußknöchel zusammen. Danach sammelte er die Waffen auf und hob sich den stinkenden Körper auf den Rücken. Mit der freien Hand nahm er den Speer auf. Er öffnete die alte Holztür und bahnte sich mit der Last einen Weg auf die Straße. Die neugierigen Blicke der Squatter verfolgten ihn, als er an ihnen vorbeiging. An der nächsten Ecke holte er sein Handkom hervor, drückte einen Knopf und sagte: »Doc Eyeless suchen.«

Stumm nahm das Gerät die Arbeit auf. Nach einigen Anrufen hatte das Handkom endlich den Standort des Docs herausgefunden. Heute befand er sich in einer Lagerhalle im östlichen Teil Altonas. Zum Glück für Zack nicht allzu weit weg. Sich die blaue Rippe haltend, stiefelte er weiter. Seine Last machte keinerlei Anstalten aufzuwachen.

Jetzt war er davon überzeugt, dass heute ein langer Tag werden würde.

# 7

Snap hatte seinen lästigen Körper verlassen. Als er über die Datenbahnen der Matrix fegte, musste er für einen kurzen Augenblick an die schlaffe Gestalt in der Wohnung denken.

In letzter Zeit neigte seine körperliche Hülle immer mehr dazu, die Arbeit zu verweigern. Vor zwei Jahren hatten diese Probleme angefangen. Nach einem Run hatte irgendeine Partei etwas gegen ihn gehabt und einen Killer auf ihn angesetzt. Damals hatte die Kugel seinen Schädel getroffen und sein Leben schmerzhaft verändert. Die Docs in der Schattenklinik hatten ihn vor die Wahl gestellt: entweder ein ganz normales Leben, aber nie wieder die Matrix betreten, oder aber die Freiheit der Matrix und gelegentliche Schwierigkeiten bei der Kontrolle seines Körpers. Blöde Wahl. Einem Decker den Inhalt seines Lebens zu klauen – das war nicht möglich.

Den ganzen medizinischen Müll von Stirnlappenbeschädigung, Großhirnrindenfehler und weiterem Drek dieser Art hatte er sowieso nicht verstanden. Später stellte sich heraus, dass die kleinen körperlichen Schwierigkeiten erheblich waren. Ohne die Einnahme von Medizinbomben war er nicht in der Lage, seine Glieder für zwei, drei Stunden zu kontrollieren. Das Zeug hatte allerdings die unangenehme Nebenwirkung, dass es die Leber stark angriff. Mehr als dreimal am Tag konnte er das teure Zeug nicht schlucken. Und dann hatte er nur acht Stunden am Tag, in denen er nicht Angst haben musste, jeden Augenblick umzufallen und den Boden voll zu spucken. Alles Drek!

Hier in der Matrix war er zu Hause. Hier konnte er alles genießen, ohne Angst vor seinen körperlichen Attacken zu haben.

Die Suchprogramme und Würmer liefen immer noch auf Hochtouren, bis jetzt war die Ausbeute aber spärlich gewesen. Er hatte zwei Adressen von Banken bekommen, eine in der Schweiz, die andere in Frankfurt.

Gerade suchte er sich einen Weg über die regionalen Telekomgitter. Dort war auch schon der Zugangs-SAN für Frankfurt. An der Grenze zum örtlichen LTG-Gitter stand ein Beamter und musterte alle Besucher von außerhalb. Routiniert schaute der Mann in Koffer und auf Reisepässe. Snap griff in seine Brusttasche und zerrte seinen gefälschten Reisepass hervor. Diese Art von Fälschung war reine Routine, weder besonders schwer noch besonders aufwändig. Ausreichend genug, um einfache Knoten bis zur Stufe Grün zu überlisten. Als das Icon dem Decker seinen Pass hinstreckte, nahm dieser den Jungen kaum zur Kenntnis und winkte ihn einfach durch. Snap hastete über die Datenzüge der Innenstadt. Pulsierende Häuser säumten die Seiten und reichten in den unendlich schwarzen Himmel hinauf. Auf Anhieb fand er die Straße, in der die Frankfurter Sparkasse lag. Das elegante, glänzende Konstrukt in der Matrix lud den Kunden förmlich ein. Offenbar fühlte sich aber nicht nur die Kundschaft eingeladen. Am Eingang konnte Snap einen uniformierten Wachmann mit einem deutschen Schäferhund erkennen. Die Bank hatte wohl in letzter Zeit unbefugten Besuch gehabt.

Snap verzichtete auf den Einsatz seiner Camera obscura, um jegliches Risiko zu vermeiden. Zwar machte seine Hardware ihn schneller, aber die Gefahr, dass sein Eingriff in die virtuelle Matrix aufflog, stieg auch um einiges. Seine Persona schritt auf die große Glastür der Bank zu. Der Wächter am Eingang war eine Kopplung von Zugangs-, Aufspüren- und Blaster-IC der Stufe Orange. Das Kid zeigte dem Wächter die Kontonummer seiner *Mami*. Snap hatte kein Problem gehabt, die

Nummer einer älteren Kundin dieser Filiale aus dem Netz zu ziehen. Die Tür öffnete sich und erlaubte ihm den Zutritt. Als der Teenager an dem Icon des Hundes vorbeiging, schnupperte dieser nur kurz an ihm und schaute wieder starr vor sich hin. Alles funktionierte nach Plan.

Am Ende des Raums wartete ein grauer Bankangestellter auf ihn. Snap startete sein Täuschungsprogramm. Sein Teenager-Icon zog sich einen grauen Anzug mit einer roten Krawatte an. An der Brust klebte eine leuchtende Sicherheitsmarke mit der Aufschrift: *Super wichtig! Zugang zu allen Personaldaten!*

Als das Programm den jungen Kollegen erblickte, setzte es ein Lächeln auf und fragte nach seinem Anliegen. Snap nannte dem Mann den Namen und die Kontonummer von Chardwin Brown. Der Banker nickte und griff in die Schublade seines Tisches. Dann schüttelte er merkwürdig bedrückt den Kopf und sagte: »Es tut mir Leid, da muss ein Fehler vorliegen. Wir haben keinen Kunden mit diesem Namen.«

*Shit, irgendetwas stimmt hier nicht! Es stinkt!*

So schnell wie er die Bank betreten hatte, verließ er sie auch wieder.

Sein nächster Weg führte ihn in die Schweiz. Die Kontrollen in diesem Land waren viel umfangreicher. Leute, die über viele Nuyen, Euro oder sonstige Devisen verfügten, blieben den Ansichten des letzten Jahrhunderts treu und lagerten ihr Vermögen auf verdeckten Konten. Die Beträge in den Datenbanken mussten unvorstellbar sein. Es gab zum einen die Züricher Orbital-Bank. Klar, jenes Ding, das unglaublich gesichert war. Aber es gab auch kleinere Zweigstellen, die einfacher betreten werden konnten. Nun gut, einfach war der falsche Ausdruck, aber bei ihnen stellte sich die Situation nicht ganz so aussichtslos dar, wie das bei der Zentralbank der Fall war.

Als er das Konstrukt der Züricher Bank sah, wurde ihm schlecht. Das Ding glich einem Anwesen aus dem späten siebzehnten Jahrhundert. Eine Allee führte zum Eingang des Herrenhauses. Vögel zwitscherten, und der Geruch von Kiefern lag in der Luft.

Snap ging davon aus, dass er seine Programme fortlaufend umschreiben müsste, wenn er in dieses Teil eindringen wollte. Bestimmt arbeitete das System mit einer größeren Variante der Camera obscura, die ihm zur Verfügung stand.

Snaps Neugier war jedoch geweckt. Sofort schrieb er seine Software um. Er programmierte Veränderungsroutinen und modifizierte die Basiskonfigurationen seines Decks.

Sobald sein Teenager den Weg zum Haus betrat, zwang das System ihm ein anderes Äußeres auf. Der Teenager trug nun Kniehosen, weiße Strümpfe, schwarze Schuhe und eine weiße Perücke. Das mit Rüschen verzierte Hemd wurde außer an Ärmeln und Kragen von einem goldenen Gehrock verhüllt.

Snap änderte die äußere Erscheinung ein wenig. An seiner rechten Seite hing jetzt in einer goldenen Scheide ein Degen. Die Finger trugen mit Juwelen besetzte Ringe.

Mit der Zeit gelang es dem Decker, immer mehr von der Virtualität dieses Systems zu verstehen. Snap baute weitere Feinheiten in die Erscheinung seiner Persona ein. Seine Pickel und Sommersprossen verdeckte er unter weißer Schminke. Die Schuhe bekamen goldene Schnallen, ein Spitzentaschentuch steckte nun in seiner Brusttasche, und ein künstliches Muttermal erschien auf seiner rechten Wange.

Ja, das war gut. Je besser seine Persona den Anforderungen genügte, umso geringer die Gefahr, dass er entdeckt wurde.

Hundertprozentig hatte die Bank graues und schwarzes IC zur Bewachung der Personaldaten eingesetzt. Natürlich war der Einsatz von solchem Killer-IC verboten, aber Tote konnten sich bekanntlich nicht beschweren. Wenn es ihm nicht gelang, ohne Schwierigkeiten in das System einzudringen, musste er so schnell wie möglich von hier verschwinden.

*Nur an der Oberfläche kratzen, Junge! Nicht zu tief graben, dafür ist das Risiko zu groß. Denk daran, was Teresa gesagt hat!*

Mit diesen guten und lebenserhaltenden Vorsätzen schritt seine Persona mit den Fingern schnippend die Allee entlang, denn sein Markenzeichen hatte er nicht ablegen wollen. Ohne diese markante Geste wäre er sich nackt und hilflos vorgekommen.

Am Eingang des Gebäudes warteten zwei Diener auf ihn. Jeder öffnete einen Türflügel des großen Holzportals. Der oberflächlichen Kontrolle hatte er eins auswischen können.

Als er in das Innere des Gebäudes trat, glänzte der Parkettboden zu seinen Füßen. Der war so sauber programmiert, dass der Decker sein Spiegelbild darin sehen konnte. Snap nutzte die Gelegenheit und rückte die Perücke zurecht. Kostbare Bilder hingen an den Wänden und erfreuten seine künstlichen Augen. Bestimmt waren das Abbildungen von Anlagen, welche die Bank in der realen Welt getätigt hatte.

Bis jetzt hatte ihn niemand aufgehalten oder nach seinem Anliegen gefragt. Zögernd wandte er den Blick nach rechts und sah eine Tür mit der Aufschrift Empfang. Die Tür glitt sogleich auf, und ein Diener mit rotem Gehrock forderte ihn mit einer Handbewegung auf einzutreten. Seine Sensoren zeigten ihm an, dass noch kein Alarm ausgelöst worden war.

Achselzuckend folgte er der Aufforderung und betrat den dahinter liegenden Raum. Der Holzboden knirschte leicht unter seinen Füßen, als er den Raum betrat. Die

Einrichtung des Zimmers protze förmlich vor Reichtum und grenzte schon an Geschmacklosigkeit. Ein riesiger, mit Kerzen bestückter Kronleuchter hing in fünf Meter Höhe von der Decke herab. Das Licht der Kerzen ließ die Schatten an der Wand flackern und tauchte alles in einen traumartigen Glanz. Vor einer großen Glastür saß ein aristokratisch anmutendes Konstrukt hinter einem großen Eichentisch.

Die Gesichtszüge des Icons wirkten leicht feminin. Die Blässe im Gesicht trug zu diesem Eindruck bei. Die geschminkten Lippen lächelten ihn an. Auf einen Wink der Person schloss der Diener die Tür, als er den Raum verließ und Snap mit dem androgynen Wesen allein ließ. Eine weitere Handbewegung des Aristokraten forderte den Decker auf, auf dem Stuhl vor dem Tisch Platz zu nehmen. Snap setzte sich, und seine Unsicherheit wuchs mit jedem Augenblick.

Dennoch entschied sich Snap dazu, erst einmal abzuwarten.

Sein Gegenüber begann das Gespräch. »Guten Tag, womit verdient die Bank Ihren Besuch?«

*Gute Frage, Chummer.*

Snap saß in der Falle, das Gefühl drohte ihn zu überwältigen. Er wusste ganz einfach, dass alles nicht mehr wie geplant lief. In seiner Wohnung versuchte seine physische Hand den Stecker des Datenkabels zu erreichen, das die Verbindung zwischen Cyberdeck und Datenbuchse darstellte. Es gelang nicht, sein Körper war reaktionslos. Man hatte sich in sein Deck eingehackt. Ein Biofeedback machte es ihm unmöglich, sich auszustöpseln. Die Leute hier waren verdammt schnell. Seinem Geschmack nach viel zu schnell. Es war ihnen gelungen, alle seine Vorsichtsmaßnahmen auszuschalten.

*Scheiße, gleich werde ich geröstet!*

Snaps Worte wurden in eine zeitgemäße Form übersetzt. Das verdammte System beeinflusste jede seiner Handlungen.

»Monsieur, ich würde sagen, Sie haben mich in Ihrer Hand. Oder wäre Ihnen der Ausdruck, ich bin Ihr willenloser Gefangener, lieber?«

Der Aristokrat zeigte sich in keiner Weise beeindruckt. Anscheinend erwartete man etwas von ihm, nur was?

»Dürfte ich fragen, warum Sie mich in diese Lage gebracht haben?«

Immer noch keine Reaktion. Snap merkte, dass seine Zeit immer knapper wurde.

»Ich suche einen Monsieur Chardwin Brown. Ein Kunde Ihres Etablissements von der Mutterinsel!«

Das Gesicht des Aristokraten verzog sich zu einem teuflischen Grinsen. Die Lippen der Persona spitzten sich. »Stimmt, man hat mir gesagt, dass Sie hier auftauchen würden.«

Langsam glitt die Hand des Mannes in die Schreibtischschublade und brachte eine Steinschlosspistole ans Licht. Die große Öffnung funkelte ihn Unheil verkündend an.

Hinter ihm wurde die Tür geöffnet. Er hörte, wie Stoff über das Parkett schleifte. Ein eisiger Wind wehte in den Raum. Snap war nicht in der Lage, den Kopf zu wenden. Die Pistole brachte seine komplette Reaktion zum Erlahmen und fixierte seine Aufmerksamkeit auf die Waffe. Er konnte nur hoffen, dass das Bremse-Programm auch eine Bremse bleiben und sich nicht in ein Angriffsprogramm verwandeln würde.

Die Kälte im Raum wurde durchdringender und kam bedrohlich nahe an seinen Rücken heran. Eisige Finger legten sich ihm auf die Schultern und trieben ihn fast in den Wahnsinn. Er konnte nichts machen und musste die Situation über sich ergehen lassen. Die kalten, zierlichen Finger glitten an seinem Körper hinab und untersuchten jeden Zoll seines Icons und vermutlich auch seines Decks. Dann ließen die Finger von ihm ab.

In sein Sichtfeld trat eine zierliche Dame, in ein barockes Kleid gewandet. Der Saum wurde mehrere Meter über den Boden gezogen. Ihre Perücke thronte wie eine Krone auf ihrem Haupt. Die Haut leuchtete wie durchscheinendes Eis, und ihre fröstelnde Stimme sagte: »Monsieur, entschuldigen Sie mein Eindringen. Sie dürfen mich Ice...mademoiselle nennen.«

# 8

Eyeless wartete auf Zack am Eingang der Lagerhalle, neben ihm standen die Messerklauen Shit und Fuck. Die beiden Straßensams waren für das leibliche Wohl des Docs und das seiner Kunden verantwortlich.

Als Zack die beiden sah, rief er: »Hi, Shit, Fuck!«

Die Klaue des einen kam bedrohlich nahe an sein Gesicht heran. Auf einen Wink des Docs hin senkte der Samurai sie wieder und beließ es dabei, Zack nur anzufauchen. Mit dem Bubi auf dem Rücken hatte der Runner ohnehin keine große Lust auf einen Kampf.

»Ich bin Shizo, und meinen Bruder darfst du Fuckero nennen! Zackplosive!«

*Verdammt gut gekontert für so wenig Hirn,* dachte Zack, als ihn die Klaue an seinen zweiten Spitznamen erinnerte.

Den Namen Zackplosive mochte er nicht, denn er rief ihm ins Gedächtnis, wie er einen Fahrstuhl mit einer Granate außer Gefecht setzen wollte. Seine Aufgabe war es gewesen, den Fahrstuhl außer Betrieb zu setzen. Die Fahrstuhltür war zugegangen; kein Wunder, wenn keiner den Eingang blockierte. Er war in Panik geraten und aus der Luke zurück ins Innere des Lifts gesprungen. Da er annahm, dass der Fahrstuhl jeden Augenblick hinabgleiten würde, öffnete er die Tür erneut und entschloss sich dazu, die Granate durch die Luke zu werfen. Er hatte den Wurf verpatzt. Das Scheißteil war im Aufzug hochgegangen, als er sich noch mit seinem Team auf der gleichen Etage befand. Dem Team war der Fahrstuhl um die Ohren geflogen! Anschleichen war nun nicht mehr möglich gewesen. Seit dem Tag nannte ihn Gott und die Welt Zackplosive! Drek, warum konnte die Menschheit Fehler nicht vergessen!

Keiner sagte ein weiteres Wort. Die Samurais versuchten die schlaffe Gestalt auf Zacks Schulter zu identifizieren. Ein angewidertes Hochziehen der Nasenflügel war die einzige nennenswerte Reaktion der beiden.

Zack folgte dem Doc in die Lagerhalle. Die Messerklauen warteten draußen, wie zwei gut dressierte Schoßhunde, unangebunden vor der Tür. Doc rümpfte die Nase, als Zack Claw in das Gebäude schleppte.

In der Mitte der baufälligen Anlage stand eine ausgediente Mercedes-Benz-Ambulanz, Modell 2046, die früher dem Roten Kreuz gedient hatte. Die geflickten Einschusslöcher auf der Panzerung des Fahrzeugs waren ein deutlicher Hinweis auf den häufigen Einsatz in dieser Gegend. Doc hatte es anscheinend nicht für nötig befunden, die Rote-Kreuz-Abzeichen zu entfernen.

Jedes Mal, wenn Zack den Doc sah, musste er sich ein Grinsen verkneifen. Der Name Eyeless kam nicht von ungefähr. Die wirren Glubschaugen des Mannes schauten verdreht in alle Richtungen. Cyberimplantate wären bei ihm an der richtigen Adresse.

Doc öffnete die Tür der Ambulanz und wies auf den Metalltisch, dann wusch er sich die Hände. Hinter Zack zog sich die Tür schmatzend zu. Der schwere Körper des Schamanen plumpste auf den kalten Tisch. Den Speer stellte Zack in eine Ecke des Fahrzeugs irgendwo neben Flaschen und Desinfektionsmittel. Der Geruch nach Sterilität biss ätzend in der Nasenschleimhaut. Die große Weißlichtlaserröhre strahlte still vor sich hin. Aller mögliche Tech-Müll stand auf Gestellen oder war am Fahrzeug befestigt.

Es war das erste Mal für Zack, dass er den Wagen bei guter Gesundheit erblickte. Normalerweise pfiff er aus dem letzten Loch, wenn er den Doc besuchte oder sich zu einer Visite gezwungen sah.

Der Doc begann mit der Untersuchung des Knaben und stellte Zack ein paar Fragen. »Woher kommt er?«

Schweigen.

»Ich nehme an, du weißt es nicht, Zack.«

Der Samurai nickte nur.

»Ich kann keinerlei Anzeichen von starker körperlicher Verletzung finden. Der rechte Unterarm hat eine große Prellung, genauso sieht es auch mit dem Wangenknochen des Patienten aus.«

Doc sprach mehr zu sich selbst als zu Zack.

Der Samurai vermutete, dass der Doc alles aufzeichnete und irgendwo archivierte. Ihm war das egal, andere dagegen könnten bestimmt sauer reagieren, wenn sie das wüssten. Dieses Anhäufen von Patientendaten hatte vermutlich mit seinem früheren Beruf zu tun. Eyeless hatte an der angesehenen Universität in Aachen studiert. Auf einer Exkursion nach Flensburg hatte er seine Frau und die Kinder verloren. Grund des Unfalls war die Rettung eines Wissenschaftlers gewesen. Ein Runnerteam hatte den Bus gekapert und wollte mit den Geiseln fliehen. Der Konzern Bayer Genetiks hatte wohl die Ansicht vertreten, der Wissenschaftler in dem Bus würde mehr Wert sein als die Sicherheit der Geiseln. Bei der Stürmung durch die Konzerntruppen starb seine Familie. Nach diesem traumatischen Vorfall hatte er sich verständlicherweise aus der Konzernwelt zurückgezogen und eine Existenz in den Schatten aufgebaut.

»Zack, ich kann nichts Lebensgefährliches an deinem Löwen finden. Abgesehen davon, dass er tierisch stinkt, sind seine Vitalfunktionen in Ordnung. Der Puls ist vielleicht ein bisschen schnell, aber der Blutdruck ist normal. Keinerlei Cyberware im Körper. Der Typ ist okay. Gibt es etwas, das du mir sagen möchtest?«

»Ja, Doc. Ich glaube, er ist ein Schamane.«

Erneut machte sich der Doc an die Arbeit, stellte hier etwas ein und fummelte dort etwas herum. Die Handschellen nahm er dem Knaben ab und drückte sie Zack in die Hand. Der Runner tastete zu einer Waffe und rechnete jeden Augenblick damit, dass der Typ auf dem Blechtisch wieder mutieren würde.

Nach fünf Minuten beendete Eyeless seine Untersuchung.

»Ich weiß nicht, ob es stimmt, aber wäre es möglich, dass dein Freund nicht mehr hier ist?«

Zack brauste auf. »Doc, er liegt auf dem Tisch. Mehr als hier sein kann er nicht! Davon abgesehen ist er kein Freund. Er hat versucht, mich auszuschalten!«

Doc legte die Stirn in Falten. »Ich meine, könnte es sein, dass sein Geist auf der Astralebene ist?«

»Woher soll ich das wissen?«, fauchte Zack. »Bin ich eine Zauberkugel?«

Doc schaute Zack nachdenklich an: »Wenn du willst, dass der Bursche lebt, dann bringe ihn dorthin zurück, wo du ihn gefunden hast. Es wäre nämlich möglich, dass er ansonsten stirbt. Ich habe da mal ein Buch gelesen, *Die Magie der Erwachten Welt* von Akkiko Kano.«

Zack fluchte, schulterte den stinkenden Stubenkater sowie dessen Kram und machte sich auf den beschwerlichen Rückweg. Doc rief ihn zurück und forderte seinen üblichen Betrag. Zack zahlte mit dem Ebbie des Schwarzen.

*Tja, nichts ist umsonst auf dieser Welt. Ganz besonders nicht in der Sechsten Welt.*

Claw erwachte. Um ihn herum brauste der Wind der Savanne. Die Sonne brannte vom Himmel herab und gab ihm das Gefühl, zu Hause zu sein. Seine Füße gruben sich in den trockenen Boden, hinter sich sah er die Silhouette der toten Städte. Um ihn herum zeigte ihm die Natur ihr pulsierendes Leben. Wasserbüffel, Elefanten und Antilopen grasten auf der Ebene. In der Ferne sah er einen großen Felsen, der majestätisch über der Landschaft thronte und wie eine Faust in den Himmel ragte.

Claw schritt auf den Felsen zu und schenkte den Tieren keine Beachtung. Er verspürte keinen Hunger. Hier lebten die Tiere in Harmonie miteinander, denn dies war die Ebene der Totems. Löwe wartete an dem vorbestimmten Ort auf ihn.

Der Weg über die Prärie tat Claw gut. Er zog seine Kraft und Ausgeglichenheit aus der Natur.

Endlich erreichte er den braunen Felsen. Der Weg nach oben führte über natürliche Stufen hinauf. Als er das Plateau erreichte, kamen mehrere Löwinnen auf ihn zu und umkreisten ihn neugierig. Nach einem kurzen Begrüßungsritual zog er weiter.

Am Rande des Abgrunds lag ein riesiger Löwe und streckte seinen Bauch in die sengende Sonne. Sich räkelnd und laut gähnend, zeigte er zwar viele Zähne, aber keinerlei Interesse an dem Neuankömmling. Der Wind spielte mit der Mähne des Löwen, und Behagen war in den Augen des majestätischen Tiers zu sehen. Löwe war von Natur aus bequem und arbeitete nur, wenn es nötig war.

Claw senkte das Haupt und schritt auf sein Totem zu. Neben dem muskelbepackten Körper des Raubtiers ließ er sich zu Boden gleiten und wartete, bis der König der Savanne das Wort an ihn richtete.

In herablassendem Tonfall sprach der König endlich zu ihm. »Du bist weit von zu Hause fort.«

Genauso herablassend erwiderte Claw: »Ich trage das Zuhause in meinem Herzen und erfreue mich der Natur in meiner Umgebung.«

Lächelnd ging der Löwe auf seinen Kommentar ein. »Gut gekontert für ein Jungtier! Aber ich sehe in deinem Herzen, dass dich etwas bedrückt. Ich glaube, dass ich etwas Zeit für dich erübrigen könnte.«

Claw streckte seine müden Glieder aus und überlegte, wie er es seinem Totem erklären sollte.

»Also, ein Krieger hat meinen Stolz verletzt. Ich bin im Kampf geschlagen worden.«

Löwes Augen leuchteten auf. Bedrohlich ruhig fragte er: »War es ein fairer Kampf?«

Claw wusste, dass eine falsche Antwort schwere Folgen haben konnte. »Ja, aber diese Niederlage schmerzt in meinem kraftvollen, von Schande geplagten Herzen.«

»Das ist gut, und geschieht dir recht«, erwiderte Löwe hochmütig.

»Was soll ich tun?« Claw schaute fragend die ihm mittlerweile zugewandte Rückseite des Tiers an.

Müde knurrte der König: »Das musst du selber wissen. Ich habe keine Zeit mehr, wichtige Angelegenheiten erfordern meine Aufmerksamkeit. Du darfst dich zurückziehen.«

Die Augen des Tiers schlossen sich, und seine Atmung wurde ruhiger. Vor Claws Augen begann die Prärie zu flackern, und er fand sich auf dem Häuserdach wieder. Seine Aura schwebte über dem toten Boden des Daches, und er hielt angestrengt Ausschau nach seinem fleischlichen Körper. Er war nicht da.

*Verdammt!*, knurrte Löwe zornig und wurde ungehalten.

# 9

Sascha Pedislow schaute beunruhigt auf den Bildschirm. Die Zielkoordinaten seiner Mannschaft befanden sich in Position. In Gedanken ging er noch einmal alle Daten durch. Alles verlief nach Plan. Die Söldner seiner Einheit warteten auf das Zeichen. Der taktische Computer speiste sein Hirn mit neuen Informationen.

Die Investition in das Philips Taktikom machte sich bezahlt. Dank der Kombination mit dem Battletac™-System von Sony Furore war Sascha in der Lage, seine Soldaten ständig über den neuesten Stand der Dinge zu informieren.

Die Sensoren der modifizierten Ares Guardian tasteten das Gebäude ständig ab und lieferten aktuelle Zieldaten. Der Radarzielmarkierer leistete ganze Arbeit. Er war so eingestellt, dass alle fremden Personen als Feindziele markiert wurden.

In wenigen Augenblicken würde Team Alpha durch die Hintertür des Gebäudes eindringen. Team Beta würde die Vordertür stürmen, und Team Gamma würde durch das Dach des Gebäudes vorstoßen. Danach würden alle Ziele vernichtet werden und alle Beweise in die Luft gejagt. Die Scharfschützen behielten die Fenster im Auge und hatten den Befehl, jede rote Feindmarkierung auf der Flucht auszuschalten. Das Ganze war als Standardaktion geplant.

Einen Fehlschlag wie gestern Abend konnte sich das Team nicht mehr leisten. Zu spät hatte ihm ein Kontakt mitgeteilt, dass ihr Ziel Chardwin Brown längst eliminiert war. Bei der Aktion hatte das Team unnötig Material und Soldaten verloren. Die Summen reichten bis in die Millionenhöhe. Und von der Person in der Zielwohnung fehlte jetzt jede Spur, aber seine Leute arbeiteten daran. Sein Auftraggeber forderte die Auslöschung des Unbekannten.

Sascha hatte in seinem Job gelernt, wann es unangebracht war, Fragen zu stellen. Nach seinen Einsätzen in Sibirien und Korea war er zu dem Entschluss gekommen, den ewigen Konzernkriegen den Rücken zu kehren. Mittlerweile arbeitete er auf seinen Ruhestand hin. Fast jeder Kontrakt wurde erfüllt. Wetwork gehörte zum Alltag der Einheit und hatte sich mittlerweile als Haupteinnahmequelle erwiesen. Viele Konzerne griffen auf das Team des Sibirischen Bären zurück, und wenn es darum ging, etwas außerhalb der Konzerngebiete zu erledigen, dann wurde die Drecksarbeit oft an ihn delegiert.

Sascha gab seinen Jungs das Zeichen zum Stürmen. Team Alpha sprengte die Stahltür des Gebäudes. Auf seinem Bildschirm änderten sich die Zielkoordinaten, rote Dreiecke bewegten sich auf den Vordereingang zu. Team Beta zündete wie vereinbart seine Sprengladungen fünf Sekunden verzögert. Die roten Dreiecke suchten in den Seitenräumen Zuflucht. Sein Team stellte sich auf die neuen Umstände ein. Team Gamma reinigte die oberste Etage. Fünf Feindziele verschwanden vom Bildschirm.

Auf der untersten Etage erwiderten die Feinde das Feuer.

Drei Sekunden später waren auch diese Ziele erloschen. Nach zwei Minuten war das Gebäude gesäubert. Eine Minute später verließen seine Truppen das Haus, und dreißig Sekunden später war der Kontrakt erledigt. Alle Spuren beseitigt.

Auf dem Rückweg setzte ihn ein Telekomanruf davon in Kenntnis, dass die Koordinaten des Unbekannten von gestern in der Datenbank auf seinen Abruf warteten. Sascha gab die nötigen Befehle, diesmal verlief alles nach Plan.

# 10

Peter Brandt schaute von der Arbeit auf. Der Schnitt in dem Fleisch war präzise. Die Schwester saugte das Blut ab und stellte die Instrumente neu ein. Mit dem chirurgischen Laserskalpell schnitt er eine neue Stelle auf und schaute auf den Monitor. Die Miniaturwerkzeuge erschienen riesig auf dem Bildschirm. Gerade schnitt er in der Bauchhöhle des Mannes herum und versuchte einige 9-mm-Geschosse zu entfernen, als ein Kom-Anruf ihn in seiner Routine unterbrach. Ein Gedanke von ihm genügte, den Anruf in sein Headphone umzuleiten. Zuerst hörte er nur Rauschen und wartete ab. Er arbeitete weiter und sprach gleichzeitig mit dem Anrufer. »Ja, wer ist da?«

Aufgeregt sprach eine Stimme auf ihn ein. »Peter, du hast ein Problem! Doc Beckers Laden wurde soeben in die Luft gejagt. Ich gebe dir den ernst gemeinten Rat abzuhauen!«

Der Doktor schaltete den Anruf ab, ließ die Instrumente fallen und befahl der Schwester, ihre Sachen zu packen. Die Lebensanzeigen des Mannes auf dem Tisch wurden schwächer. Keiner achtete auf das Warnsignal der medizinischen Hilfsprogramme. Nachdem er die wichtigsten Sachen zusammengepackt hatte, zog Peter die Schwester hinter sich her zum Hintereingang des Hauses und verschwendete keinen Gedanken mehr an den Patienten im OP. Mit quietschenden Reifen jagte sein Wagen die Gassen entlang. Als das Fahrzeug um die Ecke bog, machte der Mann auf dem OP-Tisch seine letzten Atemzüge und starb einsam und verlassen. Laut hallte das Warnsignal durch die leeren Räume der vorzeitig geschlossenen Schattenklinik.

# 11

Starke, nichtmenschliche Arme zogen den schlaffen Körper des Unbekannten an die Oberfläche und legten ihn zu dem Müll auf den Boden. Chets Augen traten aus den Höhlen hervor.

Der rattengesichtige Schamane, Pfeifer war sein Name, stand neben dem Ding aus Müll und schaute sich alles schweigend an. Der Ork hatte zwar schon davon gehört, dass Schamanen in der Lage waren, solche beängstigenden Wesen zu beschwören, es aber bislang nur im Trid gesehen. Die Vorstellung, einem Wesen dieser Art mit herkömmlichen Waffen entgegenzutreten, war beängstigend. Die Achtung vor dem Schamanen wuchs beträchtlich.

Candle schaute sich das Geschehen interessiert an. Auf der Astralebene pulsierte das Mana und hüllte den Schamanen ein. Sie konnte hören, wie der Mann seine Gedanken an den Stadtgeist richtete. »Ich danke dir, Rumpel. Wir sehen uns später!«

Die Masse aus Müll und Autoreifen verlor ihre feste Substanz, ließ ihre weltlichen Reste auf den Boden fallen und verschwand aus ihrer astralen Sicht. Jetzt sah der Müll wieder wie ganz normaler Unrat aus. Gegenstände, die ihre Aufgabe erfüllt hatten und von den Besitzern weggeworfen worden waren. Betrachtete man das Leben eines Runners unter diesen Gesichtspunkten, erschienen ihr die Parallelen erschreckend.

Pfeifer schnappte sich den schweren Körper des Bewusstlosen und zerrte ihn auf einen alten Wohnwagen zu. Chet half ihm, und die anderen folgten.

In dem ausrangierten Fahrzeug lagen unzählige Müllreste auf dem Boden und ließen keinen Untergrund erkennen. Die Bewohner schienen sich nicht mehr die Mühe zu machen, den Dreck draußen zu lassen. Sie hatten ihn wohl als einen Teil ihrer selbst akzeptiert.

Schmatzend schloss sich die Masse um ihre Füße, als sie in den hinteren Teil des Fahrzeugs schritten.

Unzählige Fetische und Rattenschädel hingen an Lederbändern von der Decke herab und starrten die Besucher aus toten Augenhöhlen Unheil verkündend an. Steine und ausgediente Getränkepackungen lagen auf den zerfledderten Sofas. Fiepend schreckte eine Horde Ratten auf, streifte um die Füße der Besucher und verschwand in irgendwelchen Schlupfwinkeln.

Pfeifer legte den Mann unbeeindruckt von der Reaktion seiner Gäste auf das Sofa zum anderen Dreck. Der Mann ging in den sich bewegenden Massen unter. Noch mehr Ratten kamen hervor und stürmten auf sie ein. Ratón schreckte auf und verließ eiligst den Raum. Sie hasste nichts mehr als Ratten – vielleicht wäre eine unbefugte Benutzung ihrer Hardware doch höher einzustufen. Candle schaute angewidert auf die Tiere herab und konnte nur knapp den Impuls unterdrücken, sie zu Asche zu verbrennen.

Der Rattenschamane bückte sich und streichelte mit spindeldürren Fingern über die Körper seiner getreuen Freunde. Dann setzte er sich neben den Mann. Unter ihm platzte eine noch halb volle Trinkflasche auf. Die mit Schimmel durchsetzte Flüssigkeit spritze auf die dreckige Lederkleidung des Schamanen und gesellte sich zu den anderen Essensresten.

Chets Augen musterten den Rattenschamanen. Die kleine, ausgehungerte Gestalt sah so schmutzig wie immer aus. Der körpereigene Gestank des Mannes fiel bei dem Geruch nicht weiter auf. Aber der Ork wusste, dass Reinlichkeit nicht zu den Vorzügen des Schamanen gehörte. Die schmalen, hinterhältigen Augen untersuchten den Fremden. Seine Finger tasteten den Körper ab und ließen die Uhr des Mannes geschickt in seinen Taschen verschwinden.

Chet grunzte nur und schaute weg. Das, was Pfeifer

dort machte, interessierte ihn nicht weiter. Sollte der Schamane von dem Fremden nehmen, was er wollte. Solange nicht seine Kohle den Bach runterging, war ihm das egal.

Pfeifer wühlte mit den Fingern im Dreck und zerrte eine kleine Flasche hervor. Die schwachen, klauenähnlichen Pfoten versuchten vergebens, den Verschluss der Phiole zu öffnen. Der Schamane öffnete den Mund und erlaubte den Umstehenden den Anblick auf die ungepflegten gelben Zähne. Den Sabber am Verschluss nicht beachtend, stopfte er sich die Flasche in den Mund und öffnete sie mit den Zähnen. Candle hielt zwar viel aus, aber ihr wurde trotzdem schlecht, und sie entschloss sich dazu, Ratón draußen Gesellschaft zu leisten.

Der ätzende Geruch vertrieb die Schwärze in seinem Inneren. Hustend kam er zu Bewusstsein und kotzte den Dreck, den er geschluckt hatte, aus. Der unbekannte, kahl geschorene Mann neben ihm verzog keine Miene, als der Schleim auf seinen Sachen landete. Stöhnend hielt er sich den Kopf. Die Kopfschmerzen waren erneut da und ließen einen klaren Gedanken nicht zu.

Unter Aufbringung seiner ganzen Willenskraft rief er sich die Geschehnisse von vorhin ins Gedächtnis zurück. Als die stinkende Masse ihn verschluckte, hatte er innerlich bereits mit dem Leben abgeschlossen. Jetzt saß er wie immer im Dreck und starrte in die einem Totenschädel ähnliche Fratze eines Unbekannten. Bevor er seine Waffe greifen konnte, legte der Mann die ungepflegten Finger auf seine Hand und wisperte: »Keine Angst, du bist in Sicherheit.«

Sollte das ein Witz sein? Sicherheit war in den letzten Stunden ein Fremdwort für ihn geworden. Er fühlte sich so sicher wie ein Troll, umringt von einer aufgebrachten Horde Policlub-Mitglieder, die gerade dabei waren, ein Barbecue zu veranstalten, wobei es seine Aufgabe sein sollte, die Temperatur der Kohle zu testen.

Chets Stimme hielt ihn von seinem Vorhaben ab. »Hey, es besteht wirklich kein Grund zur Aufregung. Sie können erst einmal beruhigt durchatmen. Der Kahlkopf heißt Pfeifer und hat Ihnen das Leben gerettet.«

Der Meta mochte nicht ganz Unrecht haben, aber trotz allem geriet er von einer Scheiße in die nächste.

*Ach, Scheiße!*

Die Gestalt neben ihm reichte ihm eine Büchse Soybier und hielt ihm die geöffnete Dose auffordernd hin. Er schob den Gedanken beiseite, auf das Haltbarkeitsdatum zu schauen, und führte die schmutzige Büchse an die Lippen. Wider Erwarten schmeckte das Gebräu nicht schlecht, und es war jedenfalls nicht das drin, was auf dem Etikett stand: Flensburger Soybier.

Pfeifers Blickfeld änderte sich. Er schaute die Aura des Mannes mit Astralsicht an. Die pulsierenden Farben des Manas verrieten ihm, dass der Mann vor kurzem unter starkem Einfluss von Magie gestanden hatte. Neugierig musterte er den Rest. Die Verdrahtungen innerhalb der lebenden Aura waren nicht zu übersehen. Er vermutete, dass es sich bei der Cyberware um einen Reflexbooster, Muskelverstärkung, Smartgunverbindung und irgendwelche Headware handelte. Diese erregte seine Aufmerksamkeit. Irgendetwas stimmte nicht mit ihr. Er konnte erkennen, dass jemand die Hardware manipuliert hatte, und zwar auf magischem Wege.

Nicht gerade sanft betastete er den Kopf des Fremden. Als seine dreckigen Fingernägel durch das Haar des Mannes glitten, zuckte dieser erschreckt zurück. Die schnelle Reaktion weckte die Angst in Ratte, und er sprang quer durch den Raum, weg von der wandelnden Maschine.

Die Berührung des Rattengesichts hatte ihn erschreckt und dazu veranlasst, die Waffe zu ziehen. Die Smartgun lieferte ihm die Entfernungsdaten des Mannes und justierte das Ziel auf dessen Brust. Bevor er aber den Abzug drücken konnte, schoss Chets Pranke hervor und entriss ihm die Waffe. Funkelnd sprang er auf und wollte den muskelbepackten Meta zusammenschlagen. Sein Hirn spielte verrückt und ließ ihn rot sehen. Zwei gut gezielte Schläge des Orks brachten ihn wieder zur Vernunft. Der erste Hieb in die Magengegend presste ihm die Luft aus den Lungen. Der zweite Treffer auf den Rücken zwang ihn in die Knie und ließ ihn erneut im Müll versinken.

Stöhnend rang er nach Atem. Die starken Hände des Orks schlossen sich um seine Brust und zerrten ihn zurück aufs Sofa. Chets enorme Kraft machte es ihm unmöglich, etwas zu tun.

Ängstlich beäugte der Schamane den rabiaten Fremden und war sich unschlüssig, ob er das Weite suchen sollte. In seinem Geiste formte er die Worte der Magie und konzentrierte das Mana.

Die Gestalt in den Armen des Orks wurde schlaff. Jetzt konnte er die Arbeit fortsetzen. Der Fremde würde ihn die nächste Zeit nicht mehr ängstigen. Das war sicher!

Erneut glitt er mit den Fingern durch die Haare und entdeckte eine kleine runde Öffnung. Die Veränderung der Headware war über die Transferbuchse vorgenommen worden. Die Magie war nicht in die Aura des Mannes eingedrungen, sie war durch die tote Substanz der Cyberware gefahren. Wie war das möglich?

Ratte dachte nach und kam zu keinem befriedigenden Ergebnis.

Chets Grunzen riss den Schamanen aus den Gedanken.

»Hey, Pfeifer! Was is'n los?«

»Keine Ahnung«, war die kurze und nicht sehr aussagekräftige Antwort des Schamanen.

Pfeifer wählte die Worte mit Bedacht, da er wusste, wie aufbrausend der Ork sein konnte. »Ich muss mit ihm alleine sein, um ihn in Ruhe untersuchen zu können.«

Chet schaute ihn weiterhin fragend an und machte keine Anstalten, seiner Aufforderung zu folgen.

Candle kam in diesem Augenblick zurück in den Raum, trat näher heran und kniete neben dem Mann nieder. Sie verzichtete darauf, auf dem Sofa Platz zu nehmen. Als sie ihre Hände an den Kopf des Mannes legen wollte, wurde Pfeifer wütend.

»Das ist meiner! Nimm deine Griffel weg!«, fauchte er.

Candle schaute ihn böse an und erwiderte in schneidendem Tonfall: »Stell dich nicht so an, Rattengesicht!«

Pfeifer konnte nicht verstehen, warum alle auf einmal Gefallen an dem Mann fanden. Sie hatten ihn schließlich hierher gebracht, und er hatte seine Kraft eingesetzt, um das Unerklärliche zu entdecken. Also sollten die anderen die Finger von dem Mann lassen! Dieses Rätsel war seins. Ob es den anderen gefiel oder nicht. Auffordernd richtete er seine wispernden Worte an den pickelgesichtigen Anführer der Rat-Skins. »Ich kümmere mich darum – lasst mich in Ruhe! Lücke, bring sie vor die Tür! Ich ruf euch später!«

Candle konnte mit Schamanen nichts anfangen, und die Art des jeweiligen Totems machte es gelegentlich unmöglich, mit ihnen zusammenzuarbeiten. Da sie aber keine Auseinandersetzung wollte, zog sie sich mit den anderen zurück vor den Wohnwagen. Chet steckte dem Mann seine Waffe wieder in den Tarnhalfter, entfernte aber vorsichtshalber das Magazin.

Nur langsam verschwand der offensichtliche Zorn in der Magierin. Ratón kam auf die kleine Gruppe zu, ihr Gesicht zeigte noch die Spuren von dem Entsetzen, das die Ratten bei ihr ausgelöst hatten. Genervt funkelte Candle die Riggerin an: »Stell dich nicht so an!«

Die Frau sagte nichts, trat nur stumm an Chets Seite und würdigte die Magierin keinen Blickes.

Im Wagen holte der Schamane seine Rasseln hervor und zündete Kerzen und Weihrauch an. Er verdunkelte die ohnehin schon dreckverschmierten Scheiben, so dass kein Licht mehr in das Innere eindringen konnte. Danach zog er mit dem Blut eines Jahrhundertfrettchens dunkle Linien über den Boden. Bei dem Verstreichen des teuren Elixiers musste Pfeifer fluchen. Es hatte ihn Unsummen und verdammt viel Zeit gekostet, das Blut zu bekommen. Das würde eine hohe Rechnung werden! Zwar konnte er mit Geld nicht besonders viel anfangen, aber es gab manchmal Umstände, die weltliche Zahlungsmittel erforderten. Die Uhr würde als Bezahlung nicht ausreichen, so viel war klar.

Bevor er die Arbeit fortsetzte, unterzog er den Körper des Mannes einer neuen Untersuchung. Die Waffe sah interessant aus. Vorsichtshalber steckte er sie zunächst einmal ein. Wenn der Verlust auffiel, konnte man später noch einmal über die Kosten des Rituals sprechen.

Als der Mann nackt vor seinen Füßen lag und er die nötigen Symbole auf dessen Haut aufgemalt hatte, war Pfeifer bereit. Jetzt konnte er mit seinem Ritual beginnen.

Summend, tanzend und die Rasseln schwingend, begann er das Lied von Ratte und wog seinen Körper zum Klang der Musik. Die Ratten im Dreck um ihn herum stimmten, von der magischen Essenz beeinflusst, in das Lied ein. Die Melodie des Lieds erfasste den Körper des Schamanen, das Mana floss aus der Astralebene in den Raum und kroch auf den Mann zu.

Ein Geheimnis würde aufgedeckt werden, das nur Pfeifer kennen würde. Ratte würde mit ihm zufrieden sein!

# 12

Snap wurde unruhig.

Die Frau hatte sich auf einen Stuhl neben den Mann am Tisch gesetzt. Die ganze Zeit über schauten die beiden ihn an, sagten aber kein Wort. Es war zum Verrücktwerden.

»Icemademoiselle. Wie kann ich Ihnen behilflich sein?«

Gefährlich ruhig stellte sie eine der Etikette nach unhöfliche Gegenfrage. Betrachtete man allerdings seine Lage, hatte sie die Fäden in der Hand und durfte durchaus unhöflich sein.

»Die Frage ist doch, Monsieur, was wollen Sie von einem Mann namens Chardwin Brown?«

Was für Möglichkeiten hatte Snap? Wenn er nichts Zufriedenstellendes liefern würde, war er tot! Wenn er etwas Falsches tun würde, war er tot! Wenn er gar nichts tun würde, war er aller Wahrscheinlichkeit nach auch tot!

Die Frau unterbrach mit ihrer kalten Stimme das Schweigen erneut. »Wenn Sie nicht mit uns sprechen wollen, halte ich es für besser, wir beenden unser Gespräch.«

Die Gelassenheit, mit der sie das sagte, trieb das blanke Entsetzen in ihm hoch. Gleich würde sein Hirn geröstet werden und als eklige Flüssigkeit aus Nase und Augen hervorschießen. Auf einen Knopfdruck der Frau wäre sein Leben beendet. Vor seinen Augen konnte er es schon sehen: GAME OVER.

Das Ganze war aber kein Spiel – sein verdammtes, beschissenes Leben hing in diesem Moment von der Entscheidung dieser Eisprinzessin ab. Er hatte nicht die Möglichkeit, wie bei einem Videospiel neues Geld einzuwerfen und das Ganze noch einmal zu versuchen, geschweige denn einen abgespeicherten Spielstand zu laden. Das war die Virtuelle Realität, und die war genauso tödlich wie die Realität, in der andere von Kugeln zerfetzt wurden. Gute Decker wussten das, und Snap war ein guter Decker und hatte vor, am Leben zu bleiben. Jetzt hieß es für ihn, einen kühlen Kopf zu bewahren und abzuwarten.

Die kalten Augen ihrer Persona blitzen kurz auf. »Monsieur, wir wollen Ihnen kein Leid antun«, fuhr sie fort. »Ich möchte nur wissen, was aus meinem Freund geworden ist. Sie verfügen sicherlich über die nötigen Informationen und sind bereit, mit mir darüber zu sprechen.«

Sollte er ihr sagen, was er wusste? Was, wenn sie annahm, er sei für den Tod von Chardwin Brown verantwortlich, was, wenn sie bereits wusste, dass der Mann tot war? Egal, und wenn schon. Ehrlichkeit schien jetzt angebracht zu sein!

»Ihr Freund ist vermutlich tot.«

»Was?«, rief die Frau entsetzt.

Snap konnte erkennen, wie sich die Gesichtszüge des Aristokraten verhärteten. Er nutzte den kurzen Augenblick der Unachtsamkeit. Anscheinend hatten die anderen nicht alles in seinem Deck außer Betrieb gesetzt. Er schaltete seine Camera obscura ein. Das System kämpfte gegen die Impulse seiner Hardware an. Für kurze Zeit verwandelte sich der Typ in einen Riesenkater und die Frau in einen Riesenschneemann. Sein Deck bekam einen Kurzschluss, und er wurde schmerzhaft ausgeworfen.

Das kleine Apartment drehte sich erschreckend schnell vor seinen Augen. Taumelnd ging er mitsamt dem Stuhl zu Boden. Seine Gliedmaßen zuckten unwillkürlich und traten eine Lampe und andere Einrichtungsgegenstände um. Der Schmerz drohte ihn wahnsinnig zu machen. Seine Synapsen wollten wegen extremer Überlastung den Geist aufgeben. Alles wurde schwarz.

Snap wusste nicht, wie lange er auf dem Boden gelegen hatte. Sein Kopf dröhnte, und er zitterte am ganzen

Körper. Irgendwie gelang es ihm, sich aufzurichten. Langsam ließen die Krämpfe nach, und er gewann die Kontrolle zurück. Mit zittrigen Fingern griff er in die rechte Hosentasche und schluckte zwei kleine weiße Tabletten. So sehr er die Dinger auch hasste, in solchen Momenten liebte er sie. Das war eine andere unangenehme Nebenwirkung der Medizinbomben: sie machten süchtig, und das nicht zu knapp.

Nach wenigen Augenblicken hatte sich sein Körper beruhigt. Er konnte zumindest einigermaßen wieder klar denken. Sein erster Gedanke galt dem Deck. Ein Blick auf den chaotischen Schreibtisch zeigte ihm die grausame Realität. Die schwarzen, verkokelten Reste des Fuchi Cyber-6 lagen verstreut herum.

Er konnte von Glück sagen, dass er noch lebte. Aber bei dem Anblick seines Lebensinhalts musste er weinen. Heulend fiel er auf die Knie und ließ den Gefühlen freien Lauf. Schreiend und nicht auf die Nachbarn achtend, schlug er sich die Knöchel auf dem Teppich blutig.

Draußen wurde es dunkel, und das rote Licht der Abendsonne fiel durch die Fenster. Snap bemerkte nicht, dass es aufgehört hatte zu regnen. Für ihn sah die Welt nur noch dunkel und trist aus. Die Krämpfe, die ihn später erneut plagten, bestätigten seine Ansichten von der grausamen Welt, in der er leben musste.

## 13

Die Trance des Schamanen hatte ihren Höhepunkt erreicht. Um ihn herum standen die Ratten auf den Hinterbeinen, reckten die Pfoten in die Luft und bewegten sich im Takt zur Musik.

Das pulsierende Mana hatte bereits den Körper des Mannes erreicht und komplett eingehüllt. Pfeifer konnte sehen, wie sein Zauber die Essenz des Mannes einer gründlichen Untersuchung unterzog. Die Aura des Mannes nahm die Rattenmagie bereitwillig auf, was zur Folge hatte, dass sich die Gesichtszüge des Unbekannten entspannten und seine Aura friedlich glühte.

Dank des Jahrhundertfrettchenbluts konnte der Rattenschamane erkennen, welche Art von Magie auf den Mann gewirkt worden war. Unzählige Experimente mit dem Elixier hatten ergeben, dass das Tier allergisch auf Mana reagierte. Bei seinen Versuchen war Ratte darauf gestoßen, dass die Essenz dieser Allergie in dem Blut des Tiers lag. Eine Besonderheit war die Anfälligkeit für die Art der Magie. Bei schamanistischen Verzauberungen geriet das Blut nicht so stark in Schwankungen. Hermetische Einflüsse hingegen ließen das Elixier des Blutes pulsieren und förmlich kochen.

Pfeifer hatte diese Erkenntnis als Beweis für seine Theorie betrachtet, dass die hermetische Magie schädlich für die Natur und die Astralebene war. Ein Schamane wirkte die Kraft dank seines Totems und nutzte nur das Mana, das ihm das Totem erlaubte. Ohne den Bezug zur Natur war der Schamane ein Nichts. Ein Magier hingegen konnte walten, wie er wollte, niemand konnte ihn in seine Schranken weisen. Er nahm und gab nichts. Das Totem des Schamanen gab das eigentliche Mana später in die Astralwelt zurück und sorgte dafür, dass ein ausgeglichenes Verhältnis herrschte. Davon war der Rattenschamane überzeugt.

Das Blut des Frettchens fing an zu dampfen. Er hatte es gewusst – nur hermetische Magier würden die Kraft des Manas für solche Zwecke missbrauchen. Die Schwingungen der Energie zeigten ihm, dass die Magie anfangs versucht hatte, in den Mann einzudringen. Die Aura des Mannes strotzte aber vor Willenskraft. Als der Zauber zu versagen drohte, musste der Magier den Zauber verändert haben. Allem Anschein nach hatte man versucht, irgendwelche Informationen aus dem

Kopf des Mannes zu ziehen. Die Veränderung des Zaubers hatte dazu geführt, dass die Magie sich verselbständigte. Sie existierte und besaß eine eigene lebende Aura! Verdammt, das war doch nicht möglich?

Vielleicht erklärte das aber, warum der Mann vorhin aufgesprungen war und ihn umbringen wollte. Dieses Etwas wollte nicht, dass es entdeckt wurde! Es war in der Lage, den Mann zu beeinflussen.

In diesem Augenblick leuchtete die Aura auf und explodierte auf der Astralebene. Die wogenden Wellen des Manas gerieten außer Kontrolle und ließen die astrale Gestalt des Schamanen taumeln. Das Ding war wie eine Manabombe und schleuderte Pfeifers astralen Körper fort. Der Schamane konnte die Wucht des energetischen Aufpralls nicht verkraften. Seine Essenz wurde eins mit Ratte und dem Universum.

Die fiependen, aufgeregten Schreie der Ratten alarmierten Chet. Der Ork griff nach der Waffe und riss die Tür des Wohnwagens auf. Hunderte von Ratten rannten an seinen Füßen vorbei ins Freie und verschwanden im Abfall. Schnell stapfte der Samurai durch den Raum und öffnete den Vorhang zum hinteren Teil.

Berauschender Geruch strömte ihm entgegen, und der Rauch im Raum nahm ihm die Sicht. Der Ork schaltete auf Infrarotsicht um. Die Wärme der flackernden Kerzen machte es dem Ork jedoch schwer, Genaueres zu erkennen. Auf dem Boden sah er einen reglosen Körper liegen, der Statur nach musste es sich um Pfeifer handeln. Die Wärmestrahlung des Mannes nahm ab. Chet ging davon aus, dass der Schamane tot war. Die sich bewegenden Wärmequellen am Boden verschwanden unter ihm. Eins war sicher, Ratten gab es in dem Raum jetzt keine mehr.

Auf dem Sofa lag die ebenfalls regungslose, muskulöse Gestalt des Herrn Ich-Weiß-Nichts. Der Ork hockte sich hin und fühlte den Puls am Hals des Mannes. Er war normal.

Hinter ihm stürmten Ratón, Candle und Lücke in den Raum. Der Rauch im Zimmer verflog langsam, und Chet wechselte auf normale Sicht.

Der Körper des Rattenschamanen zeigte keine Spuren äußerlicher Gewaltanwendung. Nur sein Gesicht grinste sie grausam verzerrt an, und die toten Augen blickten starr ins Leere. Schluchzend drängte sich Lücke an den anderen vorbei und kniete heulend neben dem Toten nieder. Der Lärm bewirkte offenbar, dass der Unbekannte aufwachte. Stöhnend richtete sich der Mann auf und tastete nach seinem Kopf.

Das Donnern aus der Ferne ließ alle erschrocken herumfahren. Die Alarmsignale der Rat-Skins wurden von dem Tosen verschluckt. Das Stakkato automatischer Waffen hallte über die Müllentsorgungsanlage. Dem Lärm nach musste da draußen ein verdammter Krieg herrschen.

Die Schreie von Sterbenden drangen kurz an ihre Ohren und wurden danach wieder von Kampfgeräuschen verschluckt.

*Scheiße, es sieht nach Ärger aus!*, dachte der Ork und verfluchte sich dafür, dass er die schweren Geschütze im Nissan gelassen hatte.

# 14

Der Lärm weckte ihn auf. Sofort bemerkte er, dass etwas anders war als vorher. Er war nackt, aber das war nicht alles. Die verdammten Kopfschmerzen waren weg! Langsam kehrte sein Gedächtnis zurück. Auf einmal wusste er, wer er war!

Sein Name war Paul Frazer.

Für mehr hatte er jetzt keine Zeit. Es würde wohl

noch einige Zeit dauern, bis er sich an alles erinnern konnte, aber es war ein Anfang. Wie alle anderen schreckte auch er bei dem Tosen herum. Das Geräusch kam ihm bekannt vor. Es musste eine Nortrup Wasp sein. Eine kleine, aber gemeingefährliche Rotormaschine. Dem Lärmpegel nach befand sie sich schon über dem Gelände. Der Pilot wusste vermutlich, dass die Gossenpunks nicht die Ausrüstung besaßen, um den Vogel vom Himmel zu holen. Davon abgesehen war er sicher, dass die fliegende Bleischleuder nicht ihr einziges Problem darstellte, sobald sie versuchten abzuhauen.

Rasch zog er seine Klamotten an. Beim Anziehen bemerkte er das Fehlen seiner Waffe.

*Drek!*

Die anderen würdigten ihn keines Blickes. Der Ork wechselte sein Magazin. Die Riggerin umklammerte nervös ihre MP. Candle zog, wie der Rest der Gruppe, den hinderlichen Chemoanzug aus und holte hinter dem Rücken eine Schrotflinte der Marke Altmayr SP hervor.

Nicht schlecht, aber für das, womit er rechnete, zu wenig. Sein Blick hastete durch den Raum und durchsuchte jeden Winkel.

Die zusammengekauerte Gestalt am Boden musste der Kerl von vorhin sein. Anscheinend war er tot. Warum? Für die Beantwortung dieser Frage war hoffentlich später Zeit.

Als er den Körper des Toten abtastete, wollte Lücke ihn davon abhalten. Sein stechender Blick genügte, um den Punk von dem Vorhaben abzubringen. Wie erwartet, fand er die Waffe in der Innentasche der Kleidung des Toten.

Sobald seine Hand sich fest um den Griff der Waffe legte, setzte ihn die Elektronik davon in Kenntnis, dass das Magazin leer, die Waffe aber funktionsbereit und gesichert sei. Sein Blick begegnete dem des Orks. Der Meta warf ihm den Clip zu und achtete nicht weiter auf ihn. Er hob die Sicherung der Waffe auf und schob den Ork in den nächsten Raum. Erst jetzt bemerkte er den grauenhaften Gestank, der seine Augen tränen ließ. Das Rauchkraut des Schamanen hatte den Gestank wohl erfolgreich bekämpft. Hier war dies leider nicht der Fall. Candle bemerkte seine Reaktion und reichte ihm stumm eine Dose, in der sich eine seltsam leuchtende Salbe befand. Instinktiv strich er sich das Zeug unter die Nase, und einige Sekunden später konnte er wieder klar sehen.

Mit befehlsgewohnter Stimme rief er: »Chet, du sicherst die linke Seite! Ratón stürmt nach rechts. Candle, halt dich im Hintergrund! Lücke, bleib hinter Candle! Auf mein Kommando! Eins, zwei, los!«

Alle folgten seinen Befehlen. Seine Ausstrahlung machte klar, dass er in dieser brenzligen Situation keinen Widerspruch duldete.

Der Ork riss die Tür auf, sprang nach draußen und rollte sich nach links ab. Ratón hechtete nach rechts und drückte ihren Körper gegen die Außenwand des Wagens. Mit einem schnellen Sprung war er im Freien und kauerte vor dem Eingang des Wohnwagens. Das Feld draußen glich eher einem Schlachtfeld. Männer in Vollrüstungen verteilten sich auf dem Gelände. Türen wurden aufgerissen und gezielte Feuerstöße ins Innere abgegeben. Die Vorgehensweise zeigte ihm, dass die Männer professionelle Killer waren. Es wurde nicht mehr als nötig geschossen. Ein kurzer Feuerstoß, und die Sache war erledigt. Über ihnen zog die Wasp ihre Runden und deckte einige höher gelegene Punkte mit ihrem tödlichen Feuer ein.

Die Vorgehensweise der Männer verriet ein militärisches Standardmuster. Die Kerle zogen einen Ring um das Gelände und kreisten den Wohnwagen immer mehr ein. Irgendetwas an der Sache kam ihm bekannt vor, aber er konnte nicht festmachen, was es war. »Lücke, führ uns zum Ausgang!«, rief er. »Wir geben dir Feuerschutz!«

Keine Reaktion.

»Verdammt, beweg deinen Arsch, oder ich blas dir eigenpfötig das Licht aus!«

Ängstlich trat der Anführer der Rat-Skins aus dem Wagen und hechtete nach links. In enger Formation rannten sie hinter ihm her und feuerten auf näher kommende Rüstungen.

In der hereinbrechenden Dunkelheit warfen die Müllkonstruktionen große Schatten und machten es ihm in der Hektik unmöglich, einen Blick auf die Abzeichen der Männer zu werfen. Um sie herum schlugen Kugeln ein und ließen Matsch aufspritzen.

Aus einer Seitengasse trat eine Vollrüstung hervor und richtete die Waffe auf ihn. Blitzschnell kickte er den Lauf der Waffe nach oben. Das Mündungsfeuer blitzte auf, und die Schüsse peitschten in den smogbeladenen Himmel. Seine Blitzkompensation schluckte das grelle Licht des Feuerstrahls. Ein weiterer Tritt traf die Brust des Mannes und ließ ihn rückwärts taumeln. Stöhnend trat die Rüstung in eines der Schlammlöcher und versank hilflos in der Masse.

Chet legte mit seinem Ares Predator II auf einen anderen an und zerfetzte das Visier des Mannes. Candle heizte mit ihrer Schrotflinte einem weiteren Gegner ein. Fast wirkungslos prallten die Flechettgeschosse an der Rüstung ab. Ratón mähte den Kerl mit ihrer panzerbrechenden Munition nieder. Lücke rannte wie ein aufgeschrecktes Huhn über den Platz und führte sie zu der Hütte, durch die sie das Gelände des Rattennests betreten hatten.

Im Inneren lagen mehrere Menschen tot auf dem Boden. Der Mann mit den Verätzungen im Gesicht lag zusammengebrochen über der brennenden Mülltonne und diente als neues Brennmaterial. Der Geruch seines schwelenden Fleisches erfüllte den Raum.

Lücke versuchte die Tonne beiseite zu ziehen, gab allerdings schreiend auf, als er sich die Hände an dem glühenden Metall verbrannte. Chet trat vor und schob den Mann unsanft von der Tonne. Der leblose Körper fiel dampfend in den Dreck. Chets Muskeln spannten sich, als er die Füße in den Boden rammte und das Fass mit den Pranken umwarf. Die Verbrennungen an den Händen nicht weiter beachtend, zog er die Falltür auf.

Als die anderen in den Gang nach unten sprangen, entzündeten die glühenden Kohlen aus der Tonne die Einrichtung in der Hütte. Über ihnen schlug der Deckel der Falltür zu, und er hörte, wie die Blechbehausung krachend auf den Zugang stürzte. Glücklicherweise hielt das alte Metall stand. Auf diesem Wege konnte ihnen keiner mehr folgen.

Das Wasser spritzte auf, als sie den überfluteten Tunnel entlang rannten. Auf der anderen Seite gelang es Chet nur mit Mühe, die Falltür zu öffnen. Als sie draußen waren, sahen sie den Grund. Die toten Körper zweier Gangmitglieder hatten auf der Luke gelegen. Als sie aus dem Lieferwagen sprangen, rannte Ratón schon nach links.

In der Seitenstraße, in der sie den Wagen abgestellt hatten, deckten sie mehrere Rüstungen mit Feuer ein. Die Männer hatten im Schatten der Häuser auf sie gelauert. Wild erwiderten sie das Feuer.

Sascha Pedislow verfolgte die Aktion aus dem Einsatzfahrzeug heraus. Die ganze Sache geriet außer Kontrolle, die roten Feindmarkierungen auf dem Bildschirm hatten auf irgendeinem Weg das Gelände verlassen. Es war ihnen gelungen, den tödlichen Kreis seiner Männer zu durchdringen.

Am Anfang war die Aktion nach Plan verlaufen. Auf einmal war ihr eigentliches Ziel aus dem Wohnwagen gerannt. Unter der Anleitung dieses Mannes, so viel sagten ihm zumindest seine Männer über Funk, gelang dem kleinen Haufen die Flucht vom Gelände. Auf ihrem Weg hatten sie drei seiner Männer erledigt. Eine seiner grünen Markierungen war einfach verschwunden, während die anderen beiden vermutlich durch Schüsse eliminiert worden waren. Wenn er Pech hatte, war die andere Seite mit magischer Unterstützung unterwegs. Er musste das Ziel vernichten, sein Ruf hing vom Erfolg des Unternehmens ab.

Ein stummes Signal von ihm wies den Rigger seiner Einheit an, den Zielen zu folgen. Er musste unbedingt auf dem neuesten Stand bleiben, um seine Soldaten mit aktuellen Daten versorgen zu können.

Die Summe der Verluste strich er schon in Gedanken ab und gab seinen Leuten außerhalb der Anlage den Befehl, am vermutlichen Fluchtfahrzeug der Ziele Stellung zu beziehen.

Sascha wollte auf Nummer Sicher gehen. Die Wasp wurde ebenfalls dorthin befohlen. Diesmal würde ihm der Unbekannte nicht entkommen.

Sie steckten fest. Das Feuer der Männer prasselte gegen die Häuserecke, hinter der sie Schutz gesucht hatten. Der Beton wurde von den schweren Waffen in seine Partikel zerblasen.

Er holte das letzte Magazin aus seinem Duster und überlegte angestrengt, was sie tun konnten.

Chet raunte ihm zu, dass er nur noch zwei Clips für seine Waffe besaß. Ratón gab ihm mit Handzeichen zu verstehen, dass es bei ihr nicht besser aussah. Candles Altmayr donnerte pausenlos. Aber die messerscharfen Flechettgeschosse prallten wirkungslos an den schweren, ballistischen Rüstungen ihrer Gegner ab.

Gleich würde ihnen die Munition ausgehen. Bis jetzt konnten sie von Glück sagen, dass noch keiner von ihnen ins Gras gebissen hatte. Es war jedoch nur noch eine Frage der Zeit, bis das passieren würde.

Hinter sich sah er, dass Lücke die Reste der Rat-Skins mobilisiert hatte. Der traurige Haufen versuchte ihnen den Rücken zu decken. Aber mit den Hold-Outs der Gangmitglieder auf die schwer bewaffneten Gegner loszugehen glich dem Bemühen, mit einem Blasrohr einen bis oben hin voll gedröhnten, unter BTL stehenden Troll umzupusten.

Ihre Gegner zogen den tödlichen Ring immer enger und rückten bedrohlich nahe.

»Schlechte Aussichten!«, grunzte der Ork neben ihm.

»Hast du 'ne Granate?«, fragte Paul.

Der Ork nickte nur und ließ seinen Predator donnern.

Seine nächste Frage richtete er an Candle. »Hast du was Flächenwirksames?«

Ein Nicken von ihr reichte, und sein Plan war gefasst.

»Okay, Chet, du wirfst die Granate nach links! Ratón, du deckst mit deiner MP den Ork. Candle, wirf deinen Zauber auf die rechte Seite!«

Paul drehte sich um. »Lücke, du deckst uns mit deinem Haufen den Rücken!«

Auffordernd hielt er dem Jungen seine Kanone hin. Freudig glitzerten die Augen des Kids, als er sie nahm.

Paul war davon überzeugt, dass der Junge die Waffe nötig haben würde. Er wollte was anderes versuchen.

»Auf mein Kommando! Eins, zwei, los!«

Der Ork wuchtete seinen Körper um die Ecke und warf die Granate. Ratón rollte hinter ihm über den Boden und deckte die Gasse mit ihren letzten Salven ein. Candle trat neben den Ork und sammelte die Kraft für ihren Zauber. Hinter sich hörte er, wie die Kids auf den Gegner zustürmten. Die Rat-Skins wollten Blut sehen.

Als die Granate des Orks explodierte, ließ sie den Beton unter ihren Füßen erbeben. Abgerissene Körperteile flogen durch die Luft. Der Lärm der Explosion verschluckte die Schreie der sterbenden Soldaten. Chet hatte gut getroffen.

Paul hechtete die Gasse entlang auf den ersten Schützen zu, der von der Wucht der Detonation zu Boden gerissen worden war. Der Typ sah noch fit aus. Ein schmerzhaftes Zerren in seiner rechten Seite ignorierend, griff er nach der Waffe des Mannes. Sein Gegner versuchte die Waffe im Aufstehen festzuhalten. Paul packte die Waffe mit beiden Händen, und der Schütze wurde herumgewirbelt und musste die Waffe loslassen. Er hieb den Kolben des Colt M-23 Sturmgewehrs auf das Visier des Mannes. Splitternd gab es nach, und er zertrümmerte das Gesicht des Gegners. Das Brechen der Knochen wurde durch die Waffe übertragen.

In diesem Augenblick explodierte der Feuerball der Magierin. Der Körper ihres Opfers wurde in seine Bestandteile zerfetzt. Die Flammen zogen durch die Gasse und hüllten andere Soldaten in ihren Odem. Die Kraft des Zaubers riss Paul von den Beinen. Vom Boden aus ließ er die Informationen der Waffe auf sich wirken und mähte die verbliebenen Gegner mit gezielten Salven nieder. Candles Spruch hatte nicht viele übrig gelassen.

Ein Blick zurück zeigte ihm, dass der Ork sich mit der rechten Hand die Schulter hielt und mit der anderen die benommene Magierin hinter sich herzog. Ratón hinkte auf ihren Wagen zu. Die Rat-Skins hatten mit ihrem Ausfall an Boden gewonnen. Mehrere Gangmitglieder lagen mit durchsiebten Körpern im Dreck und verteilten Blut und Eingeweide auf dem Beton.

*Drek!*

Das, was er sah, gefiel ihm nicht. Über den Gegnern schoss die Wasp vom Himmel herab und eröffnete das Feuer. Die Rat-Skins suchten schreiend das Weite oder wurden von den ratternden Bordwaffen niedergemacht.

Paul wusste, dass dieses kleine Mistding tödlich, aber nicht unbesiegbar war. Bei der Konstruktion hatte man keinen besonderen Wert auf die Panzerung gelegt.

Er atmete tief durch und zielte auf die Kanzel der Rotormaschine. Dann heizte er den Rest des Streifens durch. Die Scheibe der Wasp zerbarst, und er konnte sehen, wie der Körper des Piloten von den Schüssen wild geschüttelt wurde. Heulend ging die Wasp zu Boden und explodierte. Die Trümmer schossen über die Straße. Der Rotor der Kiste hatte sich gelöst. Die Blätter kreischten rotierend über den Asphalt und durchschnitten den Elektrozaun. Funkensprühend verschwanden sie im Müll und gesellten sich zum restlichen Alteisen der Entsorgungsanlage.

Das brennende Wrack lag mitten auf der Straße und machte es den restlichen Gegnern unmöglich, weiter auf sie zuzukommen. Lücke kroch stöhnend auf ihn zu. Paul schulterte die Waffe und hob den verletzten Jungen hoch. Neben ihm fuhr der Nissan vor. Den Schmerz in der Seite ignorierend, stieg er mit dem Punk auf den Armen in den Wagen. Seine Waffe nahm er wieder an sich. Im Augenblick konnte der Ganger sowieso nichts damit anfangen.

Ratón ließ die Reifen qualmen und gab Gas.

## 15

Zack erreichte vor Erschöpfung keuchend das Dach des Hauses. Sofort bemerkte er das wilde Strampeln des Mannes auf seinen Schultern. Allem Anschein nach war der Besitzer ins Reich der Sterblichen zurückgekehrt. Ein Schlag auf den Hinterkopf machte ihm das

Ganze schmerzhaft bewusst. Schnell ließ er den Körper zu Boden fallen.

Claw war wütend und trat dem Mann, der ihn besiegt hatte, in den Unterleib. Zack bemerkte den Stoß kaum. Seine gepanzerte Leibwäsche schluckte die Wucht des Tritts.

»Halt!«, brüllte der Samurai.

Claw kühlte langsam ab und hatte sich von dem anfänglichen Schock erholt.

»Hey, Chummer! Ich bin sicher, es liegt ein Missverständnis vor. Was ist dein Problem?«, fauchte Zack den stinkenden Miniaturkater an.

Die Miene des Schamanen verhärtete sich. Er spielte kurz mit dem Gedanken, den Krieger von einem Geist vom Dach werfen zu lassen, verwarf dieses Vorhaben aber sofort wieder. Es würde ihn seinen Zielen nicht sonderlich näher bringen.

»Okay. Was wolltest du in der Hütte meines Stammesbruders?«

*Wo kommt dieser Spinner her? Hütte! Ist der etwa aus dem Urwald entflohen?*

Zack hatte schon genug Probleme damit, das unverständliche Deutsch des Typen zu verdauen. Entnervt erwiderte er: »Die Hütte nennt man Haus, gebaut aus Beton und Mörtel! Bist du etwa aus dem Dschungel entflohen?«

Löwe überlegte abermals, den Gedanken von vorhin in die Tat umzusetzen, entschloss sich aber dazu, erst einmal abzuwarten. Vielleicht war Kommunikation doch der bessere Weg, um an Informationen zu gelangen.

»Sag mir, was mit meinem Rudel … Freund passiert ist!«

»Mann, wächst mir Gras aus den Taschen, kann ich über Wasser gehen? Ich suche nur jemanden, der in der Wohnung abgestiegen ist!«

Zack sah die nachdenkliche Miene des Mannes und gab ihm daraufhin mit Händen und Füßen zu verstehen, was er meinte. Sein Gegenüber erwiderte mit einer unüberhörbaren Spur von Ärger: »Ich kann dich verstehen, Krieger. Nur mich selber noch nicht gut genug ausdrücken. Bin erst seit kurzem in den ADL. Oder willst du mich beleidigen?«

Zack hatte den dumpfen Verdacht, dass ein neuer, unnötiger Kampf bevorstand, wenn er den Stolz des Kauzes beleidigte. Er änderte seine Taktik.

»Nee, alles, nur das nicht. Mir liegt genauso viel daran herauszufinden, was gestern Abend in der Wohnung vorgefallen ist.«

»Gib mir meinen Speer und meine Tasche zurück!«, verlangte der Typ.

Die scharfe Waffe war gefährlich, aber mittlerweile war es ziemlich unwahrscheinlich, dass er ihn noch einmal angreifen würde. Zögernd überreichte er dem Mann die Waffe.

Claws Finger schlossen sich fest um den Griff des Speers. Der pulsierende Fokus fühlte sich vertraut und gut in der Hand an. Besänftigt schenkte er dem Krieger einen fragenden Blick und unterstrich seine Verhandlungsbereitschaft mit einem freundlichen: »Was nun?«

Zack seufzte innerlich auf. Unnötige körperliche Auseinandersetzungen standen nicht mehr auf der Liste. Er hatte eine Idee, die zumindest seinen eigenen körperlichen Bedürfnissen weiterhelfen würde.

»Keine Ahnung, Chummer, aber ich glaube, wir könnten etwas zu essen vertragen. *Soy-Matjes Nordseehafen* ist genau um die Ecke. Du zahlst!«

Mit diesen Worten drückte er dem Schwarzen seinen Credstick und Ebbie in die Hand. Einen gesunden Sicherheitsabstand haltend, folgte er dem Fremden die Treppe hinunter. Zack bemerkte mit Respekt die geschmeidigen, raubtierhaften Bewegungen des Mannes.

Ohne Cyberware oder ständiges Training war es verdammt schwierig, eine solche Körperbeherrschung zu erreichen.

Auf ihrem Weg durch die Straße schauten viele Leute sie verdutzt an. Der Typ, mit dem Zack unterwegs war, zog mit seiner auffallenden Kleidung die Blicke der Menschen förmlich an. Ihr Weg führte sie an mehreren Secondhand-Läden Altonas vorbei. Mit einem Wink wies er auf den Eingang eines Ladens mit dem Namen *Udos Alster-Plaza*.

»Das ist nicht *Soy-Matjes Nordseehafen*«, knurrte der Schamane.

Zack war genervt. »Chummer, so wie du rumläufst, muss ich Angst haben, dass jeden Augenblick der städtische Zoolieferwagen um die Ecke biegt und dich einfängt und mich gleich mitnimmt, da ich keine Genehmigung habe, die mir den Besitz eines exotischen Haustiers zugesteht. Ich finde, du solltest was für dein Outfit tun!«

Löwe fasste den Entschluss, die Beleidigungen des mechanischen Barbaren nicht weiter zu beachten – das lag unter seiner Würde. Er wollte die Situation sachlich meistern.

»Wieso? Die Kleidung ist noch ganz.«

»Ganz ja, aber auffällig! Schau dich mal um – alle Leute werfen dir Blicke zu! Ich bin sicher, die ganze Straße wird sich noch in drei Wochen an dich erinnern!«

Claw musste dem Krieger Recht geben. Die anderen Mitglieder seines Rudels hatten so was Ähnliches gesagt, als sie ihn das erste Mal gesehen hatten. Aber in London war er unter den anderen Verrückten nicht weiter aufgefallen. Hier in Hamburg war der Krieger heimisch und wusste sicherlich besser über die Gebräuche der Einheimischen Bescheid.

Knurrend gab er nach und folgte dem Mann in den Laden.

Als sie einige Zeit später heraustraten, fühlte sich Löwe unwohl. Der Stoff war zwar aus echter Baumwolle gefertigt, kratzte aber unangenehm auf der Haut. Er steckte in einer alten Jeans und trug eine abgewetzte, aber echte Lederjacke. Die Lederschuhe waren von einem Vorbesitzer schon gut eingelaufen worden, trotzdem vermissten seine Füße den direkten Kontakt zum Boden. Den Speer hatte er auf Anraten des Kriegers nach einem *kurzen* Disput mit dunklem Stoff umwickelt. Obwohl der Krieger alles versucht hatte, war Claw nicht bereit gewesen, seinen Löwenschädel herzugeben. Schließlich hatte er das Tier in einem fairen Zweikampf besiegt!

Zack musterte die braune Gestalt noch einmal. Er sah zwar immer noch durchgeknallt aus, aber besser als vorher. Auch wenn der Schädel auf dem Kopf ihn wie einen Verrückten aussehen ließ.

*Touristen!*

Murrend zog er den Mann auf den *Soy-Matjes Nordseehafen* zu und versuchte, den fragenden Blicken der Passanten keine Beachtung mehr zu schenken.

## 16

Sascha Pedislow war stinksauer. Die ganze Aktion war ins Wasser gefallen oder besser noch, im Müll versunken. Es hatte Verluste gegeben, die er in nächster Zeit garantiert nicht ausgleichen konnte. Vielleicht wurde er doch zu alt für diesen Job.

Eine Nachricht über Headphone riss ihn aus seinen Gedanken.

»Leader I, ich habe das Ziel. Fahrzeug Rot I rast über die Wandsbecker Chaussee Richtung Billstedt.«

»Abfangen!«, schrie Sascha. »Es darf nicht im dichten Verkehr untertauchen! Puste die Leute von der Straße!«

Der Rigger der GM Nissan-Spotter Drohne heizte im toten Winkel des Wagens hinter den Zielpersonen her.

*Noch ein Versuch! Wenn es dann nicht klappt, sind wir raus aus dem Geschäft!*

Die Drohne flog über den Asphalt hinweg und näherte sich langsam, aber stetig. Die Sensoren speisten das Hirn des Riggers mit den Zielkoordinaten.

»Habe das Ziel im Visier. Erwarte neue Instruktionen, oder werde jetzt das Feuer eröffnen.«

Das klang gut. Die Drohne würde den Wagen gleich außer Gefecht setzen.

»Alle anderen Einheiten auf Abfangkurs gehen«, gab er den anderen Teilnehmern der Jagd ihre Kommandos. Drei Fahrzeuge des Sibirischen Bären setzten sich augenblicklich in Bewegung.

»Flügel II. Schaltet das Fahrzeug aus!« Mit diesen Worten leitete der Rigger das baldige Ende der Jagd ein. War ihr Ziel erst einmal bewegungsunfähig, mussten sie sich nur noch über die Beute hermachen und ihr den Rest geben.

Der Rigger lenkte seine Drohne dicht hinter den Wagen und richtete die Waffe auf die ungeschützte Unterseite des Fahrzeugs. Das war die Schwachstelle der fahrenden Festung. Die MP eröffnete das Feuer und ließ die Unterseite des Wagens in Funken aufgehen.

Die Einschüsse brachten Ratón an den Rand der Erschöpfung. Der Treffer in ihrem Bein hatte sie nahezu außer Gefecht gesetzt. Die letzten Reserven mobilisierend, versuchte sie die Quelle des Angriffs zu lokalisieren.

Es konnte nur eine Drohne sein. Ihre Sensoren hatten ihr aber nichts gemeldet, zumindest nichts Offensichtliches. Erst jetzt registrierte sie ein kaum wahrnehmbares Flackern der Sensoren auf der Unterseite. Sich verfluchend, dass sie nicht mehr in die Elektronik investiert hatte, versuchte sich die Riggerin zu konzentrieren. Schweiß glänzte auf ihrer Stirn und brannte in ihren Augen.

In diesem Moment trafen weitere Schüsse, und das Fahrzeug wurde heftig erschüttert. Die Fernsteuerung versagte und warf die Riggerin schmerzhaft und endgültig aus. Ratón schwanden die Sinne, und sie hatte Mühe, die Kontrolle des Fahrzeugs im Handbetrieb zu übernehmen. Sie konnte nichts mehr machen. Ihr Sichtfeld reduzierte sich auf die Größe eines Stecknadelkopfes. Die Notsteuerung des Autopiloten setzte ein und verhinderte die tödliche Kollision mit den Straßenlaternen am Rand der viel befahrenen Straße. Wild schlingerte der Wagen über die Fahrbahn. Für Sekunden setzte ihr Bewusstsein vollständig aus.

Ein Hupkonzert holte sie in die Wirklichkeit zurück und aktivierte ihren Überlebenstrieb. Der Nissan war auf die Gegenfahrbahn geraten. Die Elektronik war komplett ausgefallen, sogar die Notbatterien des Autopiloten hatten den Geist aufgegeben. Heftig riss sie das Steuer nach rechts, fuhr über einige grüne Inseln und nahm mehrere Begrenzungspfähle mit. Ächzend erstarb der Motor, als das Fahrzeug gegen eine Häuserfront krachte. Dichter Rauch breitete sich im Wagen aus. Müde presste sie zwischen den Lippen hervor: »Scheiße, macht, dass ihr rauskommt!«

Der Wagen war tot, und sie würde wie der Kapitän eines Schiffes mit ihm untergehen. Mit diesen Gedanken fiel sie erleichtert in das schwarze Loch der Bewusstlosigkeit zurück.

Das Chaos war komplett. Chet stemmte die Seitentür des Fahrzeugs von Hand auf und sprang geduckt auf den Gehweg. Paul hatte sich Candle und Ratón über die Schultern geworfen und kam nur langsam vorwärts. Einige Augenblicke später waren sie in den engen Straßen verschwunden. Lücke stolperte neben Paul über den Asphalt.

Brüllend fuhr Paul den Ork an, der mit hängenden Schultern ohne Rücksicht auf Verluste weiterlief. »Trog, bleib stehen!«

Bei dem Wort Trog drehte Chet sich um und musste sich zurückhalten, dem Kerl nicht die Fresse zu polieren. Er vorschob das Vorhaben auf später und wartete, wenn auch missmutig. Der Meta spürte förmlich, dass sie beobachtet wurden, konnte aber nichts in ihrer näheren Umgebung ausmachen.

Obwohl seine Schulter schmerzte wie die Hölle, hob er einen Gullydeckel hoch. Schließlich war er ein Ork und weit besser in der Lage, Schmerzen wegzustecken als ein gewöhnlicher Norm.

Den Gestank, der ihm entgegenwehte, nicht weiter beachtend, forderte er die anderen auf, in dem Schacht zu verschwinden.

Hier funktionierte die alte Kanalisation anscheinend besser und ließ es sogar zu, dass man die schmalen, vor Dreck triefenden Gehwege benutzen konnte.

Glücklicherweise erwachte Ratón, denn es wäre Paul unmöglich gewesen, zwei Leute die Leiter nach unten zu tragen. Wie in Trance und ohne einen Funken wachen Verstandes in den Augen, schleppte sich die Riggerin die Sprossen hinab.

Als die Letzten mühsam herabgestiegen waren, zog Chet den Gullydeckel über sich zu. Seine letzte Granate befestigte er mit etwas Draht an der Leiter und spannte das Metall in dem schmalen Durchgang nach unten.

*Wer immer uns folgt, wird hoffentlich vor Freude in Stücke gerissen!*

Auf dem Weg hinab entzündete der Ork eine Leuchtfackel und hüllte die trübe Umgebung in grünes Licht. Unten schaute sich der Ork den kümmerlichen Haufen an. Der Unbekannte trug den schlaffen Körper der Magierin auf dem Rücken und blutete wie ein abgestochenes Schwein aus der rechten Seite. Ratón hatte sich mit einem Stofffetzen das linke Bein abgebunden und drohte jeden Augenblick umzufallen. Lücke schaute wie ein Wahnsinniger umher und konnte sich nur unter Aufbietung der letzten Kräfte auf den Beinen halten.

Die linke Hand des Metas betastete seine eigene rechte Schulter. Die harte Haut hatte an einer Stelle ein böses Loch und blutete stark. Chet nahm an, dass der Knochen die Kugel aufgefangen, aber dabei zu Bruch gegangen war.

»Und was jetzt?«, fragte Paul den Ork.

»Weiter, ich habe hier unten Bekannte. Außerdem glaube ich, dass wir die Scheißkerle noch am Arsch kleben haben. Los, vorwärts!«

Ihr Weg führte sie an unzähligen Abzweigungen vorbei. Aber Chet wusste, welchen Weg er nehmen durfte und welchen er besser nicht einschlug.

In den letzten Monaten hatte er einen kleinen Kontakt zum Hanse-Meta-Untergrund aufgebaut. Seine Beziehungen waren nichts Besonderes, aber er hoffte, dass es ihnen mit der richtigen Zahlungsbereitschaft vergönnt sein würde, für ein paar Tage hier unterzutauchen. Sie brauchten dringend eine Pause, um ihre Wunden zu lecken.

Aus dem Gang von rechts pfiff sie plötzlich eine Stimme an: »Hey! Chummers, keine hastigen Bewegungen, oder ich blase euch weg!«

Chet hob unter Schmerzen die Arme. »Kein Grund zur Aufregung, Bruder!«, rief er. »Ich bin ein Freund von Rustle.«

»Das kann jeder sagen. Los, dreht euch um! Sonst verwandle ich euch zu Schleim. Kein Wort mehr.«

Die ruhige, emotionslose Stimme, mit der der Unbekannte die Worte aussprach, zeigte Chet, dass dies keine leere Drohung war. Stumm folgte er dem Befehl und hoffte, dass keiner von den anderen den großen Macker markieren wollte.

Es waren drei Leute gewesen, die sie aufgespürt hatten. Chet wusste, dass es nur eine Frage der Zeit gewesen war, bis man sie entdecken würde. Der Hanse-Meta-Untergrund, kurz HMU genannt, liebte keine unaufgeforderten Besucher in seinem Revier.

Die Männer sprachen kein Wort mit ihnen. Zwei Zwerge mit Maschinenpistolen gingen hinter ihnen und waren eine ständige Erinnerung daran, nichts Unüberlegtes zu tun. Ein Ork schritt den anderen voran und hielt eine Wallacher-Kampfaxt in den Händen.

Nach einer halben Stunde wurden ihnen die Augen verbunden. Nur mit Mühe waren sie in der Lage, einen Fuß vor den anderen zu setzen. Wieder eine halbe Stunde später stieß man sie unfreundlich in einen Raum und ließ sie allein. Vorher nahm man ihnen die Augenbinden ab und drückte Chet eine Öllampe in die Hand.

Der Raum war leer, abgesehen von ein paar Kisten und einer Menge Dreck. Bei den Kisten handelte es sich um gängige Verladekisten, wie man sie auf kleineren Frachtschiffen fand. Einige Konzernzeichen darauf ließen vermuten, dass die Firmen die Behälter wohl als Verluste hatten abbuchen müssen. Eine Metalltür, die einer Schleuse ähnelte, führte in einen weiteren Raum. Ihr Geleitschutz war durch eine neue Holztür verschwunden. Den Gesprächsfetzen von der anderen Seite konnte Chet entnehmen, dass man dort Wache bezogen hatte.

Chet nutzte die Gelegenheit und packte das Medkit aus. Er wusste, dass die Umstände beschissen waren, aber immerhin besser als gar nichts. Nachdem er die Wunden provisorisch versorgt hatte, ging auch schon die Metalltür auf, und Rustle, der Troll, trat gebückt in den kleinen Raum.

Der Rigger hatte den Einstieg der Zielpersonen überwacht. Da er aber keine Munition mehr besaß, musste er sich mit der Rolle eines Beobachters zufrieden geben. Die Daten geleiteten seine Kameraden zu dem Einstieg. Sascha befahl dem Rigger, mit der Drohne umzukehren. Die Treibstoffanzeige näherte sich dem roten Bereich. Noch mehr Verluste wollte er um jeden Preis vermeiden.

Team Beta öffnete den Eingang. Team Alpha ließ ein langes Kabel in die Dunkelheit hinab, an dem eine Laserkamera befestigt war. Mit ihrer Hilfe würde sich ausspähen lassen, ob dort unten etwas auf sie lauerte.

Auf seinem Monitor konnte Sascha den Weg der Kamera überwachen. Sekunden später sahen sie den gespannten Draht.

»Team Alpha, Falle eliminieren!«

*Diesmal werdet ihr mich nicht austricksen!*

Seine Männer beseitigten das kleine Hindernis und stiegen hinab in die Dunkelheit. Über Monitor hatte er die gleiche Ansicht wie seine Soldaten. Seine Männer hatten ihre Cyberaugen mit Augenlampen modifiziert. Ein Strahl polarisierten Lichts entlang der optischen Achse des Auges machte es seinen Leuten möglich, dass sie mit Lichtverstärkern in der Dunkelheit sehen konnten.

Jetzt gab es nur ein Problem: Wohin sollte er seine Männer schicken? Je tiefer sie unter der Erde verschwanden, umso schwieriger würde die Übertragung der Daten werden.

Er gab dem Fahrer des Kommandofahrzeugs den Befehl, zu den beiden Teams vorzustoßen.

»Team Alpha, Team Beta, warten. Ich komme selber runter!«

Auf dem Weg legte er seine Rüstung an und musste daran denken, dass er das schon seit zwei Jahren nicht mehr getan hatte.

*Drek, ich bin zu alt für diesen Job!*

# 17

Snap hatte sich einigermaßen beruhigt. Der Schmerz des Verlusts war immer noch tief in ihm verwurzelt, aber die Kraft der Verzweiflung ließ ihn klar denken. Er raffte sich auf und untersuchte zuerst das Deck. Bei dem Anblick der verkohlten Teile konnte er nur mit Mühe einen neuen Heulkrampf unterdrücken. Das Deck hatte ihm bei unzähligen Transaktionen gute Dienste geleistet. Jetzt war es nichts weiter als ein kaputter Haufen Schrott. Eine Parallele zwischen seiner psychischen sowie körperlichen Verfassung und den Resten des Decks zu sehen lag auf der Hand. Alles ausgedienter Schrott, der am besten in die nächste Tonne gekippt wurde.

Snaps Befürchtungen waren wieder einmal berechtigt gewesen; bei der Hardware würde jegliche Hilfe zu spät kommen. Wütend schleuderte er die Reste vom verkohlten Schreibtisch.

Ein Klingeln an der Tür ließ ihn zusammenzucken. Wenigstens hatte das Telekom nichts abbekommen. Der Decker hatte nämlich alle elektronischen Teile gekoppelt. Als er dem Gerät den Befehl ›Außentür‹ gab, flammte der Bildschirm auf und zeigte ihm die Ansicht des Flurs seiner kleinen Mittelklassewohnung. Die geschickt getarnte Kamera ermöglichte einen Blick auf den Störenfried.

Draußen stand ein Holsten-Zombie und bretterte ohne Rücksicht auf Verluste gegen die Tür. Die Holsten-Zombies waren eine größere Straßengang. Dem Namen entsprechend traten sie in der Öffentlichkeit als Zombies auf. Kleidung und Schminke bestimmten die Position des einzelnen Mitglieds innerhalb der Gang. Snap kannte sich nicht gut genug mit den Gepflogenheiten der Gang aus, vermutete aber, dass es sich bei diesem Besucher nur um einen Botenjungen handeln konnte.

*Wenn der Knabe so weitermacht, wird die Nachbartür auffliegen und mein Nachbar, der eigentlich Gewalt verabscheut, ihm den Kopf abreißen! Und wenn der das nicht tut, werde ich das mit Freuden übernehmen!*

Wankend schritt Snap auf die Haustür zu. Er zog die Riegel zurück, ließ aber die schwere Eisenkette auf dem Schloss.

Als sich die Tür einen Spalt öffnete, sagte der Decker: »Was is'n? Ich hab meinen Beitrag für diesen Monat gezahlt.«

Das abgedröhnte Gesicht des Gangers stierte durch den kleinen Spalt und sagte mit einer ätzend klingenden Grabesstimme: »Chummer, kein Grund zur Aufregung. Ich spiel nur den Botenjungen für Teresa. Soll dir das Paket in die Hand drücken. Da ich die Kohle brauch, hab ich zugesagt. Immer noch besser, als die räudigen Köter von ihr auszuführen.«

Snap zog die Stirn in Falten, und es dauerte einige Zeit, bis er sich daran erinnerte, dass er Teresa eine Nachricht geschickt hatte.

Der Junge steckte die dreckigen Finger durch den Spalt und wedelte mit dem Päckchen vor seiner Nase. Der Holsten-Zombie witzelte: »Hallo, Chiphead! Jemand zu Hause? Kerl, du siehst echt scheiße aus. Ne Runde pennen wär nicht schlecht!«

Snap nahm dem Kid das Paket ab und drückte unsanft die Tür zu.

»Hey, was is'n mit Trinkgeld!«, brüllte der Gangster. »Ich habe 'ne Familie und mehr Kinder, als ich zählen kann, zu ernähren!«

Snap dachte nur: *Tja, das müssen ja nicht unbedingt viele sein.*

Die Tritte gegen seine Tür nicht weiter beachtend, stellte er die Anlage an, setzte die Kopfhörer auf und ließ die Musik von Tori Famous auf sich wirken. Das letzte Album ›Under The Great Garbage Sink – Unter dem großen Müllabfluss‹ war das beste, was die Frau herausgebracht hatte. Die Musik lenkte den Decker für kurze Zeit von seinen Problemen ab.

Snap öffnete das Päckchen und betrachtete den Stick. Er sah völlig normal aus. Als er die Anzeige anschaltete, fiel ihm nur das Leuchten der unmöglichen Zahl 55.578.923 auf.

Der Decker schnappte sich das Werkzeug und zerlegte den Stick in seine Bestandteile. Snap entging nicht, dass einer der Chips merkwürdig aussah. Das Ding hatte mehr von einem Sender an sich. Ein hochempfindliches Teil, das aus irgendeinem Grund beschädigt war. Eine Analyse ergab, dass ein Impuls an diese Adresse geschickt werden sollte.

Snap stöhnte. Es fiel ihm wie Schuppen von den Augen.

*Diese verfluchte Zahl ist nicht der Betrag, es ist eine LTG-Nummer! Eine Telefonnummer, höchstwahrscheinlich ein Notsignal!*

Nur mit Mühe konnte sich der Decker zurückhalten, seinem ersten Impuls, die Nummer anzurufen, nachzugeben. Nein, er würde es anders machen. Ein Griff in die Schublade reichte, und Snap holte ein altes Radio Shack PCD-95 hervor. Ein paar Veränderungen mit Ersatzteilen, von denen er genug herumliegen hatte, hier und dort ein bisschen Herumschrauben, und das Baby-Deck würde für seine Zwecke reichen. Wenn er allerdings Probleme bekommen würde, war es ungefähr so, als versuche man mit einem Trabbi einen Hochgeschwindigkeitszug zu rammen.

Drek, er hatte sowieso nichts zu verlieren. Abgesehen von seinem Leben. Aber lieber in der Matrix sterben als in seinem Apartment an den Krämpfen zugrunde zu gehen.

Teresa würde von seiner Aktion natürlich nichts erfahren. Kontrakt ist zwar Kontrakt, aber mittlerweile hatten sich die Umstände geändert – für Snap wurde der Auftrag persönlich. Er konnte es nicht ausstehen, wenn man versuchte, ihn zu rösten.

Wie ein Wirbelwind flitzte er durch die Wohnung und machte sich an die Arbeit. Snap wusste nicht warum, aber er hatte das dumme Gefühl, dass ihm nicht viel Zeit blieb.

Peter Brandt bretterte durch die Straßen und überquerte mehrere Ampeln bei Rot. Der dichte Verkehr der abendlichen Pendler antwortete auf seinen Fahrstil mit Hupen und unanständigen Gesten. Das alles nahm er gar nicht wahr. Er war in Panik und wollte nur weg.

Man hatte sich dazu entschieden, alle Beweise zu vernichten. Dummerweise gehörte er auch dazu. Die rothaarige Krankenschwester-Schnalle krallte ihre lackierten, künstlich verlängerten Fingernägel in den Sitz und wimmerte vor Angst.

Peter heizte unbeirrt weiter und schenkte ihrem hysterischen Kreischen keine Beachtung. Er hätte sie genauso gut während der Fahrt aus dem Wagen werfen können. Das würde für ihn keinen Unterschied machen. Jetzt galt es, seinen Arsch zu retten. Koste es, was es wolle!

*Nur weg hier, ich muss raus aus Hamburg, aus den ADL!*

# 18

Paul Frazer warf dem angeblichen Freund des Orks misstrauische Blicke zu. Der Meta hatte arge Probleme, sich in dem kleinen Raum nicht den Kopf zu stoßen. Trotz der gebückten Haltung schätzte er den Troll auf gute zwei Meter achtzig. Rustle hatte zwei Hörner am Kopf. Das kurze, stoppelige Haar erinnerte an die Borsten eines Warzenschweins aus dem Zoo. Die großen Hauer waren an den Spitzen mit Metall ummantelt. Das Funkeln in der Dunkelheit ließ sie bedrohlich, wenn nicht sogar tödlich aussehen. Paul hatte keine Lust, mit den Dingern in näheren Kontakt zu treten. Bis jetzt hatte er es noch nie für nötig befunden, einem Troll so nahe zu kommen.

Wie bei allen anderen Trollen mit geringer Zahlungskraft war dessen Kleidung aus Resten zusammengeflickt. Es gab zwar Übergrößen für Orks und Trolle, da sich aber die meisten von ihnen am unteren Ende der Lohnkette befanden – vorausgesetzt, sie hatten einen Job –, mussten sie sich mit Patchwork abfinden.

Das flackernde Licht der Öllampe erlaubte den Blick auf einen Colt-Manhunter. Die schwere Pistole steckte in einem Halfter am rechten Bein des Riesen, was die Waffe wie ein Spielzeug aussehen ließ. Der Colt war aber echt, keine billige Imitation, das war Paul sofort aufgefallen. Er wollte gar nicht erst wissen, wie der Troll zu diesem kostbaren Mannstopper gekommen war.

Die tiefe, kehlige Stimme des Trolls klang überrascht, als dieser das Wort an den Ork richtete. »Chet? Du hier? Und was willst du mit den Norms hier unten? Touristen sind ja okay. Gut fürs Geschäft. Aber der Rest kann nur Ärger bringen!«

Chet wirkte neben dem bulligen Rustle klein, und das mochte schon was heißen. Seine linke Pranke hieb auf die Schulter des Trolls. Obwohl die linke Hand seine schwache Hand zu sein schien, hätte die Wucht des Schlags jeden Menschen ins Krankenhaus gebracht, aber der Troll zuckte nicht mal mit der Wimper. Rustles Begrüßung ließ den bis oben hin vercyberten Ork schwer taumeln. Man konnte aber sehen, dass er nicht mit aller Kraft zugeschlagen hatte.

»Ach, Rustle. Uns läuft der Arsch auf Grundeis. Wir stecken bis über beide Ohren in der Scheiße. Wozu sind

Freunde denn da? Wir brauchen einen sicheren Platz zum Ausruhen. Wir können auch zahlen!«

Der Troll erkannte die Aufrichtigkeit in Chets Worten, versuchte aber mit seiner Miene keine Hoffnung bei dem Ork aufkommen zu lassen. »Chummer. Wenn's so schlimm aussieht, stehen die Aussichten schlecht für dich. Ich kann das nicht entscheiden. Wenn du Glück hast, kann ich was für'n paar Tage arrangieren. Aber nichts ist fest. Das muss der Rat entscheiden. Ich werde ein gutes Wort für dich einlegen.«

Die Augen des Orks blitzten vor Dankbarkeit auf. »Hey, das klingt wie'n Erstliga-Sieg des HSV! Das bisschen wär schon verdammt viel. Wir wären dir auf ewig dankbar. Kannst du mir glauben.«

Der Troll zuckte mit den Achseln. »Wer ist hinter dir her?«

»Haufenweise Muskeln, vermutlich Militär oder ein eingeflogenes Killerkommando!«

Die Augen des Trolls weiteten sich, und Chet sagte beschwichtigend: »Nichts Offizielles. Um genau zu sein, habe ich keine Ahnung. Aber diese Mistkerle haben das Rattennest auseinander genommen! Lücke ist der klägliche mobile Rest der Rat-Skins, der mit uns fliehen konnte. Siehst ja, wie mitgenommen der Knabe ausschaut, und, um ehrlich zu sein, wir anderen sind auch nicht grade in Höchstform.«

Lücke wirkte in der Tat fertig. Die dunklen Augenringe waren ein deutliches Zeichen für seinen schlechten Zustand. Sein Körper lehnte an der kalten Wand und schwankte bedrohlich von rechts nach links.

»Haben die Kerle gesehen, wie ihr eingestiegen seid?«

Die Frage kam ruhig, ein bisschen zu ruhig für Pauls Geschmack. Eine falsche Antwort, und sie hätten vielleicht noch mehr Ärger am Hals als vorher.

»Ich weiß nicht, hatte aber das dumme Gefühl, beobachtet zu werden. Leider ist Candle, unsere Zauberkugel, zusammengebrochen. Ihr letzter Zauber war wohl 'n bisschen stark gewesen. Hinter uns war keiner, ich hab auch keinen gehört, der uns verfolgt hat. Aber es wäre besser, wenn eure Jungs 'n wachsames Auge auf die Tunnel in dieser Gegend halten würden.«

Rustle dachte nach. Man konnte förmlich hören, wie die einzelnen Räder in seinem Kopf arbeiteten.

»Okay. Ich schaue, was ich machen kann. Wenn ihr verfolgt wurdet, werden wir die Typen in ihr Verderben jagen. Aber eins kann ich dir sagen: Billig wird die Sache nicht.«

Chet wusste, dass sie keine Wahl hatten. Jede Hilfe war dringend nötig, so klein sie auch sein mochte. Raum zum Verhandeln besaßen sie keinen. Chet sah schon ihr gesamtes Erspartes den Bach runtergehen. Aber besser ohne Kohle und am Leben als tot und keine Zeit, den Ebbie freiwillig zu leeren.

»Alles okay. Wir sind für jede Hilfe dankbar!«

Rustle drehte sich um und öffnete die Tür, blieb jedoch einen Augenblick im Türrahmen stehen. »Chet, du bürgst mit deinem Arsch dafür, dass die Norms keinen Ärger machen. Kein Witz, sonst gibt's Stunk. Ihr seid platt – ohne dass ich oder meine Leute mit der Wimper zucken.«

Chet nickte kurz und warf Paul einen drohenden, unmissverständlichen Blick zu.

Die Metalltür schloss sich quietschend.

Pauls rechte Seite schmerzte nicht mehr so stark wie vorher. Das Medkit hatte anscheinend gute Dienste geleistet. Glatter Durchschuss. Blutete mehr, als er wehtat. Mit der Narbe, die zurückblieb, würde er leben können. Stumm ließ er sich zu Boden sinken. Auf der anderen Seite tat der Ork es ihm gleich. Der Runner wirkte müde, die Kugel musste erheblichen Schaden bei dem Muskelberg verursacht haben, auch wenn sich der Ork nach außen hin nichts anmerken ließ.

Pauls Erinnerungen kehrten langsam zurück. Bilder seiner Kindheit erschienen wie Tagträume vor den Augen. Die Wurzeln seiner Familie waren in England zu suchen. Aber es musste irgendwann im letzten Jahrhundert gewesen sein, als sein Urgroßvater in der damaligen BRD stationiert war und sich dazu entschlossen hatte, hier eine Familie zu gründen. Als Nächstes sah er seine lächelnde Mutter, die ihn in ihre Arme schloss und ihm einen liebevollen Kuss auf die Stirn gab. Sein Vater, ein strenger Lehrer, der später durch die Einführung vieler privater Schulen und aufgrund seiner niedrigen Qualifikation arbeitslos wurde und seinen Trost in billigem Alkohol suchte. Der Tag seines ersten Schulbesuchs. Das alte Gebäude der Christlichen-Überlieferungs-Missionsschule. Eine Vereinigung, die versuchte, die längst vergessenen Werte der christlichen Religion aufrechtzuerhalten. Der alte Pfarrer Müller. Oft hatte er den Jungen wegen seiner raschen Auffassungsgabe gelobt. Dann änderte sich alles, und er war ein Teenager. Er hatte die Schule hinter sich gebracht und musste mit den anderen Kids auf den Straßen ums nackte Überleben kämpfen. Der Tod seiner Mutter. Krebs hatte ihren Körper durchwuchert und dem geliebten Menschen den Rest gegeben, sie für immer genommen. Sein Vater, der nach ihrem Tod noch mehr trank als vorher und seine Leber überforderte. Die Nächte in der Notaufnahme, als sein Vater ins Krankenhaus gebracht wurde. Seine Niedergeschlagenheit, als er auch dessen Tod verkraften musste. Das Leben auf der Straße und das Gefühl, allein zu sein. Anderen Leuten einfach die Knochen zu brechen, um seinem Frust irgendwie Luft zu verschaffen.

Diese ganzen Gefühle durchlebte er in wenigen Augenblicken. So schnell, wie die Bilder gekommen waren, verblassten sie auch wieder. Seine letzte Erinnerung war, dass der alte Pfarrer ihm eine Stelle in der *Sherlock Holmes Bar* besorgt hatte. Irgendetwas an der ganzen Geschichte klang aber verkehrt, nicht greifbar … irgendwie unwirklich … bis auf …

Das musste es sein: Sie hatten ein Streichholzbriefchen mit der Adresse der Bar bei dem toten Schwarzen gefunden. Vielleicht war das eine Verbindung zu diesem Chardwin Brown oder zu seiner Vergangenheit. Um mehr über sich oder den Toten zu erfahren, musste er diese Bar aufzusuchen. Jetzt musste es ihm nur noch irgendwie gelingen, den Meta davon zu überzeugen, sich auf den Weg dorthin zu machen.

Sascha stieg zu seinen Männern hinab in die Tiefe der Kanalisation. Die Filter im Helm der Rüstung neutralisierten den Gestank problemlos. Sie waren so gut, dass sie einem Angriff mit hochaggressivem Kampfgas standhalten konnten.

Er verfügte über zwölf Männer, Hightech und haufenweise Munition. Gegner mussten sie also nicht fürchten. Ein Blick auf seinen Bewegungs-Tracker zeigte ihm, dass das Gerät hier unten nutzlos war. Es zeigte dauernd an, dass massenweise Bewegungen um sie herum waren.

Kein Wunder, hier unten lebten Ratten – große wie kleine.

Achselzuckend steckte er das Gerät zurück an den Gürtel und folgte dem Hauptgang nach links. Intuition war angesagt.

Die blubbernden Abwasser begleiteten ihren Weg und flossen an ihren Beinen vorbei, voraus in die Dunkelheit.

Wenn alles glatt ging, würden sie nicht mit dem HMU aneinander geraten. Und wenn, dann war es auch egal. Sie hatten genug Feuerkraft dabei. Jede direkte Konfrontation würde kein Problem darstellen. Ein fairer Kampf war ihm zwar lieber als dieses Katz-und

Maus-Spiel, aber man musste sich der Situation anpassen und das Beste daraus machen.

Seine einzige Sorge war die Magierin der Zielgruppe. Zwar hatte ihm sein Rigger mitgeteilt, dass die Frau allem Anschein nach außer Gefecht gesetzt war, aber man konnte ja nie wissen.

Ihre plätschernden Schritte hallten laut durch den Gang. Mit der Zeit wurde die Strömung stärker und schneller. Sie mussten in einen Seitenkanal ausweichen. Hier war die Kraft der strömenden Wassermassen nicht so stark. Die Gehwege an den Seiten schienen schon älter und weniger benutzt zu sein. Über Funk rief er Flügel II und gab dem Rigger den Befehl zum Nachrücken. Mittlerweile war die Drohne wieder aufgetankt worden, und der Pilot hatte nur auf den Einsatzbefehl gewartet. Einige Minuten später schwebte die Drohne vor ihnen im Gang, und der Rigger erwartete neue Instruktionen.

Sascha sagte über Funk: »Flügel II, fliege diesen Tunnel entlang und melde uns, wenn du die Ziele gefunden hast.«

Auf die Sensoren der Drohne war Verlass. Wenn die Leute, die sie suchten, noch hier unten waren, würden die Sensoren sie ausfindig machen.

Der Rigger gab Gas und ließ die Drohne um die Ecke gleiten. In der Zwischenzeit kontrollierte Sascha noch einmal die Ausrüstung der Männer und ließ sie in Abzweigungen suchen.

Wenig später hallte eine Explosion dumpf durch die Tunnel wider. Sascha hatte einen bösen Verdacht.

»Flügel II melden! Melden Sie sich, Flügel II!«

Rauschen, nichts, der Kanal war leer. Drek, die Drohne war hin, und wenn sie Pech hatten, der Rigger auch. So viel Verschwendung von Material für ein paar Runner. Sein Auftraggeber würde nicht so billig davonkommen, das wurde immer klarer.

Er trieb seine Männer zur Eile an und ließ sie in Schützenreihe folgen. »Waffen entsichern, möglicher Feindkontakt!« Das war ein Routinebefehl in solch einer Lage.

Nach ungefähr fünf Minuten sah er vor sich auf dem Seitenrand die qualmenden Reste der Drohne. Von einem Feind fehlte jedoch jede Spur. Er schaltete auf Infrarotsicht um und sah in dem blubbernden Wasser eine große Wärmequelle zwischen den Reihen seiner Männer. Es blieb ihm keine Zeit, er brüllte nur ins Mikro und hoffte, dass seine Männer schnell genug waren.

»Feind im Wasser! Mitte des Zuges! Feuer eröffnen!«

Doch das Wesen war zu schnell, es hatte auf sie gelauert. Aus dem stinkenden Strom tauchte ein Dzoo-Noo-Qua auf.

Das Ding war so groß wie ein Troll und steckte bis zum Unterleib im Wasser. Der Kopf des Wesens stieß fast an die Decke, und die blutunterlaufenen Augen schauten sie mordlustig an. In den riesigen Pranken mit schaufelähnlichen schwarzen Fingernägeln hielt das beulenübersäte Wesen einen Knüppel. Sascha hatte gelesen, dass diese Spezies zu den Fleischfressern zählte und in ihrem Revier ein sehr aggressives Verhalten an den Tag legte. Er hätte mit so etwas rechnen müssen. In der Sechsten Welt war man vor nichts sicher, und er als Teamleader musste auf alles vorbereitet sein.

Die kraftvollen Arme schwangen den Knüppel und zertrümmerten die Schädel von dreien seiner Leute. Die gurgelnden Schreie der Männer ertönten über Funk und verbreiteten Panik. Die schlaffen Rüstungen stürzten in die brausende Flut und wurden vom Abwasser verschluckt.

Einige seiner Männer eröffneten das Feuer und mähten das Monster nieder. Die Fetzen flogen durch den Gang und versanken im Wasser. Aber das war nur eines ihrer Probleme, wie Sascha mit Schrecken feststellen musste. Heftiges Tosen ließ die Kanäle erzittern.

Rustles Männer hörten die Schüsse und wussten, wo sich die Eindringlinge befanden. Sie waren geradewegs in die Falle gegangen. Der Troll vermutete, dass sie auf den Dzoo-Noo-Qua gestoßen waren. Bis jetzt waren seine Leute dem Wesen aus dem Weg gegangen, aber jetzt konnte er zwei Fliegen mit einer Klappe schlagen. Erbarmungslos zog er am Hebel und ließ den Dingen ihren Lauf. Alle Ausgänge waren gesichert. Der Feind saß in der Falle, das war sein Ende.

*Schnell verdientes Geld,* dachte der Troll und machte sich auf den Weg, um zu schauen, wie er Chet sonst noch weiterhelfen konnte.

Rapide stieg der Wasserpegel, und sie sahen die wogenden Massen auf sich zustürmen. Schweiß trat auf Saschas Stirn, und sein Puls raste. Sie saßen in der Falle. Der nächste Ausgang lag mehrere Abzweigungen entfernt. Sie würden jämmerlich ertrinken.

Die Wucht des Wassers war unvorstellbar. Er sah, wie die Männer von den Fluten ergriffen wurden und darin verschwanden. Er fand nicht einmal mehr die Zeit, sich umzudrehen. Sein Körper wurde erfasst und herumgewirbelt. Schmerzhaft stieß er mehrmals an irgendwelchen unsichtbaren Kanten an, doch das war jetzt alles unwichtig. Er wusste, dass er sterben würde. Das Wasser drang in die Rüstung. Er holte noch ein letztes Mal Atem und genoss den fauligen Gestank. Kurze Zeit später, ihm kam es wie eine Ewigkeit vor, drang die stinkende Flüssigkeit in seine Lungen. Sein letzter Gedanke war: *Ich bin wirklich zu alt für diesen Drek!*

# 19

Snap hatte seine Vorbereitungen abgeschlossen. Seine Frames waren so programmiert, dass sein Anruf alle fünf Sekunden einen Sprung machte und das Signal von einem anderen Ort ausgesendet wurde. Zufrieden betrachtete der Decker seine Arbeit und beendete die letzten Kontrollen.

Die LTG-Nummer, so viel hatte seine Recherche ergeben, wurde zu einem Satelliten geleitet und von dort aus nach England gesendet. Schon diese Information zu erlangen war ein Himmelfahrtskommando gewesen. Mit seinem Radio Shack gegen Graues IC – einen solchen Wahnsinn hatte er sich nicht zugetraut. Zum Glück hatte er Sicherheitskopien seiner Programme gemacht, und diese hatten dazu beigetragen, dass er keinen großen Treffer einstecken musste. Natürlich hatte Fortuna ihre Hände im Spiel gehabt, sonst wäre er jetzt nur noch ein qualmender Schrotthaufen. Aber wer nicht wagt, der nicht gewinnt. Snap konnte nur hoffen, dass der Gewinn ein Volltreffer sein würde.

Er hatte die Kamera seines Telekoms abgeschaltet. Zögernd gab er die Nummer ein. Es dauerte einen Augenblick, bis sein Bildschirm aufleuchtete.

Das Gesicht, in das er blickte, war unbeschreiblich.

Trotz der Sorgenfalten und der dunklen Ringe unter den Augen war die Frau eine Schönheit. Die Augen waren wie ein tiefer, dunkler Brunnen, in dem sich der Durstige gerne ertränken wollte, nur um aus diesem Quell trinken zu können. Die hohen Wangenknochen wirkten wie aus Marmor gemeißelt. Aristokratisch war der erste Eindruck. Der zweite war ungemein sinnlich. Die vollen Lippen stellten ein Versprechen dar und verlangten geradezu danach, geküsst zu werden. Lange Wimpern gaben dem Gesicht etwas Kindliches, wenn nicht sogar Niedliches.

Die Augenbrauen schienen etwas zu schmal zu sein, aber gerade dieser Makel machte die Schönheit aus. Diese Unvollkommenheit spielte mit dem Betrachter und schien zu sagen: Ich bin real, du kannst mich anfassen.

Im Gegensatz dazu standen die langen, weißen und glatten Haare, unter denen man, wenn man gut genug hinschaute, spitze Ohren erahnen konnte. Eine Elfin!

Es dauerte einige Sekunden, bis Snap sich gefangen hatte und seinen Blick von diesen wundervollen Lippen reißen konnte. Gerade wollte er anfangen zu sprechen, als die unbekannte Schöne den Mund öffnete und ihre Lippen eine Frage formten. Aber ihm fiel auf, dass es einige Zeit dauerte, bis die Worte akustisch zu ihm vordrangen. Eine kalte, elektronische Stimme ertönte über die Lautsprecher des Koms: »Hallo! Wer ist da? Bitte schalten Sie Ihre Kamera ein. Ich bin taubstumm und muss von Ihren Lippen ablesen!«

*Kann denn nie etwas klappen?*

Betrübt über das Schicksal der Schönheit, musste er mit seinen Gefühlen kämpfen, sein Innerstes sehnte sich danach, mit der Frau zu sprechen, aber seine Vernunft ließ die Alarmsirenen aufheulen.

*Ach, was soll's …*

Er drückte den Knopf und schaltete die Kamera ein. Snap wusste, dass er grauenhaft aussah! Ungewaschen, rote Ringe um die Augen, nicht gerade ein schöner Anblick.

Die Frau schien erstaunt zu sein, und wieder formten ihre Lippen die Worte. Und eine Sekunde später, als die Bewegungen ihrer Lippen begonnen hatten, ertönte die Stimme über Lautsprecher erneut: »Ich kenne Sie nicht. Was wollen Sie von mir? Sie sehen nicht aus wie jemand, den ich auf dieser Leitung erwartet hätte!«

Das klang interessant. Bestimmt hatte die Frau den Anruf des Schwarzen erwartet! Oder vielleicht doch nicht?

Der Anruf dauerte bereits dreißig Sekunden. Er hatte noch einmal die gleiche Zeit, bis ein guter Decker sein Signal zurückverfolgen konnte. Bis jetzt hatten ihm seine Frames zwar nichts von solchen Aktivitäten mitgeteilt, aber man konnte ja nie wissen.

Seine Stimme klang hohl, als er antwortete. »Wissen Sie, ich habe diese Adresse von jemandem erhalten. Und ich muss annehmen, dass der, den zu sehen Sie erwartet haben, ein gewisser Chardwin Brown, tot ist.«

Die Mundwinkel der Frau zuckten merklich bei seinen Worten, aber die Augen starrten ihn einfach nur an.

Nach ungefähr fünfzehn Sekunden bewegten sich ihre Lippen erneut. Mittlerweile achtete er nicht mehr auf die verzerrten elektronischen Signale, die in ihrer kalten Stimme mitschwangen. »Ich kenne Sie! Sie waren in der Bank! Sie haben mir das Ganze schon einmal gesagt!«

»Ice … mademoiselle«, formten seine Lippen. Und er konnte sehen, dass die Frau an seinen Lippen hing und ihn verstanden hatte. Ein stummes Nicken reichte.

Er beendete das Gespräch.

Lange Zeit saß er vor dem Komgerät und schaute auf den schwarzen Bildschirm. Vor seinen Augen sah er immer noch das Gesicht der Frau. Die wunderschönen Lippen … Sie gehörten der Frau, die ihm in der Matrix fast den Tod gebracht hatte.

# 20

Stefan Brückner schaute auf das Komgerät in seinem Büro. Er wandte den Blick ab und ließ ihn über die teure Einrichtung schweifen. Rechts an der Wand stand ein wertvoller Eichenschrank, voll gestopft mit alten Büchern, ja Büchern, diesen Informationsträgern aus Papier. Die Wände waren mit Kunstwerken des letzten

Jahrhunderts geschmückt. Ein Bild war sogar von diesem Popart-Künstler Andy Warhol. Ein oder zwei Millionen Euro, er konnte sich gar nicht mehr an die genaue Summe erinnern, hatte der Schinken gekostet. Stefan Brückner hatte nicht mal mit der Wimper gezuckt, als er ihn bezahlt hatte. Das Bild der Bohnendosen stand für seine Extravaganz. Geld hatte ihn noch nie interessiert. Er hatte genug davon.

Zwei Stühle mit echtem Lederbezug standen vor seinem Onyx-Schreibtisch. Bis auf das Komgerät, einen Computer, hochgepowert mit der neuesten Hardware, und einen Aschenbecher war der glänzende Tisch leer.

Der vierzig Jahre alte Mann lehnte sich im Sessel zurück. Sein Äußeres war wie immer perfekt gestylt. Seine schwarzen Haare, die schon einen leichten grauen Ansatz erkennen ließen, waren glatt zurückgekämmt. Der teure Nadelstreifenanzug, die dazu passend abgestimmte Krawatte. Ein Konzernmensch der obersten Etagen, selbstsicher, intelligent, charmant, ein Gentleman, wie er im Buche stand.

Obwohl er nach außen hin nichts von seiner Unruhe verriet, waren seine Nerven innerlich zum Zerreißen gespannt.

Um die Zeit des Wartens zu überbrücken – er hasste es, untätig herumzusitzen –, zündete er sich eine Havanna an. Natürlich teure Importware.

Er ertappte sich bei dem Gedanken, jetzt lieber in seinem Labor zu arbeiten und seine Forschungen voranzutreiben. Dieses Büro bedeutete ihm gar nichts. Hier hielt er sich nur auf, wenn er Anrufe erwartete oder sich mit Geschäftspartnern treffen musste.

Erneut richtete er den Blick auf das Komgerät. Immer noch schwarz. Natürlich konnte er davon ausgehen, dass seine Gespräche von der Konzernsicherheit abgehört wurden. Nur dieses eine nicht. Es hatte zwar viele Euro gekostet, aber Stefan konnte sicher sein, dass der Anschluss für zwei Stunden sauber sein würde.

Er nutzte die Zeit zum Nachdenken.

Stefan hatte sein Leben im Konzern und auf den besten Universitäten verbracht. Die Bayersdorf AG hatte dem Mann alles gegeben, was er haben wollte. Obwohl sein Vater nur ein kleiner Sicherheitsangestellter gewesen war, hatte das Erwachen in dem jungen Mann eine nützliche Bereicherung für den Konzern dargestellt. Sein schneller Verstand und die Macht, die in ihm ruhte, hatten ihm alle Türen innerhalb des Konzerns geöffnet.

Abwesend paffte er an der Zigarre und aschte ab.

Stefan hatte sein Leben der Forschung gewidmet. Er wollte etwas noch nie Dagewesenes erschaffen und … Das Komgerät erwachte zum Leben und hatte Stefans volle Aufmerksamkeit.

Auf dem Bildschirm erschien das Gesicht des Söldners. Sascha Pedislow hieß der Mann, ein Veteran, der unter anderem in Korea gedient hatte. Die Vorgeschichte des Mannes wies nur Erfolge auf, und Stefan war enttäuscht, dass sich dieses Routineunternehmen so lange hinzog.

Sascha Pedislow öffnete den Mund und sprach mit seiner rauchigen Stimme. »Mein Herr, ich möchte Ihnen auf diesem Wege mitteilen, dass das Team des Sibirischen Bären den Kontrakt nicht erfüllen wird.«

Bedrückendes Schweigen.

Stefan drohte vor Zorn zu explodieren. So einfach konnte man ihn nicht abspeisen. Die Auslöschung des Bastards auf dem Bildschirm war in Gedanken schon eingeleitet worden.

»Ich möchte in Ihrem Interesse, um unnötige Ausgaben zu sparen, sagen, dass Sie keine weiteren Investitionen tätigen müssen, um unsere Auslöschung einzuleiten. Die Nachricht, die Sie im Augenblick erhalten, ist eine Aufzeichnung. Sie können davon ausgehen, dass mein Team eliminiert wurde. Ich bedaure, Ihnen mitteilen zu müssen, dass Sie sich nun jemand anderen für die Erfüllung Ihrer Ziele suchen müssen. Viel Glück wünscht Ihnen Ihr kürzlich verstorbener Geschäftspartner Sascha Pedislow, ehemaliger Anführer der Söldnereinheit des Sibirischen Bären. Einen angenehmen Tag noch. Selbstverständlich können Sie die Anzahlung des Kontrakts als Verlust verbuchen. Ich glaube nicht, dass Sie das Geld zurückerhalten können. Nachricht Ende!«

Der Monitor wurde schwarz. Wütend schlug Stefan Brückner auf den Onyx-Schreibtisch.

# 21

Claw musterte Zack, als dieser einen großen Soyfisch-Burger in sich hineinstopfte. Die Miene des Mannes zeigte Abscheu vor dem Fraß. Der Schwarze knurrte ihn an: »Frisst du den Müll öfters? Schmeckt schlimm. Davon kann kein Körper stark werden. Keine natürlichen Vitamine ...«

Der Samurai steckte den letzten Bissen seines Burgers in den Mund und antwortete schmatzend: »Wo kommst du denn her? Das ist das Einzige, was man sich leisten kann, wenn man auf der Straße lebt. Schmeckt besser als der Dreck aus den Mülltonnen, hab ich mir zumindest sagen lassen.«

Knurrend trank Claw den letzten Schluck seines Soykaffs.

»Und was jetzt? Als Krieger aus dieser Gegend kannst du bestimmt auf einige Kontakte zurückgreifen, die uns vielleicht weiterhelfen können.«

Zack antwortete nicht auf die Frage. Eine Gruppe von lärmenden Straßenkids betrat den Laden und machte die Bedienung an. Der schäbige Haufen bestand nur aus sechs Jungs und zwei Mädchen. An der Kleidung konnte er keinerlei Gangzeichen erkennen, und außer Messern und Baseballschlägern sah er keine Waffen. Die junge Bedienung war verängstigt und versuchte verzweifelt, die Bestellung der Raufbolde aufzunehmen. Die Witze und nicht misszuverstehenden Aufforderungen der Kids nicht weiter beachtend, richtete Zack wieder die Aufmerksamkeit auf seinen merkwürdigen Gesprächspartner. Eine derartige Situation war alltäglich in Altona, und eine Einmischung würde nur unnötigen Ärger heraufbeschwören. Die Kids wollten nur Dampf ablassen und würden wahrscheinlich niemandem ein Haar krümmen.

Auch Claw hatte den Kopf gedreht und beäugte die kleine Gruppe. Seine Halsmuskeln waren angespannt, und der Zorn stand ihm förmlich im Gesicht geschrieben. Bevor der Runner reagieren konnte, war der Schwarze aufgesprungen und schritt schnurstracks auf die Kids zu.

Claw konnte sich bei dem Lärm nicht konzentrieren. Das Essen – diese Bezeichnung war schon ein Kompliment – lag ihm schwer im Magen und machte ihn leicht reizbar. Diese Gossenwelpen schienen genau das Richtige, um sich ein bisschen Bewegung zu verschaffen. Davon abgesehen wollte er mal schauen, wie der Krieger, der sich Zack schimpfte, mit den Kindern umgehen würde. Vielleicht war er ja doch nicht so gut und hatte den Kampf nur mit Glück gewonnen. Als sein Kopf über den Kindern aufragte, ließen sie von der Bedienung ab und schauten ihn verdutzt an.

Der Anführer, ein kleiner Muskelberg von etwa eins siebzig, zeigte seine ungepflegten Zähne und brach in schallendes Gelächter aus. Die anderen Idioten taten es ihm nach und krümmten sich vor Lachen.

*Euch wird das Lachen noch vergehen!*, dachte der Schamane. Bei dem Gedanken formten seine Lippen ein gehässiges Lächeln, Löwe wollte jetzt seinen Spaß haben.

»Was grinst du? Wohl ein kleiner Bekloppter? Oder hat dir dein Besitzer Ausgang gegeben? Du stinkst, Kumpel, solltest öfters ein Bad nehmen!«, gluckste der Muskelberg und wischte sich die Tränen aus den Augen.

Die Beleidigungen waren notiert und würden später auf Löwes Rechnung serviert werden.

»Ach, mein ... Besitzer hockt da hinten am Tisch und hat mir aufgetragen, euch zu sagen, dass ihr ungehobelte Allesfresser seid. Wenn ihr eine Tracht Prügel haben wollt – er wartet auf euch!«

Mit einer Hand zeigte der Schamane auf Zack, der gerade Anstalten machte aufzustehen.

Der Anführer schob den Schamanen unsanft beiseite. Sein kleiner Haufen folgte ihm grinsend und kickte einige Stühle aus dem Weg. Andere Gäste erhoben sich ebenfalls und machten schleunigst, dass sie wegkamen. Niemand wollte unnötig eins auf den Sack bekommen.

Claw lächelte. Sollte der Krieger erst einmal die Vorarbeit leisten, später würde er den Rest erledigen.

Als Zack aufgestanden war, konnte er es nicht glauben. Der Miniaturkater hatte einen Kampf angeleiert. Und das, ohne ihn zu fragen. Der Muskelberg blieb herausfordernd vor ihm stehen und stützte die breiten Arme in den Hüften ab.

»Na, Wichsgesicht! Willst Keile haben? Kein Problem!«

Beim letzten Wort sah Zack, wie sich die Schultermuskeln des Gangers auffallend bewegten. Bevor er seinen Schlag ausführen konnte, hatte Zack die Faust in das Gesicht des Penners gezimmert. Die Wucht des Schlags riss den Kerl von den Beinen und ließ ihn auf einen Tisch stürzen. Unter dem Gewicht versagte das bisschen Plastik und brach zusammen. Straßenkid

Nummer zwei hatte einen Stuhl erhoben und wollte auf Zack einschlagen. Eine schnelle Drehung mit dem rechten Bein über den Boden zog dem Gegner die Beine weg. Als Zack nach vorne schritt, trat er der Nummer zwei auf den Bauch und rammte Nummer drei die Ferse in den Solarplexus.

Claw packte sich den, der mit dem Baseballschläger vorstürmen wollte, am Kragen und beförderte ihn durch die Scheibe auf die Straße. In letzter Sekunde sprangen ein paar Beobachter, die sich alles von draußen anguckten, beiseite.

Der Rest der Ganger suchte das Weite und ließ die wimmernden Freunde zurück.

Zack war sauer und wollte dem Afrikaner die Meinung sagen. Aber als er das lachende Gesicht des Mannes sah und dieser auch noch eine Hand auf seine Schulter legte, war er ganz perplex.

Grölend rief Claw: »Das war ein guter Kampf, den wir da geführt haben! Genau das Richtige, um die müden Knochen nach einem Essen auf Trab zu bringen!«

Der Schamane schob ihn aus dem Laden, und Zack dachte die ganze Zeit über: *Wieso wir? Ich habe die meiste Arbeit geleistet!*

»Ach übrigens, ich habe eine Idee, Krieger Zack. Jetzt gehen wir etwas Vernünftiges essen. Ich zahle. Von so viel Arbeit bekomme ich immer Hunger.«

Was sollte Zack nur tun? Der Kerl war unberechenbar. Eine wandelnde Katastrophe in Hamburg. Aber der Schamane war die einzige Verbindung zu seiner Zielperson, und das war besser als gar nichts.

Claw lief zu einem Steg und winkte ein Hover-Taxi herbei. Der Fahrer schien nicht glücklich darüber zu sein. Er erzählte ihnen, dass er eigentlich aus Altona rauswollte. Um diese Uhrzeit war es sicherer, nicht durch die schmalen Kanäle zu rasen. Mit dem Hereinbrechen der Nacht erwachten all die Gangs und anderes Ungeziefer zum Leben und machten ihre Revieransprüche geltend. Viele seiner Kumpels seien schon den ein oder anderen Piraten zum Opfer gefallen, weil sie den geforderten Wegzoll nicht aufbringen konnten.

Claw zahlte dem Taxifahrer bereitwillig das Doppelte und nannte ihm die Adresse.

»*Mandelblüte,* Bernadottestraße.« An Zack gewandt, sagte er: »Ich hab die Adresse von einer Rudelgefährtin. Sie sagt, der Laden sei klasse! Ich vertraue auf ihr Urteil, da sie weiß, was ich mag und was nicht.«

Das Hover-Taxi hielt vor dem japanischen Restaurant und machte, nachdem sie ausgestiegen waren, so schnell wie möglich kehrt. Die Gischt des davonbrausenden Hovers wehte den kleinen Pier entlang.

Claw betrat das Foyer und forderte den Oberkellner auf, ihnen einen Tisch für zwei Personen zu geben und ein Kom an den Platz zu bringen. Zuerst zögerte der japanische Kellner, als der Löwe ihm aber den Deckungsbetrag seines Ebbies zeigte, rief er einen Kellner herbei. Dieser nahm ihnen die Jacken ab und führte sie freundlich lächelnd in den Speisesaal.

Die Einrichtung war einem Dschungel nachempfunden. Auf Bambusstegen wurden sie über einen künstlichen See zu ihrem Platz geleitet. Echte Pflanzen wuchsen auf Inseln und wurden von Fackeln erhellt. Ihr loderndes Feuer tanzte auf dem spiegelnden Wasser und ließ Goldfische erkennen. Vereinzelt plätscherten kleine Wasserfälle.

Zack konnte das alles nicht glauben: In Altona gab es so einen Nobelschuppen! Er vermutete die Yakuza hinter dem ganzen Prunk, und in seinem Magen kribbelte es unangenehm. Ärger mit den Yaks wollte er auf keinen Fall.

Der Kellner nahm die Bestellung der Getränke auf.

Zack orderte ein Bier, und der Löwe wollte einen schweren, aber trockenen Rotwein aus Südafrika haben.

Als sie allein waren, wusste Zack nicht, was er sagen sollte. Das Ganze war ihm zu teuer und raubte ihm den Atem. Er konnte das Grünzeug sogar riechen. Nie hätte er geglaubt, dass Pflanzen so gut riechen konnten. Das bisschen Grün in Altona bestand hauptsächlich aus unverwüstlichem Unkraut.

Claw lehnte sich entspannt zurück und ließ die Atmosphäre auf sich einwirken. Icebaby hatte gut daran getan, ihm den Laden zu empfehlen. Später wollte er ihr danken und fragen, ob sie etwas Neues herausgefunden hatte.

Der Kellner kam zurück, zeigte ihm die Weinflasche, öffnete sie und reichte dem Schamanen den Korken. Dann schenkte er etwas Wein in ein Glas und wartete ab.

Claw betrachtete den Aufdruck und roch an dem Korken. Der Duft trieb ihn gedanklich nach Afrika zurück. Er schloss die Augen und sah das Land vor seinen Augen. Heimweh packte ihn. Er ergriff das Glas und ließ sich von der Flüssigkeit gefangen nehmen. Das Licht wurde in dem dunklen Rot gebrochen. Leicht schwenkte der Schwarze das Glas und schaute dem Spiel des Weins zu. Erwartungsvoll roch er daran, und die Bilder seiner Heimat wurden noch deutlicher. Endlich nahm er einen kleinen Schluck und schwenkte die Flüssigkeit im Mund mit der Zunge. Perfekt! Löwe war zufrieden. Auf sein Nicken füllte der Kellner das Glas des Schamanen und stellte das Bier und ein Komgerät auf den Tisch.

Zack schaute zu und kam sich etwas barbarisch vor, als er das Bier einfach in die Hand nahm und in einem Zug hinunterkippte. Mit dem Ritual von eben konnte er nichts anfangen, aber Hauptsache, das Bier schmeckte. Und das tat es. Der Runner nahm an, dass es echt war.

Bis jetzt hatte er noch kein echtes getrunken; in Zukunft würde ihm sein Soybier wohl nicht mehr schmecken. Zack war sich nicht sicher, ob er den Schamanen dafür hassen sollte, dass dieser ihm das Soybier für alle Ewigkeit verleidet hatte. Stumm verabschiedete er sich schon von dem bis vor kurzem noch leckeren Flensburger-Soybier.

Claw tippte die Nummer in das Komgerät ein. Kurze Zeit später schaute er in das Gesicht von Icebaby.

Zack registrierte, dass die Stimme, die jetzt zu dem Schwarzen sprach, seltsam verzerrt klang.

»Claw, gut, dass du anrufst. Ich habe schlechte Neuigkeiten! Chardwin ist wahrscheinlich tot!«

Das war schlecht, ganz schlecht. Claw sprang auf und tigerte vor dem Telekom hin und her.

Zack hatte alles mitbekommen und fuhr sich geistesabwesend durch die Haare. Diese Infos waren auch für ihn wichtig.

»Woher weißt du das?«, knurrte der Schamane.

»Ich bekam einen Anruf.«

Bevor Claw fragen konnte, von wem, beantwortete die Frau die unausgesprochene Frage. »Er nennt sich Snap. Sein richtiger Name ist Charlie Meurer. Wohnt in Hamburg, die genaue Adresse fax ich dir rüber. Er arbeitet als Decker, ist aber nach einem Anschlag nicht mehr so groß im Geschäft. Irgendwelche körperlichen Probleme, so heißt es zumindest in der Gerüchteküche. Kümmerst du dich vorerst um die Sache? Ich nehme den nächsten Transorbital-Flieger.«

Jemand aus seinem Rudel war getötet worden. Wenn das stimmte, war derjenige, der das getan hatte, seines Lebens nicht mehr sicher. Löwe tat alles für sein Rudel. Seine Rache würde fürchterlich seien! Ein Knurren von ihm reichte als Antwort.

Das Fax wurde ausgedruckt, und er hatte somit alles, was er brauchte. Dieser Snap hatte hoffentlich ein paar

Antworten für ihn, ansonsten würde er Löwes Zorn zu spüren bekommen.

Claw zahlte sofort, und sie machten sich auf den Weg. Innerlich war Zack sehr dankbar, denn hätte er das Essen hier gekostet, wäre ihm sein Lieblings-Asia-Imbiss in Zukunft ebenfalls verleidet worden.

## 22

Rustle hatte etwas in die Wege leiten können. Man hatte ihnen einen Raum zu Verfügung gestellt, irgendwo im Labyrinth der Tunnel, und ohne Hilfe würden sie hier unten nie wieder herausfinden. Das war wahrscheinlich auch Absicht.

Ein spärliches Essen und die Information, dass ihnen jetzt niemand mehr folgte, war alles, was Paul Frazer von dem Troll als Antwort auf seine unzähligen Fragen erhielt.

Müde ließ er sich auf die schäbige Matratze fallen. Chet stand auf und verließ den Raum für einige Zeit. Als er zurückkam, sah sein Blick vernebelt aus, und der rechte Arm ruhte in einer Schlinge. Ratón schnarchte auf einer Matratze, und Candle war noch immer nicht bei Bewusstsein. Lücke fiepte wirr vor sich hin und schien die anderen gar nicht zur Kenntnis zu nehmen.

Pauls Augen wurden schwer, und er schlief ein.

Als er aufwachte, war Candle wieder zurück von ihrer unfreiwilligen Reise und redete mit dem Ork. Anscheinend hatte niemand bemerkt, dass er wach war.

Chet meinte: »Candle, ich weiß nicht, was wir mit dem Vogel machen sollen. Wir haben nur Ärger, seit wir ihn am Hals haben. Und ich bin nicht bereit, für ihn mein Leben aufs Spiel zu setzen.«

Seufzend gab ihm die Magierin Recht.

»Ja, Chet. Aber was sollen wir tun? Einfach umnieten,

nachdem wir fast bei der Sache draufgegangen sind? Ein Gefühl sagt mir, dass bei dem was zu holen ist. Ich kann es mir auch nicht erklären.«

Der Meta richtete den Blick auf ihn und bemerkte, dass er wach war. »Du gibst mir jetzt ein paar Antworten, oder ich brech dir alle Knochen!« Schnaubend kam der Ork auf ihn zu.

Paul stand auf und hob die Arme. »Hey! Warte, mir ist was eingefallen!«

Chet hörte nicht darauf und schlug ihm mit der Faust in den Magen. Die Luft entwich seinen Lungen, und er brachte nur noch ein Krächzen zustande. »Spinnst du? Warte doch!«, röchelte er.

Der Ork ließ von ihm ab. »Der war für den Trog, als den du mich beschimpft hast!«, fauchte er. »Und wenn du mir jetzt nichts Tolles erzählst, bist du Hundefutter!«

Langsam kam er wieder zu Atem und sog die Luft dankbar ein. »Erinnert ihr euch an das Streichholzbriefchen?«

Stumm nickten die Magierin und der Ork.

»Ich habe das dumme Gefühl, dass wir dorthin müssen. Wenn ich in dieser Bar bin, werde ich mich an mehr erinnern können, das weiß ich! Das Einzige, was ich euch sagen kann, ist, dass mein Name Paul Frazer ist, und wenn ich meinen Erinnerungen trauen kann, habe ich dort für einige Zeit gearbeitet!«

Chet schaute Candle an, und beide nickten sich schweigend zu.

»Okay«, sagte die Frau. Das musste ihm als Antwort reichen.

Chet hob den Finger und schob ihn bedrohlich nahe vor sein Gesicht. Der Blick in den Augen des Orks sagte: *Wenn du mich verarschst, bist du tot! Und du kannst froh sein, wenn es schnell geht!*

Paul atmete auf. »Wir verstehen uns. Keine Tricks.«

Hoffentlich hatte er mit seiner Vermutung Recht gehabt, denn sonst würde er wohl wirklich von Chet in Stücke gerissen werden.

Chet ging aus dem Raum und suchte nach Rustle. Die Gänge waren so verzweigt, dass man sich leicht verlaufen konnte. Auf seinem Weg blieb es nicht aus, dass Chet die Arbeit der Metas anerkannte.

Die Leute hatten sich den Lebensumständen perfekt angepasst. Elektrische Lampen sorgten für Licht, der Strom wurde vom öffentlichen Netz oder von Konzernleitungen abgezweigt. Es war immer besser, wenn ein anderer die Rechnung zahlen musste. Tunnel waren in der Vergangenheit gegraben, Räume gebaut und Anschlüsse zu lokalen Abwasserleitungen gelegt worden. Auch jetzt dehnte sich der Hanse-Meta-Untergrund immer weiter aus. In anderen Teilen der unterirdischen Anlage gab es Souvenirläden, ein Rathaus und Lebensmittelgeschäfte. Sogar ein eigener Polizeitrupp kontrollierte die Straßen. Zwar bestand er hauptsächlich aus Schlägern der übelsten Sorte, aber die Effektivität der Jungs konnte man nicht anzweifeln. Diebstähle unter den Bewohnern waren selten; wer legte sich schon gerne mit seinem Nachbarn an? Der Name Hanse-Meta-Untergrund sagte schon mehr als genug über den Großteil der Bevölkerung hier unten aus. Um den Gefahren der Policlubs oben die Stirn bieten zu können, hatten sich alle Bewohner zusammengeschlossen und hielten wie Pech und Schwefel zusammen.

Chet konnte den Troll in vielen Punkten verstehen. Der Ort glich einer Zeitbombe. Eine dumme Bemerkung, und keiner konnte sagen, was als Nächstes passieren würde. Wenn alles ganz schlimm lief, geriet die Sache hier unten außer Kontrolle, und die Leute könnten Amok laufen, um ihrem Hass gegen alle Norms Luft zu machen. Ein kleiner Raubzug durch die Stadt wäre doch genau das Richtige, um seinen Gefühlen freien Lauf zu lassen. Das war etwas, das Chet störte.

Man versuchte dem Ärger aus dem Weg zu gehen und isolierte sich immer mehr von der grausamen Realität außerhalb der eigenen kleinen Welt. Aber im Innern schürte man den Hass und schuf nur größere, unüberwindbare Barrieren. Vielleicht war er doch nur ein verkommener kleiner Idealist, der die Ansicht vertrat, ein Miteinander wäre besser, als sich vor den anderen zu verkriechen.

*Drek, ich werde philosophisch! Ich glaub, ich brauch Ablenkung!*

Nach langem Suchen fand Chet endlich, was er suchte. Die Kneipe, in der Rustle sich aufhalten sollte, hieß *Gulp*.

Und das war etwas, das Chet jetzt nötig hatte: einen guten Schluck. Das Besondere an dem Laden war das selbst gebraute Metabier. Als er die Tür aufstieß, wehte ihm kalter Zigarettengeruch entgegen. Um diese Uhrzeit herrschte nicht viel Betrieb, und er sah sofort die auffallend große Silhouette des Trolls.

Schlurfend schritt Chet auf Rustle zu und setzte sich auf einen Stuhl neben ihm. Die drei leeren Plastikbecher auf dem schmierigen Tresen zeigten, dass Rustle schon längere Zeit hier war. Auf einen Wink von Rustle brachte der Barkeeper – wie sollte es anders sein: ein Ork – zwei Bier.

»Hey, Rustle. Danke«, sagte Chet und drückte dem Troll einen Ebbie in die Hand.

Stumm umschloss der Riese das Zahlungsmittel mit einer Pranke und ließ ihn in seinem Patchwork-Mantel verschwinden.

»Ist das alles?«, fragte der Troll.

Zögernd setzte Chet zu einer Frage an. Er merkte, wie ihm der Schweiß auf die Stirn trat. Es war nicht leicht, einen Chummer, der sowieso schon viel getan hatte, mit neuen Bitten zu behelligen. Chet wollte gar nicht wissen, wie es um die natürliche Infrarotsicht des

Trolls bestellt war, wenn seine Körpertemperatur so rapide stieg.

»Also, Rustle ... könntest du für mich einen Laden checken?

Es ist die *Sherlock Holmes Bar*. Ich will die anderen nicht allein lassen. Es würde reichen, wenn ich wüsste, ob wir dort gesucht werden und ob der Laden sicher ist.«

Die Augen des Trolls verengten sich zu Schlitzen. Ohne eine Antwort zu geben, schaute er in sein Bier.

Nervös griff Chet nach seinem Plastikbecher und nippte an der dunklen, schäumenden Flüssigkeit. Das Zeug war gut, kräftig, herb und schmeckte nicht nach abgestandener Teufelsrattenpisse wie der Rest, den man überall kaufen konnte.

Um sich abzulenken, sprach Chet den Barkeeper an. »Hey, willst du mir nicht verraten, was in dem Zeug drin ist?«

Der Barkeeper grinste und sagte ganz freundlich: »Kerl, ich kann mit deinem Gesicht den Tresen abwischen. Das ist geheim! Und wenn du es wüsstest, würde ich dir damit keinen Gefallen tun.«

»Immer ruhig, es war nur eine Frage«, wehrte Chet ab. »Ich wollte dir nicht an den Karren pissen.«

Die Pranke des Trolls legte sich auf Chets bandagierte Schulter – das tat weh.

»Okay, kleiner Bruder. Aber danach gehört dein Arsch mir. Wenn ich dich brauche, tanzt du den Mambo für mich!«

Ein Nicken genügte. Beide spuckten in die Hände und schlugen sie klatschend zusammen. Der Deal stand.

*Paul Frazer, die Sache wird dich teuer zu stehen kommen!*

# 23

Das war die Wohnung. Die Adresse stimmte. Zumindest stand der Name auf der Türklingel. Claw verließ kurz seinen Körper und schaute sich die Hütte an. Die dunklen, toten Wände stellten für seine astrale Gestalt kein Hindernis dar. Der nackte Löwenkrieger schritt durch die Wohnungen und entdeckte keine magischen Verteidigungsvorrichtungen oder Barrieren. Auf der astralen Ebene war es ihm nicht möglich, die Türschilder zu lesen. Aber wenn ihn sein Eindruck nicht täuschte, waren die Namensschilder auf den Klingeln so angebracht, dass die Höhe für die Etage und die seitliche Anordnung für die Lage der Wohnung stand. In der Wohnung, die vermutlich diesem Snap gehörte, sah er nur die Aura eines Mannes. Den dunklen toten Flecken in der Aura zufolge besaß der Mann nur eine Cyberware im Kopf. Vermutlich eine Datenbuchse. Anzeichen eines körperlichen Leidens ließen die Aura krank aussehen; die genaue Krankheit konnte er nicht bestimmen. Aber er hatte sich sowieso noch nie für Heilung interessiert. Nur schwache Leute wurden im Kampf verletzt, und auf ihn traf das nicht zu. Löwe verlor nie einen ehrenhaften Kampf, der über Leben und Tod entschied. Blitzschnell glitt er zurück in seinen Körper.

Während der Schamane seinen Körper verlassen hatte, beobachtete Zack das Haus. In der Wohnung, in der sie Charlie Meurer, auch Snap genannt, vermuteten, brannte Licht.

Verglichen mit Altona waren die Straßen hier in Buchholz sauber. Sie befanden sich im Zentrum von Buchholz, einem Stadtviertel, das von HanSec eine hohe Sicherheitsstufe erhalten hatte. Der Runner hoffte, dass sie von keiner HanSec-Patrouille bemerkt wurden. Zack besaß keine getürkten Genehmigungen für seine

Cyberware, geschweige denn für die Waffen, die er mit sich herumtrug. Sie hatten sich auf eine Bank vor dem Backsteingebäude zurückgezogen. Das Haupt des Schamanen ruhte auf Zacks Schulter. Für ihn sah es immer so aus, als ob der Bursche tot wäre. Aber aufgrund seiner Erfahrungen – schließlich hatte er schon mehrmals auf Pandora in diesem Zustand aufgepasst – war er sicher, dass alles in Ordnung war.

Es war 22:20 Uhr. Die meisten Leute kamen entweder von der Spätschicht, oder sie trafen sich mit Freunden in den nahe gelegenen Kneipen. Einige Passanten schlichen an ihnen vorbei und warfen ihnen verstohlene Blicke zu. Kein Wunder, ein großer Riese mit einem Löwenschädel auf der Birne und ein genauso großer, aber doppelt so breiter Kerl mit Duster und Ausbeulungen in der Kleidung mussten bedrohlich erscheinen.

Endlich regte sich Claw wieder. Der Schamane streckte die Glieder und gähnte laut, als er das vertraute Kribbeln in den Knochen spürte. Der kleine Ausflug hatte nicht länger als eine Minute gedauert.

»Und, was hast du gesehen?«

»Einen Mann, nur ein Chiphead. Ansonsten ist die Hütte sauber. Dürfte kein Problem für dich sein.«

Zack war verwirrt. »Was? Du willst nicht mitkommen?«

Der Schamane lächelte diabolisch und zeigte ihm die glänzenden weißen Zähne. Die Katzenaugen wirkten belustigt. »Ich gebe dir Rückendeckung und helfe dir, wenn du Unterstützung brauchst. Löwe muss seine Kräfte für würdige Gegner sparen. Nun geh schon in die Hütte, ich folge dir. Du brauchst keine Angst zu haben, großer Krieger. Ich bin bei dir.«

*Drek, wie in der Kneipe. Du Stubenkater!*

»Ich habe das gehört, Krieger Zack! Wähle deine Worte mit Bedacht.«

Zack zuckte zusammen. Konnte dieser Kerl etwa seine Gedanken lesen?

»Drek!« Damit zog der Samurai ab und ging auf die Haustür zu. Ein kurzer Ruck, und er wusste, dass die Spiegeltür verschlossen war. Ein Dietrich aus der Innentasche öffnete in drei Sekunden das Schloss. Lächelnd hielt er Claw die Tür auf und winkte ihn hinein.

»Lift?«, fragte er den Schamanen.

»Nein, Treppe«, war dessen knappe Antwort.

»Okay.« Die Sache war geklärt.

Unauffällig und leise erreichten sie die dritte Etage. Die Wohnung war durch ein gutes Magschloss gesichert.

Fragend schaute er Claw an. Der Blick besagte: Und was jetzt?

»Mach sie auf«, forderte ihn der Löwe auf.

»Hey, Chummer. Die Tür ist elektronisch. Ich habe nicht zufällig einige zehntausend Euros zu viel, um mir einen Magschloss-Knacker zu kaufen. Ich kann die Tür lediglich aus den Angeln blasen.«

»Nicht besonders leise«, bemerkte Claw und schob Zack beiseite.

Der Schamane sammelte das Mana im Astralraum. Sein gemurmelter Singsang bündelte die Energie. Für einen kurzen Augenblick konnte Zack es wieder sehen: Die Gesichtszüge nahmen die Gestalt eines Löwen an. Bei dem Anblick zogen ihm eiskalte Schauer über den Rücken, und seine Nackenhaare stellten sich auf. Das waren die Augenblicke in der Sechsten Welt, in denen der Samurai an der Realität zweifelte.

Claw hatte den Zauber mit Hilfe seines Totems selbst entwickelt. Seine Hand glitt durch die Tür und öffnete die Verriegelung von innen. Jetzt war der Eingang der Hütte offen. Schnell zog er die Hand zurück. Mit den Fingern durch tote Materie zu greifen war ekelhaft kalt und anstrengend.

»Okay, du bist dran!«

Zack handelte schnell. Ein Tritt, und die Tür flog auf. Gleichzeitig holte er seine beiden Ares Predator II heraus und stürmte durch den kleinen Flur in den Hauptraum. Die beiden Läufe seiner Kanonen zeigten bedrohlich ruhig auf den etwa zwanzig Jahre alten Knaben. Erschrocken krallten sich die Finger des Kerls in den Sessel. Hinter ihm schloss Claw die Tür und schritt in den Raum. Die Augen des Löwenschamanen wechselten von Braun zu einem aggressiven Goldgelb. Als er den im Sessel sitzenden Mann ansprach, klang seine Stimme wie das Brüllen eines wütenden Löwen. »Sie sagen mir, was Sie über Chardwin Brown wissen!«

Der Ton duldete keinen Widerspruch. Zack konnte sich nicht im Entferntesten vorstellen, wozu der Schamane imstande war, wenn er richtig böse wurde. Und das war gut so!

## 24

Raline Keraja saß in ihrem Luxusappartement in Othmarschen, einem Stadtteil, der zu den teuersten Wohngegenden Hamburgs gehörte.

Eine Designerstehlampe spendete gedämpftes Licht und schuf eine behagliche Atmosphäre. Die siebenundzwanzig Jahre junge Halbasiatin saß in ihrem gepolsterten Ledersessel und starrte aus dem Fenster. In ihrer schlanken Hand hielt sie ein Kristallweinglas, und ihre schlanken Finger waren sorgfältig manikürt. Ihre gebräunte Haut war noch von einem Schweißfilm bedeckt. Gerade eben hatte sie ihr abendliches Training beendet und ihren Geräteraum verlassen. Wie gewöhnlich hatte sie sich einen Rotwein eingegossen und ließ die Flüssigkeit über die Zunge gleiten. Sie nahm das Handtuch und rieb sich mit der freien Hand den Schweiß ab. Nach einem weiteren kurzen Schluck stellte sie das Glas auf den Glastisch neben die Flasche, warf sich das Handtuch über die Schultern und schlenderte ins Bad. Im Türrahmen sagte sie nur kurz: »Programm eins!«

Die gedämpfte Beleuchtung ging an, und Mozarts ›Kleine Nachtmusik‹ ertönte aus den in der Decke eingelassenen Lautsprechern.

Die Marmorverkleidung war bläulich weiß und erweckte den Eindruck, als würde man sich unter Wasser befinden. Sie zog sich die restliche Trainingskleidung aus, als sie über den dank der Fußbodenheizung warmen Boden ging. Die Badewanne war bereits gefüllt, und der Whirlpool sprudelte auffordernd, begleitet von Mozarts Musik. Unter der Glasbadewanne befand sich ein Aquarium. Man konnte also, wenn man in der Wanne saß, die Fische unter sich schwimmen sehen. Teuer und Irre.

Nackt schritt sie noch einmal zurück ins Wohnzimmer. Der flauschige Teppich fühlte sich gut unter ihren Füßen an. Raline nahm das Glas und die Flasche und ging wieder zurück. Auf dem Weg sagte sie: »Komgerät. Alle Anrufe ins Bad umleiten und die Kamera ausschalten.«

Sie stellte die Sachen auf ein schwenkbares Tablett und stieg aufseufzend in das heiße Wasser. Die Massage des Whirlpools tat gut. Sie hatte sich beim Training mal wieder überanstrengt – früher war ihr das nie passiert. Damals auf der Straße, als sie den Straßennamen Pandora besaß und mit ihrem Team Runs erledigt hatte.

Nachdenklich rief sie sich all die Gesichter des Teams in Erinnerung.

Ratón die Riggerin. Die lateinamerikanisch aussehende Schönheit mit der dunklen Stimme und dem halsbrecherischen Fahrstil.

Zack der Straßensamurai. Bei dem Gedanken an ihn musste sie schmunzeln. Einmal hatte er einen Granatwurf verpatzt und das eigene Team fast ins Nirwana befördert. Seit diesem Tag musste er mit dem Namen Zackplosive leben.

Lächelnd tauchte sie ihre braunen, mit goldenen Strähnen durchzogenen Haare unter Wasser.

Das Bild von Chet rief keine lustigen Bilder zurück in ihre Erinnerung. Bei dem Gesicht des Orks musste sie an das entscheidende Streitgespräch denken, jenes, das dazu geführt hatte, dass sie das Team Pik-Dame verlassen hatte. Eigentlich war das schade.

In ihrem ersten Leben musste sie wegen persönlicher Differenzen ihren Job bei der Bayersdorf AG an den Nagel hängen. Die Extraktion verlief nicht ohne Probleme, aber sie hatte es geschafft, ihre Spuren zu verwischen. Mittlerweile glaubte sie nicht mehr, dass der Konzern sie vernichten wollte. Zwar hatte er ihr die Ausbildung zur Kampfmagierin finanziert, aber sie hatte immerhin vier Jahre für den Konzern gearbeitet und in der Entwicklung mitgeholfen, bevor sie sich entschlossen hatte auszusteigen. Anlass war der mysteriöse Tod ihrer Mutter gewesen. Ihre Mutter war eine Adeptin. Sie hatte sich auf den Gesang spezialisiert und war in der Lage gewesen, Klänge und Töne zu erzeugen, die einen Saal voller Menschen zum Träumen gebracht hatten. Auf einmal war es passiert, und ihre Mutter war tot, einfach so. Der Konzern hatte ihr weismachen wollen, dass ein paar Anarchos aus Berlin dafür verantwortlich waren. Ihr Vater, zu dem sie noch nie einen guten Draht besessen hatte, stellte sich auf die Seite des Konzerns. Aber sie hatte das nicht geschluckt, und der Konzern hatte sich nicht als kooperativ erwiesen. Es war keine leichte Entscheidung gewesen, aber sie wollte nicht mehr in der Käseglocke leben und mit ansehen, wie andere ihr Leben bestimmten. Das Team auf der Straße war genau das Richtige gewesen, um an Geld zu kommen – schließlich musste man ja von irgendetwas leben, um die Rechnungen bezahlen zu können. Der Luxus des Konzerns hatte ihr natürlich gefehlt. Die Lebensumstände in Altona waren grauenhaft gewesen, aber mit der Zeit war aus dem Haufen eine kleine Familie geworden. Nur gelegentlich hatte es Reibereien mit dem Ork gegeben, den sie aber trotzdem gemocht hatte. Auf einem Schrottplatz war dann ihr Auftraggeber gekillt worden und die Kohle den Bach runtergegangen. Die Kontrolle glitt ihnen aus den Händen, und der Ruf des Teams hatte beträchtlich gelitten. Chet war über die Sache so sauer gewesen, dass er ihr die Schuld zugeschoben hatte. Das war zu viel für sie gewesen. Ein paar unüberlegte Worte von beiden Seiten, und es gab kein Zurück mehr. Das Vertrauen war zerstört. Ende der Geschichte.

Oft ertappte sie sich bei dem Gedanken, was der Rest des Teams jetzt wohl machte. Ob sie bis zum Hals im Dreck steckten? Sie hoffte es nicht für ihre ehemaligen Runner-Freunde. Raline hatte über einige Kontakte einen lukrativen und auch einigermaßen interessanten Job an Land gezogen. Nicht zu vergleichen mit dem Adrenalin, das man auf einem Run in seinem Körper spürte, aber auch nicht minder gefährlich.

Ein Anruf riss sie aus ihren Gedanken. Die elektronische Stimme des Komgeräts nannte ihr die Nummer des Anrufers. Sie bedeutete keine Gefahr, lediglich Geschäft. Das war einer der Nachteile des neuen Jobs – nur noch wenig Freizeit.

»Anruf entgegennehmen.«

Der Bildschirm in der rechten Ecke des Bades drehte sich in ihre Richtung und erwachte zum Leben. Eine kleine Spielerei. Der Ring an ihrem Finger war mit einem Signal gekoppelt, das anzeigte, wo sie sich in der Wohnung befand. Dadurch wurden Stereoanlage und Bildschirme immer auf ihre Position ausgerichtet.

Auf dem Monitor sah sie das markante Gesicht ihres Arbeitgebers. Das ordentlich gekämmte, grau melierte schwarze Haar sah aus wie eh und je. Die blauen Augen schauten wissend, und ein Lächeln umspielte die maskulinen Lippen des vierzig Jahre alten, aber immer noch sehr attraktiven Mannes. Seine tiefe Stimme sagte mit einer Spur Ironie in den Worten: »Raline, der Tatsache, dass der Bildschirm ausgeschaltet ist, entnehme ich, dass du dein abendliches Bad nimmst. Es tut mir Leid, dich zu stören.«

Danach verschwand die Ironie, und die Stimme wurde geschäftlich: »Es gibt Probleme. Unsere Person ist immer noch nicht aufgetaucht. Ich habe zwar einen alten Bekannten von dir mit der Suche beauftragt, aber noch keine Meldung.«

Raline zog das Tablett an sich heran und nahm das Glas in die Hand. Ihr Freund hatte ihre Neugier geweckt. »Wen meinst du, wenn du von einem alten Bekannten redest?«

»Ach, er nennt sich Zack, glaube ich. Du kennst ihn besser als Zackplosive.«

Das war nicht nett. »Wieso ihn? Die Sache ist gefährlich. Ich will nicht, dass ihm etwas passiert.«

Beschwichtigend hob der Mann die Hand. »Kein Grund zur Aufregung. Er war verfügbar. Außerdem brauchte er Geld. Ich habe gedacht, ich tue dir einen Gefallen, wenn ich ihm einen Job verschaffe.«

Das stimmte, wenn auch nur ungefähr.

»Du weißt aber auch, dass wir bis jetzt noch nicht hundertprozentig wissen, worum es bei der Sache geht.«

Der Mann schüttelte leicht den Kopf und stimmte ihr dann dennoch zu. »Ja, mag sein. Aber ich rufe aus einem anderen Grund an. Unser Hauptfreund wird aktiv. Laut Infos hat er eine Niederlage einstecken müssen. Zwar wurde Zielgebäude Nummer eins eliminiert, aber Doc II konnte entkommen. Sein Werkzeug, das Team des Sibirischen Bären, wurde aus noch unbekannten Gründen ausradiert! Unser Nachrichtendienst hat über Umwege herausgefunden, dass er ein Treffen für zwölf Uhr im Lokal *Zum Roten Zaubertroll* arrangiert hat. Er wird nervös und könnte Fehler machen. Das könnte die Gelegenheit sein, auf die wir so lange gewartet haben.«

Raline war aus der Wanne gehüpft und schon dabei, sich abzutrocknen. »Okay. Ich bin auf dem Weg!«

»Bist du sicher?«, fragte der Mann besorgt. »Brauchst du Unterstützung? Du weißt, er hat in München promoviert, Vorlesungen in London gehalten ...«

Raline war entzückt über die Anteilnahme in seiner Stimme. »Hey, ist gut! Ich kenne seine Akte. Mach dir keine Sorgen. Ich tausche die normalen Klamotten gegen die alten. Heute Abend erwacht Pandora wieder zum Leben! Ist ein guter Schutz. Niemand wird was merken. Vertrau mir.«

Der Mann schien immer noch nicht überzeugt.

»Nun gut, es ist deine Entscheidung. Mach bitte nichts Unüberlegtes. Ich mag es nicht, wenn ich Leute, ganz besonders Freunde verliere. Pass auf dich auf. Wenn es Probleme gibt ...«

Geistesabwesend winkte sie mit der Hand und beendete mit ihrem Kommentar seinen Satz. »... rufe ich dich an, Simon! Also, ich verschwinde für die nächste Zeit von der Bildfläche und grabe mich ein. Du hörst von mir. Ach, könntest du dich bitte um Rambo kümmern?«

Das Gesicht des Mannes wurde unsicher. »Du meinst den verchromten Hund, den dir die Schieberin besorgt hat?«

»Ja, den von Teresa. Ich weiß, dass er dich mag. Du darfst nur keine Angst zeigen.«

Die Unsicherheit war nicht aus seiner Stimme gewichen, als er sagte: »Okay. Um ihn brauchst du dir keine Sorgen zu machen, höchstens um mich.«

Sie beendete den Anruf mit den Worten: »Gespräch beendet!«

Der Monitor wurde schwarz, und Raline hastete aus dem Bad. Im Schlafzimmer lag der Hund auf seiner Decke und öffnete nur kurz ein Auge zur Begrüßung. Die Magierin holte ihre eingemotteten Klamotten aus einer Schublade und packte sie aus. Die von den Runs gezeichneten roten Trés-Chic-Lederklamotten fühlten sich ungewohnt an. Zu viele Erinnerungen. Als sie die Ares durchlud, machte sie ein ernstes Gesicht. Dem Hund tätschelte sie zum Abschied den Kopf. Hinter sich schloss sie die Tür und fuhr mit dem Aufzug in die Tiefgarage. Dort stand ihre BMW-Blitzen und glänzte im grellen Licht der Neondeckenbeleuchtung. Auf dem Weg zum Motorrad zog sie sich den Helm an und schaltete mit der Fernbedienung die Sicherheitsvorkehrungen der Maschine ab. Der vibrierende Motor wirkte beruhigend, und sie freute sich schon darauf, durch die Straßen zu düsen. Pandora musste sich beeilen – ihr blieb eine Stunde. Bis dahin musste sie sich einen guten Platz gesucht haben. Schließlich wollte sie nicht verpassen, was Herr Brückner als Nächstes plante.

## 25

Snap kauerte ängstlich in seinem Sessel und wusste nicht, was er tun sollte. Die Situation war gefährlich, wenn nicht sogar tödlich. Der nach Raubtier stinkende Schwarze machte sofort klar, wer das Deck in der Hand hielt und wer an der Stromquelle saß. Leider musste sich Snap mit dem Deck zufrieden geben und sah sich in die Defensive gedrängt. Zu schade. In der Matrix hätte er sich ausstöpseln können, hier in der Realität gab es kein Entkommen. Der andere Mann trat zurück und schloss die Tür zu seiner Wohnung ab, hielt aber die ganze Zeit über eine Waffe auf ihn gerichtet. Snap besaß zwar eine Waffe, schrieb jedoch alle Aussichten in den Wind, in den Schreibtisch zu greifen und die Bleischleuder hervorzuholen, bevor der Samurai abdrücken konnte. Der Straßenmuskel, nach so einem sah er zumindest aus, hatte den kurzen, unbewussten Blick des Deckers zum Schreibtisch verfolgt. Der Samurai trat näher an den Tisch heran, drückte eine der schweren Pistolen schmerzhaft in Snaps Rücken und öffnete mit dem Lauf der anderen die Schublade. Er steckte eine Waffe in einen Tarnhalfter zurück und nahm die Waffe des Deckers heraus.

Anerkennend nickte der Mann ihm zu: »Nettes Spielzeug. Die Beretta 200St, die leichte Kanone mit Feuerstoß-Modus. Hält aber, wenn man Pech hat, nur zehn Salven hintereinander aus. Na ja, vielleicht kann ich sie gebrauchen.«

Snaps letzte mögliche Rettung verschwand in den unerreichbaren Tiefen des Mantels der Messerklaue.

Der große Schwarze wurde unruhig, seine Augenbrauen wurden zu Speeren und drohten Snap jeden Augenblick zu durchbohren. Erst jetzt fiel ihm der mit Tuch verhüllte Gegenstand in der Hand des Mannes auf. Snap wollte gar nicht wissen, was darunter war. Wie auf Kommando zog der Löwenkopf die obere Spitze des Tuches weg. Snaps Gesicht wurde weiß. Die messerscharfe Spitze des Speers blitzte im Licht der Neonleuchte.

Allem Anschein nach gab es nur drei Möglichkeiten. Erstens: reden. Zweitens: sterben. Und drittens: leiden, reden und dann sterben!

*Keine guten Aussichten,* musste sich Snap eingestehen.

»Ich warte«, flüsterte der Schwarze. So wie der Mann das sagte und dabei dreinschaute, schien er nicht gerne zu warten.

Die Waffe der Messerklaue drückte noch immer gegen Snaps Wirbelsäule. Ein stummes Gebet, und dann würden die Lichter für ihn ausgehen. Snap hoffte, dass alles schnell gehen würde, denn er hasste Schmerzen. In seinem Kopf spielte sich alles mögliche blöde Zeug ab. Er dachte unter anderem daran, ob er die Miete für die Wohnung schon bezahlt hatte. Oder ob er seinen Eltern gesagt hatte, dass er am Wochenende nicht zum Essen kommen konnte. Und ob Teresa seine Tat würdigen würde!

Der Decker presste die Lippen zusammen. Die Messerklaue machte einen kurzen Schritt nach rechts. Anscheinend wollte ihm der Mann in die Augen sehen, bevor er abdrücken würde. *Tolle Aussichten, die Fresse dieses hässlichen Vogels als Letztes zu sehen.*

Aber der tödliche Schuss blieb aus. Stattdessen packte der Schamane mit kräftigen Händen seinen Kopf und sang ein für den Decker unverständliches Lied. Snap sah, wie sich die Hände des Mannes in Klauen verwandelten. Er spürte gleichzeitig, wie seine Haut zu kribbeln begann, und merkte, wie ein starker Wille sich ihm aufzwang. Snap wurde müde und nickte ein.

Claw nutzte seine Macht und schickte den Mann in eine Trance. Sein nächster Zauber hüllte die Aura des Mannes ein und zwang ihn, die Wahrheit zu sagen.

»Wer bist du?«, war seine erste Frage. Sie diente dazu, die innere Stärke des Mannes zu testen. Zwar sahen die Manabahnen gut gewebt aus, aber der Schamane wollte auf alle Fälle sicher gehen, dass alles nach seinem Willen verlief. Löwe mochte keine unangenehmen Überraschungen.

»Ich bin … Snap«, erklang die hohl klingende Stimme des Deckers.

Der Schamane merkte, dass der Wille des Opfers stark war, aber für ihn kein großes Problem darstellte. Claw zog die Energiebahnen des Zaubers dichter und strickte ein stärkeres Netz aus Mana um den Decker.

»Das ist aber nicht dein richtiger Name«, sagte Claw, als er mit den Veränderungen des Spruchs fertig war.

»Mein richtiger Name ist Charlie Meurer. In der Vorschule nannten mich die Lehrer immer Zappelphilipp, weil ich nicht still sitzen konnte. Meine erste Freundin nannte mich auch den lustigen Clown und ...«, war die sehr ausführliche Antwort des Mannes.

Claw hatte den Zauber etwas zu dicht gewoben. Er wollte nur die wichtigen Antworten und nicht die Lebensgeschichte des Deckers hören. Sein Geist lockerte das Netz des Spruchs.

Schweiß trat auf seine Stirn. Er war bei weitem nicht so begabt im Wirken von Wahrnehmungszaubern, wie es ein Schamane war, der dem Ruf des Adlers folgte.

»Was weißt du über einen Mann namens Chardwin Brown?«

»Er ist ein sehr großer Schwarzer. Hat ein Konto in der Schweiz und eins bei der Frankfurter Sparkasse. Meinen Informationen nach ist er tot. Das ist alles!«

»Woher weißt du, dass er tot ist?«, bohrte Claw unerbittlich nach.

Die nächste Antwort kam zögernd. Claws Kräfte ließen nach, und er sah, wie das Netz des Zaubers im Astralraum sich auflöste.

»Mein Kontakt ... Teresa ... hat es mir gesagt.« Die Antwort glich mehr einem Flüstern.

Der Schamane löste den Zauber und lehnte sich erschöpft zurück.

Snap schreckte in seinem Stuhl hoch. Er hatte die Befragung mitbekommen, wie in einem Traum, auf den er keinen Einfluss hatte. Traurig darüber, dass er Teresa verraten hatte, versuchte er aufzustehen. Er stellte jedoch fest, dass sein Körper zitterte. Die Anstrengung war zu viel gewesen. Er wusste, was kommen würde, und schaffte es nur noch, mit letzter Kraft zu rufen: »Nicht schießen, das ist ein Anfall!«

Er stieß die Messerklaue um, fiel mit dem Stuhl zu Boden und trat wie wild um sich. Ein neuer Anfall! Wie passend! Vom Rest bekam er nichts mehr mit.

Zack taumelte gegen die Wand. Seine normale Reaktion war, dem Typen den Kopf wegzublasen. Ein Nachteil von Reflexboostern älteren Baujahrs: Der Trigger zum An- und Ausschalten fehlte. Folglich neigte man dazu, alles schneller zu machen. Zum Beispiel hatte ihm mal ein Freund von hinten auf die Schulter geklopft, und Zack hatte nicht damit gerechnet. Daraufhin hatte er ihm die Kniescheibe mit den Stahlkappen eingetreten und mit dem Schlagring das Nasenbein zertrümmert. So schnell konnte man sich Feinde machen.

Nur schieres Glück rettete dem Decker in diesem Moment das Leben. Zack hatte auf den Schamanen geschaut und war abgelenkt gewesen, und Snaps Tritt kam unvorbereitet. Ein Fehler, der ihm auf der Straße den Hals gekostet hätte. Somit war der Schuss der Waffe in die Wand gegangen und hatte nur um Haaresbreite den Decker verfehlt. Zum Glück hatte er vorhin noch den neuen Schalldämpfer aufgeschraubt, sonst würde es hier in wenigen Minuten von HanSec-Beamten wimmeln. Dass Zucken und der verzerrte Gesichtsausdruck des Mannes auf dem Boden ließen darauf schließen, dass der Anfall echt und keine Darbietung perfekter Schauspielkunst war.

Fragend schaute er den Löwenschamanen an.

Mit einer Geste bedeutete dieser dem Samurai, sich hinzusetzen. Claw suchte sich ebenfalls einen Stuhl und nahm Platz. Er trommelte mit den Fingern auf der Stuhllehne und nutzte die Zeit, um seine Kräfte zu regenerieren.

# 26

Die großen Wohnsiedlungen von Hamburg wichen freien Moorfeldern, den Resten natürlicher Vegetation in der Gegend. Der Ford Americar passte sich der wartenden Schlange an. Peter Brandt erreichte die östliche Grenze von Hamburg. Von hier setzten Hovercrafts nach Schweden über. Vor sich sah er schon den um diese Uhrzeit von Scheinwerfern beleuchteten Grenzposten der Reisestation.

Die Schnalle neben ihm war eingeschlafen. Ein Glück für sie, dachte der am Rande einer Panik stehende Doktor. Ansonsten hätte er ihr den Mund zugetackert, um sie zum Schweigen zu bringen. Ihr ewiges Kreischen wegen seines Fahrstils hatte ihn fast zur Verzweiflung getrieben.

Nervös fingerte er am Verschluss des Handschuhfaches. Nach mehreren Versuchen schaffte er es endlich, ihn zu öffnen. Als die Klappe nach unten fiel, purzelten mehrere Ebbies heraus und fielen zu Boden. Der Doc bewahrte hier ein wahres Vermögen auf. Jeder Ebbie war mit 20000 Euro beschrieben – eine nicht zu verachtende Summe. Er griff einen auf und schob ihn in die Brusttasche seines verschwitzten Hemdes.

Wegen des überstürzten Aufbruchs hatte er nicht die Zeit gefunden, einen Ausreiseantrag zu stellen. Eigentlich war die Sache für jemanden mit einer SIN nur eine Formalität. Man musste dafür persönlich in die Rathausstadt. Dort wurde ein Foto geschossen und die Identität überprüft. Dann installierten die Behörden eine Passdatei auf dem Ebbie; man nannte es das Weiße Ticket. Am nächsten Tag erhielt man dann zusätzlich einen Transitpass zugestellt. Mit dem war es dem Besitzer möglich, einige Tage die kalten Länder der Schweden zu besuchen.

Peter hoffte, dass der Grenzbeamte den Ebbie akzeptieren und ihn stillschweigend zum Hover durchwinken würde. Später hätte er genug Zeit, um sich gefälschte Papiere zu besorgen.

Es dauerte noch, bis sein Fahrzeug an der Reihe war. In der Zwischenzeit ließ Peter den Blick über die Grenzanlagen schweifen.

Die breite Straße war auf Stelzen gebaut und in vier Spuren für den Transit aufgeteilt. Eine Spur war für Fahrzeuge reserviert, denen die Ausreise verweigert wurde. Einfach zurückgeschickt zu werden war das Beste, was einem passieren konnte, wenn einem die Reise untersagt wurde. An jeder Spur stand ein Wachhaus mit einem Grenzbeamten. Zu den Seiten thronten hohe Wachtürme, vermutlich mit schweren Waffen bestückt. Die Türme waren so errichtet, dass man von ihnen aus einen hervorragenden Blick über weite Teile der Ebene hatte. Davor parkten die typischen Hovercrafts und Jeeps der Grenzeinheiten, mit Flecktarn lackiert und gezeichnet von den schwierigen Patrouillenfahrten in dem morastigen Gelände.

Am Straßenrand standen auf unübersehbaren Schildern Hinweise für die Touristen, was sie in Schweden erwartete:

*Besucher unseres Landes, tragen Sie während Ihres Aufenthalts die Transitpässe sichtbar auf Ihrer Kleidung.*

*Haltet die Natur sauber! Nichteinhaltung der Gesetze wird mit hohen Geldstrafen geahndet.*

*Sie sind sich im Klaren darüber, dass niemand für evtl. entstehende Körper- und Sachschäden haftet, wenn Sie von den öffentlichen Wegen abweichen!*

Der letzte Wagen vor ihm passierte den Grenzposten. Er war an der Reihe.

Der Schwede – die blonden, langen Haare und die blauen kalten Augen waren nicht zu übersehen – musterte den Wagen mit der gleichen Routine wie die Fahrzeuge vorher. Sein Blick haftete etwas länger auf der

Frau, und die Lippen formten ein Lächeln. Peter folgte dem Blick und sah, was der Mann gesehen hatte. Im Schlaf war die Bluse der Frau verrutscht und erlaubte dem Betrachter den Anblick auf die künstlich bearbeiteten wohlgeformten Brüste. Das anfängliche Lächeln des Beamten wich nun einer strengen Miene. Der Mann schaute Peter mit seinen kalten Augen direkt an.

Die Buchse in der linken Schläfe erkannte der Doktor sofort als ein Multi-Elektronics-Datenjack, Model 0023. In seiner Laufbahn hatte der Doktor genug von den Dingern eingebaut, um zu wissen, dass sie die preiswertesten auf dem Markt waren.

»Dürfte ich Ihren Transitpass sehen?«

Die Worte des Mannes glichen einem Peitschenschlag. Hinter diesem Posten galt das Gesetz Schwedens, und damit Touristen nicht auf dumme Ideen kamen, wurden Unstimmigkeiten vor Betreten des Landes geklärt.

»Hier, bitte sehr. Ich hoffe, das reicht«, sagte Peter vorsichtig. Er zog den Ebbie aus der Brusttasche und reichte ihn dem Beamten.

Dieser steckte ihn in ein Lesegerät, das mobil an seiner Seite hing, und stöpselte sich ein.

Jetzt hing alles von der Entscheidung des Schweden ab.

Die Miene des Mannes wirkte belustigt. Mit einem gehässigen Lächeln stöpselte er sich aus. »Es tut mir Leid, mit Ihren Angaben stimmt etwas nicht. Bitte fahren Sie zurück und lassen Sie das Ganze noch einmal von den Behörden in Hamburg überprüfen.« Auffordernd gab er Peter das Zeichen zum Wenden.

Der Doktor war sauer, konnte aber glücklich sein, dass der Beamte das Geld nur eingesackt und sie nicht für eine längere Überprüfung hier behalten hatte.

Einen kurzen Augenblick spielte er mit dem Gedanken, auf das Gas zu treten und den Posten über den

Haufen zu fahren. Die Vernunft siegte, und er folgte missmutig der Aufforderung des Beamten. Er musste in Hamburg mit einigen Leuten Kontakt aufnehmen und versuchen, die Stadt auf anderem Wege zu verlassen. Nur ... an wen konnte er sich wenden? Er war davon überzeugt, dass sein Leben keinen Pfifferling mehr wert war, wenn er nicht bald aus der Stadt floh und untertauchen konnte.

Ein Blick auf die Schnalle neben ihm machte ihn wütend. Das dumme Ding schlief immer noch und hatte von der ganzen Aktion nichts mitbekommen. Der Anblick der Brüste weckte in ihm das Verlangen, dem Stress über seine Hormone Abhilfe zu verschaffen.

## 27

Pandora stellte die BMW-Blitzen vor dem *Roten Zaubertroll* ab. Es waren schon einige Monate seit ihrem letzten Besuch im Club vergangen.

Der *Zaubertroll* war eine Bar, in der sich hauptsächlich magisch Begabte – oder Personen, die glaubten, magisch begabt zu sein – trafen. Das Ambiente des Ladens war rustikal. Eine Innenausstattung aus echtem Eichenholz verschaffte dem Lokal sogar aus der astralen Sicht heraus ein angenehmes Erscheinungsbild. Das Holz war zwar geschlagen und bearbeitet, aber im Astralraum war noch eine Spur von Leben zu erkennen.

Um diese Uhrzeit war in der Stadt einiges los. Es war Samstagabend. Die Menschenmengen trieben durch die Straßen und strömten in kleinen Gruppen in die Clubs. Der Andrang vor dem *Zaubertroll* war weniger groß. Die Kids von heute zogen es vor, in überfüllte Musikzentren oder Kneipen zu gehen. Und eines war sicher, Psyco-Hardcore Techno wurde im *Roten Zaubertroll* nicht gespielt. Ein hauseigener Pianist ließ die Finger virtuos über die Tasten schweben, und die Besitzer des Clubs machten keine Anstalten, diese Tradition zu ändern.

Pandora öffnete die große, mit Ornamenten verzierte Holztür und betrat das Lokal. Wie immer, wenn sie den Club betrat, fiel ihr der fremdartige und exotische Geruch auf. Einem verschleiernden Nebel gleich, hing er im Raum. Wegen des gedämpften Lichts wirkten die Kerzen in den vereinzelten Nischen wie kleine Inseln. Geradeaus befand sich das Prunkstück des Clubs, die Bar. Zielstrebig steuerte sie darauf zu und nahm auf einem der gepolsterten Barhocker Platz. Wie hätte es auch anders sein können: Hinter der Bar stand Smendrik, der magische Barkeeper. Als er die Frau erkannte, huschte ein Lächeln über seine Züge, und das hagere Gesicht des alten Mannes hellte sich auf.

»Lange nicht gesehen!«, begrüßte er sie mit einem spöttischen Lächeln. Das war eine Standardfloskel unter den beiden. Der Barkeeper sagte das immer zu ihr. Egal ob Tage, Wochen oder Monate zwischen ihren Besuchen lagen. Als Antwort gab sie dem Mann mit einem Achselzucken die Standardantwort, um das Ritual fortzuführen.

»Geschäfte.«

Die Augen des Mannes hinter der Theke blitzen freudig. »Ich nehme an, die Dame wäre erfreut, Ihren persönlichen Favoriten als Willkommenstrunk des Hauses entgegenzunehmen?«

Ein Nicken und das dezente Erröten ihrer Wangen leiteten den nächsten Akt des Rituals ein. Was nun folgte, verschlug ihr jedes Mal den Atem.

Die langgliedrigen Finger des Mannes nahmen den mit Runen verzierten silbernen Shaker auf. Der Barkeeper öffnete den Schraubverschluss und roch an ihm. Dabei spitzte er die Lippen und warf ihr erneut ein Lächeln zu. Als Nächstes griff er in eine der unzähligen um ihn herum angeordneten Glaskaraffen und holte eine Prise schwarzen Pulvers hervor. Während er das Pulver in den Behälter rieseln ließ, formten seine Lippen unausgesprochene Worte. Smendrik holte ein weiteres Pulver heraus, diesmal ein rotes, und blies es in den Shaker. Dann nahm er eine bläulich schimmernde Phiole aus dem Regal, schenkte die Flüssigkeit in das silberne Gefäß und verschloss den Shaker. Seine Finger spielten damit und wirbelten ihn in der Luft umher. Mit der Zeit glühte er auf und verschwand vor ihren Augen.

Es wäre für Pandora ein Leichtes gewesen, über die Astralsicht herauszufinden, wie der Trick funktionierte. Aber damit hätte sie sich selbst diesen kleinen Zauber zerstört und den Barkeeper beleidigt. Als sie von der Stelle, wo der Shaker verschwunden war, zurück auf die Theke schaute, stand dort ein gefülltes Glas. Die schwarze Flüssigkeit sah unendlich tief aus, und weißer Nebel stieg von ihr auf und glitt an dem Glas hinab auf die Holztheke.

»Eine Nachtmähre!«, beendete der Barkeeper seinen Teil des Rituals.

Pandora nahm das Glas in die Hand und führte es an die Nase. Sie sog den Nebel ein und schloss die Augen. Vor ihrem geistigen Auge formte sich das Bild eines Rappen, der über eine tief blaue Landschaft galoppierte. Erwartungsvoll führte sie das Glas an den Mund und trank einen Schluck. Als die Flüssigkeit durch die Kehle rann, sah sie immer noch das Pferd, doch diesmal hörte sie auch das Galoppieren der Hufe auf dem Boden, die in ihrem Kopf widerhallten. Bei ihrer ersten Nachtmähre hatte sie das Gefühl beängstigt, doch mittlerweile genoss sie es und wollte es nicht mehr missen. Als die Wirkung nachließ und verblasste, stellte sie das Glas zurück auf den Tisch und schaute dem Barkeeper in die Augen. Nun lag es an ihr, das Begrüßungsritual zu beenden.

»Wie immer!« Ein anerkennendes Lächeln breitete sich auf ihrem Gesicht aus.

Smendrik war zufrieden und widmete sich nun den anderen Gästen.

Pandora lag gut in der Zeit, es würde noch einige Minuten dauern, bis Brückner hier auftauchen würde. Sie wechselte auf die Astralsicht und rief ihren Watcher. Ein kleiner, pelziger violetter Ball mit zwei Augen und einem riesigen Mund erschien und lächelte sie freudestrahlend an.

»Du hast mich gerufen!«, quiekte der Ball.

»Ja, Pflumminkel«, antwortete sie auf telepathischem Wege. Bei der Erwähnung seines Namens hüpfte der Beobachter freudig auf und ab.

»Was kann ich für dich tun?«, quiekte der Ball erneut.

Vor ihren Augen formte sie das Bild von Stefan Brückner und sandte es dem Watcher. Die folgenden Worte wählte sie mit Bedacht. Pandora wusste, dass der Ball ihr treu ergeben war, aber mit der Intelligenz des Wesens war es nicht weit her.

»Pflumminkel!«

Wieder hüpfte der Ball freudig herum und verdrehte die Augen.

»Du suchst diesen Mann im Club! Aber komm ihm nicht zu nahe. Ich will nicht, dass er dich sieht. Findest du ihn, kommst du zu mir zurück und erstattest Bericht!«

Voller Energie flippte der Beobachter umher und quiekte: »Ja, Meister! Alles klaro!« Der Pelzball blähte sich auf und schoss davon.

Die Magierin wechselte wieder auf Normalsicht und schaute sich um. Der Pianist saß am Flügel und hämmerte voller Hingabe auf die Tasten. Sein Körper bewegte sich im Rhythmus der Musik. Die Haare flogen wild umher, und die Züge des Musikers wirkte versunken. Einige Zuhörer hatten sich nahe an das Instrument gestellt und schauten fasziniert zu. Die anderen Nischen waren zum größten Teil besetzt, Pandora erkannte aber niemanden. Sie wechselte erneut auf Astralsicht. An einer Nische blieb ihr Blick haften. Sie sah, dass die drei Männer darin ziemlich viel totes Material im Körper trugen. Ihre Auren wirkten gewalttätig oder schwankten zwischen freudiger Erregung und Angst. Einen Augenblick später trat ein Mann auf die Gruppe zu und setzte sich zu ihnen an den Tisch. Die Fluktuation in der Aura des Neuankömmlings wies ihn als einen magisch Begabten aus. Die Magierin schätzte aufgrund der Bahnen seiner Aura, dass er ebenfalls ein hermetischer Magier war.

*Das sieht interessant aus, warten wir ab,* dachte die Frau. Pandora ließ den Blick ab und an durch das Lokal schweifen, denn sie wollte nicht zu auffällig erscheinen. Nach einigen Minuten kehrte der Ball zurück und fiepte aufgeregt: »Meister! Ich habe ihn gefunden! Ich habe ihn gefunden!«

»Ja. Das ist gut, Pflumminkel.«

Wieder hüpfte der Ball erfreut umher und riss die Augen weit auf. Er liebte es ungemein, seinen Namen zu hören.

»Wo ist er?«, fragte sie.

»Oh, er kommt von dort!« Der Ball drehte seine Augen in Richtung des Hintereingangs.

Pandora erkannte die Aura des Mannes nicht sofort. Er hatte seine Macht maskiert und schien auf den ersten Blick wie ein normaler Mensch auszusehen. Sie konnte nicht erkennen, ob er irgendwelche magischen Foki bei sich trug, aber davon musste sie ausgehen. Die Gemütsverfassung des Mannes war schwer zu deuten, da so viele Menschen anwesend waren und der Magier seine Aura maskiert hatte. Aber etwas hinter dem Magier ließ sie schlucken! Ein großer Feuerelementar schwebte hinter dem Zauberkundigen und schaute aufmerksam durch das Lokal. Bis jetzt hatte der Elementar sie noch nicht entdeckt.

Rasch sagte sie zu ihrem Beobachter: »Das war gut, Pflumminkel. Zieh dich zurück.«

»Ja, Meister!« Der Ball blähte sich auf, explodierte und kehrte so auf seine Heimatebene zurück.

Sie wechselte wieder auf normale Sicht und maskierte ihre Aura ebenfalls. Die magischen Foki, die sie nicht maskieren konnte, deaktivierte sie.

Stefan Brückner ging auf die Ecke zu, in der die Personen saßen, die der Magierin bereits aufgefallen waren. Sie sah, dass die Männer auf einen Wink des Mannes hin ruhig ihre Hände unter dem Tisch hervorhoben. Allem Anschein nach hatten sie zuvor mit Waffen auf den Magier gezielt. Pandora nahm ihr Glas, verabschiedete sich von Smendrik und ging durch das Lokal auf die Nische zu, in der sich ihr Ziel befand. Sie stellte sich so, dass der Pianist zwischen ihr und Stefan Brückner saß. Es sollte so aussehen, als ob sie dem Spiel des Musikers lauschen würde. Es kam der Frau nur darauf an, das Gesicht von Herrn Brückner zu sehen. In der Vergangenheit hatte sie gelernt, von den Lippen zu lesen. Eine Fähigkeit, die ihr oft geholfen hatte und sich auch jetzt als nützlich erwies.

Stefan Brückner hob die Hand und sprach die Worte des Zaubers. Um die kleine Gruppe herum entstand ein Schild. Dieser Spruch schluckte allen von außen kommenden Lärm und verhinderte gleichzeitig, dass das Gesprochene die unsichtbare Glocke verließ. Stefan hatte diesen Zauber selbst entwickelt und war stolz auf ihn, wie auf alles, was er geschaffen hatte. Abfällig musterte er die anderen Personen am Tisch. Dort saß ein Zwerg, mehr Maschine als Mensch, dessen Aura sich am Rande des Wahnsinns befand. Die anderen zwei waren Menschen, von oben bis unten ebenfalls mit Cyberware voll gestopft. Die vierte Person war ein Magier, nur bescheiden an Macht, verglichen mit seiner eigenen. Der Mann wirkte beunruhigt, da er sich als Einziger bewusst war, was da hinter dem Mann stand, der gerade an ihren Tisch getreten war. Auf einer Ebene, auf die seine Kollegen nie einen Blick werfen könnten, sah er einen mächtigen Feuerelementar hinter dem Fremden stehen. Stefan war sich der Wirkung seines Feuerelementars, der auf den Namen James hörte, bewusst. Die Aura war stark und ein Zeichen der Macht, die in dem Wesen ruhte. Stefan hatte dieses Wesen am Anfang seiner Karriere bei der Bayersdorf AG erschaffen, und seitdem speiste er es mit seiner Kraft. Auf einen Fingerzeig von ihm hätte James den ganzen Laden niederbrennen können, ohne dass seinem Erschaffer etwas passieren würde.

Ein diabolisches Lächeln huschte über sein Gesicht, danach wurde seine Miene geschäftlich und nichtssagend.

»Wie ich sehe, sind Sie meinem Ruf gefolgt.«

Die Männer waren Profis, und der Anführer, der Zwerg, nickte nur stumm.

»Unser Kontakt hat mir mitgeteilt, dass Sie die Besten für den Auftrag sind.«

Als Antwort wieder ein Nicken.

»Ich möchte, dass Sie einen Mann namens Peter Brandt finden. Er ist ein Schattendoktor, der aus persönlichen Gründen die Stadt so schnell wie möglich verlassen möchte. Es würde mich freuen, wenn Sie und Ihr Team dafür sorgen würden, dass sein Geist die schwache Hülle seines Körpers verlässt und frei ist zu reisen – dorthin, wo er hingehört.«

Die Bedeutung der Worte war klar, aber der Zwerg wollte sichergehen, dass er alles richtig verstanden hatte. »Sie wollen also, dass wir diesen Peter Brandt in die Hölle schicken.«

Stefan war etwas ungehalten wegen dieser Unterbrechung. Sie verzögerte das Vorantreiben seiner Experimente um einige Minuten, die er länger mit diesem Abschaum verbringen musste. Die Schärfe in seinen Worten war nicht zu überhören. »Drücke ich mich unverständlich aus?«

Der Zwerg winkte ab. »Nein, Herr Schmidt. Ich wollte nur alle Missverständnisse beseitigen.«

Stefan ging nicht weiter auf den Zwerg ein und fuhr fort.

»Darüber hinaus würde ich mich freuen, wenn Sie in der Lage wären, einen weiteren Mann aufzuspüren. Dieses Bild habe ich aus einer zuverlässigen Quelle. Mehr als seinen Namen müssen Sie nicht wissen. Er heißt im Augenblick Paul Frazer und arbeitet als … nennen wir es freiberuflicher Leibwächter. Ich möchte es so ausdrücken: Dieser Mann hat etwas, das mir gehört. Finden Sie ihn, egal wie, und ich möchte ihn in einem Stück haben. Ob warm oder kalt, macht keinen Unterschied. Sein Aufenthaltsort ist unbekannt. Vermutlich Hanse-Meta-Untergrund. Ich möchte nicht, dass Ihr Decker Informationen nach diesem Mann ausgräbt. Ich will nicht, dass etwas nach außen dringt.«

Die Augen des Zwergs verengten sich zu kleinen Kohleschlitzen, als er das Bild in die Hand nahm und auf den Tisch legte. »Sie wissen, dass das extra kostet. Wenn sich nicht sogar der Preis verdreifacht.«

Dieser Zwerg raubte Stefan den letzten Nerv. Wussten einige dieser Runner nie, wann es besser war, den Mund zu halten? Er entschied sich dazu, dass eine Demonstration seiner Macht ausreichen müsste, um das weitere Fortschreiten der Verhandlungen nicht mehr zu unterbrechen. Der Zauber, den er einsetzte, war ein Jahrmarktstrick. Er schuf um die Glocke eine Illusion. Von außen würde es immer noch so aussehen wie vorher. Fünf Männer, die sich bei einem Bier unterhielten.

Ein telepathischer Befehl reichte, und James manifestierte sich direkt neben dem Zwerg. Die Hitze innerhalb der magischen Schutzglocke stieg auf einmal rapide an. Der Zwerg schrie, als die Flammen auf seinen Körper übergriffen. In Bruchteilen von Sekunden verbrannten Haut, Fleisch und Knochen zu Asche und fielen mit den qualmenden Metallresten scheppernd zu Boden. James verbeugte sich vor ihm und verschwand zurück auf die Astralebene. Stefan hob die Illusion auf und musterte die restlichen Runner.

Der Geruch von verbranntem Fleisch lag noch in der Luft, und qualmende Rauchschwaden stiegen vom Boden auf.

Die Augen des Magiers waren weit aufgerissen und zeigten Respekt, Angst und Panik zugleich. Schweiß ließ die Stirn des Mannes glänzen. Die beiden Muskeln schauten unbeeindruckt auf die qualmenden Reste unter dem Tisch. Einer zuckte die Achseln und führte das Gespräch fort. »Er ist austauschbar, aber das kostet Geld.«

Stefan holte einen Ebbie hervor und legte ihn zu dem Bild auf den Tisch.

»Geld ist kein Problem. Sorgen Sie dafür, dass alles erledigt wird, und Sie werden in nächster Zeit keine Geldsorgen haben. Einen Bonus gibt es, wenn Sie herausfinden, wer den Doktor gewarnt hat.«

Der Mann nickte: »Alles klar, wir sind uns einig. Einen schönen Tag noch.«

Stefan ließ den Zauber fallen und ging, auf der Astralebene von seinem Feuerelementar begleitet, aus dem Lokal.

Pandora hatte nicht alles von den Lippen lesen können, was gesagt wurde. Dann hatte das Bild für einen Moment auffällig unbewegt ausgesehen, und später fiel ihr auf, dass der Zwerg verschwunden war. Der Magier der Gruppe wirkte ein wenig verstört, wenn nicht sogar panisch. Sie entschloss sich, den Tisch genauer anzuschauen, wenn die Leute weg waren.

Beiläufig griff sie in ihre Lederjacke und holte eine Schachtel Zigaretten heraus. Im Filter der Zigarette war der Auslöser für die Mikrokamera in der Zigarettenschachtel angebracht. Presste sie die Lippen leicht zusammen, schoss die Kamera in der Schachtel unglaublich scharfe Fotos, vorausgesetzt, man hielt sie exakt auf das Ziel. Pandora hatte das oft genug geübt. Die Schachtel stützte sie in der Hüfte ab und richtete sie auf die Ecke, in der die kleine Gruppe saß. Mit einem Fingerstrich über den Filterrand stellte sie die Entfernung ein. Dann zündete sie den Glimmstängel an. Als sie den Rauch einatmete, bemerkte sie wie immer den Nachteil dieser Zigaretten. Der Erfinder hatte keinen Geschmack besessen und die billigste Marke ausgewählt. Ein kurzes Pressen der Lippen, und sechzig Aufnahmen waren in der Schachtel. Es lebe die moderne Technik!

Stefan Brückner stand auf und verließ den Club. Es hatte jetzt keinen Sinn, dem Mann zu folgen. Sobald er das Konzerngelände von der Bayersdorf AG betrat, war er für sie unerreichbar. Auch die anderen drei Männer standen auf und suchten sich einen Weg durch die Gäste des Clubs. Ein kurzer Blick auf Astralsicht zeigte ihr, dass der Magier des Teams einen Wasserelementar gerufen hatte. Das Wesen achtete peinlichst genau darauf, dass ihnen keiner folgte. Sie fasste den Entschluss, das Team erst einmal ziehen zu lassen. Anhand der Bilder dürfte es relativ einfach sein, die Identität der Leute aufzudecken – so hoffte sie zumindest.

Kurz rief sie sich die wichtigsten Punkte des Gesprächs in Erinnerung. Brückner wollte einen Mann Namens Peter Brandt von der Bildfläche verschwinden lassen. Interessant! Bei der Erwähnung des Namens war sein Doktortitel gefallen, ein Ansatzpunkt zur Recherche. Der Name Paul Frazer hingegen ließ auf nichts Gutes schließen. Dies war die Person, die sie seit vier Tagen suchten. Paul Frazer war ein Geist, nein, keine erwachte schamanistisch angehauchte paranormale Erscheinung, er war ein Geist der Gesellschaft, ein Schatten. Keiner konnte mit Bestimmtheit sagen, wie er aussah. Ein Mann mit vielen Namen und Gesichtern, mehrere Operationen im Jahr veränderten das Gesicht des Mannes vollständig und machten eine verlässliche Beschreibung unmöglich. Konzerne und Regierungen griffen auf ihn zurück, wenn es darum ging, Kontakte auf der Straße zu knüpfen oder Daten zu transportieren. Die Identität Paul Frazer war erfunden, aber nur wenige wussten das. Simon würde bestimmt nicht erfreut darüber sein, dass Brückner beabsichtigte, ihren Mann – zumindest war er das für den Augenblick – zu geeken.

Wenn es stimmte, was Simon sagte, war Zack an dem Mann dran. Sie musste versuchen, ihren Ex-Kollegen aufzuspüren. Und Pandora musste schneller als das Team von Brückner sein.

Der Magier wollte etwas vertuschen, so viel stand fest. Er hielt die öffentlichen Konzernwege nicht ein und heuerte Runner an. Anscheinend wollte er nicht, das etwas an die Ohren der Konzernleitung drang. Ansonsten hätte ein kurzer Wink von ihm gereicht, und die Bayersdorf AG hätte ihm die Konzerntruppen oder den Sicherheitsdienst zur Verfügung gestellt. So wie es aussah, hatte der Wissenschaftler seine Befugnisse überschritten. Vielleicht gab es eine Möglichkeit, am Thron des Mannes zu sägen und ihn zu Fall zu bringen. Diese Aussicht ließ sie freudig lächeln. Sie stellte das leere Glas auf einen Tisch und schritt auf die Ecke zu, in der die kleine Gruppe gesessen hatte. Ein Blick unter den Tisch reichte, um ihr zu zeigen, was aus dem Zwerg geworden war. Sie konnte es sich lebhaft vorstellen.

# 28

Der Mann am Boden hatte aufgehört zu zappeln. Mittlerweile lag der Körper regungslos vor ihnen. Claw wusste, dass der Mann nicht tot war, sondern schlief. Einen tiefen und langen Schlaf. Die Messerklaue saß ihm gegenüber auf einem Stuhl und wirkte nachdenklich.

Zack bemerkte den Blick des Schwarzen. »Du, ich kenne die Frau«, sagte er. »Teresa ist eine Schieberin. Sie ist auch einer meiner Kontakte.«

Claws Frage klang bedrohlich, und die Katzenaugen musterten den Straßensamurai aufmerksam. »Ist sie für den Tod meines Rudelmitglieds verantwortlich?«

»Nein, Molly – so nennen ihre Freunde sie – macht nichts, das mit Wetwork zu tun hat. Sie mag nicht, wenn man Leute für Geld ausschaltet. Das ist nicht ihr Stil, und sie unterstützt keine Leute, die so etwas tun. Ich glaube, hinter der Sache muss etwas anderes stecken.«

Nachdenklich schaute der Samurai aus dem Fenster. Draußen war es bereits tiefe Nacht.

Ehe der Schamane etwas sagen konnte, klingelte es an der Tür. Zack sprang auf, zog eine seiner Waffen und schlich zum Spion an der Wohnungstür. Claw ließ seinen Körper zurück und wechselte auf die Astralebene. Bevor die Messerklaue genauer durch den Spion schauen konnte, war der Schamane von seinem Erkundungsausflug zurück gekehrt.

»Zack, es ist meine Rudelgefährtin!«

Der Samurai schien nicht besonders überzeugt, öffnete aber die Tür. Zack erkannte die Frau wieder. Sie war die Frau gewesen, mit der Claw das Komgespräch im Restaurant geführt hatte. Erst jetzt fiel ihm auf, dass sie eine Elfin war. Ihre hellen Lederklamotten und die weißen Haare ließen die Frau wie eine Eisprinzessin aussehen.

»Willkommen, mein Name ist Zack«, begrüßte er sie.

Er steckte die Waffe zurück in den Tarnhalfter und zog die Tür ganz auf.

Ein stummes Nicken musste ihm als Antwort reichen. Die Frau schritt an ihm vorbei und ging auf den Löwenschamanen zu.

*Tja, den Löwenanteil für den Löwenkerl,* dachte Zack.

Er zog die Tür zu und gesellte sich zu den beiden ins Arbeitszimmer. Die Frau hatte sich neben dem Decker auf den Boden gehockt und betrachtete das schlafende Gesicht des Mannes. Dann stand sie auf und umarmte den Schwarzen, ohne ein Wort zu sagen. Dem Gesichtsausdruck des Schamanen entnahm Zack, dass er die Frau mochte, wenn nicht sogar tiefere Gefühle eine Rolle spielten. Verlegen schaute er aus dem Fenster und gönnte ihnen zumindest das Gefühl, für einen Augenblick allein zu sein.

Kurze Zeit später hörte er hinter sich, wie sie die Umarmung auflösten. Die elektronisch verzerrte Stimme der Frau brach das Schweigen. »Wie ich sehe, hast du deine alte Kleidung abgelegt.« Sie machte eine kleine Pause und sprach dann weiter. »Steht dir nicht schlecht, aber ein Deo würde dir auch gut tun.«

Der Kommentar barg einen neckenden Unterton, aber der Reaktion des Schamanen konnte man entnehmen, dass er nicht böse auf sie sein konnte. Ein raubtierhaftes Grinsen entblößte seine strahlend weißen Zähne, und die goldbraunen Katzenaugen funkelten belustigt.

»Mein Reiseleiter war der Ansicht, dass ich damit weniger auffallen würde.«

Zack drehte sich um und konnte sich eine Erwiderung nicht verkneifen. »Ich wollte nur sichergehen, dass die ausgehungerten Hamburger Großstadtjäger nicht auf die Idee kommen, bei seinem Anblick eine Safari auszurufen.«

Die Augen der Frau weiteten sich, und ein elektronisches Lachen erfüllte den Raum.

»Herr Zack, ich glaube, Sie gefallen mir. Solche Antworten braucht unser stolzer Freund gelegentlich, um auf den Teppich zurückzukehren!«

Diese Bemerkung machte ihm die Frau gleich viel sympathischer, und Zack sagte: »Ach, Lady, schenken Sie sich den Herrn und nennen Sie mich einfach Zack. Wenn der Löwe das darf, dann dürfen Sie das erst recht!«

Claw wirkte leicht betreten, schenkte ihnen aber ein freundliches Lächeln. Icebaby wechselte das Thema. »Ich finde, wir sollten Herrn Meurer in ein anderes Zimmer bringen. Vielleicht sollten wir ihm auch die Handschellen abnehmen. Seine jetzige Haltung sieht etwas unangenehm aus.«

Zack dachte über ihren Vorschlag nach. Warum eigentlich nicht? Das Fenster nebenan war nicht zum Öffnen gedacht. In dem Zimmer hatte er auch keine Waffen entdecken können. Falls der Decker die Scheibe einschlug, würden sie das wohl kaum überhören. Bis unten war es ein tiefer Weg.

»Okay. Dann können wir in Ruhe sprechen.«

Unsanft hob er den Mann auf die Schultern und trug ihn nach nebenan ins Bett. Icebaby begleitete ihn und deckte den Mann zu. Als sie zurückkamen, hatte Claw sich hingesetzt und seine Schuhe ausgezogen.

Der fragende Blick der Messerklaue forderte eine Antwort. »Zack, ich hasse es, wenn meine Füße nicht den Boden unter sich spüren. Und ihr habt eben selber gesagt, ich soll zurück auf den Teppich kommen!« Claw setzte die Füße auf den Boden und spielte mit den Zehen.

Icebaby holte unter ihrem weißen Ledermantel eine große, ebenfalls weiße Leinentasche hervor und stellte sie auf den Tisch. Als sie das Radio Shack sah, musste sie grinsen, stöpselte die Anschlüsse aus und stellte es auf den Boden. Dann holte sie ein Fuchi Cyber-7 und ein Fairlight Excalibur aus der Leinentasche. Zack war zwar kein Experte, aber er wusste, dass das Fuchi für manchen Decker ein Grund gewesen wäre, seine Seele dem Teufel zu verkaufen. Für das Fairlight würden einige sogar auf die Idee kommen, eine Nacht mit einer Gottesanbeterin zu verbringen. Die Elfin schloss die Decks an und schaltete sie ein. Erwartungsvoll drehte sie sich ihnen wieder zu und fragte: »Was wissen wir Neues?«

Das war eine gute Frage. Zack überließ es dem Löwen, darauf zu antworten.

Claw machte ein gewichtiges Gesicht und kreuzte seine langen, muskulösen Beine. »Wie es aussieht, hat der Decker den Auftrag bekommen, Informationen über unseren Freund Chardwin auszugraben. Sein Auftraggeber ist eine Schieberin mit Namen Teresa. Zack kennt die Frau und behauptet, dass sie nichts mit dem Mord an unserem Freund zu tun hat.«

Zack machte deutlich, dass er sich ärgerte. »Ich behaupte es nicht, ich weiß es! Teresa hat mit Wetwork nichts zu tun. Das ist sicher!«

Für eine Weile sagte niemand etwas. Icebaby kratzte sich schließlich ihr Kinn und richtete ihre nächste Frage an Zack. »Aber warum will diese Frau alles über unseren Freund wissen? Wäre es möglich, mit ihr einen Kontakt aufzubauen? Sicherheitshalber werde ich unser Signal verschlüsseln, man kann nie wissen.«

Der Samurai überlegte. Die Idee war nicht schlecht. Wenn Teresa etwas wusste, würde sie zur Klärung der Sache ein gutes Stück beitragen können. »Okay. Ich gebe dir ihre Nummer. Aber ich führe das Gespräch! Fremden erzählt sie garantiert nichts; bei Freunden sieht die ganze Sache hoffentlich anders aus.«

Claw hob nur die Hand und signalisierte seine Zustimmung. Die Elfin winkte Zack heran. »Kein Problem.

Ich schließe mein Deck an das Telekom, und wir werden sehen. Ich brauche zwei Minuten, um alles vorzubereiten. Zack, du holst dir besser einen Stuhl. Vielleicht wird das Ganze doch etwas länger dauern.«

Zack holte sich den Stuhl und wartete ab. Die Elfin führte das Glasfaserkabel an ihren Hinterkopf und stöpselte sich ein. Ihr Blick wurde leer, ihr Geist verschmolz mit dem Cyberdeck.

# 29

Paul Frazer stand auf, als der Ork wieder den Raum betrat, und schaute diesen fragend an. »Okay«, grunzte Chet ihm zu. »Chummer, morgen früh kriegst du deine Chance. Wenn du es vermasselst oder wir nicht mit dem zufrieden sind, was du uns erzählst ...«

Der Runner zuckte nur mit den Schultern. Die unausgesprochenen Worte waren eine deutliche, wenn auch unnötige Warnung. Paul konnte sich ausmalen, was der Runner mit ihm vorhatte. Aber das störte ihn nicht – er war zuversichtlich.

Besorgt schaute er sich Lücke an. Der junge Ganger zuckte am ganzen Körper und fiepte unablässig. Sein Blick ging wirr und verständnislos durch Paul und alle anderen im Raum hindurch. Der Verstand des Jungen musste arg gelitten haben. Leider sah Paul keine Möglichkeit, ihm zu helfen.

Ratón wäre am liebsten aufgesprungen und hätte Lücke das Maul gestopft. Die Runnerin war sauer. Schließlich war ihr Wagen nur noch ein Haufen Schrott, und sie steckte hier unten fest. Die merkwürdigen Laute des Jungen waren schon nervenaufreibend genug, aber das Fluchen der Riggerin hatte auch ihm die letzte Geduld geraubt. Ein Schrei von ihm hatte gereicht, um die Frau zum Schweigen zu bringen. Candle hatte alles mit mäßigem Interesse verfolgt. Sie zog es vor, Raubkopien über Magie auf ihrem Handgelenk-Computer zu lesen. Auf dem Bauch liegend und mit den schlanken Beinen wippend, steckte sie ihre Nase in die Chips und vergaß den Rest der Welt.

Chet kniete sich neben Paul und schaute stirnrunzelnd auf den Jungen. »Hast du 'ne Ahnung, was der Knabe hat? Ich mach mir Sorgen. Hab den Kleinen mit aufgepäppelt, wenn du verstehst?«

Paul nickte: »Nein, tut mir Leid. Aber vielleicht könnte Candle einen Blick auf ihn werfen. Vorausgesetzt, wir können sie von ihrer Lektüre losreißen.«

Chet ging zu der Magierin und schüttelte ihre Schulter.

»Ja?«, war das Einzige, was sie hervorbrachte.

»Ähm, könntest du mal nach Lücke schauen? Der Junge ist immer noch nicht bei Verstand …«

»Das war er nie … aber ich tu dir den Gefallen«, antwortete sie bissig.

Eins wurde in dem kurzen Wortwechsel deutlich: Die beiden mochten sich nicht unbedingt. Paul vermutete, dass Chet der eigentliche Anführer war, aber er ließ Candle die Verhandlungen führen. Eigentlich nicht dumm, wenn man bedachte, wie die öffentliche Meinung über Metamenschen, ganz besonders über Orks und Trolle, war. Die Magierin war arrogant und vom Konzernleben geprägt; vermutlich war Chet mit ihr ein Zweckbündnis eingegangen. Er brauchte Magie, und sie brauchte Muskeln. Eine Übereinkunft, die aller Wahrscheinlichkeit nach nicht lange gut gehen konnte.

Die Frau betrachtete den Jungen jetzt auf der Astralebene. Nach einigen Sekunden schaute sie den Ork an und meinte: »So wie es aussieht, versucht er astrale Projektion.«

Chets Augen wurden groß, und er grunzte verständnislos. »Was meinst du damit?«

»Ich kann es nicht erklären. Bis jetzt habe ich mir

seine Aura nie besonders genau angeschaut. Aber es sieht so aus, als ob der Junge magisches Talent besitzt.«

Der Ork wollte das immer noch nicht verstehen. »Du willst mir erzählen, dass unsere kleine Rotznase eine verkappte Zauberkugel ist?«

Erneut richtete sie ihren Blick auf den Jungen und schaute dann wieder den Ork an. »Nicht ganz. Seine Aura pulsiert anders als die eines Zauberers. Um es mit deinen Worten auszudrücken, eine Zauberkugel ist er nicht. Ich tippe eher auf einen Schamanen. Die Flucht und der Tod seiner Freunde müssen bei ihm ein Trauma ausgelöst haben. So gut kenne ich mich mit Schamanismus nicht aus. Aber es wäre möglich, dass sein Totem ihn ruft und er nur noch nicht in der Lage ist, den Weg zu ihm zu finden.«

Jetzt war es Paul Frazer, der sich in das Gespräch einschaltete. »Kannst du ihm nicht helfen?«

Candles Gesicht wurde nachdenklich, dann meinte sie ganz sachlich: »Ich könnte es versuchen.«

»Dann tu es!«, befahl der Ork.

Candle streckte ihren Körper auf der Matratze aus und machte es sich bequem. Sie mochte es nicht, wenn sie später in ihren Körper zurückkehrte und die Muskeln verspannt waren. Im Astralraum glitt ihr nackter Leib auf den Jungen zu. Seine Aura glich einem Meer von Farben. Irgendetwas zog an ihm. Candle erblickte das Mana, das den Jungen einhüllte. Aber sie war nicht in der Lage, den Ursprung des Zaubers, wenn es überhaupt einer war, auszumachen. Die Kraft innerhalb des Manastromes war unglaublich. Da sie nicht wusste, was sie tun sollte, sprach sie zu dem Jungen. »Hey, Lücke, hörst du mich?«

Die Aura des Gangers flackerte auf, und dann hörte sie seine Stimme in ihrem Kopf. »Candle, bist du das?«

Etwas war merkwürdig an der Stimme des Jungen. Aber natürlich, im Astralraum war die Stimme normal.

Kein Lispeln, das es schwierig machte, den Jungen zu verstehen. »Ja, ich bin es! Was ist los?«

Lücke klang verstört und verängstigt. »Ich weiß es nicht, aber seit wir das Rattennest verlassen haben, höre ich andauernd dieses Fiepen. Es klingt so, als ob mich meine toten Freunde rufen würden. Wie ist das möglich? Ich bin der letzte der Rat-Skins.«

Das war eine gute Frage. Aber vielleicht hatte Pfeifer erkannt, dass in dem Jungen ein Rattenschamane steckte und sich deshalb um ihn gekümmert. Und das Fiepen, welches der Junge hörte, war möglicherweise der Ruf seines Totems. Es versuchte Lücke den Weg zu zeigen, aber das Kind wehrte sich dagegen. »Lücke, erinnerst du dich an Pfeifer?«

»Ja, aber er ist ebenfalls tot«, antwortete er zögernd.

»Lücke, du weißt doch, dass er ein Rattenschamane war. Ist es möglich, dass das Fiepen von dem Totem Ratte kommt? Vielleicht ruft es dich?«

»Ich weiß nicht, ich habe Angst. Ich will nicht fort.«

Das was sie dem Jungen nun riet, war eine reine Vermutung. Was sollte schon passieren? Mehr als dass der Junge starb, konnte auch nicht dabei rumkommen. Zumindest hatte sie dann ihre Ruhe.

»Wehre dich nicht. Ich bin sicher, es wird alles gut.«

»Ich habe Angst! Ich kann nicht!«, schrie die von Panik schrille Stimme des Gangers.

Jetzt wurde es Candle zu bunt. Ihr Studium war wichtiger als die spätpubertären Anfälle des Jungen.

»Wenn du nicht endlich machst, was ich dir gesagt habe, schlitze ich dir den Bauch auf und werfe den kümmerlichen Rest den Katzen zum Fraß vor!«

Candle wusste nicht warum, aber auf einmal flammte Lückes Aura auf. Der Junge wurde von dem Mana ergriffen und fortgezogen. Das passierte blitzschnell, schneller als die Magierin handeln konnte. Es war zwar noch Leben in der Aura des Jungen, aber sein Geist schien fort zu sein. Sie kannte diesen Zustand, ihr Körper sah im Augenblick genauso aus. Sie nahm an, dass der Junge unterwegs zu seinem Totem war. Interessant, aber mehr auch nicht. Jetzt konnte sie endlich zu ihren Studien zurückkehren. Einen Augenblick später fühlte sie ihren kribbelnden Körper wieder.

Paul und Chet wirkten verstört. »Was hast du gemacht?«, fragte der Ork. »Er hat aufgehört zu fiepen, sein Puls ist ganz schwach, und sein Herz schlägt fast nicht mehr!«

Candle hatte keine Lust auf eine Unterhaltung mit der ungebildeten Messerklaue.

»Chet, lass dir gesagt sein, der Junge ist auf Reisen. Den Rest verstehst du sowieso nicht. Mach dir keine Sorgen, er ist schließlich nicht dein Sohn.«

Danach schaute sie wieder auf ihren Handgelenk-Computer und ging das letzte Kapitel noch einmal durch.

Der Ork schluckte den Ärger herunter und legte sich auf eine Matratze. Paul hatte so seine Vermutungen, entschloss sich aber, sie für sich zu behalten und eine Mütze voll Schlaf zu nehmen. Sofort fiel er in tiefen Schlaf.

In seinem Traum befand er sich auf einem Schlachtfeld. Er wusste nicht warum, aber er war davon überzeugt, dass er in Polen war. Der frisch gefallene Schnee knirschte unter seinen schweren Stiefeln, als er über den eisigen Boden schritt. Er trug eine weißgraue Flecktarn-Kampfausrüstung und hörte die Kommando-Codes seiner Kameraden über Funk. In den Händen hielt er eine Schnellfeuerwaffe und schlich durch die verlassenen Häuserruinen. Neben sich sah er, wie drei Männer seiner Einheit das Gleiche taten. Dann tauchten wie aus dem Nichts andere Soldaten auf. Diese Männer gehörten nicht zu seiner Einheit und stellten somit Feindobjekte dar. Seine Kameraden wurden von dem gezielten Feuer der anderen Soldaten eingedeckt, und ihre Todesschreie hallten über Funk. Er ging in die Hocke, legte sein Gewehr voller Hass an und schoss den Granatwerfer der Waffe ab. Die Granaten schlugen neben den Feinden auf und rissen sie in Fetzen. Danach verschwamm der Traum, und er wurde in einen neuen gerissen.

Diesmal führte er seine Einheit durch ein Dorf. Es war dunkel, aber der Lichtverstärker des Helms ermöglichte es ihm zu sehen. Die ängstlichen Gesichter der Dorfbewohner wichen dem kalten, leeren Blick seines Helms aus, und sie zogen sich tiefer in ihre zerbombten Häuser zurück. Er hörte über Funk, wie sein Befehlshaber den Auftrag gab, alle Bewohner zu eliminieren. Darüber geriet er in Zorn und verweigerte den Befehl. Er hatte die innere Einstellung gewonnen, dass dies eine unnötige Tat war. Andere Soldaten seiner Einheit befolgten den Befehl und machten sich an die grauenhafte Arbeit. Die grellen Blitze der Mündungsfeuer zerrissen die Dunkelheit. Weinende Kinder gingen zu Boden und wurden von den tödlichen Hochgeschwindigkeitsgeschossen in den Armen ihrer Mütter zersiebt. Paul hatte einem Kameraden die Kniescheibe zerschossen, um diesen von weiterem Morden abzuhalten, aber andere ehemalige Freunde überwältigten ihn und schlugen ihn bewusstlos. Die Gesichter der Kinderaugen hatten sich in seine Gehirnzellen gebrannt. Jetzt, da der Traum die Erinnerungen geweckt hatte, würde er sie wohl nie wieder vergessen können. Paul konnte nicht mit Bestimmtheit sagen, ob er glücklich darüber sein sollte.

Der Übergang in den nächsten Traum vollzog sich fließend.

Er saß mit gefesselten Händen im holpernden Militärlaster und schaute die beiden jungen Rekruten vor sich an. Die beiden Soldaten hatten den Auftrag, seine

Flucht zu verhindern. Er war auf dem Weg zu seinem Einsatzleiter. Eins war klar: seine Befehlsverweigerung würde mit dem Tode bestraft werden. Dies sollte als abschreckendes Beispiel für den Rest der Truppe dienen. Aber sterben wollte er auf keinen Fall, und er hatte nicht vor, sich wie ein dummes Kalb zur Schlachtbank führen zu lassen. Ohne Vorwarnung schoss sein Bein vor und traf eine der Wachen im Unterleib. Bevor der andere Soldat reagieren konnte, hatte er seinen Körper nach vorne gewuchtet und das Knie in den Bauch des Mannes gestoßen, seinen Kopf hoch gerissen und das Nasenbein des Gegners zertrümmert. Dann war er über die Verladerampe gesprungen und hatte sich am Straßenrand in einer Schneewehe eingegraben. Es dauerte einige Zeit, bis der Laster anhielt. Er konnte durch den Schnee hören, wie das Fahrzeug zurücksetzte. Das Knirschen der Räder kam beängstigend nahe. Die Soldaten sprangen aus dem Wagen und suchten nach ihm. Er hörte, wie sie die aufgesteckten Bajonette in den Schnee stachen und ihn nur knapp verfehlten. Als dies erfolglos war, schossen sie ein paar Salven ab, und auch diesmal verfehlten sie ihn glücklicherweise. Endlich fuhr der Laster weg und ließ ihn allein zurück in der tödlichen Kälte.

Mit einem Mal wurde ihm alles klar: Der Name Paul Frazer war nicht sein wahrer Name. Er hieß zwar mit dem zweiten Vornamen Paul, aber sein richtiger Name war Alexander Paul Stone. Einst war er Mitglied einer Söldnereinheit gewesen. Aber als ihm das sinnlose Töten zu viel wurde, hatte er sich abgesetzt und seine Vergangenheit gelöscht. Den Söldnern, denen er angehört hatte, waren die innenpolitischen Unruhen in Russland und Polen sehr gelegen gekommen. Er hatte diesen Beruf ergriffen, weil er den Kick des Kampfes gesucht hatte. Damals, als er noch jung gewesen war, hatte er die Bestätigung seines Selbst im Kampf gefunden. Wenn er jetzt darüber nachdachte, fand er, dass er ziemlich naiv gewesen war und von Glück sagen konnte, dass er so lange überlebt hatte. Nach seiner Flucht hatte er sich eine neue Identität und einen neuen Beruf gesucht. Paul war Agent geworden. Er hatte während der Zeit bei den Söldnern genug Kontakte aufgebaut, die ihm beim Start nützlich gewesen waren. Seitdem hatte er keinen festen Namen mehr besessen. Seine Auftraggeber traten mit ihm durch unauffällige Botschaften in den Tageszeitungen in Kontakt. Sein Informationsnetz reichte über viele Teile der Welt, angefangen von Berlin bis in die Forschungsanstalten der Konzerne in der Arktis. Seine Kontakte bekamen von ihm in unregelmäßigen Abständen aktuelle Codes, und nach diesen Codes bauten sie die Nachrichten auf. Er verkaufte seine Fähigkeiten an den Meistbietenden, mit anderen Worten, er verkaufte sich wie eine Hure an den spendabelsten Freier. Das klang bitter, entsprach aber der Wahrheit.

Sein Spezialgebiet war das Knüpfen von Kontakten. Sei es, dass ein Konzern mit dem Wissenschaftler eines anderen Konzerns in Verbindung treten wollte, um eine Extraktion vorzubereiten, oder eine Regierung an irgendwelche Daten heranwollte. Das waren seine Stärken. Er war keine große Nummer, aber das war auch gut so, denn große Nummern hatten den Nachteil, dass sie nicht sonderlich alt wurden.

Die Identität Paul Frazer hatte er sich für den Besuch in Hamburg zugelegt. Es war eine nützliche Scheinidentität, die er zu einem Teil seiner selbst gemacht hatte. Eine Maske, die er sogar unter extremen Verhörmethoden lange Zeit aufrechterhalten konnte. Sein jetziger Auftraggeber war das Bundesamt für Innere Sicherheit. Die entsprechende Abteilung hatte die Aufgabe, die Aktionen von Konzernen auf deutschem Boden zu beaufsichtigen. Der Mann, den er Simon nannte, hatte gewollt, dass er mit einem Schwarzen namens Chardwin Brown in Verbindung trat. Simon hatte durchblicken lassen, dass dieser Mann etwas für seine Abteilung hätte.

Die Erinnerungen fügten sich langsam wie Puzzelstücke vor seinem geistigen Auge zusammen. In der Nacht, in der er das Gebäude betreten hatte, waren Beamte der Inneren Sicherheit anwesend gewesen und hatten Beobachtungen angestellt. Der Schwarze hatte ihn an diesem Abend nervös an der Tür erwartet. Andauernd hatte er auf Paul eingeredet und davon gesprochen, dass er Schutz bräuchte. Der Diebstahl sei aufgefallen, und er fürchte um sein Leben. In der schäbigen Wohnung hatte der Mann einen Chip hervorgeholt und ihn aufgefordert, die Daten in seinen Kopf zu laden. Paul hatte sich den Chip angeschaut und nichts Außergewöhnliches an ihm entdecken können.

Eigentlich sollte die ganze Transaktion eine Routinesache sein – Daten abholen und gehen –, aber es hatte sich augenscheinlich anders entwickelt. Die Beamten hatten auf eine umfassende Überwachung des Gebäudes verzichtet und nur den Vordereingang im Auge behalten. Ein großer Fehler, zumindest für ihn und Chardwin Brown, wie sich später herausstellen sollte. Als er sich den Chip eingesteckt hatte und die Daten in seinem Kopf waren, flog die Tür auf, und drei Muskeln hatten den Raum gestürmt.

Die Männer hatten den Schwarzen mit einer Narcojekt außer Gefecht gesetzt. Da alle Anwesenden die Waffen auf ihn gerichtet hatten, hatte er keine Chance gehabt, etwas *Vernünftiges* zu tun. Hinter den Messerklauen trat ein Unbekannter in den Raum, bekleidet mit einem dunklen Mantel und einer weißen Maske, die keinen Blick auf sein Gesicht zuließ. Nach einer flüchtigen Handbewegung des Mannes war er müde geworden. Danach besaß er in seinen Erinnerungen noch immer eine große Leere, die gefüllt werden musste. Der Unbekannte hatte einen wichtigen Teil seiner Erinnerungen gelöscht, nur welchen Teil und warum? Warum hatte man ihn nicht getötet oder ebenfalls weggeschleppt? Pauls Erinnerungen begannen erst wieder klarer zu werden mit dem Augenblick, in dem Candle an die Tür des Apartments geklopft hatte. Was war mit ihm in der Zwischenzeit passiert? Warum hatten die Beamten nicht reagiert? Fragen, auf die er hier keine Antwort erhalten konnte.

Normalerweise müsste ihn seine Headware davon in Kenntnis setzen, dass sein Datenspeicher gefüllt sei. Aber nichts, die Cyberware zeigte nicht einmal an, dass er überhaupt einen Datenspeicher besaß.

Schwitzend erwachte er aus dem erleuchtenden, traumähnlichen Zustand. Um ihn herum war es dunkel, das Schnarchen der anderen ließ ihn nicht mehr einschlafen. Paul versuchte sich bequem hinzulegen, gab aber nach einigen Versuchen auf. Sollte er den anderen von seiner *Entdeckung* erzählen? Es waren Runner, die für Geld alles taten. Er musste sich eingestehen, dass diese Gedanken nicht fair waren. Paul verkaufte sich auch, und wenn ihn etwas von diesen Leuten unterschied, dann nur die Tatsache, das er allein arbeitete. Gelegentlich hatte auch er Runner benutzt, aber hauptsächlich hatte er sich nur auf sich selbst verlassen. Mit anderen Worten, Paul war einsam und hatte nicht den Mut besessen, zu anderen Menschen in seinem Leben eine vertrauensvolle Basis aufzubauen.

Im Augenblick wollte er die Sache noch nicht entscheiden. Er nutzte die Zeit zum Nachdenken und versuchte die nächsten Schritte so weit überhaupt möglich im Voraus zu planen.

# 30

Stefan Brückner öffnete vierzig Minuten nach seinem Treffen im *Zaubertroll* die automatische Sicherheitstür des Forschungsbereichs. Auf der Tür stand in einer serifenlosen, schwarzen und nicht zu übersehenden Schrift: *Sicherheitsstufe A-89, Zutritt nur für zugangsberechtigtes Personal. Vergewissern Sie sich, dass Ihr Schutzanzug vorschriftsgemäß angelegt wurde und versiegelt ist!*

Das war Routine, schließlich hatte er die Bestimmungen seiner Abteilung angeordnet. Hinter ihm schloss sich mit einem saugenden Geräusch die Metalltür. Seine Gummistiefel quietschten bei jedem Schritt über die sterilen weißen Kacheln. In der Mitte des Raums blieb er stehen und hob die Hand als Zeichen seiner Bereitschaft. Auf der anderen Seite des Raums war ein Spiegel angebracht. Stefan konnte nicht durch ihn hindurchschauen, so wie die Techniker und Wachmänner auf der anderen Seite, was somit ein einseitiges Vergnügen darstellte. Die grün leuchtende Lampe wechselte augenblicklich auf Rot, und ein Piepen leitete den nächsten Schritt ein. Eine maskuline Stimme ertönte über Lautsprecher: »Professor Brückner bereitet sich auf Phase I vor.«

Weißer Dampf aus heißem und mit Chemikalien versetztem Wasser wurde in den kleinen Raum geleitet. Jeder, der einen Fehler beim Anlegen seines Schutzanzugs gemacht hätte, wäre augenblicklich mit hochgradig giftigen Substanzen in Berührung gekommen. Das Absprühen diente dazu, Bakterien und andere Keime zu töten. Vorerst wollte man alle gefährlichen Außenfaktoren von den Experimenten fern halten. Längst überholt, wusste Stefan, aber der Konzernweg sah nun einmal solche Methoden vor. Als der Dampf aufhörte, hob Stefan erneut die Hand. Die maskuline Stimme ertönte: »Phase I beendet, Person gereinigt. Keine Fremdkörper mehr in der Luft angezeigt.« Die Lampe wechselte auf Grün, und die nächste Metalltür öffnete sich zischend.

Im Laborraum sah alles wie gewöhnlich aus. Zwei Biologen standen hinter ihren Geräten und gingen ihrer Arbeit nach. Gute Leute, aber austauschbar, so wie viele andere, die an dem Projekt arbeiteten. Der Mann, der geradewegs auf ihn zuschritt, gehörte nicht in diese Kategorie. Niels von Wersch war seine rechte Hand bei diesem Projekt, ein Mann, der mehr wusste als der Rest seines Stabs. Unter normalen Umständen hätte sein Protegé ihm die Hand reichen dürfen, aber hier im Labor nahm er von solchen Gesten Abstand.

Die Frage des Mannes bezog sich nicht nur auf die Arbeit, aber außer ihnen wäre niemand auf eine andere Idee gekommen. »Alles zu Ihrer Zufriedenheit, Professor Brückner?«

Die Spur von Unterwürfigkeit in der Stimme des Mannes gefiel ihm. »Ja, bestens. Ich bin von den Fortschritten des Projekts angenehm überrascht.«

*Mit dem Projekt schon, aber mit dem Rest nicht,* dachte Stefan. Das musste er sich zumindest selbst eingestehen. Aber hier war weder der richtige Ort noch der richtige Zeitpunkt, um mit dem anderen Magier darüber zu sprechen.

»Zeigen Sie mir die Testergebnisse der letzten Stunden.«

Sein Protegé deutete auf einen Schreibtisch, auf dem ein eingeschalteter Computer stand. Stefan ging zu dem Schreibtisch und setzte sich auf den Stuhl. Aufmerksam las er die verlangten Zustandsberichte. Wie erwartet lief alles nach Plan. Die Testpersonen hatten sich freiwillig auf dieses Unternehmen eingelassen und die Voruntersuchungen und Behandlungen ohne nennenswerte Ausfälle überstanden. Schließlich dienten sie dem Konzern auf jede nur vorstellbare Weise. Die Aussicht auf einen besseren Posten, was zwangsläufig mit höheren Einkünften verbunden war, hatte keine Testpersonen auch nur zweifeln lassen, ob sie denn das Richtige taten. Sein Team hatte die Leute gut ausgewählt und vorbereitet. Ihre Vitalfunktionen sahen stabil aus. Alle befanden sich in bester körperlicher Verfassung.

Es war Zeit, sich an die Arbeit zu machen. Er stand auf und ging weiter. Dadurch, dass er nichts sagte, wusste von Wersch, dass alles zu seiner Zufriedenheit war.

Sie gingen in den Raum, in dem die Testpersonen lagen. Die Menschen und auch Metamenschen lagen auf kalten, glänzenden Eisentischen und waren an unzählige Apparate angeschlossen. Markierungen auf ihrer Haut zeigten die Stellen an, an denen später die entscheidenden Eingriffe getätigt würden. Stefan verließ sich auf Niels und warf nur einen flüchtigen Blick auf die Monitore. Das, was er sah, war zufriedenstellend – alle Parameter waren normal.

Im nächsten Raum ging er zu den Glasbehältern, die in der Mitte standen. In ihnen wurden die streng geheimen Prototypen des Projekts aufbewahrt. Sie schwammen in einer zähen grünen Flüssigkeit und wurden von unten beleuchtet. Das Licht wurde im Bad gebrochen und strahlte durch den ganzen Raum. Elektrische Impulse wurde in die Behälter geleitet und hielten eine vorgeschriebene Spannung. Stefan blieb in einiger Entfernung stehen und genoss den Anblick seiner Arbeit.

Was er in so kurzer Zeit erreicht hatte, stellte ihn vollends zufrieden. Vorsichtig trat er näher, legte seine Gummihandschuhe auf die Glaswände der Gefäße und streichelte diese fast zärtlich und liebevoll.

Niels von Wersch stand hinter dem Professor in dem abgedunkelten Raum und schaute seinem Mentor zu. Die Gesichtszüge des Mannes verrieten nichts von seinen Gefühlen. Als sich der Professor herumdrehte und ihn anlächelte, erwiderte er das Lächeln mit der gleichen Freude und einem Funken Unterwürfigkeit.

Der Professor winkte den jungen Mann heran. »Kommen Sie, lassen Sie uns das mit den Augen eines Magiers sehen!«

Beide wechselten auf Astralsicht. Die Manabahnen waren in einem komplexen Muster um die einzelnen Gegenstände gewoben. Erstaunlich war, dass die toten Metallteile in den Gefäßen ein lebendes Pulsieren von sich gaben, das sogar durch die Flüssigkeit sichtbar war. Ergriffen richtete er das Wort an seinen Kollegen: »Ja, das ist revolutionär, Doktor von Wersch! Begleiten Sie mich auf einem Schritt in die Zukunft.«

Er reichte dem Kollegen die Hand, und gemeinsam leiteten sie neues Mana in die komplexen Strukturen der Unmöglichkeit.

# 31

Das Komgerät leitete den Anruf weiter. Icebaby hatte es so eingerichtet, dass das Gespräch fortwährend umgeleitet wurde. Ein kurzer Blick von Zack auf die Liste zeigte, dass die Frau ihr Handwerk verstand. Teresa oder irgendein anderer würde große Schwierigkeiten haben, das Signal zum Ursprung zurückzuverfolgen.

Es dauerte einige Zeit, bis der Anrufer das Gespräch entgegennahm. Teresas Stimme klang müde, als sie zu Zack sprach. »Hey, Zack. Stimmt was mit deinem Kontrakt nicht, oder warum störst du mich?«

Zack entschied sich dazu, erst einmal etwas Smalltalk zu führen. »Habe ich dich etwa geweckt? Wir haben Samstagabend. Es wundert mich, dass du im Bett liegst.«

Der Runner bemerkte, dass Teresa aufgefallen war, dass etwas nicht stimmte. »Zackplosive, warum ist dein

Anschluss verschlüsselt? Treib keine Scherze mit mir! Ich bin unausgeschlafen, besser gesagt hundemüde, und du willst Spielchen mit mir spielen.«

*Was für ein Seitenhieb, Zackplosive.*

Okay. Zack fand, es war an der Zeit, Klartext zu reden.

»Teresa, was weißt du über einen Mann namens Chardwin Brown?«

Zack wollte zuerst wissen, was Teresa bereitwillig sagen würde. Später könnte er ihr immer noch von Snap erzählen. Aber vorerst entschied er sich dazu, die Sache mit dem Decker für sich zu behalten. Teresa mochte es nicht, wenn man sie unter Druck setzte.

Ihre Gegenfrage kam wie aus einer Panther Sturmkanone geschossen. »Vielleicht beantwortest du mir besser, woher du weißt, dass ich etwas über diesen Brown weiß!«

So viel zu der Sache, was Teresa von sich aus sagen würde. Sie war eine liebenswerte Frau, aber auch eine knallharte Schieberin. Daraus ergab sich natürlich, dass sie wusste, was Informationen wert waren und dass man niemandem in den Schatten blind vertrauen konnte. Nun war es an der Zeit, den Decker zu erwähnen.

»Snap hat uns davon erzählt. Er meinte, du hättest ihn beauftragt, Informationen über diesen Brown auszubuddeln.«

Verdammt, es war zu spät. Sein Mundwerk war wieder einmal schneller gewesen als sein Verstand. Teresas nächste Frage zeigte, dass sie seinen Patzer bemerkt hatte. Ein grandioses Beispiel für sein Unwissen in puncto Rhetorik.

»Wieso uns? Mit wem arbeitest du?« Teresa war zwar müde, aber nicht müde genug, um dem Gespräch unaufmerksam zu folgen.

Er überlegte und kam zu keinem Schluss, wie weit er

gehen konnte. Icebaby nahm ihm die Beantwortung der Frage ab und trat in das Sichtfeld der Kamera.

»Ich darf doch Teresa sagen, oder?«, leitete die Frau nun ihren Teil des Gesprächs ein. Jetzt folgte der improvisierte Teil. Zack konnte nur hoffen, dass alles gut ging und er keinen neuen Feind nach der Beendigung des Telefonats hatte.

Keine Antwort von Teresa war auch eine Antwort, und zwar eine, die Zack eigentlich nicht haben wollte.

»Teresa, Sie dürfen mich Icebaby nennen. Ich bin eine gute Freundin von Chardwin und mache mir Sorgen um ihn. Das ist völlig normal unter Freunden. Aber Ihr Decker, Charlie Meurer, besser bekannt in manchen Kreisen als Snap, hat mir mitgeteilt, dass mein Freund tot ist.«

Teresa dachte einen Moment nach und ging dann auf diesen unerwarteten Teil des Gesprächs ein. »Ja, das ist richtig. Diese Information hat er von mir.«

Im Gesicht der Elfin konnte man keine Reaktion auf die nun endgültige Bestätigung vom Ableben ihres Freundes erkennen. Zack sah aber, dass sich die langen Fingernägel in die Handballen der Frau gruben, um die schmerzenden Gefühle zu unterdrücken. Das Knurren im Hintergrund war ein Zeichen dafür, dass auch Claw um seine Beherrschung kämpfte.

»Da mir Zack versichert hat, dass Sie nichts mit dem Tod meines Freundes zu tun haben können, möchte ich Sie lediglich fragen, woher sie diese Information haben.«

Die entstehende Pause war ein Beweis dafür, dass Teresa jemanden deckte oder nicht gerne bereit war, preiszugeben, wer hinter der Sache stand. Letztendlich führte sie das Gespräch aber weiter, ein Zeichen dafür, dass sie sich noch nicht ganz im Klaren war, wie sie weiter agieren sollte.

»Ich kann Ihnen sagen, dass Herr Brown mit mir in

Verbindung getreten ist, um Runner für seinen Schutz anzuheuern. Sie hätten seinen Tod wohl verhindern können, wenn sie rechtzeitig bei ihm eingetroffen wären. Aber wie das Leben nun einmal spielt, sie kamen zu spät.«

»Was können Sie mir über seinen Tod erzählen?«, wollte Icebaby wissen.

Was Teresa nun tat, war ein geschicktes Ausweichmanöver. Sie sagte nichts, machte es aber für beide Seiten möglich, mehr zu erfahren. Zwar zu Konditionen, die sie bestimmte, aber schließlich war sie eine Schieberin mit besseren Kontakten in Hamburg als Icebaby.

»Icebaby, Sie werden sicherlich verstehen, dass ich meine Informationen nicht ohne weiteres preisgeben möchte.«

Die Elfin nickte. »Sicherlich.«

Zack wurde sich in seiner Haut immer unwohler. Heute war nicht nur ein langer Tag – um genau zu sein, war heute ein Scheißtag.

»Nun, ich werde Ihnen gerne den Gefallen tun und mit meinen Leuten in Verbindung treten. Wenn sie bereit sind, sich mit Ihnen zu treffen, werde ich den Ort und den Zeitpunkt des Treffens weiterleiten. Dort können Sie dann direkt mit der Quelle der Informationen alles weitere bereden.«

Das klang nicht schlecht, zumindest für Claw und Icebaby. Aber für Zack war damit der Weg zu seiner Zielperson immer noch nicht gesichert. Er hakte nach.

»Teresa, entschuldige, dass ich euer nettes, kleines Gespräch unterbreche. Aber ich suche einen Mann, der sich in dem Apartment des verblichenen Mister Brown aufhielt.«

Teresas Blick sagte ihm: *Und, was interessiert mich das?*

Zack seufzte und fügte hinzu: »Nun, es hat mit dem Kontrakt zu tun, den du mir vermittelt hast. Ich denke nur an deine Provision.«

»Okay. Das eine wird sich mit dem anderen ergeben. Sind nun alle mit meinem Vorschlag einverstanden? Ich mache ihn nicht noch einmal. In Ihrem Interesse würde ich zustimmen.«

Icebaby warf einen kurzen Blick zu Claw. Dieser funkelte mit den Augen, gab aber nickend sein Einverständnis.

»Wir sind uns einig.«

»Gut. Wie soll ich mit Ihnen Kontakt aufnehmen, wenn ich alles arrangiert habe?«, fragte Teresa.

»Wir werden mit Ihnen in Kontakt treten. Wann können wir Sie erreichen?«

»Jederzeit, ich halte Ihnen eine Leitung frei.«

Teresa gab ihnen die Nummer. »Übrigens, ich bin sicher, dass sich Snap im Augenblick in Ihrer Obhut befindet; zumindest will ich das für Sie hoffen. Sollte ihm ein Haar gekrümmt worden sein, möchte ich nicht in Ihrer Haut stecken. Ich möchte dies nur noch einmal betonen.«

Die Ruhe, mit der die Schieberin das sagte, sprach Bände – wenn ihm etwas passiert, seid ihr Futter!

»Keine Sorge, wir werden Snap wie ein rohes Ei behandeln. Bei dem besagten Treffen werden wir ihn mitbringen und uns von dem Decker in Freundschaft und Harmonie trennen.«

Teresas Augen funkelten. Sie mochte es ganz und gar nicht, wenn sie unter Druck gesetzt wurde. Ihre letzten Worte waren ein Wink mit dem Zaunpfahl. Zack wurde übel, das war nicht nur ein Scheißtag, dieser Tag war so schlecht, dass er noch nicht einmal Worte fand, ihn zu beschreiben.

»Wir hören voneinander. Ganz besonders ich von dir, Zack.«

Das Gespräch war beendet, und seine Zukunft in den Schatten von Hamburg höchstwahrscheinlich auch. Zack konnte von Glück sagen, wenn sich Teresas Einfluss nur auf Hamburg beschränkte … Er schrieb diese optimistische Ansicht aber sofort wieder in den Wind.

Zack musste an ein altes Sprichwort denken, womit ihn seine Großmutter ständig aufgezogen hatte: *Beiße niemals die Hand, die dich füttert!*

## 32

Peter Brandt war wieder in Hamburg, diesmal alleine. Die Krankenschwester hatte sich nicht besonders kooperativ gezeigt, als er seine Triebe an ihr befriedigen wollte. Ihr Pech. Der Doktor hatte sich genommen, wonach ihm der Sinn stand, und die Frau dann einfach im Straßengraben zurückgelassen. Jetzt fühlte er sich besser, leichter, konzentrierter. Aber das Gefühl der panischen Angst war nicht ganz gewichen, die Furcht um sein Leben. Zögernd rief er bei einigen seiner Kontakte an. Nichts. Die Leitungen waren tot, oder jemand ging bewusst nicht ans Kom. Es gab noch eine Möglichkeit. Bei seiner Arbeit hatte er sich mit einigen Runnern arrangiert. Für die richtige Summe wäre es möglich, dass diese Leute einen Weg aus Hamburg finden würden. Drek, wieso eigentlich nicht! Wenn die Jungs Pech hatten, war auch ihr Arsch in Gefahr. Ein Arrangement, das für beide Seiten akzeptabel war, musste sich doch finden lassen. Nicht auf den Verkehr achtend, gab er die Nummer ein. Er wollte schon unterbrechen, als der Bildschirm seines Handkoms endlich aufflammte.

Der Bariton am anderen Ende der Leitung begann das Gespräch, hatte den Bildschirm aber ausgeschaltet. »Doc, womit verdienen wir deinen Anruf? Wir waren der Ansicht, dass du ins Gras gebissen hast.«

Direkte Frage und eine unangenehme Feststellung zugleich.

»Chummer, ich bin bereit zu zahlen!«

Kurze Pause. Dann ein knappes: »Wofür?«

»Ihr erinnert euch noch an die Geschäfte, die wir getätigt haben?«

Wieder eine kurze Antwort: »Ja.«

Peters einsilbiges Gespräch rieb seine Nerven blank.

»Nun, so wie es aussieht, will jemand meinen Arsch! Ich brauche Schutz und eine sichere Möglichkeit, die Stadt zu verlassen. Gefälschte SIN, das ganze Programm. Du verstehst schon!«

Der Doktor hörte, wie der Bariton einige Tasten drückte.

»Ist möglich. Aber nicht billig.«

Docs Gedanken überschlugen sich. In der Dunkelheit, in der er sich augenblicklich befand, gab es eine offene Tür. Ein Lichtstrahl, einem Rettungsseil gleich, war in erreichbarer Nähe. Er streckte die Hand danach aus. »Kein Problem, ich zahle!«

»Die Antwort höre ich gerne. Es freut mich immer wieder, mit dir Geschäfte zu machen, Doc.«

Alles bestens, ja, alles bestens. Bald würde er die Schrecken der letzten Stunden hinter sich lassen. »Gut, wo treffen wir uns?«, hakte er nach.

»Ich schlage vor, wir treffen uns im Aquarium. Es ist jetzt Sonntag, 01:33, das Hamburger Aquarium öffnet um 10:00. Wir treffen uns bei den Haien, um 12:00. Bis dahin dürften wir eine sichere Unterkunft für Sie gefunden haben. Alles weitere besprechen wir dann vor Ort.«

Doc atmete erleichtert aus. Es lief alles glatt, er würde nicht sterben müssen. »Klar, ich werde da sein!«

Doc wollte das Gespräch beenden, aber die nun folgende Bemerkung des Runners machte ihm wieder einmal deutlich, dass sich alles nur ums Geld drehte.

»In Ihrem Interesse würde ich an die Kohle denken. Ansonsten dürfen Sie die Haie nicht nur sehen, sondern zusätzlich spüren.«

Die unpersönliche Anrede, die der Mann jetzt verwendete, verdeutlichte, dass der Doc in den Augen des Mannes fortan ein Herr Schmidt war. Ein Mann, dem man nicht trauen konnte. Ware und Auftraggeber in einem. Peter gab sein Leben in die Hände der Runner, sobald er mit ihnen gehen würde. Paranoia machte sich in ihm breit. Was, wenn die Runner ihn suchten? Scheiße, wem konnte man in dieser verdammten Schattenstadt denn noch trauen?

*Hamburg, das Mekka der Runner und Piraten des Nordens – Drek auch!*

# 33

Chets Handkom riss alle aus dem Schlaf oder aus den Gedanken, wenn sie keinen Schlaf gefunden hatten. Der Ork nahm den Anruf entgegen, schaltete aber die Kamera aus. Es war ein Wunder, dass die Dinger so tief unter der Erde noch funktionierten. Der Anrufer entpuppte sich als Teresa.

»Chet, ich fürchte, wir haben ein Problem.«

*Toll, als ob ich dir das nicht hätte vorher sagen können,* dachte der Ork.

»Das is' normal, aber weißt du alles?«

»Als ich versuchte, dich im Rattennest aufzuspüren, haben mir meine Kontakte mitgeteilt, dass das Nest ausradiert wurde. Euren Nissan hat man ausgebrannt auf der Straße aufgelesen. Wie geht es euch?«

»Den Umständen entsprechend. Weißt du, wer hinter dem Angriff steckt? Ich will dem Drahtzieher die Eingeweide herausreißen und auf seinen Eiern Rumba tanzen! Pfeifer ist bei der Untersuchung des Herrn Ich-Weiß-Nichts draufgegangen!«

Die letzten Worte schrie der Meta förmlich und hieb wütend mit seinen ausgefahrenen Spornen auf die Matratze ein. Alte Federn wurden aufgewirbelt und bedeckten den Boden wie Schnee, nachdem der Wutanfall des Orks verebbt war.

»Hey, Chet! Rache zahlt keine Rechnungen, aber ich versteh deine Gefühle. Du weißt, ich mag es selber nicht, wenn man mir auf die Füße tritt. Das mit Pfeifer tut mir Leid, und ich bin sicher, dass wir den Drahtzieher herausfinden, wenn nicht sogar auf Eis legen können. Aber vorerst müssen wir einen klaren Kopf bewahren. Verstanden?«

Der Ork grunzte ein unverständliches: »Verstanden.«

Die mütterliche Fürsorge war typisch für Teresa. Oft verfiel sie in diesen Ton, wenn sie Chet zurück auf die Erde holen musste und seine Aggressionen im Keim ersticken wollte.

»Über die Angreifer weiß ich lediglich, dass das Söldnerteam der Sibirische Bär war. Sie sind in die Kanäle gestiegen und nicht mehr rausgekommen. Ein Squatter hat mir erzählt, dass der Hanse-Meta-Untergrund sich um die Reste des Kommandofahrzeugs gekümmert hätte. Ich hab auch schon ein Angebot für die militärische Hardware von Rustle in meiner Box gefunden. Ansonsten große Leere.«

Der Sibirische Bär, hartes Kaliber. Der Samurai wusste, dass die Jungs neu in Hamburg waren. Wetwork war die Haupteinnahmequelle des Haufens. Er konnte sich glücklich schätzen, dass er noch im Stehen pinkeln konnte und nicht in einer Schattenklinik lag und einen Katheter unten drin hatte.

»Was gibt es sonst noch?«, fragte er knapp. Innerlich kochte er immer noch, versuchte aber sein Metablut unter Kontrolle zu halten. Eine Schlägerei, irgendwelchen Norms die Fresse einschlagen wäre genau das Richtige, um seiner Wut Luft zu verschaffen.

Teresa suchte allem Anschein nach die richtigen Worte.

»Nun, ich habe Snap, einen Decker-Freund von mir,

auf die Infos von dem Credstick angesetzt. Leider ist der Knabe in großen Ärger geraten. Eine angebliche Freundin von dem mysteriösen Chardwin Brown hat sich ihn gekrallt und will jetzt wissen, was mit Brown passiert ist. Ich habe ihr klargemacht, dass ich ein Treffen arrangieren will. Der Rest liegt jetzt bei euch. Was gedenkt ihr zu tun?«

Chet entzündete den Docht der Öllampe. Das Licht flackerte auf, und er musterte einen nach dem anderen in dem kleinen Raum. Keiner sprach ein Wort.

Paul entschied sich dazu, das Feld dem Ork zu überlassen. Schließlich war es der Meta, der die bessere Verbindung zu Teresa besaß, und es war sein Team.

»Okay. Wir treffen uns heute Abend im *Gulp*. Sieh zu, dass die Tussi um 18:00 Uhr da ist. Und keine Minute später, sonst setzt es Keile. Langsam will ich wissen, worum es geht. Die Sache stinkt schlimmer als ein Haufen Trollscheiße!«

Bevor Teresa das Gespräch beendete, meinte sie noch: »Ach, die Frau ist eine Müslifresserin.«

Der Ork lachte gehässig, wobei seine Hauer im Licht der Lampe funkelten. »Nicht mein Problem; wenn sie keine Schwierigkeiten macht, muss sie keine Angst haben. Ansonsten komme ich vielleicht auf die Idee, Langohren zu sammeln!«

Nach dem Gespräch machte zu aller Verwunderung Lücke auf sich aufmerksam. Für Candle klang das Lispeln wie eh und je, aber ein Blick auf seine Aura zeigte, dass der Junge sich seiner Kräfte bewusst war.

»Gegen ein geringesss Aufbringen von Geld eurerseitsss wäre ich in der Lage, euch zu helfen.«

Chet wusste, dass der Junge niemanden hatte, zu dem er nach dem Ende des Rattennests hätte gehen können. Davon abgesehen rechnete der Ork mit reichlich Widerstand, und Magie war immer gut in der Erwachten Welt.

»Okay. Du bist dabei, Lücke. Aber Bezahlung gibt's später. Einverstanden?«

Die Augen des neugeborenen Schamanen wurden klein und hinterlistig. »Gut. Wir versssstehen unsss!«, sagte er mit einem Funkeln in den Augen.

Der Ork trommelte alle auf die Beine. Bei Candle musste er erst die Decke wegziehen, erreichte aber letztlich, was er wollte. Fünf Minuten später standen alle abmarschbereit in dem kleinen Raum. Paul musste sich eingestehen, dass ihm das Team gefiel. Gut, es gab Ecken und Kanten, an denen man feilen musste – aber der Rohling stimmte. Mit etwas Glück konnten sie es in den Schatten weit bringen, vorausgesetzt, sie überlebten lange genug. Paul wandte sich an Chet. »Ich nehme an, wir gehen jetzt ins *Sherlocks*.«

Der Ork musterte ihn eindringlich und suchte nach einem Zeichen, das auf eine Falle schließen ließ. Paul war ruhig: jetzt war er sich endlich seiner Fähigkeiten und Verbindungen bewusst.

Chet konnte kein Anzeichen von Hinterhältigkeit oder Angst in den Augen des Mannes lesen. »Jo, aber vorher geh ich noch bei Rustle vorbei und lass mir sein Okay geben.«

Paul kontrollierte seine Waffe. Er brauchte Munition, deswegen wandte er sich an Chet. »Hey, Chet. Ich brauche Munition.«

Der Ork drehte sich erneut zu ihm um und sah von seinem Predator auf.

»Schön für dich. Heute Abend, wenn du dann noch bei uns bist, kriegst du welche. Lass dich bis dahin in keinen Kampf verwickeln.«

Toll, einfach toll. Aber was sollte Paul machen? Der Meta saß am längeren Hebel, zumindest für den Augenblick. Später könnte die Sache anders aussehen.

Sie verließen den Raum und suchten sich ihren Weg durch die unterirdischen Tunnel des Hanse-Meta-Untergrunds. Die Metamenschen warfen ihnen neugierige, oft aber auch hasserfüllte Blicke zu. Wenn ein Norm den Untergrund besuchte, war das die beste Vorführung, wie man sich fühlte, wenn man einer Minderheit angehörte. Nicht gerade ein gutes Gefühl im Bauch. Er war froh, dass er in diesem Labyrinth mit einem Ork unterwegs war. Die Elfin würde ihren Spaß bekommen, falls sie von den öffentlichen Wegen abwich und im Gewirr der kleinen Gassen und Hinterhöfe verschwand. Sie gehörte zwar auch zu einer Minderheit, aber in der Normgesellschaft waren Elfen gerne gesehen. Die Fantasy-Literatur des letzten Jahrhunderts hatte erheblich dazu beigetragen. Massenproteste der Orks und Trolle hatten dazu geführt, dass die Regierung die Veröffentlichung der Werke auf Chips verboten hatte. Der Autor, um den es sich hauptsächlich drehte, hieß Tolkien. In seinen Büchern wurden Orks und Trolle als Feinde der Menschheit dargestellt. Kreaturen, die vom Bösen erschaffen wurden. Elfen und Zwerge wurden in den Büchern als Freunde der Menschen geschildert. Magische Wesen, die den Kampf gegen das Böse unterstützen. Das ganze Leben war nichts weiter als eine Aneinanderreihung von Vorurteilen und Zufällen.

Vor dem *Gulp* blieb der Ork stehen und sagte ihnen, dass sie hier warten sollten. Als er nach einigen Minuten zurückkam, meinte er knapp, dass das *Sherlocks* angeblich sauber sei. Chet hatte einen alten EMC Carona aufgetrieben. Froh darüber, endlich wieder fahren zu dürfen, warf Ratón sich hinters Steuer. Die anfängliche Freude wurde sofort gedämpft: Die Karre besaß keine Riggerumrüstung. Chet bemerkte ihre Enttäuschung und grinste. »Ratón, sei froh, dass du fahren kannst. Weißt du, wie teuer der Riggerkram ist?«

Ihr vernichtender Blick zeigte, dass sie das wusste. Das Grinsen des Orks gefror auf den breiten Lippen. Er schluckte und schloss die Augen, als Ratón sich wütend in den Verkehr stürzte. Paul liebte diese Autofahrten und genoss den Anblick seiner ramponierten Stiefel.

Um elf Uhr standen sie vor der Tür des Ladens in Barmbek, einem anderen Stadtteil von Hamburg, der in der Sicherheitseinstufung von HanSec vor einigen Jahren nicht weit hinter Altona zurücklag. Der nahe gelegene Hafen war ein guter Anlaufort zum Verschiffen von illegalen Waren. In den letzten Jahren hatten aber neue Investoren, selbstverständlich Konzerne, die günstige Lage für ihre Geschäfte entdeckt und die meisten Squatter-Wohnsiedlungen abgerissen oder die Squatter in andere Bereiche umquartiert.

*Wie fürsorglich*, dachte Paul, als er sich diese Informationen zurück ins Gedächtnis rief.

HanSec, die Konzerntruppen, die Yakuza und die Mafia sorgten dafür, dass die Bereiche mit viel Geld und Einfluss vom Dreck der Straße befreit wurden. Und so schlimm die Yakuza und Mafia auch sein mochten, eines musste man diesen Verbrecherorganisationen zugestehen – dass in den Bezirken, die sie regierten, die Gewalt im Vergleich zu anderen Stadtteilen auf ein Minimum reduziert war.

Das *Sherlocks* befand sich in jenem Teil Barmbeks, der die höchste Sicherheitsstufe von HanSec zugewiesen bekommen hatte. Das ließ auf die Kohle schließen, die hier umgesetzt wurde. Es musste ein riesiger Haufen sein.

Bis jetzt waren sie von keiner Streife kontrolliert worden. Man konnte sich nie sicher sein, wer seine Kralle fest auf den Bezirk gelegt hatte. Ob es nun die Yakuza war oder die Mafia, stetige Reibereien waren an der Tagesordnung. Wenn eine der beiden Organisationen hier ihre Hand im Spiel hatte, war es nicht sehr wahrscheinlich, dass HanSec auf den Straßen den großen Mann markieren würde.

Paul stieg mit Chet aus und schaute sich den Laden

an. Von außen sah das *Sherlocks* unscheinbar aus. Die schwarzen Vorhänge waren zugezogen und die schweren Rollgitter herabgelassen. In der schwarzen Metalltür befand sich ein Guckfenster.

»Und wasss jetzt?« Die Frage kam von Lücke. Der Junge saß im Wagen und machte keine Anstalten, ihn zu verlassen.

Candle stieg von der Rückbank. »Innen ist jemand«, sagte sie. »Vier Auren in einem Hauptraum, schwer verchromt, eine Aura in einem separaten Raum, mäßig vercybert. Möglicherweise schwerer Widerstand, wenn es zu einem Gefecht kommt.«

Lücke zog sich immer tiefer in das Wageninnere zurück und verbarg sich im Schatten des Dachs.

Chet warf Paul einen Blick zu und deute mit einem Nicken auf die Tür. »Jetzt bist du dran. Ich bin dein Schatten, Paul.«

»Okay.« Paul ging auf die Tür zu, dicht gefolgt von dem Samurai. Ratón setzte sich auf den Fahrersitz und legte eine Hand entspannt auf das geöffnete Fenster, die andere hielt den Zündschlüssel umschlossen und war bereit zum Starten.

Vor der Tür blieb Paul stehen und klopfte energisch an. Die Schläge hallten laut durch den dahinter liegenden Raum.

Nach einigen Sekunden hörten sie schwere Schritte auf die Tür zukommen. Schnell wurde das kleine Fenster geöffnet, und ein breiter Nasenrücken mit einer verspiegelten Brille darauf war das Einzige, was sie zu sehen bekamen.

»Geschlossen!«, erklang es hinter der Tür.

»Ja, ich weiß. Ist Albert da?«, fragte Paul.

»Kommt darauf an, wer ihn sprechen möchte.«

»Sagen Sie ihm einfach, ich hätte eine interessante Anzeige in der Hamburger Sorgenpost gelesen, unter der Rubrik Kontakte. Dann weiß er, wer ich bin.«

Ein Nicken, und das Fenster wurde geschlossen.

»Chummer, was weißt du, was ich nicht weiß?«, grunzte Chet.

»Mehr, als du wissen möchtest, Chet.«

Das Gesicht des Orks wurde rot vor Zorn. Als sich die Schritte erneut näherten, erlangte der Meta jedoch seine Fassung zurück und setzte sein freudigstes Lächeln auf.

Die Tür wurde geöffnet, und nun sahen sie einen großen Mann. Ungefähr zwei zwanzig, breite Schultern, sogar breiter als die von Chet. Der Mensch war die Personifizierung von Neil, dem Orkbarbaren.

Paul dachte nur: *Zu viel Amphetamine. Das Zeug bringt dich noch um.*

Einladend deutete er mit der Hand in den Raum. Die beiden folgten der Aufforderung und schritten in das Lokal. Der Großteil der Stühle war entweder auf die Tische geräumt worden oder stand zu kleinen Türmen gestapelt übereinander. Die Stühle schienen poliert und der Boden frisch gebohnert zu sein. Die Decke war mit goldfarbenen Vertäfelungen verziert. Paul glaubte aber nicht, dass sie echt waren. Ein Flügel war unter einem großen weißen Tuch verborgen und stand in der Mitte des Raums auf einem kleinen Podest. Um das Musikinstrument waren Pflanzen zu einem Kreis angeordnet. Das, was sie nun sahen, war weniger erfreulich.

Vor ihnen standen die anderen drei Männer und zielten mit Mossberg Schrotflinten auf sie. Der Fleischberg hinter ihnen schloss die Tür und zog eine Ruger Superwarhawk hinter dem Rücken hervor, einen Trommelrevolver mit enormer Durchschlagskraft. Er winkte sie weiter in den Raum hinein. Die Männer bildeten einen Kreis um sie und sagten kein einziges Wort.

»Knien Sie sich bitte hin«, forderte der Fleischberg sie höflich auf. »Strecken Sie die Hände weit vor und stützen Sie Ihren Oberkörper auf den Handflächen ab.

Spreizen Sie Ihre Finger so weit wie möglich, und heben Sie Ihre Füße vom Boden.«

Erfahren und verdammt unbequem. Achselzuckend machte sich Paul daran, der Aufforderung zu folgen. Dabei begegnete er dem fragenden Blick des Straßensamurais.

»Chet, mach einfach das, was ich mache.«

Der Ork tat es Paul gleich, und ein paar Sekunden später knieten sie unbequem auf dem Boden.

»Und was jetzt?«, wollte der Meta von Paul wissen.

Ein breites Lächeln lockerte die unbequeme Lage und die befangene Atmosphäre etwas auf. »Ach, Chet, umzingeln is wohl nicht?«

Das Kichern des Orks war eine ausreichende Antwort.

Chet fühlte sich sehr unwohl in der jetzigen Situation. Aber dieser Paul war nicht schlecht. Der Runner konnte kein Anzeichen von Unsicherheit bei dem Mann erkennen. Solange er cool blieb, würde auch Chet keine Probleme haben, sich unter Kontrolle zu halten. Der Ork hatte zwar mit allem gerechnet, Fitnessstunden hatten aber nicht auf seiner Liste gestanden.

Einige Minuten später betrat ein anderer Mann den Saal. Paul wusste, dass dies Albert war. Ein ehemaliger Agent, einer von den Leuten, die für die Regierung die Drecksarbeit gemacht hatten. Letzten Endes das, was heute Runner erledigten. Natürlich gab es immer noch Agenten, aber die Effektivität dieser Leute war durch den Fortschritt der magischen und technischen Möglichkeiten stark reduziert worden. Zu seiner Zeit war Albert angeblich ein Ass auf dem Gebiet gewesen, so lautete es zumindest in Schattenkreisen. Wenn Paul den Mann in dem dunklen Anzug so betrachtete, fiel es ihm schwer, in ihm einen trainierten Allzweckagenten zu sehen. Einem Basketball gleich stand der Bauch des Mannes weit ab.

Goldene Ringe zeugten von Geld und hätten eine Familie in Altona ein Leben lang ernähren können. Als der Mann vor ihnen stehen blieb, entblößte sein Grinsen einen Haufen blitzender, goldener Zähne. Der Kopf war kahl, mit anderen Worten, er hatte eine Fleischmütze. Alberts Stimme klang wie die eines völlig unscheinbaren Menschen. Genau das Richtige, um in seinem ehemaligen Beruf nicht aufzufallen. Paul hatte das genaue Gegenteil bei dem Mann aber auch schon erlebt. Wenn Albert es wollte, konnte er mit seinem Brüllen eine Horde wütender Barghests neidisch erblassen lassen.

»Hallo, Paul, ich bin davon ausgegangen, dass du tot bist. Eine Freude, dich lebend zu sehen.«

Na ja, in seinem Beruf wusste man nie, ob man den nächsten Tag erleben würde. Es war genauso gut möglich, dass man mit einer Kugel im Rinnstein landete. »Ach, Albert, ich war gerade in der Gegend und hatte die dumme Idee, dich zu besuchen«, erwiderte Paul mit einem breiten Grinsen.

Der Dicke schien wirklich amüsiert. »Alexander – oder welchen Namen trägst du heute? –, entschuldige meine Vorsicht. Steh bitte auf. Willst du mir deinen Begleiter nicht vorstellen, oder ist er gar ein Freund von dir? Ich war immer der Ansicht, dass du nie lange genug an einem Ort verweilst, um tiefere Beziehungen zu knüpfen.«

Der Alte mochte es immer, mit den Fingern in Wunden zu bohren. In Pauls Beruf gab es keine richtigen Freunde. Es gab Leute, auf die man zählen konnte, weil Schulden ausstanden oder Geld winkte. Natürlich hatte es in Pauls Leben auch Freunde gegeben. Aber Freunde waren verwundbar. Zu viele seiner Freunde lagen seinetwegen *six feet under*. »Der Mann ist Chet, ein Chummer von mir«, sagte er schließlich.

Chet konnte das nicht glauben. Dieser Herr Ich-Weiß-

Nichts hatte ihn wirklich als Chummer bezeichnet. Wenn man die ganze Angelegenheit überdachte, war es möglich, dass der Kerl Recht hatte. Chet riskierte in der Regel nicht seinen Arsch für einen Fremden ohne Kohle.

»Alte Bekannte?«, fragte Albert ganz beiläufig.

»Du lernst es wohl nie?«, fuhr Paul ihn an. »Ich habe dir nie mehr erzählt, als du wissen musst. Und auch in Zukunft habe ich nicht vor, diesen Vorsatz zu ändern!«

»Touché, aber es war einen Versuch wert«, meinte der Alte.

»Okay. Albert, lass uns geschäftlich werden.«

Albert hob die Hand, und die Bodyguards zogen sich zurück.

»Was steht an, Alex?«

»Bleib bei Paul, das macht die Sache einfacher. Ich brauche die Sachen, die ich dir zur Aufbewahrung hier gelassen habe. Und sage Simon bitte Bescheid, dass ich ihn morgen Abend um 20:00 Uhr vor dem Haupteingang der Shell Kuppel treffen möchte. Du verstehst schon, neutrales Gelände, falls er mit Einwänden kommt. Außerdem brauche ich einen Whisky, und zwar den besten, den du auf Lager hast. Verstanden?«

Ein wissendes Lächeln umspielte Alberts Mundwinkel. »Warte hier. Ich gehe nur schnell in mein Büro. Wenn du willst, kannst du dich gerne setzen. Leider ist das Lokal noch nicht geöffnet, somit müsst ihr euch die Stühle selber herunterholen. Chet, ich darf doch Chet sagen, oder?«

Ein unsicheres Grunzen wurde von dem Alten als ein *Ja* gedeutet. »Was möchtest du trinken, Chet? Freunde von Paul gehören auch in den kleinen auserwählten Kreis meiner Chummer.«

»Soybier?«, antwortete dieser unsicher.

»Tut mir Leid, ich führe hier nur echtes Bier. Und das trotz der hohen Zölle in Hamburg. Aber ich bin sicher, dass es deinen Gaumen erfreuen wird.«

Albert drehte sich um und schritt auf eine im hinteren Teil des Saals gelegene Tür zu. Der Samurai drehte sich zu Paul um und schaute ihn fragend an.

»Also, was ist?«, fragte Paul. »Bist du sauer, dass ich Chummer gesagt habe? Ich wüsste nicht, wie ich einen Meta, der mir in zwei Tagen mehrmals den Arsch gerettet hat, sonst nennen sollte.«

Chet winkte abwehrend mit der großen Pranke. »Nee, das ist es nicht. Aber was meinte die Fleischmütze mit Gaumen?«

»Chet, du hättest beim Unterricht der ominösen Pandora aufpassen sollen. Er redet von einem Teil, der sich in deinem Mund befindet.«

Albert kehrte von seinem kleinen Ausflug ins Hinterzimmer zurück. Auf seiner rechten Hand balancierte er ein kleines Tablett, auf dem zwei Flaschen und drei Gläser standen. Sein linker Arm war wie bei einem Kellner von einem weißen Tuch bedeckt. Das angeknipste Lächeln sah echt aus und wirkte verdammt überzeugend. Chet hätte ihn in einer hungrigen Meute von Gästen nicht wiedererkannt. Kein Wunder, schließlich war Albert Agent gewesen; dies wusste Chet von Rustle. Und Schauspielerei gehörte zu dem Beruf eines Agenten wie eine 9-mm-Kugel in den Kopf eines Policlub-Mitglieds. Diese Ansicht vertrat Chet zumindest, wenn nötig mit Gewalt.

»Albert, wenn du so weitermachst, muss ich dir noch Trinkgeld geben«, sagte Paul anerkennend.

»Bitte sehr, der Herr, Ihre Bestellung! Ich wünsche einen gesegneten Appetit. Der Küchenchef höchstpersönlich hat mir versichert, dass alles wie immer ist. Aber leider muss ich Sie darauf hinweisen, dass es dem Personal verboten ist, Trinkgeld anzunehmen. Gegen eine Spende in die Arbeitslosenkasse ist allerdings nichts einzuwenden«, sagte der Alte mit todernster Stimme.

»Drek, jetzt klingst du sogar wie ein englischer First-Class-Butler. Das ist ja richtig unheimlich«, bemerkte Paul.

Albert stellte das Tablett auf den Tisch, von dem Chet die Stühle heruntergenommen hatte. Als der Mann aber um den Tisch kam und den Stuhl an den Ork heranschob, als dieser sich setzen wollte, wäre der Meta beinahe ausgeflippt.

»Hey, Pinkel! Ich bin alt genug, um mir selbst den Stuhl heranzuziehen. Ich brauch keinen Penner, der mir den Arsch hinterher trägt. Verschwind aus meinem Rücken, sonst gibt's gerösteten Frack!«

Alberts Augen weiteten sich, und er ging prustend zurück. Wütend spannte Chet die Muskeln. Er wusste nicht, was der ganze Müll hier sollte, und diese Halbglatze hatte nichts Besseres zu tun, als ihn zu verarschen.

Paul legte beschwichtigend eine Hand auf den Arm des Metas und drückte diesen zurück auf den Stuhl. »Gönne ihm seinen Spaß, es kommt selten vor, dass der Affe Besucht bekommt. Diese Darbietung dürfte Erklärung genug sein, warum alle Welt diesem Mann den Namen Ape gegeben hat. Denn Albert Albrechts der Affe ist garantiert nicht sein richtiger Name, Chet.«

Der Ex-Agent wischte sich die Lachtränen aus dem Gesicht. Paul füllte den Whisky in die Gläser und reichte dem Ork das Bier.

»Alles okay?«, fragte der Alte, immer noch nach Luft japsend.

»Ach, du bist zurück aus dem Urwald gekrochen und hast den Anzug wieder angezogen. Wo sind die Sachen, die ich dir gegeben habe?«, fragte Paul.

»Ach, bitte vielmals um Entschuldigung. Hier …«

Die Hand des Mannes bewegte sich blitzschnell in die Innentasche. Jeden anderen hätte Chet jetzt umgebracht. Schnelle Bewegungen verleiteten zu reflexartigem Handeln, und bei der heutigen Cyberware hatte das mitunter tödliche Konsequenzen. Zum Glück hatte Chet das Bier in der Hand und war von dem ungewohnten Geschmack abgelenkt gewesen. Sonst hätte der Ork für nichts garantiert.

Albert warf Paul einen kleinen Beutel zu. Paul öffnete diesen und nickte dem Mann dann zu. Dann trank er seinen Whisky in einem Zug und erntete einen bösen Blick von Albert.

»Paul, das ist echter, verdammt teurer, schottischer Whisky und kein UCAS-Pansch-Brennstoff! Dein Verhalten ist Blasphemie!«

Paul zuckte nur mit den Achseln und stand auf. Die anderen wurden bestimmt schon ungeduldig. Chet leerte den Rest des Biers in einem Zug. Als er aufstand, sagte er zu dem Dicken: »Das Bier war nicht schlecht, bin wohl schon zu festgefahren. Ich vermiss den Soygeschmack.«

Fragend schaute Albert sie beide an und machte seinen Gefühlen Luft. »Hey, Paul! Ist das alles? Du kommst hierher, verschwendest meinen Whisky und ziehst wieder ab? Alles ohne ein Wort des Dankes?«

Chet und Paul waren schon auf dem Weg zur Tür. Vor der Tür blieb Paul stehen und drehte sich noch einmal um.

»Albert, pass auf dich auf. Sag Simon, dass ich die Daten habe, es aber Probleme gibt. Bis morgen Abend habe ich hoffentlich alles erledigt. Ansonsten? Wer weiß …«

Ein Bodyguard öffnete ihnen die Tür. Als die beiden auf den Parkplatz des Clubs traten, rief ihnen Albert noch ein »Auf Wiedersehen!« nach. Chet hatte verdammt viele Fragen an Paul, wartete aber damit, bis sie im Wagen saßen. Wenn der Motor des Wagens erst einmal lief und die Türen geschlossen waren, musste er auf seine Lautstärke keine Rücksicht mehr nehmen. Die

Türen des Wagens schlugen zu, und Chet schrie wild los, als Ratón den Motor startete. »Was, zur Hölle, sollte das?«

# 34

Die halbe Stunde in der Menschenmenge trieb den Schattendoktor fast in den Wahnsinn. Peter Brandt wartete abermals in einer endlos erscheinenden Schlange, bis er an der Reihe war, sein Ticket zu lösen. Überall vermutete Peter einen Killer, der nur darauf wartete, ihm die Birne wegzublasen. Paranoia war eine schlichte Untertreibung, wenn es darum ging, den Zustand des Mannes mit dem gehetzten Blick zu beschreiben. Er befand sich in einer großen Masse von Touristen und Eltern mit ihren Kindern. Es gab jedoch einen gewaltigen Unterschied. Die Leute wollten das Aquarium besuchen. Für ihn war die Eintrittskarte aber ein möglicher Schlüssel zur Sicherheit. Jede weitere Minute in der Stadt erhöhte das Risiko, beseitigt zu werden. Neben ihm fing ein Kind an zu plärren. Das Weinen des Balgs klang für den Mann wie das Kreischen einer Kreissäge, die zwei Millimeter von seinem Kopf entfernt eine Stahlplatte durchtrennte. Jetzt reichte es ihm, und hysterisch schrie er die Eltern des Kindes an. »Stopfen Sie Ihrem Scheißbalg das Maul, oder ich flippe aus!«

Wegen seiner lauten Stimme schaltete das Kind in den zweiten Gang und erhöhte die Geschwindigkeit des Kreissägeblatts. Der Vater funkelte den Doc böse an und streichelte dem Kind den blonden Kopf. Die Mutter redete unablässig auf das Kind ein und versuchte den Motor der kleinen Maschine zu beruhigen. Vergeblich. Als Peter wahnsinnig zu werden drohte, war die Familie an der Reihe. Die Ticketverkäuferin, eine vom Alter her aus der Steinzeit stammende Frau, hatte die ganze Sache mitbekommen und gab dem Kind einen Lutscher, der die kitschige Form eines Fisches besaß. Irgend so ein Süßwassertier, dass vor einer unendlich langen Zeit schon ausgestorben war und nur noch auf Fotos und alten 2-D-Filmen bewundert werden konnte, vorausgesetzt, man interessierte sich für den Schrott. Peter interessierte es im Augenblick nicht die Bohne. Die Frau schenkte ihm ein nettes, aber sehr künstlich wirkendes Lächeln. Vielleicht war sein Verhalten der Familie gegenüber doch etwas forsch gewesen? Ach, Drek auch, er hatte schwerwiegendere Probleme.

»Guten Tag, willkommen im Hamburger Aquarium. Wie kann ich Ihnen behilflich sein?«

Als die Frau ihr leierndes, ihm aus den Ohren quellendes Gesülze beendet hatte, meinte er forsch: »Einmal Erwachsene!«

Das, was nun folgte, musste ein Albtraum sein, eine Situation aus einem Low-Budget-Schinken des letzten Jahrhunderts.

»Haben Sie ein Monatsabo, einen Seniorenpass, eine Arbeitsunfähigkeitsermäßigungskarte …«

Die Welt hatte sich gegen ihn verschworen, oder die Alte wollte ihm eins auswischen. Jähzornig schnitt er ihr das Wort ab und beendete den Redefluss der Hexe. »Ich habe nichts davon, eine Karte für sechs Euro. Bitte!«

Und das ›Bitte‹ klang wirklich gequält. Ein winselnder Hund, dem der Fressnapf vor der Nase weggezogen wurde, war nichts gegen ihn.

Nachdem die Frau ihm in übertriebener Langsamkeit das Ticket gegeben und das Geld von seinem Ebbie transferiert hatte, konnte er endlich durch das Drehtor gehen. Wachen standen an den Seiten und musterten ihn eindringlich, als er durch die elektronischen Waffen- und Sprengstoffdetektoren ging. Die Geräte waren von der Stadt installiert worden, nachdem Ökoterroristen einige Anschläge auf das Aquarium unternommen hatten. Den Typen war es angeblich ein Dorn im Auge gewesen, dass mittlerweile auch paranormale Kreaturen in den Bassins gehalten wurden. Eine besondere Attraktion des Aquariums war ein magisch abgeschirmtes Wasserbecken voller Fideale: wirbellose Weichtiere, die meist an der Oberfläche trieben und mit ihren Tentakeln die Opfer umschlangen, um sie über längere Zeit mit einem körpereigenen, ätzenden Sekret aufzulösen. Eine noch mehr von schaulustigen Besuchern beobachtete Kreatur war ein Incubus. Kein Geist, sondern ein Tier, das einem Oktopus ähnelte. Im Augenblick lief der Film *Incubus IV, die Rache der Killerkraken* in den Cinetrids. Die Filmfirma schlug die Werbetrommel und steigerte damit indirekt den Umsatz des Zoos. Oder auch nicht nur indirekt, wie Peter erkennen musste. Als er die Kontrollen passiert hatte, lief er einem Incubus in die Arme. Keinem echten, aber einem Typen, der in ein merkwürdiges Kostüm gezwängt durch die Menge hetzte und Kleinkinder erschreckte. Peter war zwar kein Kleinkind, aber im Augenblick ziemlich schreckhaft. Der laufende Tentakelbaum steckte ihm ein Werbeholo entgegen. Erleichtert stieß der Doktor die Luft aus. Geistesabwesend nahm er das Holo und schob sich durch die schreiende Kindermenge, die sich mittlerweile gebildet hatte. Dank der Leuchtschriften und der kleinen Karte auf der Rückseite des Tickets hatte er keine Probleme, das Haifischbecken zu finden. Über Lautsprecher ertönte die Stimme einer Frau und informierte die Besucher darüber, dass in wenigen Minuten, um exakt zwölf Uhr, die Fütterung der Haie beginnen würde. Im Interesse der Eltern sollten zartbesaitete Kinder die Attraktion nicht ansehen. Das Aquarium sprach sich von jeglichen Regressansprüchen frei. Näheres konnte man den Rückseiten der Eintrittskarten entnehmen. Peter schluckte. Wenn alles ganz schlimm lief, hatten seine Kontakte ihn verraten, und er würde den Unterwasserjägern als Nachtisch serviert werden.

Der Komplex des Haibeckens war so groß wie ein halbes Urban-Brawl-Spielfeld. Das Becken war drei Stockwerke hoch, zwei davon lagen unter der Erde. Leider hatten sie nicht genau ausgemacht, wo sie sich treffen wollten. Dem Doc blieb also nichts anderes übrig, als um das gesamte Becken herumzulaufen. Als Erstes nahm er die Rolltreppe nach oben und ließ den Blick über die bewegenden Wassermassen des Bassins gleiten. Vereinzelt konnte er Haiflossen sehen. Schnell teilten die Rückenflossen das Wasser und rasten davon. Ein Sprung ins Becken, und jede Hilfe käme zu spät. Die Anzahl der Flossen an der Oberfläche wurde größer, und man konnte erkennen, dass die Tiere unruhig wurden. Die Anzahl der Touristen und Wochenendeltern auf den umzäunten Rundgängen des Bassins nahm ebenfalls zu. Hier oben war aber nichts, was der Doc suchte. Ein letzter Blick auf das Wasser ließ ihn erneut schlucken und trieb ihn zur Eile an. Er schob sich durch die anwachsende Menschenmenge und achtete nicht auf die erbosten Rufe der Leute, denen er auf die Füße getreten war. Eine Ewigkeit später erreichte er die Rolltreppe in die erste untere Etage. Das natürliche Licht von draußen wich dem gedämpften Licht in den unterirdischen Gängen. Billiger Beton sollte die Gänge wie natürliche Höhlen aussehen lassen. Hier unten waren weniger Menschen als oben, obwohl die Aussicht von hier unten besser war. Im Becken tummelten sich die zwei bis vier Meter langen Tiere und schauten mit ihren kalten, schwarzen Knopfaugen die Leute hinter den Panzerglasscheiben an. Weißer Sand wurde aufgewirbelt, und einige der Haie schossen schnell auf die Fenster zu, um kurz vorher abzudrehen und ihre Schwanzflossen gegen das Glas zu schmettern. Im Augenblick waren die Tiere verdammt aggressiv. Die

Menge schrie aufgeregt, und einige Kinder fingen an, vor Panik zu weinen. Viele Besucher drückten ihre Nasen an die Scheiben, und er hatte keine Probleme, an der Wand entlang das Becken zu umkreisen. Die Luft hier unten roch nach Salz – kein Wunder bei den Unmengen an Salzwasser im Becken. Das Dröhnen einer Klimaanlage wurde von dem Lärm der Schaulustigen verschluckt. Der Doc schaute wieder ins Becken und konnte sehen, wie die Schraube eines weißen kleinen Einmannboots das Wasser aufwirbelte. Das Boot fuhr in die Mitte des Beckens, und die Bewegungen der Schraube erstarben. Es war so weit, gleich würde die Fütterung beginnen. Und immer noch kein Anzeichen von seinem Verbindungsmann. Das Herz des Doktors schlug schneller, und das Pochen seiner Pumpe ertönte laut im Kopf. Rasch nahm er die Rolltreppe ins zweite Untergeschoss. Auf der Seite der Treppe, die nach oben führte, kamen ihm einige aufgebrachte Besucher des Aquariums entgegen. Als er unten ankam, verstand er den Grund. Am Fußende der Treppe war ein Band gespannt, und ein Schild auf dem Boden forderte die Besucher auf, die andere Treppe zurück nach oben ins erste Untergeschoss zu nehmen. Der untere Komplex war wegen Reparaturarbeiten vorübergehend geschlossen. Zuerst erwog Peter, einfach unter dem Band hindurch zu klettern, aber ein Wächter im Schatten der Wand brachte ihn von seinem Vorhaben ab. Als der Doktor sich schon umgedreht hatte, packte ihn eine starke Hand an der Schulter und drehte ihn bestimmt um. Peter war starr vor Angst, er hatte gar nicht bemerkt, wie der Wächter aus dem Schatten getreten war. Im schwachen Licht der Beleuchtung konnte er erkennen, dass die Uniform des Mannes dunkle Flecken aufwies. Das Gesicht des Wachmanns glich einer eisernen Maske, die nichts von seinen Gefühlen preisgab. Weil der Mann so nah stand, konnte der Doc den Geruch von geronnenem Blut wahrnehmen. Nochmals betrachtete er die dunklen Flecken. Der Größe nach mussten es Einschüsse sein, aber eins war ihm sofort klar: Der Mann, der die Uniform trug, konnte nicht der eigentliche Besitzer sein. Mit einem glatten Mageneinschuss und dem Verlust der Nieren waren die Überlebenschancen gering, geschweige denn, hier cool herumzustehen. Schweiß trat ihm auf die Stirn. Die eiserne Miene verflog und wich einem breiten Grinsen. Die wispernde Stimme des Fremden klärte Peter endlich auf. »Hallo, Doc. Folgen Sie mir, es ist an der Zeit, dass wir von hier verschwinden. Sie sind ab jetzt sicher, solange Sie das tun, was wir Ihnen sagen. Sonst …«

Achselzuckend zeigte der Mann mit dem ausgestreckten Arm in das Becken. Vom Boot aus wurden blutige Fleischklumpen ins Wasser geworfen. Die Cyberaugen des Doktors zoomten näher an die blutigen Stücke heran. Was Peter jetzt sah, hatte er bereits vermutet. Die Teile im Wasser waren menschliche Gliedmaßen und Knochen, die von den Raubtieren der Tiefe verschlungen und zerrissen wurden. Die Frage, wo der eigentliche Besitzer der Uniform geblieben war, hatte sich somit beantwortet. Und die unausgesprochene Drohung des Mannes vor ihm war auch klar: *Mach einen Fehler und du bist Futter für die Fische.*

Das Brechen der Knochen wurde vom Wasser an seine Ohren getragen. Schaudernd wandte er den Blick ab und folgte dem Mann in den Gang. Zielstrebig schritt der Fremde auf eine Tür zu. Den Bewegungen nach war der Mann stark verchipt. Die Analyse der Bewegungen des Fremden lenkte den Doc für einige Zeit von seiner verzweifelten Lage ab. Die Proportionen ließen vermuten, dass der Fremde Muskelersatz besaß. Die Schnelligkeit seiner Bewegungen deutete auf Reflexbooster. Vermutlich die älteren Modelle von Fuchi, Model V.2.050-53. Bodyware war auch wahrscheinlich. Vielleicht waren Hochleistungsgelenke für die geschmeidigen Bewegungsabläufe verantwortlich.

Sie kamen zu einer Stahltür. Ein weißes Schild mit roter Schrift verbot Unbefugten das Betreten der Wartungsanlagen. Vor ihnen sprang das Schloss der Tür auf, und dröhnender Lärm hallte ihnen entgegen. Die Cyberdämpfer des Docs schalteten sich ein und bewahrten sein Gehör vor schwereren Schäden. Der Fremde war voraus in den Raum gegangen. Peter folgte ihm ängstlich und betrat ein nasses Eisengitter. Das Licht in dem Raum war heller und kälter. Unter seinen Füßen vibrierte das Metall, und ein Blick nach unten zeigte ihm den Grund. Schäumende, herumwirbelnde Wassermassen waren einen Meter tiefer zu sehen. Die Pumpen, Filter und Klimaanlagen des Aquariums leisteten ganze Arbeit und ließen alles in dem großen Raum erzittern. Das Dröhnen machte ein Gespräch unmöglich. Hinter Peter wurde die Tür geschlossen, und ein weiterer Mann drängte den Doc vorwärts. Der Neue sah aus wie ein ganz normaler Familienvater. Die Tatsache, dass der Mann eine kleine, tödliche Uzi in der Hand hielt, zeigte Peter, dass er ebenfalls zum Team gehörte und hoffentlich auf seine Rettung aus war. Den Rest wollte er sich erst gar nicht vorstellen. Nach einigen Minuten hatten sie den lärmenden Saal verlassen und betraten ein Zimmer für die Wartungsarbeiter des Aquariums. Kleine, alte Holzschränke standen in den Ecken und waren mit Pin-up-Holo-Girls der letzten zwanzig Jahre beklebt. Ein alter Soykaff-Automat forderte den Doc geradezu auf, sein Geld loszuwerden. Bis jetzt hatte keiner ein weiteres Wort zu ihm gesagt. Der Mann mit der Uzi stand im Türrahmen und blockierte den Weg zurück. Der Mann mit der Wachuniform zog diese aus und stopfte sie in einen Rucksack, der auf einem alten Holztisch rechts im Zimmer stand. Doc zog seinen Ebbie und drückte auf einige der Tasten. Das elektronische Piepsen ertönte und unterrichte Peter davon, dass das Geld abgebucht wurde. Eine LCD-Anzeige wünschte ihm einen guten Appetit. Sonst passierte nichts. Das verdammte Ding hatte sein Geld geschluckt und dann den Geist aufgegeben. Wütend trat der Doc mit dem Fuß gegen den Automaten und schreckte augenblicklich auf, als eine vertraute Baritonstimme zu ihm sprach. Der Familienvater mit Uzi war aus dem Türrahmen in den Gang getreten und hatte den Weg für den Teamleader frei gemacht.

»Hey, nichts kaputtmachen, wir wollen später keinen Ärger bekommen!«

Der Leader hieß Nuke. In der Vergangenheit hatte Peter den Mann und sein Team gelegentlich angeheuert, aber die zwei, die ihn in den Raum gebracht hatten, mussten neu sein. Sie waren ihm vollkommen unbekannt. Erleichtert atmete er bei dem Anblick des bekannten Gesichts auf und vergaß die Anspannung seines Körpers für zwei Atemzüge.

Nuke kam sofort zur Sache. »Hallo, Doc. Wir haben alles so weit arrangiert. Unglücklicherweise ist der Preis aber gestiegen. Wir haben erfahren, dass man Sie auf der Straße sucht, und die Geldmittel, die geboten werden, sind beachtlich. Sind Sie mit der Preiserhöhung einverstanden?«

Es kostete ihn seine letzte Willenskraft, nicht zu explodieren. Diese Mistkäfer nahmen ihn aus, ohne mit der Wimper zu zucken. Was Peter jetzt dachte, hätte ihm, wenn er es ausgesprochen hätte, das Leben gekostet.

*Dreckskerl, was soll ich denn sonst machen: kneifen und sterben? Ich habe nicht die Zeit und die Rückendeckung, um zu verhandeln. Und das wisst ihr! Aber irgendwann werde ich euch Schweinen den Bauch aufschlitzen.*

»Klar, kein Problem«, presste er zwischen seinen angespannten Lippen hervor.

»Gut, dann ist alles klar. Morgen Abend um 00:00 Uhr werden Sie einen Transorbitalflieger nach Hawaii nehmen. Danach können Sie Ihren Bauch in der Sonne braten lassen. Sind Sie bereit zum Aufbruch? Die braungebrannten Schönheiten mit den knappen Röcken warten.«

Peter trat nach draußen und verschwand mit seinen bezahlten Rettern im Labyrinth der Wartungsschächte des Aquariums. Als alle den Raum verlassen hatten, erwachte der Soy-Automat zum Leben, und die heiße Brühe wurde in einen Plastikbecher gefüllt. Die Flüssigkeit blieb dampfend zurück.

## 35

Paul hatte mit dem Ausbruch des Metas gerechnet. Schweigend hielt er ihm einen Ebbie entgegen. Lücke hatte sich in die hinterste Ecke der Rückbank verkrochen und schaute angestrengt aus dem Fenster. Ratón stierte stumm auf ihre Armaturen, und Candle verfolgte interessiert den Monolog des aufgebrachten Samurais. Chet hieb Pauls Hand unsanft beiseite und stieß erneut unverständliche Beschimpfungen aus. Abermals hielt Paul ihm den Ebbie entgegen; diesmal funkelten seine Augen aber mindestens genauso zornig wie die des Orks. Man konnte förmlich sehen, wie sich die Gedanken des Runners überschlugen. Zu aller Verwunderung war es Candle, die dem Ork den nötigen Schubs gab und ihn zum Einlenken brachte.

»Komm schon, Chet, schau auf den Ebbie. Später kannst du ihm immer noch den Kopf abreißen. Mir gefällt sein Kopf da, wo er ist.«

Knurrend schloss sich die Pranke des Orks um den Ebbie. Paul ließ den Ebbie los und atmete erleichtert auf. Er hatte keine Lust auf Stress mit dem Meta. In der kurzen Zeit, die er bisher mit dem Team verbracht hatte, waren ihm die Leute ans Herz gewachsen. Er empfand sich sogar als ein Teil dieses Teams. Nie zuvor hatte er so verrückte Gedanken gehabt. Als gewöhnlichen Shadowrunner hatte er sich nie bezeichnet. Er machte zwar die Drecksarbeit wie die anderen Runner auch, aber er zog es vor, allein zu arbeiten. Auf keinen Fall jemanden an sich heran lassen – das war eine Einstellung gewesen, mit der er bis heute gut gefahren war.

Chet schaute auf das Display. Der Meta grunzte anerkennend und reichte den Ebbie Candle. Die Augen des Samurais verengten sich und musterten Paul misstrauisch auf der Suche nach einem Gefühl oder einem verräterischen Muskelzucken.

Nichts. Paul war so cool, dass die Temperatur im Wagen eigentlich um zwanzig Grad hätte fallen müssen.

Chet riss ihm nicht den Kopf ab. So wie es aussah, waren die Wogen vorerst geglättet. Nachdem Candle die Anzeige gelesen hatte, reichte sie den wundersamen Ebbie an Ratón weiter. Paul konnte nicht sehen, wie die Riggerin auf die Anzeige reagierte. Ein kurzes, heftiges Bremsen ließ nur erkennen, dass sie ebenfalls überrascht und auf die Summe nicht vorbereitet gewesen war. Der Fahrer des Wagens hinter ihnen stieg genauso hart in die Bremsen und fing mit einem wilden Hupkonzert an. Chet raunte: »Fahr weiter«, ließ dabei aber Paul die ganze Zeit über nicht aus den Augen.

»Okay. Chummer, du hast mein Ohr. Aber pass auf, was du jetzt ablässt. Mit den 150 K hast du zumindest für einen kurzen Augenblick meine Aufmerksamkeit erkauft.«

Paul entschied sich, der Aufforderung des Orks zu folgen, konnte sich aber eine Spitze nicht verkneifen. »Willst du die Kurzfassung oder die Lebensgeschichte hören?«

Der Meta schaute auf die Uhr und zuckte die Achseln. »Wir haben Zeit, das Treffen ist erst um 18 Uhr im *Gulp*. Zeit genug für die lange Fassung. Ratón, zeig dem Auto einmal Hamburg. Ich bin sicher, der Wagen kennt die Stadt noch nicht.«

Die anderen lehnten sich zurück. Lücke hatte nur noch Augen für den Ebbie, der auf dem Armaturenbrett des Wagens lag. Die Neugier hatte den Ganger gepackt. Candle erkannte die Anspannung des Rattenbubis und steckte vorsichtshalber den Ebbie weg.

Paul fing an, in groben Zügen von dem letzten Kontrakt zu erzählen. Er erwähnte aber nicht den Namen seines Auftraggebers oder ließ erkennen, wer hinter der Sache stand. Vertrauen untereinander war zwar gut, aber blindes Vertrauen kam einem Todesurteil gleich. Von seiner Vergangenheit ließ er nur durchblicken, dass er beim Militär gewesen war. Niemand unterbrach ihn. Als er geendet hatte, fasste der Ork alles noch einmal zusammen.

»Also, erstens: Du warst beim Militär, arbeitest jetzt in den Schatten und besitzt ein kleines Vermögen. So viel zur Vorgeschichte?«

Das stimmte zwar nicht ganz, natürlich hatte Paul Geld in Mengen, aber sein Netz aus Kontakten und Notunterkünften musste bezahlt werden. Fürs Erste ließ er die Worte des Metas aber so stehen.

»Zweitens: Dein letzter Job sollte ein Standard-Datenaustausch werden. Natürlich hat sich die Sache als riesengroße Trollscheiße entpuppt, und du bist mit deiner Nase mitten drin gelandet. Man hat dein Gedächtnis gelöscht und an deiner Cyberware herumgefummelt, aber davon abgesehen, dich zu geeken. Klaro?«

Paul nickte.

»Wir haben dich aufgegriffen und rausgeschossen! Pfeifer hat dann deinen Kopf von dem Magie-Kotzkram befreit und ist dabei hops gegangen?«

»Nicht ganz – ich weiß nicht, was euer Schamanen-Chummer gemacht hat. Aber nach dem Vorfall im Rattennest kamen meine Erinnerungen langsam zurück.«

»Okay. Du weißt nicht, wer die Söldner waren oder wer ihr Auftraggeber war. Richtig?«

Paul nickte erneut.

»Vermutlich haben sie aber mit den Daten zu tun, die in deinem Headmemory sind«, vermutete der Ork.

Paul schüttelte den Kopf und strich sich durch die Haare, bevor er antwortete. »Ich vermute das Gleiche, kann aber nicht mit Sicherheit sagen, dass etwas in meinem Kopf ist.«

»Egal, was weißt du von diesem Chardwin Brown?«, bohrte Chet nach.

Paul seufzte. »Ich habe den Auftrag erhalten, einen Chip von dem Schwarzen zu übernehmen. Diesen Chip sollte ich meinem Herrn Schmidt übergeben, der würde dann alles Weitere veranlassen. Es klang wie ein ganz einfacher Job.«

Chet schüttelte seine Muskelmassen. »Stimmt, Chummer, das tut es meistens. Alles easy, aber von den Sachen im Hintergrund erzählt dir keiner. Ist es möglich, dass dich dein Schmidt verarscht hat?«

Die Idee war Paul auch schon gekommen, aber das konnte nicht sein. Simon hatte die Daten nicht – aber warum hatten ihn die Beamten der Inneren Sicherheit nicht rausgeholt? Vielleicht hätte er doch sofort mit Simon sprechen sollen? Nein, erst wollte er in Erfahrung bringen, wer dieser Chardwin Brown war und was es mit den Daten auf sich hatte.

Er antwortete Chet: »Nicht hundertprozentig, aber ich gehe davon aus, dass die Daten geklaut waren. Der Besitzer ist dahintergekommen und wollte die Daten zurückhaben ...« Paul unterbrach seinen Gedankengang und fuhr dann erneut fort. »Aber das kann auch nicht sein. In der Wohnung hatten sie mich in der

Hand, haben mich aber nicht eliminiert. Warum sollten sie später die Söldner schicken? Unwahrscheinlich.«

Chet zeigte nicht, dass er eine andere Idee hatte. Nur Candle griff den Faden auf. »Gut, nehmen wir an, Brown hat die Daten geklaut und wollte sie deinem Herrn Schmidt geben. Person unbekannt, nennen wir sie der Einfachheit halber A, bemerkt den Diebstahl und will die Daten zurück. Brown muss aber erst mit deinem Schmidt in Kontakt treten, dabei wird eine weitere Person, nennen wir sie B, auf die Sache aufmerksam. Du triffst dich mit Brown. Person B hat von dem Treffen Wind bekommen, greift die Daten auf, eliminiert Brown und verschwindet. Person A hat mittlerweile herausbekommen, wo Brown ist, und schickt seine Söldner hinterher.«

Diesmal schüttelte Chet den Kopf. »Sackgasse. Warum hat Person B nicht Paul ausgeschaltet? Und was soll dieser Magie-Drek bei der ganzen Sache? Wieso haben sie Brown abgeschlachtet und im Sarg versteckt? Und wieso diese abgefuckte Warnung auf der Karte vom *Sherlocks*? Zu viele unbeantwortete Fragen.« Er machte eine kurze Pause, bevor er weitersprach. »Ich hoffe, dass wir nach dem Treffen heute Abend mehr wissen. Ich hasse es nämlich, wenn mir jemand am Arsch klebt und ich nicht weiß, wer derjenige ist.«

Den Rest der Fahrt sagte keiner mehr ein Wort. Alle gingen ihren Gedanken nach. In ihrem Zimmer im Untergrund bereiteten sich alle auf ihre Art für das abendliche Treffen vor. Paul zog kurz in Erwägung, einige seiner Kontakte anzurufen, schob den Gedanken aber beiseite. Bis jetzt hatte er nichts, worauf er eine Spürnase ansetzen konnte. Chet war nach einer Stunde gegangen und wollte mit Rustle das Treffen vorbereiten. Ratón hatte sich den Ebbie gekrallt und war ohne ein Wort abgezogen. Lücke war in die hinterste Ecke des muffigen Zimmers gekrochen, hatte eine Unzahl von Symbolen auf den Boden gemalt und ein Lied gesungen. Kurze Zeit später war sein Körper schlaff geworden, und Candle hatte Paul erklärt, dass der Junge irgendwo durch die Astralebene streifte.

Als Candle die Worte gesagt hatte, zog sie ihre Beine an und erlaubte Paul einen Blick auf ihren unbedeckten Unterleib. Die Aufforderung war klar, und ihr Blick verriet, was folgen würde, wenn er der stummen Aufforderung nachkam. Pauls Gedanken überschlugen sich, aber letzten Endes sagte er sich, warum nicht. Sie wollten beide nur ihren Spaß haben und keine Beziehung fürs Leben. Ein kurzer Augenblick der Verbundenheit. Paul hatte schon seit langer Zeit keinen Sex mehr gehabt. Stumm legte er sich neben sie auf die Matratze und betrachtete ihren Körper. Die rasierten, langen Beine zitterten bei der Berührung seiner Finger. Ihre Hand glitt an seinem Oberkörper hinab und streifte ihm die Hose runter. Jetzt gab es für sie kein Zurück mehr. Die Hormone wollten das, wonach ihnen der Sinn stand. Der Geruch und die Energien in der Luft sprachen Bände. Als Candle ihre Arme um ihn legte und ihn küsste, wurde der Rest seiner Vorbehalte und Sorgen für eine kurze Zeit verdrängt. Die Magierin glitt mit ihrer Zunge in seinen Mund, und ein Stöhnen ließ ihren Körper erbeben, als er den Kuss genauso verlangend erwiderte.

## 36

Zack richtete sich auf und ging ins Nebenzimmer. Der Decker war bereits aufgewacht und rieb sich die Stellen, an denen die Handschellen die Haut aufgescheuert hatten. Sein Gesicht sprach Bände – verflucht, was soll der ganze Drek? Der Samurai wartete, bis Snap ihn zur Kenntnis genommen hatte. Dann sagte er: »Hey, Chummer. Willst du ein Bier?«

Snap verstand die Welt nicht mehr. Die Kerle kamen in seine Wohnung, bedrohten ihn mit ihren Waffen, drangen in seinen Verstand ein und fesselten ihn. Und jetzt kam dieser laufende Kleiderschrank auf die dumme Idee, ihm eins von seinen eigenen Bieren anzubieten.

Als Zack sah, dass der Jackhead auf dem Bett keine Anstalten machte, auf seine Frage einzugehen, zog er es vor, wieder ins Nebenzimmer zu gehen. Die Tür ließ er vorsichtshalber offen. Es war immer besser zu wissen, was der Kerl nebenan alles anstellen würde. Der Runner setzte sich auf einen Stuhl und ließ den Blick durch das Zimmer gleiten. Die Elfin saß am Schreibtisch und schraubte an ihren Decks herum. Dann führte sie sich das Glasfaserkabel an die Stirn und verschwand in der virtuellen Realität. Zack hatte keine Datenbuchse, hatte aber von dem Zauber des Cyberspace gehört. Die Gefahren waren für einen Decker genauso real und tödlich wie eine Kugel in der wirklichen Welt für ihn als Samurai. Die Lady hatte gesagt, sie wolle sich in der Gerüchteküche der Datenkanäle umhören. Claw hatte zugestimmt und die Augen geschlossen. Jetzt saß Zack hier und wusste nicht, was er tun sollte. Der Löwenschamane hatte auch nichts weiter gesagt. Kein Wort des Dankes, nichts! Immerhin hatte er jetzt verdammt viel Scheiße am Hals – Teresa konnte sehr nachtragend sein. Und wenn sie erst einmal auf einen sauer wurde, war es wohl besser, außer Landes zu ziehen oder für die nächsten Jahrtausende unterzutauchen.

Ein Quietschen von nebenan ließ ihn in das Zimmer des Gefangenen blicken. *Gefangener – was für ein Wort!*

Snap war aufgestanden und streckte die müden Glieder. Sein Blick begegnete dem der Messerklaue. Der Decker hob beschwichtigend die Hand. »Nicht aufregen, ich bringe nur etwas Bewegung in meine müden Knochen.«

Snap konnte nicht sehen, dass Zack unter seinem Duster mit der Waffe auf ihn zielte. Er ahnte nur so etwas, als er die Hand des Mannes im Innern des Mantels ruhen sah.

»Das mit dem Bier ist keine schlechte Idee gewesen. Kann ich eins von meinen Bieren haben? Oder habt ihr schon alle runtergekippt?«

»Es sind noch alle da. Warte einen Augenblick.«

Mit der Antwort hatte Snap gerechnet. Die Leute waren keine Anfänger, die als Allererstes den Kühlschrank plünderten, wenn sie in ein Haus eindrangen – obwohl ihm ein paar besoffene Straßenkids lieber gewesen wären als ein Runner, der wusste, was er tat, und jeden Zug gut überlegte.

Zack stand auf, ließ den Decker dabei aber nicht aus den Augen und öffnete den Kühlschrank. Die kalte Soybierdose fühlte sich gut unter seinen Fingern an. Aber der Gedanke an das echte Bier aus dem Restaurant verdarb ihm den Geschmack an Soybier ein für allemal. Claw konnte gar nicht wissen, was er ihm mit der Einladung angetan hatte. Richtiges Bier war verdammt teuer. Zack schloss den Kühlschrank und ging nach nebenan.

Snap war gut zehn Zentimeter kleiner als der wandernde Muskelberg vor ihm. Unter dem Duster zeichneten sich Unmengen von Muskelpartien ab. Ein Gefühl im Bauch ließ den Decker vermuten, dass der Kerl verdrahtet war, und zwar nicht zu knapp. Der Fremde warf ihm die Dose zu. Die Bewegung des Mannes war fließend, also war sein Gegner nicht nur stark, sondern auch schnell. Er fing die Dose auf und führte sie sich an die Stirn. Das kühle Metall tat gut.

Keine guten Aussichten für Snap, den Samurai zu überwinden und abzuhauen. Snap musste schon verdammt viel Glück haben, wenn er diesen Fleischberg außer Gefecht setzen konnte. Nur damit war es nicht getan. Ein zweiter Kerl musste noch in seiner Wohnung sein. Gestern waren es zwei gewesen, die ihn überfallen hatten. Einer stand hier vor ihm, der andere Kerl, der nach Raubtier gestunken hatte, war nicht zu sehen: der Penner, der sich einfach in seinem Kopf umgeschaut hatte und mit seinen Synapsen Achterbahn gefahren war. Höchstwahrscheinlich ein Schamane. Snap meinte sich zu erinnern, gestern Abend einen Löwen vor sich gesehen zu haben. Aber genauso gut war es möglich, dass das, was er gesehen hatte, einem Teddybär geglichen hatte. Eines stand fest: Mit dem Kerl war nicht zu spaßen.

Zischend entwich der Druck aus der Büchse, und Snap führte sich das kühle Metall an die Lippen. Langsam ließ er die Flüssigkeit in den Mund laufen. Die Kälte tat gut.

Nebenan hörte er sehr bekannte Geräusche. Ein Decker, dessen Finger rhythmisch über die Tasten eines Cyberdecks glitten. Und das konnte nur bedeuten, dass jemand auf seinem Radio Shack einen Ausflug durch die pulsierende Welt der Matrix unternahm.

*Shit, dann haben die Leute noch einen ihrer Kumpels geholt. Ist das hier ein öffentliches Haus, in dem sich jeder Penner breit machen kann, wie es ihm gefällt? Ich hätte nichts dagegen, wenn mich einer vorher fragen würde. Und hoffentlich rast du mit meinem Radio gegen das nächste Schwarze IC … Das ist gar keine gute Idee, ich habe nur noch dieses eine Deck. Das ist meine letzte Fahrkarte in die Cyberwelt, die du unbekannter Drecksack da in den Händen hältst!*

Snap wagte es, einen Schritt auf die Tür zuzumachen. Jetzt war er nicht nur sauer, sondern auch neugierig geworden. Vor allen Dingen fiel ihm der Geruch nach Parfum auf. Das ließ nur auf eine Frau schließen. Vor seinen Augen sah er die Lippen der Elfin. Diese wunderschönen Lippen.

Claw schlug die Augen auf, als der Decker den Raum betrat.

Die Pupillen verengten sich für einen kurzen Augenblick und funkelten den Neuankömmling bedrohlich an. Unbewusst trat Snap einen Schritt zurück. Zack bekam das mit und warf dem Schamanen einen missbilligenden Blick zu. Claw entspannte sich wieder und streckte die langen muskulösen Beine provozierend auf dem kleinen Beistelltisch aus. Snaps Blick heftete sich auf die junge Frau, die an seinem Schreibtisch saß. Das war sie, die Elfin. Die Schönheit, die ihm in der Matrix einer Zürcher Bank fast den Tod gebracht hatte. Die Frau, mit der er das Telefonat geführt hatte. Höchstwahrscheinlich war sie auch für das Eintreffen der beiden unfreundlichen Gestalten zuständig. Aber was wollten sie noch von ihm? Er hatte doch alles gesagt, auch wenn dies nicht gerade freiwillig über die Bühne gegangen war. Eines stand fest, eine Wohnung wie die seine brauchte sie nicht. Die Kleidung der Elfin kostete so viel wie seine Jahresmiete. Und die Decks auf dem Tisch bargen zwar noch die Gehäuse der teuren Markenprodukte, waren aber garantiert mit einer Menge mehr Hardware aufgepowert. Das Fuchi Cyber-6 – ein unendlich langer stummer Seufzer machte sich in ihm breit – erinnerte an sein Heiligtum, das im Netz von Zürich in seine Bestandteile zerblasen worden war. Das Fairlight – Snaps Augen glühten auf – stellte sogar das Fuchi in den Schatten. Wenn die dunklen Gestalten aus der Gegend wüssten, dass dieses Deck in seiner Wohnung war, würde ein kleiner Krieg ausgerufen werden. Nun gut, hätte jemand Falsches von seinem Fuchi gewusst, hätte er bestimmt ausziehen müssen, um die teure Hardware zu retten.

Die schlanken, bleichen Finger der Elfin rasten über die Tasten. In der Matrix aktivierte die Frau jetzt irgendwelche Programme und bekam gar nicht mit, was die Finger auf dem Cyberdeck machten. Der Geist war auf Reisen in einer Welt, die der menschliche Verstand nicht begreifen konnte, und fernab in einem Zimmer saß der Körper und leistete unbewusst seine Arbeit. Als er die Frau so sah, bekam er Lust auf einen Trip in die Matrix, eine Achterbahnfahrt auf den pulsierenden Energie-Highways der Datenströme.

Das Knurren des Schwarzen riss den Decker aus der anregenden Betrachtung und beendete seine kurzen philosophischen Erwägungen. Der Schwarze war gut darin, Snap einzuschüchtern. Claw wusste um seine Ausstrahlung auf den Chiphead und genoss seine Macht. Die Reaktionen des Deckers zu beobachten machte ihm einen Heidenspaß. Der Schamane spielte mit Snap – schließlich war Löwe eine Raubkatze.

Zack ließ sich auf den Stuhl fallen. Der verstörte Decker stand in der Mitte des Zimmers und schlotterte am ganzen Körper. Ein kurzer Blick auf den Schamanen erklärte das Verhalten des Jackheads. Der Afrikaner bleckte die Zähne, und ein selbstgefälliges Grinsen umspielte dessen Gesichtszüge.

Die Elfin war von ihrem Trip noch nicht zurück, und Zack hatte keine Lust auf einen neuerlichen Anfall des Deckers. So wie es aussah, musste er den Löwenbubi von der Beute ablenken. Nur wie stellte er das an, ohne dem stolzen Kerl auf die großen Füße zu treten?

*Gehirn ausschalten, Mund aufmachen, Zack,* sprach ein Teil seines Unterbewusstseins zu ihm. Der andere Teil in ihm antwortete mit Sarkasmus: *Das, mein Freund, hast du bei Teresa auch gemacht, und wir wissen, wohin uns das gebracht hat!* Er schob den Gedanken beiseite.

»Hey, Claw. Ich habe Hunger, wie sieht es mit dir aus?«

Das Grinsen im Gesicht des Schamanen wurde breiter, als er zur Antwort ansetzte. »Essen ist eine gute Idee, ich bin auch hungrig. Womit wollen wir anfangen?«

Auffordernd glitt der Blick des Afrikaners durch das Zimmer, blieb aber wieder auf dem Decker ruhen.

Zack sah sofort ein, dass das keine gute Idee gewesen war. Er wollte den Schwarzen von seinem Vorhaben abbringen und nicht darin bekräftigen, dem Decker noch mehr Angst einzujagen. Nur bei einem war sich Zack auf einmal nicht mehr so sicher; schließlich kannte er die Essensgewohnheiten in Afrika nicht, und wenn selbst die Squatter in Altona gelegentlich alles aßen …

»Claw!«, rief Zack entrüstet.

Das tiefe Lachen des Schamanen hing auf einmal in der Luft, und die Augen des Mannes funkelten vor Tränen. Stotternd und sich den Bauch haltend, kam die Antwort abgehackt über seine Lippen. »Zack … alles nur Spaß … großer Krieger … Ich wollte kleinem Decker … nur Angst einjagen … Kein Grund zur Aufregung!«

Erleichtert atmete der Samurai auf.

Snap verstand die Welt nicht mehr. Das waren Sadisten in seiner Wohnung oder verdammt geschickte Gedankenmanipulierer. Wie sollte er auf diese Gefühlsschwankungen reagieren? Die Welt war einfach nur ungerecht zu ihm. Ein leises Stöhnen hinter ihm ließ ihn herumfahren.

Das Licht der Sonne war durch die Wolken gebrochen und badete alles in ihrem orangefarbenen, feurigen Licht. Die sonst weiße Haut der Frau schien zu brennen, als sie sich in den wärmenden Strahlen reckte. Ihre Augen waren geschlossen. Der zarte, schlanke Körper schmiegte sich an den Sessel, und ihre Lippen spiegelten Wohlbehagen wider. Icemademoiselle erschien dem Decker im Augenblick gar nicht eisig, ganz im Gegenteil. Mit einem Mal öffnete die Elfin die Augen. Snap fühlte sich wie ein kleiner Junge, der bei einer Straftat erwischt wurde. Oder den die Mutter gerade beim Anschauen der ersten Porno-Chips erwischt hatte.

Verlegen richtete er den Blick auf den Fußboden und wunderte sich über sein kindisches Verhalten.

Sie öffnete ihre kristallblauen Augen und schaute ihn an. Wie schon am Telekom sprach sie auch jetzt mit dieser merkwürdig elektronischen, zeitversetzten Stimme. »Hallo, Snap. Oder wäre es dir lieber, wenn ich Charlie zu dir sage?«

Es dauerte einige Sekunden, bis Snap zu einer Antwort ansetzte. Stotternd kamen die Worte über seine Lippen. »Ja … ähm, Snap ist okay.«

Das war alles. Der Decker fühlte sich immer mehr wie ein kleiner, liebestoller Sextaner. Seine Vernunft riet ihm Folgendes: *Snap, komm schon. Reiß dich zusammen, das ist nur eine Frau.* Eine Stimme in seinem Hinterkopf musste aber noch einen anderen Kommentar vom Stapel lassen: *Aber eine verdammt gut aussehende!*

»Gut, wir kennen uns. Du darfst mich Icebaby nennen.« Da Snap nichts sagte, sprach sie unbeirrt weiter. »In Zürich ist uns ein kleines Missgeschick unterlaufen. Wir wollten dich in keiner Weise bedrohen oder gar verletzen. Das stand nicht in unserer Absicht, das kannst du mir glauben. Wir wurden nur auf dich aufmerksam, als du nach einem Freund von mir suchtest – Chardwin Brown.«

Bei dem Namen zuckte Snap unwillkürlich zusammen.

Der Elfin blieb das nicht verborgen. »Ich bin nun mit meinen Freunden hier, um herauszufinden, wer für seinen Tod verantwortlich ist. Da du uns von seinem Ableben unterrichtet hast, liegt es nahe, dass wir dich zuerst befragen, oder?«

Er hatte diesem sadistischen Schwarzen schon alles erzählt. Natürlich nicht freiwillig, aber Fakt war nun einmal, dass er gequatscht hatte, und zwar mehr, als ihm lieb war. Hoffentlich würde ihm Teresa nicht den Kopf abreißen. »Ihr Freund hat schon alles aus mir rausgedrückt! Ich bin leer wie eine ausgequetschte Zitrone.«

»Natürlich hast du alles gesagt, Snap. Ich wollte dir lediglich erklären, warum wir so handeln. Wir sind keine Monster. Verstehst du das?«

Zögernd nickte er, aber dass alle Anwesenden keine Monster waren, bezweifelte er. Der Schwarze war besessen davon, ihm den Garaus zu machen.

»Das ist gut. Wir sind mit Teresa in Verbindung getreten. In genau drei Stunden, wenn alles glatt geht, bist du uns los. Ich bin froh, dass wir uns so gut verstehen und in gemeinsamem Einverständnis auseinander gehen können.«

Bei dem Gedanken an Trennung von dieser umwerfenden Elfin wurde Snap das Herz schwer.

»Ach, ich habe hier etwas für dich. Es gehörte einmal einem Chummer. Ich denke, du kannst es gebrauchen. Aber wenn du das kleine Geschenk annimmst, bist du mir verpflichtet. Irgendwann einmal könnte ich deine Hilfe gebrauchen. Einverstanden?«

Die Elfin zeigte auf das Fuchi-Deck. Am liebsten wäre Snap auf sie zugerannt und hätte sie umarmt. Aber dann überdachte er ihre Worte. Was sie ihm anbot, war ganz einfach – nimm das Deck, und du steckst in meiner Schuld. Mit anderen Worten, wenn ich einmal Hilfe rufe, bist du da, ob dir das gefällt oder nicht! Dies würde aber immerhin bedeuten, dass er sie noch einmal wiedersehen würde. *Was man dafür nicht alles tat,* überkam es Snap.

»Danke, ich nehme an.«

Zum ersten Mal sah er sie lächeln. So warm wie die Sonne, deren Strahlen ihren Körper die ganze Zeit über badeten.

»Ich wusste, dass du nicht ablehnen würdest, Snap.«

Der wusste nicht, wie er diese Antwort deuten sollte. Hatte das Lächeln ihm gegolten?

*Chummer, ist deine Birne jetzt ganz weich gekocht? Sie ist eine knallharte Geschäftsfrau. Eine Runnerin. Nichts in den Schatten ist umsonst. Bevor dir einer was schenken würde, hätte er deine Creds geklaut. Wenn du so weitermachst, gehört dein Arsch der städtischen Müllabfuhr!*

## 37

Pandora hatte sich tief in das Herz von Altona gewagt. Der Scheinwerfer der BMW-Blitzen war auf ein altes, mit unzähligen Gangzeichen beschmiertes Garagentor gerichtet. Die Magierin griff in ihre Brusttasche und holte eine Fernbedienung hervor. Sie hätte nie gedacht, dass sie in diese Gegend zurückkommen würde. Jetzt stand sie hier, an dem Ort, wo sie sich aufgehalten hatte, nachdem sie sich von ihrem alten Team Pik-Dame getrennt hatte. Ein kurzer Druck auf die Taste, und das Rolltor öffnete sich kreischend. Sie lenkte die Maschine ins Innere der alten Lagerhalle und drückte erneut auf eine Taste an der Fernbedienung. Hinter ihr schloss sich das Tor wieder.

Pandora stellte die Maschine ab, schaltete die Turbine aus und sicherte ihr Motorrad gegen unbefugte Benutzung. Man konnte ja nie wissen. Dann griff sie in ihre Umhängetasche und holte einen Niedrigfrequenzer heraus. Das Licht der Lampe erwachte augenblicklich zum Leben. Sie ließ den Lichtkegel über den Boden gleiten und war verwundert, weil es so aussah, als ob niemand in der ganzen Zeit hier gewesen wäre. Die alten verrosteten Bierdosen lagen an der gleichen Stelle wie damals, als sie diesen Ort verlassen hatte. Verwunderlich, wenn man bedachte, dass sich die Halle mitten in Altona befand. Es konnte wohl kaum daran liegen, dass die dunklen Bewohner der Gegend mit einem Mal gesetzestreu geworden waren. Nun, auf dieser Ebene hätte ein Einbrecher sowieso nichts Interessantes gefunden.

*Ich weiß nicht, warum hier niemand eingedrungen ist, aber eins weiß ich mit Sicherheit: dass sich dieses Mysterium gleich von selbst aufklären wird.*

Unsicher schritt sie durch den vorderen Teil ihrer ehemaligen Zuflucht. Trotz ihrer Bemühungen, so leise wie möglich zu gehen, knirschte der Schutt unter ihren Stiefeln bedrohlich laut. Das Geräusch verursachte der Magierin eine Gänsehaut.

Pandora kam zu einer ihr wohlvertrauten Treppe, die in den Keller führte. Langsam schritt sie die nassen Stufen hinunter und verharrte vor der großen Eisentür. Kurz askennte sie diese mit der astralen Sicht. Sofort fiel ihr das Fehlen ihrer magischen Barriere auf. Aus reiner Gewohnheit wanderte ihre Hand zum Griff der Ares Predator. Routiniert zog sie die Waffe und trat die Tür auf. Die Tür gab nach und schwang quietschend nach innen auf. Mit dem Niedrigfrequenzer in der linken und der Ares in der rechten Hand schritt sie durch die Tür. Der Scheinwerferkegel glitt über den Boden. Ihre Beschwörungskreise waren unverändert. Die Luftfeuchtigkeit hier unten war wie immer enorm. Der stete Geruch von Fäulnis lag in der Luft und begrüßte sie, als sie tiefer in ihr ehemaliges Studierzimmer vordrang. Eine kurze Handbewegung, ein paar gemurmelte Worte, und die vor langer Zeit aufgestellten Kerzen entzündeten sich. Nichts. Es war niemand da. Aber wer hatte die Barriere entfernt? Als sie die Lampe auf den Boden stellte, schlug die Tür zu. Jetzt war klar, dass sie nicht alleine war. Sie wechselte auf Astralsicht und machte sich bereit zum Kampf. Pandora sprang zur Seite und drehte sich um. Die Magierin hatte damit gerechnet, augenblicklich von tödlichen Geschossen oder Kampfzaubern zerfetzt zu werden. Aber nichts war zu sehen. Ein erneutes Geräusch hinter ihr ließ sie herumwirbeln.

*Bin ich ein Drehkreisel? Dort war doch eben niemand!*, dachte die Frau.

Die Situation hatte sich verändert. In einem ihrer Ritualkreise stand ein bläulich schimmernder Mann. Sein Körper wirkte wie durchscheinendes Wasser und schien auf der Astralebene vor Kraft zu strotzen. In der sich bewegenden Masse konnte man sogar eine Jeanshose und Lederjacke als Kleidung erkennen. Pandora ließ die Waffe sinken und öffnete erstaunt den Mund. Sie wusste, dass die Waffe gegen den Elementar nichts ausrichten würde, falls es zu einem Kampf kam. Eine leichte Spur der Schärfe war in ihren Worten zu hören, als sie das Wesen ansprach: »Was willst du, und wer bist du?«

Ein Lächeln erschien für einen kurzen Augenblick an der Stelle des Wasserelementars, wo bei einem Menschen das Gesicht gewesen wäre. Die Stimme klang wie das Plätschern eines schnell dahinfließenden Baches, als das Wesen zu ihr sprach. »Pandora, ich habe dich vermisst.«

Die Magierin hatte von solchen Phänomenen gehört, ihre Existenz auch nie ausgeschlossen, aber die Erkenntnis traf sie wie ein Vorschlaghammer mitten ins Gesicht. Dieses Wesen vor ihr war ein Animus. Ein Elementar, der aus eigenem Antrieb handelte. Ein Wesen, das sich vielleicht zu ihr hingezogen fühlte.

»Ich kenne dich nicht«, sagte sie zögernd. Ihre Worte klangen nicht besonders überzeugt, aber sie konnte sich wirklich nicht an ihn erinnern.

»Mein von dir gegebener Name ist Aqua. Ich bin der erste Wasserelementar, den du in Altona beschworen hast. Erkennst du mich denn nicht?« In der Stimme des Wesens lag eine Spur Enttäuschung.

Pandora forschte in ihren Gedanken und fand den Moment ihrer Vergangenheit, von dem das Wesen sprach. Es war eine ganz einfache Beschwörung gewesen, nichts Besonderes. Vier Liter Wasser und vier Stunden Arbeit. Aber der Elementar vor ihr sah kräftiger aus als jener, den sie in Erinnerung hatte.

»Du bist Aqua?«, fragte sie zweifelnd.

Als sie dies sagte, erschien das Gesicht erneut, und die Augen blitzen erfreut bei diesen Worten.

»Ja, du erinnerst dich! Ist das schön! Ach, ist das …«

Pandora hob die Hand und unterbrach den Redefluss des Wesens.

»Es ist schön, dich wiederzusehen, aber was willst du?«

Das Wesen schritt auf sie zu und ging nervös auf und ab. Mehrere Male setzte es zu einer Antwort an, brach aber immer wieder ab. Dann endlich bekam es den Mund auf. »Nun gut, ich habe das Gefühl, dass du meine Hilfe brauchst.«

War das denn möglich? Das Wesen hatte Gefühle, die sich um sie drehten. Das war das Letzte, was sie gebrauchen konnte, ein liebestoller Elementar. Ein Wesen, das nicht unter ihrer Kontrolle stand und allen möglichen Ärger veranstalten konnte. Andererseits, man konnte nie wissen … Vielleicht war es ja zu etwas zu gebrauchen …

»Warum könnte ich deine Hilfe brauchen?«

Erneut schritt der Geist auf und ab. Eine Angewohnheit, die sie an sich selbst oft genug bemerkt hatte.

»Das weiß ich nicht, es ist ein Gefühl. Etwas, das auch neu für mich ist. Akzeptiere es einfach und genieße die Zeit mit mir!«

Die ganze Sache klang interessant, aber im Augenblick fehlte Pandora die Zeit, um sich näher damit zu beschäftigen. Sie entschloss sich dazu, es erst einmal dabei zu belassen und die Existenz des Geistes zu akzeptieren. Natürlich würde sie ihm nicht blind vertrauen. Es bestand durchaus die Möglichkeit, dass der Elementar ein Schwindler war. Eine Kreatur, die einen

Heidenspaß hatte, ein Spielchen mit den Menschen zu veranstalten.

»Okay. Fürs Erste glaube ich dir.«

Aufgeregt schlich das Wesen um sie herum. »Das ist schön, ich wusste, das du mich magst! Was jetzt?«

»Eigentlich wäre die Frage mein Part gewesen. Aber ich muss mich mit einem Freund in Verbindung setzen. Ich habe einen Job, den ich erledigen muss.«

»Wenn du mich im Augenblick nicht brauchst, sehen wir uns später wieder. Ich freue mich schon darauf!«

Das Wesen verschwand aus ihrem Sichtbereich. Die Magierin nahm an, dass es sich auf die Ebene der Elementare zurückgezogen hatte, zumindest hoffte sie es. Etwas nervöser als vorher streifte sie den Ärmel der Lederjacke zurück und widmete sich dem Multikom am Handgelenk. Sie rief die Nummer von Simon auf und wartete darauf, dass der Anruf entgegengenommen wurde. Nach einigen Sekunden erschien auf ihrem Display das Gesicht des Mannes, und seine markante Stimme ertönte über den Lautsprecher. »Hallo, Pandora! Wie sieht es aus?«

»Unser Freund hat sich mit ein paar Runnern getroffen. Ich sende dir Bilder der Männer. Finde heraus, wer sie sind.«

Die Magierin griff nach der Zigarettenschachtel und verband ein Glasfaserkabel mit dem Handkom. Einige Sekunden später waren die Daten heruntergeladen worden.

»Gut, ich habe die Daten erhalten. Was hast du sonst noch erfahren?«

»Die Leute haben sich, wie du gesagt hattest, im *Zaubertroll* getroffen. Brückner hat durchblicken lassen, dass er einen gewissen Paul Frazer sucht, unseren Kurier. Er möchte ihn in einem Stück haben. Sieht so aus, als ob Paul die Daten hat. Zusätzlich hat er den Auftrag erteilt, einen Mann namens Peter Brandt zu finden. Kennst du ihn?«

Ein kurze Pause, dann setzte Simon zur Antwort an.

»Ja, ein Schattendoktor. Wir haben gehört, dass in letzter Zeit ein paar Schattenkliniken überfallen und ausradiert wurden. Nähere Details sind nicht bekannt, aber vielleicht besteht ein Zusammenhang mit unserem Freund Brückner.«

Die Informationen waren der Magierin neu. Hatte Brückner mit den Schattendocs irgendeine Gemeinheit ausgeheckt? Dieser Peter Brandt wusste offenbar etwas, das Professor Brückner gefährlich werden konnte.

»Es wäre gut, wenn wir ihn finden könnten. Anscheinend hat er etwas gegen Brückner in der Hand.«

Simon dachte kurz nach und griff den Faden dann auf.

»Ich schaue, was ich machen kann. Näheres will ich jetzt noch nicht sagen, aber ich fürchte, wir hatten ein Loch in unseren Reihen.«

»Das hört sich gar nicht gut an, ist aber die einzige Erklärung, warum sie Paul überraschen und unsere Männer ausschalten konnten. Wer war es?«

»Einer der Männer, die für Pauls Überwachung verantwortlich waren. Auf seinem Konto fand man zu viele Euros. Jetzt hat man sein letztes Schweigen mit Blei gekauft. Wie immer wirksam.«

»Drek«, bemerkte Pandora zutreffend.

»Das kannst du laut sagen. Die Daten des Deckers haben wir analysiert. Die Lieferdaten von der Bayersdorf AG wurden nachträglich manipuliert, wir können aber nicht festmachen, was genau verändert wurde. Brückner will auf jeden Fall Beweise beseitigen. Die Frage ist nur, Beweise wofür?«, stellte Simon mit seiner nüchternen, analytischen Art fest.

»Gute Frage, aber ich habe leider keine Antwort parat. Hast du was von Zack gehört?«, wollte die Magierin wissen.

»Negativ. Meine Männer haben ihn nach einem Kampf mit einem Schwarzen verloren. Kennst du ihn?«

Das Foto eines mit einem Löwenfell bekleideten Typen erschien auf dem Bildschirm. Pandora prägte sich die Züge ein, kannte den Mann aber nicht.

»Unbekannt, aber der Typ ist ziemlich auffällig. Wie kann man den verlieren?«

Simons Miene wirkte mit einem Mal betreten. »Keine Ahnung, was für einen Bockmist meine Männer gemacht haben. Wir vermuten aber, dass er ein Löwenschamane ist.«

»Das liegt nahe. Hast du sonst noch was für mich?« Pandoras Stimme konnte man entnehmen, dass sie das Gespräch beenden wollte.

»Ja, dein Hund stinkt und nimmt mein Apartment auseinander. Wenn du nicht bald zurückkommst, kriege ich Ärger mit den Nachbarn und darf mir eine neue Bude suchen.« Eine bedrückende Pause entstand, bevor Simon weitersprach: »Das ist aber nicht alles.«

Die Magierin wurde ungehalten. »Sag schon, ich habe das dumme Gefühl, dass uns nicht viel Zeit bleibt«

Pandora wurde innerlich immer ungeduldiger. Sie wusste aber nicht, woran es lag. Es war so ein Gefühl, das sich in ihr ausbreitete, seitdem der Elementar sich in ihre Welt geschlichen hatte.

Endlich sprach Simon aus, was ihm auf der Leber lag. »Wir haben gehört, dass der Wagen deines Ex-Teams ausgeschaltet wurde.«

Jetzt wurde sie noch unruhiger. Sie war zwar im Streit aus dem Team ausgetreten, aber Chummer blieben Chummer. Oft genug hatten sie sich gegenseitig das Leben gerettet.

»Shit! Hat man die Leichen gefunden?«

»Nein, aber da ist etwas, dass mich mehr beunruhigt. Der Sibirische Bär soll hinter dem Angriff stehen. Aber die Söldner sind ebenfalls von der Bildfläche verschwunden. So wie es aussieht, haben die Söldner ihr Ende in der Kanalisation gefunden. Vermutlich ist der Hanse-Meta-Untergrund dafür verantwortlich. Aber das Verrückteste von allem kommt noch. Albert hat angerufen. Er ließ durchblicken, dass sich Paul bei ihm gemeldet hat.«

Pandora kochte innerlich. Warum musste sie Simon immer alles aus der Nase ziehen? »Und der Kerl hält es nicht für nötig, sich bei uns zu melden?«, fragte sie genervt.

»Das dachte ich auch, aber er setzt noch einen drauf. Paul will sich morgen mit mir treffen. Und zwar um 20 Uhr vor dem Haupteingang der Shell-Kuppel. Zum Glück hatte ich noch einen Gefallen bei Ape gut. Er hat mir erzählt, dass sich ein Ork in Pauls Begleitung befand. Nun rate mal, wie der Meta hieß.«

Das konnte doch nicht sein! Ungläubig kam ihr der Name über die Lippen, obwohl sie wusste, dass er es sein musste. So etwas nannte man wohl Karma. »Chet?«

»Ja. Ich fürchte, deine Chummer sind da in etwas hineingeraten, das definitiv zu groß für sie ist.«

Konnte das wirklich sein? Ihr Ex-Team war in die Sache verwickelt. Aber warum? »Leider muss ich dir Recht geben. Wenn sie sich nicht aus der Sache raushalten, werden sie sich verdammt böse die Finger verbrennen«, stimmte Pandora zu.

»Ich fürchte, dafür ist es mittlerweile zu spät«, bemerkte Simon treffend.

Stumm nickte sie ihrem Boss zu. Das Team konnte nicht wissen, wer hinter der Sache stand, sonst hätten sie schnell gemacht, dass sie aus der Stadt verschwanden. Stefan Brückner arbeitete für die Bayersdorf AG und hatte ein enormes Kapital in petto. Bis jetzt sah es so aus, als ob er dem Konzern etwas verheimlichen wollte, aber die Umstände konnten sich ändern, und dann würde er die volle Macht des Konzerns nutzen können.

»Mach's gut, und achte auf den Hund«, sagte sie abschließend. Der Bildschirm erlosch. Pandora stand noch einige Minuten da und starrte mit leerem Blick in den Raum. Vieles ging ihr durch den Kopf. Sie hatte zu viele unbeantwortete Fragen.

Dann raffte sie sich auf und begann alles für das Ritual vorzubereiten. Mit Hilfe dieses kleinen magischen Rituals wollte sie ihren Ex-Runnerkollegen Zack aufspüren. Da sie jetzt wusste, dass der Samurai mit einem Schamanen unterwegs war, konnte sich das Aufspüren als schwierig erweisen. Vielleicht würde sie auf magische Gegenwehr stoßen. Sie besaß eine Blutprobe von Zack – schließlich bluteten Chummer, wenn sie während eines Runs verletzt wurden. Eigentlich müsste es ein Leichtes sein, ihn zu finden. Es gab viel zu tun, und eines brauchte Pandora auf jeden Fall: Glück. Sie hatte das dumpfe Gefühl, dass einiges an Karma verpulvert werden würde, bis die Sache durchgestanden war.

## 38

In Snaps Bude wählte Icebaby die Komnummer von Teresa.

Sofort wurde der Anruf entgegengenommen. Die Schieberin ging ohne Umschweife zum geschäftlichen Teil über und verzichtete auf unnötigen Smalltalk. »Das Treffen ist um 18.00 Uhr im *Gulp*, einer Spelunke im Hanse-Meta-Untergrund«, berichtete sie kalt.

»Ich habe verstanden. In genau vier Stunden. Wie werden wir unseren Kontakt erkennen?«, hakte Icebaby nach.

Teresas kurze Antwort machte klar, dass sie die Elfin nicht mochte und nicht vorhatte, mehr als nötig zu sagen. »Er wird Sie erkennen. Das muss genügen.«

Die Stimme der Elfin wurde genauso eisig wie die der Schieberin: »Gibt es sonst noch etwas?«

Teresas Stimme wurde noch kälter. »Ja, ich möchte mit Snap reden.«

Die Elfin zuckte mit den schmalen Schultern. »Kein Problem.« Dann drehte sie sich um und rief Snap ans Komgerät.

Einige Sekunden später saß der Decker am Schreibtisch und machte sich auf einige böse Worte gefasst. Zu seiner Verwunderung bekamen Teresas Züge einen sorgenvollen Ausdruck. Aufmerksam nahmen ihre Cyberaugen die Anzeichen von Stress im Gesicht des Mannes war.

»Ist alles okay mit dir?«

Eine solche Reaktion hatte der Decker nicht erwartet. Ihm fiel eine schwere Last von den Schultern. »Klar, mir geht es den Umständen entsprechend«, brachte er mit einem gespielten Lächeln hervor.

Die Elfin schaltete sich in das Gespräch ein. »Wie ich Ihnen gesagt habe, wir krümmen Ihrem Freund kein Haar. Er ist wohlauf und wird uns heute Abend, wenn alles klargeht, los sein.«

Der besorgte Ausdruck verschwand aus Teresas Gesicht so schnell, wie er erschienen war, als sie ihren bissigen Kommentar der Elfin entgegenschleuderte. »Das will ich Ihnen auch geraten haben!«

»Teresa, ich weiß, wie lange Ihr Arm ist. Ich bin überzeugt, die Sache wird sich für uns alle positiv entwickeln. Verzichten wir also auf unnötige Drohungen.«

Die Deckerin unterbrach das Gespräch. Schnell machten sich alle bereit zum Aufbruch. Snap hatte das dumme Gefühl, dass irgend etwas schief laufen würde. Er hoffte nicht darauf, um sieben zurück in seinem Apartment zu sein und gemütlich ein Bier vor dem Trid trinken zu können. Die anderen waren fertig und warteten auf ihn. Der Decker warf sich seinen zuvor von der Messerklaue gefilzten Ledermantel um und nahm einige seiner teuren Pillen ein. Danach hieß es: Fertig zum Aufbruch in eine ungewisse Zukunft.

Nach dem Sex lag Candle noch einige Zeit in seinen Armen. Die Sache war toll gewesen. Er hätte nie gedacht, dass eine Frau ihn so berühren konnte. Anscheinend war die Magie der Frau auch zu anderen Sachen zu gebrauchen. Sie hatte in ihm ein Feuer entfacht, welches sich von dem eines Feuerballs ziemlich unterschied. Es würde eine schöne Erinnerung bleiben, mehr aber auch nicht. Dieser Moment war vorbei. Das Verlangen hatte für kurze Zeit alles Rationale weggespült – jetzt kehrte die Vernunft zurück. Das, was sie beide getan hatten, würde kein zweites Mal passieren. Paul hakte es unter dem Punkt Vergangenheit ab.

Lücke war von seinem Ausflug in die Astralwelt noch nicht zurück. Sanft löste sich Paul von Candle, stand auf und zog sich an. Candle wurde wach und kleidete sich ebenfalls an. Sie sprachen kein Wort miteinander, warfen sich aber gegenseitig zufriedene Blicke zu. Es dauerte einige Minuten, aber dann regte auch Lücke seine steifen Glieder. Die Augen des Schamanen funkelten neugierig. Die Nase zuckte aufmerksam, und ein breites Grinsen machte sich in dem pickeligen Gesicht breit.

*Pass auf, was du sagst, oder ich breche dir den Riechkolben,* dachte Paul.

Wissend raffte der Kleine seine Sachen zusammen, sah aber den Ausdruck in Pauls Augen und schluckte jeglichen Kommentar in weiser Voraussicht herunter.

Eine halbe Stunde später kehrten Ratón und Chet zurück. Die Riggerin wirkte etwas besänftigter als vorhin. Der Meta schaute sie alle der Reihe nach an und sagte dann zu ihnen: »Ich will, dass keiner von euch 'ne Ballerei anfängt. Rustle hat sich um alles gekümmert. Das *Gulp* is clean. Paul geht mit mir in die Kneipe an einen der Tische. Lücke setzt sich mit Ratón an den am weitesten entfernten gegenüberliegenden Tisch. Keine unnötigen Blickkontakte. Candle mischt sich unters Volk und hält die Augen offen. Das klingt doch einfach, und ich gehe davon aus, dass ihr alles verstanden habt und euch an die Anweisungen haltet.«

Der Meta griff in eine Tasche und warf jedem von ihnen ein Headphone zu. Paul erkannte, dass es Standard-Tech aus Armeebeständen war. Nicht schlecht, aber auch nicht besonders umwerfend. Die Schrammen auf den Geräten bewiesen, dass sie nicht neu waren.

»Hier hat jeder ein Headphone. Und kein unnötiges Gelaber, sonst gibt es Stunk! Und zwar einen, der sich gewaschen hat. Falls es euch interessiert, die Ironie will es so, dass einzelne Teile davon dem Team gehörten, das uns gejagt hat. So weit alles andere verstanden?«

Was blieb ihnen denn anderes übrig, als zuzustimmen? Paul wusste nicht, was er von dem Ork halten sollte. Einmal spielte er den Boss, ein anderes Mal ließ er die Magierin diesen Part übernehmen. Hinzu kam seine Gewohnheit, Befehle zu geben. Paul war wohl nicht der Einzige, der eine Ausbildung beim Militär genossen hatte. Er würde einige seiner Kontakte auf den Meta ansetzen. Nicht sofort, aber wenn die Sache durchgestanden war.

Als sie nach draußen gingen, warf Chet ihm eine Tüte zu. »Die versprochenen Bleierbsen.«

Paul nickte dem Ork dankend zu und verstaute die Clips in seinem Duster, nachdem er die Waffe nachmunitioniert hatte. Dabei fiel ihm auf, dass er dringend einen neuen Duster brauchte. Das Ding stank, war schmutzig und hatte wie der Rest seiner Kleidung schon einiges abbekommen.

Wenig später saßen sie im *Gulp*, der abgelegenen HMU-Kneipe, die um diese Uhrzeit gut besucht war.

Lücke drängte sich dicht an die Wand und kaute nervös auf seinen schmutzigen Fingernägeln. Ratón schaute angewidert weg, hielt aber die ganze Zeit mit ihren Cyberaugen den Eingang im Blick. Der Meta saß neben Paul auf der Bank und genoss ein Bier. Paul konnte Candle nicht entdecken. Höchstwahrscheinlich setzte sie Magie ein. Es war immer gut, einen magischen Trumpf im Ärmel zu haben. Die Berücksichtigung dieser Erkenntnis hatte Paul schon mehrmals das Leben gerettet.

Sie saßen jetzt schon eine halbe Stunde hier, und der Meta war noch bei seinem ersten Bier. Eine tolle Leistung. Paul ging davon aus, dass das normalerweise anders aussah. Dem bevorstehenden Treffen fieberte er neugierig entgegen. Ein Treffen mit den Leuten von Chardwin Brown würde Licht in die Sache bringen. Vorausgesetzt, es war keine Finte. Aber sie waren vorbereitet. Chet hatte ihm erzählt, dass Rustle sechs seiner Leute unter die Besucher gemischt hatte. Die Kerle hatten den Auftrag, dafür zu sorgen, dass keine unangenehmen Überraschungen passieren konnten. Paul zündete sich eine Zigarette an und sog genussvoll den Qualm in die Lungen. Das war die erste seit zwei Tagen! Unglaublich.

»Das ist gesundheitsschädlich«, grunzte der Meta.

Paul winkte ab. »Nicht für mich, ich habe Toxinfilter in meine Lungen eingebaut.«

Damit war das kurze Gespräch auch schon beendet.

Einige Minuten verstrichen. Um Punkt 18 Uhr ging die Eingangstür auf. Eine auffallende Elfin in weißem Leder und mit einem weißen Hut betrat selbstsicher die Kneipe. Die ungefähr eins neunzig große Frau schaute sich kurz um und schritt dann, gefolgt von drei Männern, allesamt Norms, in den stinkenden Raum. Dicht hinter der Frau ging ein nervös dreinschauender Mann in einem langen, schwarzen Ledermantel. Hinter den beiden kamen ein Straßensamurai – die ausgeprägten Muskelpakete und die Shades ließen keinen Zweifel daran – und ein riesiger, durchtrainierter Schwarzer ins Lokal. Der Samurai trug einen Duster, und die Hände des Mannes steckten in den tiefen Taschen des Panzermantels. Die Shades verrieten nichts von den Gefühlen des Besitzers. Die Miene war steinhart und gefasst. Neben der Messerklaue wirkte der Schwarze etwas fehl am Platze. Ein merkwürdiger Löwenschädel auf dem Kopf unterstrich diesen Eindruck nur noch. Die anderen Gäste im Lokal starrten die neuen Besucher interessiert an. Paul wunderte sich, wie dieser merkwürdige Haufen es geschafft hatte, bis ins *Gulp* vorzudringen. Der Laden befand sich nicht in einer der gut bewachten Touristenstraßen des Untergrunds. Paul warf Chet einen fragenden Blick zu. Die Unterkiefer des Metas klappten für einen kurzen Augenblick überrascht nach unten. Dann hatte er sich wieder gefangen und winkte der Frau zu. Diese wurde sogleich auf den Ork aufmerksam und machte sich mit ihrem Gefolge auf den Weg zu ihnen.

Paul konnte erkennen, dass sich die Augen des Straßensamurais mit dem Duster kurz verengten, als er sie am Tisch erblickte.

Einladend breitete der Ork die Arme aus und grunzte den Fremden eine Begrüßung entgegen. »Hallo, Müslimaus. Setz dich, ich frage den Wirt mal, ob er ein paar Körnerriegel hat.«

Die Frau war tatsächlich eine Elfin. Sie musste entweder mutig oder verdammt durchgeknallt sein, wenn sie es wagte, hier im Untergrund in ihrem teuren, strahlenden Dress aufzutauchen.

Kurz funkelten ihre Augen gereizt, dann wechselte sie zu einem strahlenden Lächeln. »Hallo, Troggesicht! Es freut mich, dass es in diesem Loch auch etwas gibt, das vorher noch nicht zweimal gegessen wurde.«

Paul schaute beim Ausdrücken seiner Zigarette unauffällig zu den anderen am gegenüberliegenden Tisch. Ratón hatte ihre Rechte unter der Tischkante versteckt und ließ die Neuankömmlinge keinen Augenblick aus den Augen. Lücke versuchte sich mit ängstlich verzerrten Augen durch die Wand zu beißen und schaute überall hin, nur nicht zu den Kontaktpersonen.

*Warum hat dieses Drekgesicht so einen Heidenschiss?*

Ein Blick von Paul in die Augen des Schwarzen erklärte, warum. Paul war zwar kein Magier, konnte aber die Macht, die den Mann umgab, förmlich spüren. Die Raubtieraugen musterten ihn und den Ork eindringlich. Er tippte auf einen Löwenschamanen – war ja auch nicht besonders schwer gewesen. Ein kurzes Schnüffeln und der Anblick des Löwenschädels boten genug Anhaltspunkte. Der Schwarze und der verstört schauende Mann mit einer Datenbuchse an der Schläfe, die Paul erst jetzt auffiel, setzten sich ebenfalls. Nur der Straßensamurai blieb stehen und schaute weiterhin durch das Lokal.

»Will sich Ihr Chummer nicht setzen?«, fragte der Ork die Elfin.

»Ich glaube, wenn er Lust darauf verspürt, wird er es schon von alleine tun. Kommen wir zum eigentlichen Anliegen unseres Treffens und sparen uns die langweiligen Beleidigungen beiderseits. Einverstanden?«

Chet breitete die Arme aus und ließ seine Kunstmuskeln spielen. Die provozierende Antwort schnurrte er der Elfin förmlich entgegen. »Wieso den spannenden Teil weglassen? Ich bevorzuge es, Jackheads zu beleidigen. Haben Sie etwas dagegen?«

Zu Pauls Verwunderung und auch zur Verwunderung der Frau beantwortete die stehende Messerklaue die Frage des Orks. »Hey, Chet, spiel nicht das große Arschloch. Du magst zwar ein kleiner, bepisster, hirnamputierter Primatenwichser sein, aber lass die Lady endlich zum geschäftlichen Teil kommen, und erspar uns allen das Gesülze! So ka?«

Chet war platt, sollte aber das, was ihm auf den Lippen lag, nicht mehr aussprechen. Lautes Donnern und das Rattern einer Maschinenpistole ließen alle Anwesenden zu ihren Waffen greifen und übertönten den Kneipenlärm um einiges. Unter den Gästen brach Chaos aus. Paul warf sich zur Seite und drückte seinen Körper unter den Tisch. Chet tat es ihm gleich. Die Elfin ließ sich nach hinten über die Stuhllehne auf den Boden fallen, riss den verstörten Jackhead mit sich und verschwand aus Pauls Blickfeld. Der Muskelberg hatte sich in die Menge geworfen und war in den Besuchermassen in Richtung Tresen verschwunden. Was der Raubtierbubi tat, konnte Paul nicht mehr sehen. An der Stelle, an der er bis vor drei Millisekunden noch gesessen hatte, fraßen sich Projektile in die Rückenlehne der Bank und zerschossen gleichzeitig die halb vollen Gläser auf dem Tisch.

Neben ihm rutschte der Ork durch den Dreck und versuchte etwas zwischen den umherhetzenden Beinen zu erkennen. Ein zu langsames Paar Beine fiel mit den matschigen Überresten seines Kopfes gleichzeitig zu Boden und verteilte freigiebig Blut auf die anderen Gliedmaßen. Dann entstand vor Paul kurzzeitig eine Gasse, durch die er etwas erkennen konnte. Die beiden Jackheads hatten sich zu Ratón und Lücke gesellt. Die Riggerin machte der Elfin über Handzeichen klar, dass sie auf der gleichen Seite standen und niemand von ihnen das hier geplant hatte. Der Muskelmann mit dem Eisgesicht hatte zwei Ares Predator II gezogen, hockte hinter dem Bartresen, auf dem die Schüsse der Unbekannten fortwährend einschlugen, und versuchte einen Gegner auszumachen. Pauls Blick streifte durch die sich lichtende Menschenmenge. Leute tauchten freiwillig ab oder wurden von Kugeln zersiebt.

Endlich erblickte er etwas, das ihm mehr sagte. Candle hatte einen der Bartische umgeworfen und war dahinter in Deckung gesprungen. Unzählige Schüsse ließen das kleine Hindernis bedrohlich schnell schwinden. Vor ihr auf dem Boden lag eine Messerklaue, die Unterarmklingen im Todeskampf ausgefahren und mit gebrochenem Blick in Richtung der bleihaltigen Decke starrend. Eine Sandler TMP lag neben ihm im Dreck und rauchte einsam vor sich hin. Die Magierin musste den Typen mit der Waffe gesehen haben und schneller als er gewesen sein. Die Flechettsalven ihrer Altmayr hatten den von der Panzerung ausgelassenen Halsbereich erwischt und Muskeln und Sehnen auseinander gerissen. Aber um die Halsschmerzen brauchte sich der Kerl keine Sorgen mehr zu machen. Für ihn war das Spiel in diesem Leben gelaufen.

Da die Theke, sein ehemaliger Sitzplatz und Candles Bartisch unter Feuer lagen, musste er mit mindestens drei unbekannten Sportschützen rechnen. Aber wieso half die vom Troll versprochene Kavallerie nicht, dem Spuk ein Ende zu machen? Ein ziemlich ungesunder Gedanke machte sich in ihm breit. Was, wenn Rustles Leute nicht mehr auf ihrer Seite standen? In den Schatten konnte sich die Loyalität der einzelnen Beteiligten schnell ändern – ob nun Geld oder andere Dinge die Ursache waren, spielte für Paul und seine Chummer in diesem Augenblick keine Rolle. Fakt war, dass sie verdammt tief im Dreck steckten und kein helfendes Seil in Reichweite war.

Keine Zeit zum Nachdenken, er musste der Magierin helfen und dafür sorgen, dass sie ihren Arsch an einen sicheren Platz verfrachten konnte. Aber wen sollte er mit den Kugeln seiner schweren Pistole beharken? Chet grunzte ihm über den Lärm hinweg etwas zu. Paul erkannte aber sofort, dass der Meta nicht wusste, was er jetzt tun sollte. Es lag mal wieder an Paul, die Zügel in die Hand zu nehmen. Der Ork war ein verdammt guter Samurai, solange es darum ging, den Gegner in Stücke zu ballern oder andere aus der Scheiße zu schießen. Befehle unter Feuer zu geben und während eines Gefechts andere Leute zu koordinieren waren allerdings nicht gerade seine Stärken. Darin war Candle sicherlich besser, aber sie hatte im Augenblick alle Hände voll zu tun, um ihren süßen Hintern aus der Schusslinie zu halten.

*Die Headphones, verdammt, wieso funktionieren sie nicht?*

Ihre unbekannten Gegner mussten einen Störsender haben und die Frequenz ihrer Funkgeräte blockieren. Die Hoffnung auf ein paar Anfänger oder schlecht ausgerüstete Runner als Gegner konnte Paul sofort verwerfen – wäre auch zu schön gewesen. Nichts in dieser Welt konnte einfach laufen. Aber sein Plan war gefasst. Die ganze Sache hatte sich bis jetzt in Bruchteilen von Sekunden abgespielt. Nur so viel stand fest: Entweder riss er das Steuer an sich, oder sie konnten alle ein One-way-Ticket in die Hölle buchen.

Der Ork war wahrscheinlich beim Militär gewesen, also musste er sich mit Kommandozeichen auskennen. Natürlich waren sie je nach Waffengattung oder Einheit unterschiedlich, doch Gemeinsamkeiten lagen meistens vor. Der Muskelberg hinter dem Tresen mit den Ares-Schleudern in den Händen, die offenbar beide mit Smartlinks ausgestattet waren, sah, wie er dem Ork die Zeichen gab, und signalisierte Paul wiederum, dass er verstanden hatte.

*Vielleicht können wir die Fahrkarten umtauschen und entscheiden uns dazu, den kleinen Ausflug in die Hölle auf ein andermal zu verschieben!*

Okay, seine Chummer ließen die Knarren sprechen und schossen in die mutmaßliche Richtung der Gegner. Paul hätte nie geglaubt, dass so eine kleine Bar so beschissen zu überschauen war. Man lernte nie aus.

Paul schnellte hoch, hielt die Salvalette Guardian sicher vor sich und ließ den Blick durch das Chaos rasen. Hinter einer Säule stand eine Messerklaue und hielt das Feuer auf die Magierin gerichtet. Dank der Ares Crusader mit den verlängerten Munitionsclips würde sich das höchstwahrscheinlich kurzfristig auch nicht ändern. Am anderen Ende der Theke ballerte ein Elf mit einer Mossberg Sturmschrotflinte das Holz des Tresens in Tausende kleine Bruchstücke. Paul ließ seine Guardian zweimal auf den Müslifresser spucken und tauchte nach rechts unter den Tisch weg. Da die Schüsse der Mossberg nur kurz verstummten, schien er seinen Gegner nur angekratzt zu haben.

*Drek auch! Shit, Shit, Shit!*

Paul gab per Handzeichen Position und Anzahl der erkennbaren Gegner an die anderen weiter. Jetzt war Chet an der Reihe. Diesmal gab Paul Feuerschutz und jagte die restliche Munition in seinem Magazin in Richtung der Säule. Die Crusader ballerte weiter, und es wäre ein Wunder gewesen, wenn sein blindes Feuern die Messerklaue getroffen hätte. Routiniert warf er den leeren Clip aus seiner Waffe aus und schob den neuen ein. Reflexe halfen in den Schatten zu überleben. Ohne sie endete die Karriere auf der Straße meist frühzeitig wegen einer Bleivergiftung.

Der Unbekannte mit dem Eisgesicht war jetzt an der Reihe, auf die Penner anzulegen. Der Kerl war trotz seiner hinderlichen Muskelpakete verdammt schnell.

Zack tauchte auf und überließ es den Ares, seine schlagkräftigen Argumente an den Elfen mit der Schrotflinte weiterzuleiten. Volltreffer! Zwar wurden seine ersten beiden Attacken von der Panzerweste geschluckt, die nächsten zwei ließen aber einen Schwall von Blut die Theke versauen und beendeten das Schießkonzert des Müslifressers. Für Zack war es jetzt Zeit zum Abtauchen, denn sein Hintern befand sich schon zu lange im Schussfeld. Auf seinem Weg hinter die Theke bekam er mit, wie sechs Orks sich dem Feuer der Crusader anpassten und den Bartisch mit Candle dahinter als Zielscheibe nutzten. Ein anderer gab einen flüchtigen Feuerstoß mit einer Heckler & Koch MP-5 TX in seine Richtung. Zack kannte die Durchschlagskraft der Waffe und hätte sie jetzt gerne selber in den Händen gehalten. Leider musste er sich mit den Kugeln zufrieden geben. Die Wucht des Treffers ließ sein graziöses Abtauchen in die Hose gehen. Der Duster fing einiges auf; trotzdem fiel er unkontrolliert in eine Masse sich bewegender Leiber, die fieberhaft versuchten, sich aus dem kostenlosen Live-SimSin herauszuhalten.

Candle wurde es allmählich hinter ihrem Tisch zu luftig. Halbherzig erwiderte sie das Feuer und war mehr darauf bedacht, einen Ausweg zu finden. Ihr schwindender Schutz entwickelte sich als Falle.

Der Typ war ihr vorhin in der Menge aufgefallen, als er die Knarre gezogen hatte. Ihr war sofort klar gewesen, dass er nicht zum Biertrinken hier war. Die Orks, die sich mittlerweile ins Feuergefecht eingeschaltet hatten, hätten eigentlich von ihrer Seite aus das Blei verteilen sollen. Das war wohl leider nicht so.

Jetzt wurde es für sie Zeit, abzuhauen. Ihre Lippen formten den Barriere-Zauber. Der Schutzschild würde die Kugeln abhalten. Damit würde sie hoffentlich genug Zeit haben, hinter dem Tresen zu verschwinden. Den Spruch aufrechtzuhalten und akrobatische Turnübungen zu verrichten war nicht einfach, aber sie hatte keine andere Wahl. Der Schrei des Elfen war ein deutliches Zeichen dafür, dass der Kerl die Arschbacken zusammengekniffen und ein letztes Mal seine Hose befleckt hatte. Das Mana baute sich um sie herum auf, und sie wob das Netz des Zaubers fester. Candle konnte nur hoffen, dass ihr Gegner keine magische Unterstützung besaß, sonst würde man ihr jetzt die Hosen runterschießen. Ihre Chummer ließen die Waffen sprechen und verschafften ihr die nötige Zeit. Candles durchtrainierter Körper leistete den Rest der Arbeit. Sie sprang auf und bekam nur am Rande mit, wie die Geschosse der Feinde am unsichtbaren Schild abprallten. Aber sie freute sich zu früh.

Claw hatte sich in die hinterste Ecke verzogen und seinen Körper zurückgelassen. Es war ein merkwürdiges Gefühl, als die Projektile seinen astralen Körper passierten, ohne Schaden anzurichten. Der Schamane wollte die astrale Ebene für sie sichern. Zu spät sah er, wie der Körper eines Magiers auftauchte. Die Frau hinter dem Bartisch war wegen ihres Zaubers aus der Astralebene heraus angreifbar. Sie hatte eine direkte Verbindung zu ihrem Körper geschaffen, und dies wurde ihr zum tödlichen Verhängnis. Der gegnerische hermetische Magier ließ seinen nackten astralen Leib kurz erbeben und leitete einen Energiestrahl in die Frau.

Candle spürte, wie sie der Zauber traf und ihr Schild sich sofort auflöste. Der Schmerz war unbeschreiblich und ließ sie straucheln. Den Rest erledigten die Waffen der Muskeln. Die MP-Salven ließen ihren Körper gegen den Spiegel der Bar knallen. Die scharfen Scherben bohrten sich durch die zerfetzte Panzerweste. Das ständige Feuer nagelte ihren Körper an die Wand und ließ sie wie eine Marionette unkontrolliert zappeln. Ihre Reflexe drückten den Abzug ihrer Altmayr noch zweimal durch. Die Schüsse fraßen sich in das Gesicht eines der Verräter. Der Ork taumelte nach hinten und mähte mit seiner letzten Salve einen seiner Chummer nieder. Er wollte genauso wenig wie Candle allein zur Hölle fahren. Wozu waren Freunde schließlich da? Als der Körper der Magierin schlaff wurde und aus unzähligen Wunden blutend zu Boden fiel, war Candle bereits tot.

Der andere Magier hatte nicht mit Claw gerechnet. Löwe in ihm roch den Kampf und bekam das Erlöschen der weiblichen Aura mit. Sein tiefstes Ich hatte sich auf Kampf eingestellt, und Löwe offenbarte seine Kraft. Der Schamane hatte die Entfernung zum Gegner spielend überbrückt. Seine Hände glichen Klauen, und er zerfetzte die Aura des Magiers in Stücke. Brüllend gab er seinem Gegner den Rest. Löwe hatte gewonnen, wie hätte es auch anders sein sollen?

Fernab, in einem Auto, wurde der Körper des Magiers auf die gleiche Weise zerrissen. Der gegnerische Rigger des Teams musste mit ansehen, wie Blut auf seinen Körper spritzte und die teuren Sitze des Fluchtwagens ruinierte.

Paul bekam mit, wie Candle durchlöchert wurde. Tief in ihm gab es einen heftigen Stich und etwas wurde zerrissen. Zwischen ihm und Candle war keine Liebe gewesen, aber sie hatte sich als ein Chummer erwiesen und ihm das Leben gerettet. Eins war ihm sofort klar: Für ihren Tod würde jemand zahlen müssen. Innerlich pfiff er auf den Spruch: *Rache ist schlecht fürs Geschäft und für die eigene Gesundheit.*

Er sah, wie der Tisch, unter dem Ratón und die anderen steckten, unter Beschuss genommen wurde. Lückes Augen waren angstverzerrt. Als er aber einen Streifschuss am Arm abbekam, änderte sich sein Gesichtsausdruck. Mordlust flammte auf, und der Junge sprang unter dem Tisch hervor. Paul tat es ihm gleich, ein Aufruf an das Team zum letzten Gefecht. Entweder gewinnen oder mit wehenden Fahnen untergehen. Das muskelbepackte Eisgesicht und der Ork hatten die gleiche Einstellung. Zusammen gingen sie auf die restlichen Gegner los und schickten Muni auf den Weg. Der Rattenschamane warf einen Eiszapfen auf den Samurai hinter der Säule. Knirschend gab dessen Stirnplatte nach, und der eisige Todesbote drang ins Gehirn. Der Eiszapfen hatte sich in die Säule gebohrt, und der tote Leib blieb aufrecht stehen. Die Waffe fiel ein letztes Mal spuckend auf den Boden, richtete aber keinen nennenswerten Schaden an. Die beiden letzten Verräter – einer von ihnen gehörte zu den Dreckheads, die sie in den Tunneln der Kanalisation aufgegriffen hatten – kniffen den Schwanz ein und verschwanden aus der Eingangstür des Ladens. Hinter ihnen wurde von Paul und seinen Chummern die Tür in ihre Bestandteile zerlegt.

Paul rechnete schon mit neuem Ärger. Wenn der Troll hinter der ganzen Sache steckte, würde die Flucht von hier unten mit viel Blut erkauft werden müssen.

Die große Frontscheibe mit der Aufschrift ›Gulp‹ zerbarst, und einer der Trogs flog rückwärts durch die Scheibe und blieb stöhnend auf dem Boden liegen. Paul konnte erkennen, wie eine unglaublich attraktive Halbasiatin ein Stahlrohr fallen ließ und durch das Fenster schaute. Von der Straße her hörte er Lärm. Männer in grün-orangefarbenen Uniformen zielten mit ihren Waffen auf die Frau. Der Troll erschien in Pauls Blickfeld und brüllte eine Anzahl von unverständlichen Befehlen. In seiner riesigen Pranke hing der zappelnde, verkrampfte Körper des letzten Verräters. Paul fiel ein Stein vom Herzen. Der Troll war anscheinend genauso verraten worden. Das Bild der Hetzjagd durch den Untergrund gehörte der Vergangenheit an.

Langsam lichtete sich der Qualm etwas, und die schweren Pulverdämpfe verflogen. Scheppernd ging der aufgespießte Samurai zu Boden, der Eiszapfen hatte angefangen zu tauen. In Paul schmolz der Zorn ebenfalls dahin. Der Herzschlag seiner Pumpe wurde regelmäßig und drosselte die Ausschüttung von unnötigem Adrenalin. Er nahm sich die Zeit und atmete tief durch. Zögernd steckte er die Waffe in den Tarnhalfter. Dann musterte er die Frau auf der Straße etwas eindringlicher.

Snap wusste nicht, wie ihm geschah. Die Frau hatte ihn zu Boden gerissen und unter den Tisch gezerrt. Über ihnen war der Tisch unter Beschuss genommen worden. In diesen Augenblicken hatte er sich gewünscht, in den vertrauten Gefilden der Matrix zu sein. Dort hätte er gewusst, wie er sich verhalten müsste, um seine Haut zu retten. Er war keine Messerklaue, kein Schamane oder Magier. Sein Körper war nicht mit aller nur möglichen Kampf-Cyberware vollgepowert. Und im Umgang mit Waffen war er garantiert keine Leuchte. Gut, es reichte, um sich die Straßenkids vom Leib zu halten. Aber in einem richtigen Feuergefecht mit heiler Haut davonkommen? Niemals! Mit ihnen unter dem Tisch saßen ein stinkender kleiner Gossenpunk und eine andere Frau. Sie hatte ebenfalls eine Datenbuchse, und die Waffe in ihrer Hand sah auch nicht gerade ungefährlich aus. Ein Samurai hätte jetzt gewusst, was für eine Waffe das war, wie viel Schuss sie hatte, wie gut man damit treffen und was für einen Schaden sie anrichten konnte. Aber er war keiner von den Fanatikern, die mit einem Auszug des Straßen-Samurai-Katalogs unterm Kopfkissen schliefen. Von all diesen technischen Details verstand Snap nicht die Bohne. Doch ihm war klar gewesen, dass man ihm mit dieser kleinen Waffe – er tippte mal auf eine Maschinenpistole – schmerzhafte Löcher verschaffen konnte. Nach einiger Zeit – die Frau hatte bis jetzt keine Anstalten gemacht, sie damit umzulegen – bemerkte er, dass sich Icebaby entspannte und mit der anderen Frau ein Gespräch per Handzeichen führte. Bei jedem Schuss, der in dem Lokal abgegeben wurde, klammerte er sich an die Elfin. Gerade als sich Snap bewusst wurde, dass er mit seiner Hand die rechte Brust der Frau festhielt, sprang der Gossenpunk neben ihm auf und wuchtete seinen Körper ins Kampfgetümmel. Die Brustwarze unter dem weichen, flaumigen Pullover der Elfin wurde hart bei seiner Berührung. Zu seiner Verwunderung schlug ihm die Frau nicht die Hand weg oder brach ihm das Nasenbein. Er merkte, wie die Haut vor Erregung zitterte, und sein Körper blieb auch nicht unbeeindruckt. In diesem Moment ging ihm alles Mögliche durch den Kopf. Er dachte an einen Professor, der in einem Live-Interview gesagt hatte, dass Stress durch Sex abgebaut werden könnte. Und noch mehr Stuss, den sich der Decker damals nicht gemerkt hatte. Aber die Situation fing an, ihm zu gefallen. Die Schreie der Sterbenden und die abgefeuerten Schüsse nicht mehr beachtend, drehte er den Kopf und schaute der Frau in die Augen. Die Elfin lächelte ihn leicht an, und die Lippen forderten ihn geradezu auf, einen Kuss von ihm zu bekommen. Die andere Lady mit der Datenbuchse auf der Stirn hatte den Kopf abgewandt und versuchte zu erkennen, was in der wirklichen Welt passierte. Snap schloss die Augen und bewegte den Kopf leicht nach vorne. Seine Lippen fieberten nach der Berührung der Elfin, aber eine raue Stimme ließ ihn zusammenzucken.

»Hey, kommt raus! Wir haben alles unter Kontrolle, kein Grund zur Aufregung!«

Snap blinzelte und rieb sich die Augen. Icebaby schaute wieder ganz eisig. Keine Reaktion in ihrem Gesicht, als der Decker ihren Blick suchte. Nichts! Stumm und kalt erwiderte sie den fragenden Blick. Nichts! Verdammt, er war so kurz davor gewesen, und dann das. Nach zwei Sekunden wusste er, wem die Stimme gehörte: der Messerklaue aus seiner Wohnung. Nicht nur, dass der Mistkerl vorhin ungefragt sein Bier getrunken hatte, nein, er zerstörte auch noch den schönsten Augenblick seines Lebens. Wütend griff Snap in die Innentasche und wollte seine Waffe ziehen. Aber dann erinnerte er sich, dass dieser Penner die Beretta in der Innentasche des Dusters aufbewahrte. Zähneknirschend rappelte er sich auf und kletterte unter dem Tisch hervor. Als er Icebaby die Hand geben wollte, kam ihm dieser Muskelberg zuvor. Snap fügte dies auf die Liste der Ungerechtigkeiten hinzu, welche die Welt speziell für ihn reserviert hatte. Und die Liste war lang und wuchs von Tag zu Tag mehr. Aber ganz oben war das Gesicht dieses Cyberaffen mit den beiden rauchenden Waffen in den Händen. Dann wurde ihm bewusst, was eben passiert war, und er ließ den Blick durch den Raum gleiten. Tote, überall Tote. Düster hörte er ein längst vergessenes Sprichwort in den Ohren und erinnerte sich des Bibelunterrichts der Missionsschule: *Der Tod ist allgegenwärtig.*

Den Rest des Spruches hatte er vergessen. Aber diese Zeilen hatte ihn wieder eingeschüchtert, und er zog sich in sein Schneckenhaus zurück. Besser, man zeigte anderen nicht, wie viel man wusste und was man aushalten konnte.

## 39

Ungefähr zur gleichen Zeit saß Simon in seinem Büro. Sein persönliches kleines Reich lag in den vor Wasser geschützten Kellern des neu aufgebauten ehemaligen Hamburger Rathauses. Dieser Ort war größtenteils der Spionage gewidmet. Der BND und das Bundesamt für Innere Sicherheit teilten sich die mit Hightech voll gestopften Räumlichkeiten. Von außen wirkte die Anlage wie ein ganz normales öffentliches Verwaltungsgebäude: langweilig, baufällig und hässlich. Aber hinter der eintönigen Fassade hatte Hamburg einen Teil seiner Elite untergebracht. Schließlich war Hamburg ein Schmelztiegel für die Megakonzerne und kriminellen Parasiten der Unterwelt. Natürlich war das nichts Neues. Dort, wo es Geld gab, gab es auch Elemente innerhalb der Gesellschaft, die in der Lage waren, vom Elend anderer auf die eine oder andere Weise zu profitieren und sich die berühmte goldene Nase zu verdienen. Oder sie nutzten ihre Macht aus, um ihren Berg gefüllter Ebbies noch mehr in die Höhe wachsen zu lassen. Und wie früher konnte man auch heute nicht sicher sein, mit wem man es draußen zu tun hatte. Aber das Draußen fing nicht auf der Straße an. Wenn Simon durch die Tür seines Büros schritt, konnte er schon nicht mehr mit Sicherheit sagen, wem er trauen konnte. Bei dem Gedanken musste der Agent hinter dem überladenen Plastiktisch lachen. Während seiner Ausbildung zum Agenten hatte man ihm diese Sätze immer und immer wieder eingetrichtert: *Traue niemandem, in dessen Schuhen du nicht gewandert bist. Und vor allen Dingen traue dem Gesicht nicht, das du morgens im Spiegel siehst. Dieses müde Gesicht ist dein Feind, es ist Bestandteil eines schwachen Organismus, der nur nach der Befriedigung seiner Triebe dürstet, sobald du das bisschen Verstand in deinem Kopf ausschaltest. Wem darfst du trauen?*

Heute fiel die Antwort anders aus als in seiner Kadettenzeit. Damals hatte er enthusiastisch gebrüllt: *Dem Bundesamt für Innere Sicherheit. Das Land ist mein Leben, meine Familie. Meine Mutter, wenn ich einen Ort der Ruhe und Fürsorge brauche. Mein Vater, wenn ich tatkräftige Unterstützung benötige. Ich bin bereit zu sterben für die Verfassung und deren Ziele. Ich werde meine Familie mit Leib und Seele verteidigen, keine Bedrohung ist unschlagbar!*

Mit den Jahren hatte Simon gelernt, dass er den Leuten nur so weit trauen konnte, wie seine Barthaare reichten. Und bis heute trug er einen glatt rasierten Babyarsch im Gesicht und war gut damit gefahren. Erst kürzlich war seine Abteilung von einem Maulwurf untergraben worden, und wie immer war die andere Seite schneller gewesen. Alle Spuren waren beseitigt, der Maulwurf würde in diesem Leben nicht mehr graben können.

Es gab natürlich auch Grauzonen in seinem Leben. Der gleiche Fall. Ein gewisser Paul Frazer, Datenkurier mit verschleierter Vergangenheit. Guter Mann, aber für jede Seite käuflich. Dann gab es da eine Frau, Pandora. Ex-Kampfmagierin bei der Bayersdorf AG. Ach, da war es wieder, das Wort, das für die Albträume in den letzten Tagen verantwortlich war. Bayersdorf AG.

In seinem Kopf liefen die Räder an, die Headware stöhnte, und die Körpertemperatur stieg um ein Vielfaches. Alle Fakten liefen dank der Cyberware nicht nur vor seinem geistigen Auge ab.

1. Über einen Kontakt erfahre ich, dass ein Mann bereit ist, ein paar Infos gegen Schutz zu verkaufen. Akte markiert mit ›Routine‹. Schutz will jeder.
2. Der Kurier Paul Frazer wird bei der Transaktion entführt. Chardwin Brown verschwindet ebenfalls. Auffällige Begleitumstände sind die gefundenen Leichen einer neuen lokalen Söldnereinheit. Anmerkung: Man vermutet, dass die Söldner für die Zerstörung einiger Schattenkliniken verantwortlich sind.
3. Zur gleichen Zeit besorgt uns ein angeworbener Decker, bezahlt aus der Graugeldkasse des Amtes, die Lieferdaten der Bayersdorf AG. Eine Überprüfung hat ergeben, dass die Abteilung Kybernetik unter der Leitung von Stefan Brückner in den letzten Tagen ihre Daten retuschiert hat. Eine Möglichkeit hierfür könnte die in Kürze bevorstehende Routinekontrolle von Seiten der Konzernspitze sein.
4. Das Söldnerteam wurde später für das Massaker auf der Mülldeponie verantwortlich gemacht. Näheres noch nicht bekannt.
5. Stefan Brückner verlässt sein Zuhause; eine Info von einem Unbekannten. Keinerlei Möglichkeit herauszufinden, wer der Übermittler war – zumindest bis jetzt.
6. Die Freie Beamtin Pandora wurde auf den Exec angesetzt. Sie hat für den Konzern gearbeitet und könnte sich in der Sache als nützlich erweisen.

7. Ein Anruf eines alten Kontaktes hat erbracht, dass sich Paul Frazer morgen mit mir treffen möchte. Alle nötigen Formulare wurden bearbeitet und die erforderlichen Genehmigungen besorgt.

Eine Erlaubnis, auf Shell-Gelände herumzulaufen, war nicht gerade einfach zu bekommen gewesen. Zwar hatte er keine Hintern küssen müssen, aber sein Karma war in puncto Gefallen rapide geschrumpft.

Unter den Punkten acht und neun fügte er die neuen Informationen der Magierin hinzu. Das war im Moment alles, was Simon besaß. Nicht viel, aber es war wenigstens etwas. Wenn er allerdings nicht mehr aufbringen konnte, musste er davon ausgehen, dass seiner Abteilung der Fall entzogen und die Akte geschlossen würde. Die Bilder aus Pandoras Mikrokamera jagte Simon durch die Suchframes des Zentral-Computers. Bei diesen Gesichtern müsste es eigentlich ein Leichtes sein, die Identität der Männer herauszufinden – es war nur eine Frage der Zeit. Ansonsten stand vorerst Abwarten auf seiner Liste. Geduld brachte meistens den Erfolg, so hieß es zumindest, und Simon war in dieser Hinsicht Optimist. Eine Meldung auf dem Bildschirm erinnerte ihn freundlich daran, nach Hause zu fahren und den Hund auszuführen. Eine Dienstleistung, die sein Zimmermädchen aus erklärlichen Gründen nicht übernehmen wollte. Schließlich war der Hund mit mehr Cyberware ausgestattet als einige Samurais auf der Straße.

Der Rottweiler bildete augenblicklich eine Parallele zu der Magierin. Simon machte sich Sorgen um die Frau. Das Leben auf der Straße war hart, und das Überleben in den Schatten glich einem Glücksspiel. Simon schaltete den Bildschirm aus und verließ das Büro für ein paar Stunden. Eines war sicher, Überstunden standen auf dem Programm. Es hätte ihn auch gewundert, wenn dem nicht so gewesen wäre.

# 40

Pandora hob die Hände, als sich die bewaffneten Wächter der HMU-Polizei um sie herum gruppierten. Widerstand war im Augenblick zwecklos und unnötig; die Sache würde sich gleich von selber aufklären. Der Troll ließ den zappelnden Ork in seiner Hand zu Boden stürzen und heftete den eisigen Blick auf die Magierin. Der Bariton schleuderte ihr eine Frage entgegen. »Mädel, was hast du mit der Sache zu tun?«

Mädel klang nicht beleidigend, aber auch nicht zuvorkommend – neutral, das war okay. Also gab sie dem Meta eine wohlverdiente neutrale Antwort. »Nun, Großer. Ich bin eine alte Bekannte von Chet und bin einmal auf einen Sprung vorbeigekommen. Dachte mir, dass ein alter Chummer Hilfe gebrauchen könnte.«

Dem Gesicht des Trolls sah man an, wie die Räder in seinem Hirn knirschten, aber es dauerte nicht lange, bis sich die Muskeln des Berges entspannten. »Dann komm mal mit rein. Ich bin sicher, dass Chet sich freuen wird, 'ne alte Freundin wiederzusehen.«

Die Wachen machten Platz und kehrten den nach Luft ringenden Ork mit dem anderen Müll in einen eintreffenden Lieferwagen. Die Kneipe glich einem Schießübungsplatz, und es gab nicht mehr allzu viel, was ganz geblieben war. Einige Leute krochen unter Tischen hervor und machten sich daran, das Lokal zu verlassen. Am Ausgang wurden sie kontrolliert und erst danach entlassen. Der Mann, der ihr als Erstes ins Blickfeld trat, war Paul Frazer. Zum Glück kannte er sie nicht, aber Simon würde sich über die Info freuen. Etwas weiter hinter ihm stand Zack und glotzte sie fragend an. Wenigstens kam er nicht auf die glorreiche Idee, sie anzusprechen. Der laut gähnende Schwarze mit dem Löwenschädel auf dem Kopf war der Mann von der Aufnahme, die Simon ihr eben gezeigt hatte. Vorhin hatte sie die Aura des Mannes im Astralraum gesehen – ohne Frage ein Schamane von nicht geringer Macht. Die Frau neben dem Löwen war ihr unbekannt; weiblicher Instinkt brachte sie dazu, diese eindringlich zu mustern. Die Elfin stellte keine Rivalin für ihr feminines Ego dar. Der Mann mit der Datenbuchse daneben wurde auch auf die Liste ›Unbekannt‹ gesetzt.

Etwas abseits stand Ratón, und Pandoras Miene hellte sich kurz auf. Sie freute sich, dass die Riggerin das Lenkrad auf der Straße des Lebens noch nicht geräumt hatte. Hinter einem Tisch sah sie ein Straßenkid – laut Aura höchstwahrscheinlich auch ein Schamane – die Leichen durchsuchen, Ebbies und Schwarzmarktnoten einstecken. Auf dem Boden lagen unzählige tote Leiber, augenscheinlich von Schuldigen wie Unschuldigen. Die Schießerei musste heftig gewesen sein.

Chet kniete neben einer toten Frau und schloss ihr fast liebevoll die Augen. Pandora bemerkte, dass das Blut auf den Händen des Orks nicht sein eigenes war, folglich musste es von der Frau stammen. Der Reaktion des Metamenschen zufolge musste die Tote Candle sein. Pandora hatte ihren Ersatz nie persönlich kennen gelernt, nur die üblichen Gerüchte auf der Straße über sie gehört. Tolles Kaliber, starke Braut und so weiter. Bis jetzt war Pandora von dem Ork noch nicht bemerkt worden. Der Runner verabschiedete sich nach Schattenmanier: ein kurzes Zeigen von Trauer, und danach würde das Leben in gewohnten Bahnen weitergehen. Es würden bestimmt noch mehr Freunde in seinen Armen sterben, bis er selbst dran war.

Der Troll hinter ihr wollte anfangen zu sprechen; sie hatte gehört, wie er tief Luft holte. Pandora drehte sich schnell um, und ein Wink von ihr reichte, um dessen Idee im Ansatz zu ersticken. Sie würde sich um den Ork kümmern.

Das Konzern-Ich übernahm die Kontrolle ihres Gesichts und zauberte eine eiserne Maske hervor. Als sie zu sprechen ansetzte, klang ihre Stimme kalt und gefühllos und gab nichts von der Freude preis, die sie empfand, den Ork lebendig wiederzusehen.

»Chet, sie ist tot. Du kannst ihr nicht mehr helfen.«

Als der Samurai ihre Stimme erkannte, wirbelte er herum und wäre ihr beinahe ins Gesicht gesprungen, hätte sich Zack nicht dazwischen gestellt. Die Halsmuskeln des Orks traten hervor und drohten jeden Augenblick zu zerreißen. Zack hatte deutliche Mühe, nicht von dem aufbrausenden Muskelberg überrannt zu werden.

»Kannst du auch etwas anderes als dumme Reden schwingen? Sie war ein Chummer, falls du dich erinnerst, was das ist! Was machst du hier, Zauberkugel?«

Sie hatte sich überlegt, was sie sagen wollte. Es war schwer für sie, das in diesem Augenblick zu tun. Aber es musste sein. Innerlich verabschiedete sie sich von vielen Dingen, die sie neu gewonnen hatte, vorausgesetzt, der Ork ging auf ihre Frage ein.

»Nun, ich dachte mir, dass du Hilfe brauchen könntest. Bevor du jetzt hochgehst wie ein kleiner thermonuklearer Sprengsatz, denk darüber nach, was ich dir gesagt habe … ein einfaches Ja oder Nein reicht mir.«

Chets Aggression verblasste genauso schnell, wie sie erschienen war. Mit freudiger Überraschung sah sie, dass der Ork an sich gearbeitet hatte. Zack trat beiseite und gesellte sich zu dem Mann mit der Datenbuchse und der weißhaarigen Elfin. Chet drehte sich um und führte eine Hand ans Kinn. Diese Reaktion war neu; sie wirkte sehr nachdenklich, wenn nicht sogar ruhig und gelassen. Vor einigen Monaten hätte sie ihren ehemaligen Chummer dafür ausgelacht. Aber jetzt war es für sie ein Zeichen für die Fortschritte, die der Ork gemacht hatte. Kurz drängte sich ihr die Frage auf, ob sie auch so stark an sich gearbeitet hatte. Zum Glück beendete Chet mit seiner Antwort diesen kurzen Anflug von Selbsteinschätzung ihrerseits.

»Ich wüsste nicht, warum wir dich gebrauchen sollten. Davon abgesehen wüsste ich auch nicht, warum ich mich wieder auf dich einlassen sollte. Nach unserem letzten Streit schien es so, als würde deine Meinung feststehen.«

Leider musste sie sich eingestehen, dass der Meta nicht ganz Unrecht hatte. Die Meinungsverschiedenheit war unnötig gewesen. Gut, sie hatten beide ein etwas aufbrausendes Temperament. Außerdem wusste sie vieles, von dem diese Leute hier nichts ahnten.

Paul Frazer kam auf sie zu. Er machte keinerlei Anstalten, sich anzuschleichen, aber ein kurzes Warnsignal flammte in ihr auf. Das Lächeln auf den Lippen des Mannes ließ sie jedoch diesen kurzen Anfall von Paranoia vergessen. Es war wohl zu lange her, dass sie sich auf der Straße durchschlagen musste.

»Ich weiß vielleicht, wer hinter der ganzen Sache steckt.«

Das musste den anderen als Antwort reichen. Der nächste Zug musste von der anderen Seite kommen. Die Magierin war ihnen weit entgegengekommen. Der Blick, der zwischen dem Ork und dem Kurier gewechselt wurde, blieb Pandora nicht verborgen. Zu gerne würde sie wissen, was das Team Pik-Dame mit Paul Frazer und den anderen im Raum zu tun hatte.

»Wir könnten die Infos auch anders aus dir herausbekommen«, knurrte Chet sie an.

Eine wegwerfende Handbewegung unterstrich ihre Antwort auf diese blöde Bemerkung. »Chet, lass das. Ich kenne dich, und Drohungen haben wir beide nicht nötig.«

Zu ihrer beider Verblüffung schaltete sich Paul Frazer in das Gespräch ein und verhinderte somit einen aufziehenden Streit. »Diesem Vorschlag kann ich mich anschließen. Pandora?«

Seiner Frage schenkte sie ein stummes Nicken als Antwort. Sie war sicher, dass der Redefluss des Mannes noch nicht zu Ende war. Zumindest war es sehr höflich und aufmerksam, dass er sie gefragt hatte.

Wie erwartet fuhr er fort. »Sie meinten gerade, dass Sie so etwas nicht nötig haben. Gut gesprochen, nur finden Sie nicht auch, dass Sie und Chet auf dieses kindische Gehabe verzichten sollten?«

Mit einem Mal kam sie sich töricht vor und musste lachen. Chet fiel in das Gelächter ein. Das Gemurmel auf der anderen Seite des Lokals verstummte, und viele fragende Augenpaare schauten sie erwartungsvoll an. Paul Frazer machte abermals einen guten Vorschlag.

»Ich schätze, es ist besser, wenn wir uns an einen Ort zurückziehen, an dem wir ungestört über alles Weitere sprechen können.«

Gesagt, getan. Fünf Minuten später waren sie im Labyrinth des Untergrunds untergetaucht und saßen alle an einem Tisch.

Der Raum stank nach Petroleum und war nur spärlich beleuchtet. In einer Ecke saß der Troll und füllte diese vollends aus. Dadurch, dass Paul etwas abseits Platz genommen hatte, sah es für die anderen so aus, als wolle er sich aus dem Gespräch heraushalten. Vor sich hatte er einen zusammengewürfelten Haufen von Leuten, die sich teilweise nicht kannten, die sich mitunter nicht riechen konnten und die ihn erst recht nicht kannten. Ganz davon abgesehen, hatte er in diesem Augenblick nicht mal eine Vorstellung davon, was sie tun konnten. Um sich über dieses Eingeständnis der Verlegenheit hinwegzuhelfen, forderte er die Halbasiatin auf, das zu erzählen, was sie wusste.

»Ich finde, es dürfte das Beste sein, wenn wir erst einmal alle Fakten sammeln, die wir haben. Oder die wir gewillt sind, preiszugeben. Vielleicht wäre es gut, wenn Sie, Pandora, den Anfang machen würden.«

Das Lächeln, das die Frau aufsetzte, als sie in die Runde schaute, strafte den Blick, mit dem sie ihn einen Augenblick vorher bedacht hatte, Lügen. Würde Milch anstelle von Blut durch seine Adern pulsieren, wäre diese augenblicklich sauer geworden und hätte sein sofortiges Ableben herbeigeführt.

»Ihr wollt also, dass ich die Hosen runterlasse? Hey, Zack, bildlich gesprochen, spar dir deine unanständigen Bemerkungen.«

Der Samurai wandte den Blick ab und ließ ihn beiläufig durch das Zimmer gleiten, schenkte der Magierin aber wieder seine Aufmerksamkeit, als diese weitersprach.

»Laut meinen Quellen soll ein gewisser Stefan Brückner hinter der ganzen Angelegenheit stecken.«

Das war eine kurze und präzise Antwort – für Paul zu kurz und zu präzise.

Zack sprach das aus, was allen außer der Magierin durch die Gehirnwindungen kreiste. »Wer ist dieser Stefan Brückner?«

»Ich dachte mir, dass du diese Frage stellen würdest. Aber ich denke, jetzt bin ich an der Reihe, ein paar Fragen zu stellen.«

*Gut, warum auch nicht,* musste sich Paul eingestehen, sofern die ganze Sache nicht zu lange dauerte.

»Bitte sehr, wir haben Zeit«, stimmte er der Frau zu.

»Dem muss ich leider widersprechen«, drang eine plätschernde Stimme an ihre Ohren. Die plötzliche Unterbrechung kam unerwartet und führte dazu, dass alle Anwesenden zu ihren Waffen griffen. Über dem alten Tisch begann die Luft zu flimmern.

Nach einigen Sekunden hatte sich der Wasserelementar materialisiert. Die wässrige Erscheinung hockte im Schneidersitz auf der Mitte der Tischplatte und schaute sie der Reihe nach an.

Das plötzliche Auftauchen dieses Wesens gefiel Paul gar nicht, und insgeheim musste er sich eingestehen, dass ihm die ganze Angelegenheit immer weniger zusagte. Die schwere Pistole in seiner Hand kam ihm ziemlich fehl am Platz vor. Fragend richtete er den Blick auf Pandora und versuchte, mit ihr in Blickkontakt zu treten. Die Frau brauchte einige Zeit, bis sie sein unübersehbares Anstarren zur Kenntnis nahm. Der Anblick dieses paranormalen Gebildes aus Wasser schien sie noch mehr zu überraschen als ihn.

Eine schneller Blick in die Runde zeigte, dass in nächster Zeit aus dieser Richtung nichts zu erwarten war. Der Troll hielt eine abgesägte Schrotflinte in den Klauen und zielte auf die Stelle, wo höchstwahrscheinlich der Kopf sitzen musste. Chet steckte missmutig den Predator zurück und suchte in seiner Jacke nach einer passenderen Waffe. Paul hegte nicht viel Hoffnung, dass er einen kleinen Taschenflammenwerfer in der Innentasche versteckt hatte.

Ratón war vor Schreck vom Stuhl gefallen und stand nervös vom Boden auf, hilfesuchend hatte sie ihren Blick auf die Halbasiatin gerichtet. Zack hielt die beiden Ares in den Händen und wusste nicht so recht, was er mit den Dingern anfangen sollte, aber die Geschwindigkeit, mit der der Samurai die Waffen gezogen hatte, wurde als äußerst schnell in Pauls innerem Notizbuch vermerkt.

Die Elfin hielt eine Ingram in der Hand und zielte auf den Rumpf der Erscheinung. Der Mann mit der Datenbuchse hatte sich an sie gedrückt und machte keinerlei Anstalten, sich in den nächsten Stunden zu regen. Lücke wirkte ziemlich beeindruckt und hatte in den hintersten Winkeln des Raums ein neues Zuhause gefunden. Der Löwenbubi schaute interessiert und lauernd. Paul fühlte sich an ein Raubtier erinnert, das nur auf den entscheidenden Moment wartete, um seinem Opfer den Garaus zu machen.

Es lag wieder einmal an ihm, den ersten Schritt zu machen – wie er so was liebte! »Okay. Wer bist du? Was willst du? Wer schickt dich, und wieso bist du anderer Meinung?«

*Das dürfte fürs Erste genügen*, auch wenn seine Fragen ziemlich plump klangen. Aber er hasste es, einfach nichts zu tun und tatenlos dazusitzen. Worauf sollte er denn auch warten?

Die flüssige Form nahm eine menschliche Gestalt an und drehte den Kopf in seine Richtung. Paul konnte es nicht ausstehen, wenn er die Augen seines Gegenübers nicht sehen und intuitiv deuten konnte, aber die sich bewegenden Massen taten ihm nicht den Gefallen, klare Formen anzunehmen. Er war allerdings auch nicht davon überzeugt, die Miene eines Elementars deuten zu können. Das Plätschern drang erneut an seine cybermodifizierten Ohren.

»Meinen richtigen Namen kann ich euch nicht nennen, obwohl es eine in dieser Runde gibt, die ihn kennt. Sie kann euch auch erklären, warum ich ihn nicht kundtun kann.«

Bei dem Wort ›eine‹ drehten sich sechzehn Augen in Richtung der Magierin, und einige Besitzer davon, das galt vor allen Dingen für den Ork, hätten am liebsten ihre Cyberpupillen in abschussbereite Raketen verwandelt. Wenn die Atmosphäre zwischen den beiden anfangs gespannt gewesen sein musste, wurden von Seiten des Orks die Fahnen nun auf Sturm gesetzt. Paul war davon überzeugt, dass es nur eine Frage der Zeit war, bis das große Donnerwetter ausbrach, und er würde von Glück sagen können, wenn er nicht zwischen die Fronten geriet.

Die auffordernden Blicke der anderen ignorierend, stand Pandora auf und begann nervös auf und ab zu schreiten. Bedrückende Stille breitete sich aus. Einige Male blieb die Frau stehen, drehte sich in Richtung des Elementars und wollte zu sprechen anfangen, unterließ es dann aber, um erneut ihre Wanderung durch den Raum aufzunehmen. Paul hatte das dumme Gefühl, dass dies eine anstrengende Nacht werden würde.

»Was hast du damit zu tun?«, fragte sie schließlich. Die Frage der Frau klang anklagend. Die unausgesprochenen Worte machten aber zwischen den Zeilen deutlich, dass sie diese Antwort von dem Wesen forderte, wenn nötig sogar erzwingen würde.

Als der Wasserelementar zu einer Antwort ansetzte, meinte Paul einen Funken von Kummer in der Stimme zu hören. »Ich möchte nicht, dass etwas geschieht. Etwas, das eine Revolution für meine und eure Welt darstellen würde, wenn es gelingen sollte.«

Pandoras Reaktion fiel schnippisch aus. »Hey, rede Klartext und erzähl, was du weißt! Du hast selbst gesagt, dass wir keine Zeit haben. Also rück schon mit deinen Infos raus.«

»Das kann ich leider nicht. Ihr müsst es selbst herausfinden. Es wäre gefährlich, wenn ich euch aktiv unterstützen würde, zumindest in diesem Augenblick. Später kann alles anders aussehen. Nur eines kann ich euch sagen: Die Daten in seinem Kopf sind wichtig, sehr wichtig! Sie müssen sofort zerstört werden, weil sie nicht in die falschen Hände geraten dürfen.«

Jetzt war es an der Zeit, dass alle Augen Paul anstarrten. Zu allem Überfluss löste sich das Wesen vor ihnen auf und verschwand. Abermals waren sie allein, mit einem Haufen Fragen und keinerlei Antworten. Den nächsten Schritt nahm Chet ihm ab. Das Donnern seiner Stimme hallte dumpf in der kleinen Kammer und ließ erkennen, dass sich ein großes Gewitter in dem Ork sammelte.

»Hey, Zauberkugel! Los, du bist dran, keine Widerrede! Spar dir das Spiel ›Ich erzähl dir was, und du erzählst mir was!‹. Dein Freund meint, wir haben keine Zeit!«

Pandora nahm ihre Wanderung durch das Zimmer erneut auf. Anfangs sprach sie nur zögernd, aber mit der Zeit kamen ihr die Worte schneller über die Lippen. »Okay. Stefan Brückner ist der Leiter einer Forschungsabteilung der Bayersdorf AG. Einige von euch wissen, dass ich zeitweise bei dem Konzern beschäftigt war. Der Chemiekonzern hat einzelne Forschungszweige. Hauptsächlich erwirtschaftet er sein Geld mit der Entwicklung und Produktion von Kosmetik-Artikeln, aber ein neuer Zweig beschäftigt sich auch mit Cyberware. Nachdem ich mich damals von Pik-Dame getrennt hatte, nahm ich eine Arbeit bei einem Freund von mir an als freier Mitarbeiter für die Regierung. Stefan Brückner soll einen großen Haufen Drek am Stecken haben. Erkundigungen haben bis jetzt aber nur ergeben, dass er innerhalb des Konzerns einige Daten nachträglich manipuliert hat. Wir hatten die Routinedaten des Konzerns in einer legalen Steuerüberprüfung einige Monate vorher betrachtet. Ein Decker hat uns die aktuellen Daten bei der Bayersdorf AG besorgt, und es gibt einige Veränderungen, über die ich aber nichts Genaues sagen kann. Jedenfalls reicht es nicht aus, um gerichtlich gegen den Konzern vorzugehen.«

Jetzt wurde die Halbasiatin von dem Mann mit der Datenbuchse unterbrochen. Er sagte, an die Magierin gerichtet: »Es waren Lieferdaten.«

Paul bemerkte, wie die Augen der Magierin zu schmalen Schlitzen wurden. Sie musterten den kränklichen Knaben eindringlich. Der Jackhead schaute verlegen weg, als er dem energischen Blick der Frau nicht mehr standhalten konnte.

Auch Paul wurde bei der Aufzählung von diesen Informationen hellhörig. Regierung, das klang nach Bundesamt für Innere Sicherheit, und das ließ auf Simon schließen. Aber wieso das Ganze?

»Richtig, aber woher weißt du das?«, fragte die Magierin den Decker mit einem scharfen Unterton in der Stimme.

Schüchtern schaute sich die Datenbuchse in der Runde um. »Also erstens, ich heiße Snap! Und ich war es, der die Daten *besorgt* hat!«, platzte es aus dem Decker heraus.

»Gut. Aber gehen wir einmal weiter. Ich weiß, dass Zack auf Paul angesetzt wurde. Paul hatte einen Datenaustausch mit einem gewissen Chardwin Brown und ist dann verschwunden. Zacks Aufgabe sollte es sein, den Mann zu finden«, sagte Pandora an Zack gewandt.

»Das ist mir auch gelungen! Aber woher wusstet du, dass wir hier waren?«, wollte die Messerklaue von Pandora erfahren.

»Nun, ich hatte den Auftrag, Stefan Brückner zu sondieren, wenn er außerhalb des Konzerngeländes aktiv wurde. Heute habe ich durch Zufall im *Zaubertroll* mit angehört, wie er den Auftrag erteilte, Paul zu eliminieren. Und da ich wusste, dass du auf Paul angesetzt warst, habe ich mich an deine Fersen geheftet. Voilà! Hier bin ich.«

Sie machte eine kurze Pause, bevor sie weitersprach. »Aber das ist noch nicht alles – ein Peter Brandt soll ebenfalls ausgeschaltet werden.«

Jetzt war es zu aller Überraschung der Troll, der sich in das Gespräch einschaltete. »Das ist ein Schattenklempner. Sein Laden ist vor kurzem verlassen vorgefunden worden. Doc weg, Schwester weg. Das Einzige, was man gefunden hat, war die Leiche einer Messerklaue auf dem Schlitztisch. Wollte sich nach 'nem kleinen Streit mit HanSec die Bleivergiftung behandeln lassen. Is wohl verblutet. Vom Doc fehlt jede Spur. Ein paar Freunde der toten Messerklaue suchen ebenfalls nach ihm.«

Chet stand nervös auf und nahm auf der anderen Seite des Raums seine Wanderung auf. Nun war es an ihm, etwas zu sagen. »Ich habe in den letzten Tagen gehört, dass einige Schattenkliniken *hochgegangen* sind. Den Ausdruck ›hochgegangen‹ kann man wörtlich nehmen. Aber so viel steht fest: Es waren keine Bullen, die an der Sache beteiligt waren.«

»Vielleicht hatten die Söldner was damit zu tun, die Knaben, die ihr den Ausguss runtergespült habt«, bemerkte Ratón.

Der Schwarze schaltete sich auch in das Gespräch ein. »Gut, aber was hat mein Rudelmitglied Chardwin mit der ganzen Angelegenheit zu tun?«, wollte er wissen.

»Das liegt doch auf der Hand«, sagte Paul. »Er hat mir die Daten gegeben. Die hat er von jemandem geklaut, nur von wem? Wohl kaum von der Bayersdorf AG. Ich gehe nicht davon aus, dass er alleine bei dem Konzern eingebrochen ist.« Der Löwenschädel neigte sich leicht. Paul deutete es als ein Zeichen der Zustimmung.

»Vielleicht hat er Daten von Stefan Brückner geklaut?«, gab Paul zu bedenken.

»Okay, aber was hat der Straßendoc damit zu tun?«, wandte Pandora ein.

Wieder großes Schweigen.

Die nächste Frage kam von Zack. »Hey, Paul. Wie ich gehört habe, hast du Daten im Kopf. Wieso schauen wir sie uns nicht an?«

»Hey, Chummer, wenn das so einfach wäre, würden wir hier nicht so dumm am Tisch sitzen. Ich habe mein System schon mehr als einmal neu gebootet, aber keine

Chance. Laut Info besitze ich gar keine Headmemory mehr. Nichts, null Anschluss.«

»Dann die einfachste Lösung: Wir gehen zu Doc Eyeless, einem Chummer von mir. Der wirft einen Blick auf deine Birne und checkt die Relais! Einverstanden?«

Paul fand den Vorschlag nicht schlecht. Auf diese Idee hätte er auch selbst kommen können. Aber Paul wusste ja erst seit ein paar Stunden, dass er einen Datenspeicher besaß, und er war nicht sonderlich glücklich darüber, dass sich jemand Fremdes an seinem Kopf zu schaffen machen sollte. Das letzte Mal war ein Schamane dabei draufgegangen.

*Ach, Drek, was soll's?*, dachte er und stimmte zu.

»Gut, nur bin ich dafür, dass wir Stefan Brückner einen Besuch abstatten sollten, am besten in seinem Labor. Wenn alles glatt geht, dürften wir in drei Stunden dort sein. Es wird hoffentlich noch etwas dauern, bis der Mistkerl erfährt, dass sein Anschlag nicht erfolgreich war. Auf diese Weise werden wir von der Beute zum Jäger in diesem bis jetzt einseitigen Spiel. Uns bleibt aber nicht viel Zeit, wenn wir den Schlipsträger am Kragen packen wollen«, unterbreitete Paul der Gruppe seinen Vorschlag. Dann fuhr er fort, seinen Plan zu entwickeln. »Snap und Icebaby, könntet ihr die Matrix abchecken? Chet, wir brauchen andere Waffen und Zubehör, ein Fluchtfahrzeug und sonstige Hardware. Eine magische Erkundung wäre auch nicht schlecht. Rustle, ich habe da noch etwas mit dir zu besprechen. So ka?«

Ein lautes »So ka« kam ihm von den anderen entgegen, nur Lückes Zustimmung fiel nicht gerade durch besondere Begeisterung auf. Wenn sie einen Exec von der Bayersdorf am Hintern kleben hatten, war Angriff die beste Verteidigung. Dieses ewige Weglaufen hatte einen genauso großen Nährwert wie Soyfood. Jetzt war es an der Zeit, die Gemüseküche zu plündern und den

Nobelkühlschrank zu leeren. Zusätzlich wäre eine Unterhaltung mit dem Koch nicht zu verachten. Paul wollte diesem Stefan Brückner gewaltig in die Suppe spucken. Sie mussten alles auf eine Karte setzen. Leben oder sterben, hieß es. Es gab kein Zurück mehr, auch wenn ihm die ungeklärte Rolle des Elementars nicht gefiel.

# 41

Nachdem Paul einige klärende Worte mit dem Troll unter vier Augen gesprochen hatte, ging er in Zacks Begleitung zu dessen Doc. Am Eingang zu dessen Lagerhalle standen zwei Roboter – als solche wirkten sie zumindest auf Paul. Die Kunstmuskeln und Dermalpanzerungen wurden erst gar nicht unter synthetischer Haut versteckt; den beiden war die Zurschaustellung von Cyberware als Egoschild an die Stirn genagelt.

Zack bedachte sie mit einem schiefen Lächeln und sagte deutlich hörbar zu Paul: »Das sind Shit und Fuck. Beachte sie nicht weiter. Die teilen sich ein Gehirn und das gleiche Bett!«

Das Zucken ihrer Schultermuskeln verriet ihr Vorhaben. Doch bevor Paul reagieren konnte, hatten die Samurais ihre Waffen gezogen. Innerlich merkte sich Paul schon einmal bei einem neuen Besuch in seiner Schattenklinik vor – es wurde Zeit, dass er sich die Hardware überholen ließ. Doch zu Pauls Erstaunen hatte Zack die zwei Meter Entfernung längst überbrückt und hielt den Knaben seine Predator-II-Kanonen jeweils an den Schritt. Bevor das Ganze in ein Fiasko ausarten konnte, öffnete sich die elektronische Tür des Wagens im hinteren Teil des Lagerhauses, und ein Typ im Kittel trat heraus. Ein scharfer Befehl von ihm reichte aus, um die Waffen der Muskeln wieder verschwinden zulassen.

Paul entspannte sich. Zack und die Cyberzombies taten es ihm gleich, wenn auch nur äußerlich.

Pauls erster Eindruck von dem Kittel war, dass er ein hässlicher Knabe war, aber gutes Aussehen hatte nichts mit Kompetenz zu tun. In der Sechsten Welt war ein gutes Aussehen in jeder Tagesklinik zu kaufen. Hinter der Brille konnte Paul das Aufblitzen einer wachen, scharfen Intelligenz in den Augen erkennen. Der Doc musterte Paul genauso eindringlich. Das Lächeln, das sie sich nach der kurzen Prozedur schenkten, war aufrichtig. Paul hatte das Gefühl, dem Doc vertrauen zu können. Innerlich musste er sich eingestehen, dass er alle seine guten Vorsätze in den letzten Tagen komplett über den Haufen geworfen hatte. Die Zeiten änderten sich, und es lag an ihm, sich anzupassen oder vor die Hunde zu gehen.

Ohne ein weiteres Wort miteinander zu wechseln, betraten sie die fahrende Klinik von Doc Eyeless. Auf die Frage des Mannes, ob sie etwas trinken wollten, kam nur ein stummes Nicken. Der Doc verließ den rückwärtigen Teil seines rollenden OPs und kehrte nach ein paar Minuten mit dampfenden Plastikbechern zurück. Eine Glaspipette voller Milch wurde von ihnen dankend abgelehnt. Alle wollten das schwarze Gold rein und unverfälscht. Als Gold entpuppte es sich dann auch – das war kein Soykaff, das war echter Kaffee.

Zack streckte die langen Beine aus und funkelte den Doc mit gespielt grimmiger Miene an. »Doc, wieso bekomme ich nie so einen Kaff, wenn ich dich besuche?«

Der Doc lehnte sich auf dem Stuhl zurück, bevor er antwortete. »Zack, das ist ganz einfach: Du warst in letzter Zeit kein besonders zahlungsfähiger Kunde.« Verlegen ließ der Samurai die Blicke durch den Raum schweifen.

Das Lächeln aus dem Gesicht des Doktors verschwand, dann fragte er sie: »Womit kann ich euch dienen?«

»Ich habe ein Problem mit meiner Headware«, antwortete Paul. »Schau dir die Sache am besten einfach an und sage mir, was du erkennen kannst.«

Eyeless nickte. »Gut, es ist nicht mein Geld.«

Paul zog seinen Ebbie und reichte ihn Eyeless. »Du kannst abbuchen, was du für richtig hältst.«

Ein kurzer Blick auf das Lesegerät zauberte ein gerissenes Lächeln auf Eyeless' Lippen. »Kein Problem. Ich liebe es, betuchte Kunden unters Messer zu bekommen.«

Der Doc gab Paul den Ebbie zurück. Dieser ließ ihn in seinem ramponierten Duster verschwinden und schenkte sich den Blick auf die Anzeige. Er hatte schon so viel Geld zum Fenster rausgeworfen, dass dies nicht weiter ins Gewicht fallen würde. Schließlich ging es um seinen Arsch, und er liebte seinen Hintern und wollte alles daransetzen, ihn zu behalten. Mit einem Tritt in den Hintern und den daraus resultierenden blauen Flecken konnte er leben.

Nach ein paar schnellen Handbewegungen war Pauls Kopf von Maschinen und Apparaturen umzingelt. Unbehagen stieg in ihm hoch. Er hasste Technik, von der er nichts verstand. Paul musste erkennen, das im Leben nichts über Weiterbildung ging.

Er kam sich vor wie ein Kaninchen, das in einem Versuchslabor hockte und dem harrte, was da kommen mochte. Und er sah, was auf ihn zukam: eine Spritze, gefüllt mit einer unbekannten roten Flüssigkeit. Obwohl Paul bisher keine Angst verspürt hatte, machte sich langsam ein Kribbeln im Magen breit. Panik. Er hatte keine Spritzenphobie, aber er wollte wissen, was der Doc als Nächstes vorhatte. Durch zusammengebissene Zähne brachte er seine dringende Frage dem Doktor vor. »Hey, Doc … was kommt jetzt?«

Die Augen des Docs wurden größer, wenn das überhaupt noch möglich war. Ein sardonisches Lächeln umspielte seine Mundwinkel, und Paul war sich ziemlich sicher, dass er besser nicht hätte fragen sollen. »Ach, reg dich nicht auf. Ich werde diese Nadel durch deine Großhirnrinde stechen. Dann nehme ich mir einen Löffel und schabe das bisschen Hirn aus deinem Kopf. Irgendwelche Einwände?«

Jetzt war sich Paul sicher, dass der Mann vor ihm ein verkappter Sadist war. Die Panik ließ ihn hysterisch auflachen. Aber Eyeless konnte sein Kichern nicht mehr unterdrücken, und Zack fiel in das Lachen ein.

»Paul, reg dich nicht auf. Der Doc liebt es, mit seinen Opfern zu spielen. Alles Sahne. Kein Grund zur Panik.«

»Hör zu, Paul. In dieser Spritze befindet sich eine Vitamin-Flüssigkeit, nichts Besonderes. Aber darin schwimmt eine winzige Sonde. Mit ihr werde ich in deinem Blutkreislauf reisen und mir die Daten über Jack anschauen. Mit anderen Worten, ich werde zu einem Rigger, der in deinem Körper auf Reisen geht. Das Neueste auf dem Markt. Es wird nicht wehtun. Entspanne dich einfach.«

Leichter gesagt als getan. Der Doc war ein Fachmann auf seinem Gebiet oder ein großer Glückspilz. Er fand sofort eine Stelle in seinem Rücken, wo die Dermalpanzerung nicht im Weg war, und injizierte den Vitamincocktail. Danach setzte sich der Doc an einen der vielen Computer und schaltete einen Monitor ein. Auf dem Bildschirm war zunächst nur weißes Flimmern zu sehen. Nachdem der Doc ein Datenkabel in seinen Datenjack gestöpselt hatte, erwachte der Monitor zum Leben. Der Körper des Doktors sank schlaff auf dem Sessel zusammen.

Die Reise auf dem 3D-Monitor war unbeschreiblich. Blut raste in einer höllischen Geschwindigkeit durch die Venen, und die Fahrt wurde vom Doc über Monitor kommentiert. Nicht alles, was der Doc erzählte, verstand er, aber das, was wichtig war, erklärte der Doc von sich aus etwas ausführlicher.

»Hier erkennst du, dass eine Arterie verengt ist. Solltest du behandeln lassen, wenn du nicht an einem Schlaganfall sterben möchtest. Ich mache dir auch einen guten Preis unter Chummern. Aber jetzt wird es interessant, wir nähern uns deinem Hirn. Ich werde jetzt einen kleinen Magneten dazu einsetzen, um mich an deinen Datenkabeln entlangzuziehen.«

Gesagt, getan. Die Glasfaserkabel mit Speziallegierung wirkten innerhalb des dreidimensionalen Bildes wie riesige geschlossene Stahlröhren. Der Doc hatte das entdeckt, was er suchte, und fuhr mit seiner Erklärung fort.

»Hier kannst du jetzt sehen, wo das Kabel zu deiner Headmemory führt. Aber das Erstaunliche ist, dass an den Enden, wo die Verbindung zwischen Cyberware und Kabeln sein sollte, ein Bruch ist. Wenn du dir diese riesigen Kabel anschaust, siehst du, dass die Enden verschmort sind. Keine Chance, das zu reparieren. Es gibt zwar Hardware dafür, aber die steckt noch in den Kinderschuhen, die etwa die Größe eines Trollkinds besitzen. Also viel Platz für Fehler. Ich gebe dir den Tipp, bleibe einen Tag hier, und ich baue dir einen Satz neuer Kabel ein. So, jetzt steuere ich die Minikamera in deinen Harnleiter, dafür muss ich nur ein paar Gewebewände einreißen, nichts Besonderes. Und von da an können wir uns wieder normal unterhalten.«

Eyeless stöpselte sich aus. Es dauerte ein paar Sekunden, bis der Doc die vollständige Kontrolle über seinen Körper zurückgewonnen hatte. Als er sich gefangen hatte, wischte er sich den für Rigger typischen Speichel von den Lippen und reichte Paul einen Plastikbecher. »Und bitte nicht daneben pinkeln, sonst wird das ein teures Wasserlassen für dich.«

Paul schiffte wie auf Kommando in den Becher. Währenddessen führte er das Gespräch mit dem Doc fort, was den Doc dazu veranlasste, etwas nervöser zu schauen, da dieser um seine Tech besorgt war.

»Irgendeine Ahnung, wie das passiert ist?«, wollte Paul von dem Doktor wissen.

Eyeless antwortete nicht sofort. »Nun, eigentlich müsstest du platt sein, weil die Energie, die deine Kabel verschmorte, sich in deinem ganzen Körper hätte ausbreiten müssen. Die Folge wäre ein Kurzschluss deines kompletten Nervensystems gewesen. Zumindest hätte dein Hirn von der ausgeschütteten Energie geröstet werden müssen. Aber da du noch atmest ... Ich habe keinen blassen Schimmer. Die Hardware ist vom Feinsten, womit wir einen technischen Defekt ausschließen können. Du besitzt auch keine Anzeichen einer kürzlich stattgefundenen Operation. Mein Latein ist am Ende. Wie gesagt, einen Tag, und du kannst an deinen Speicher wieder heran. Ich könnte dir deinen Schädel sofort aufschneiden, dann könntest du sie dir direkt anschauen. Kein Problem, aber dann wärst du für die nächsten Stunden bewegungsunfähig.«

Paul reichte dem Doc den Becher, der ihn entgegennahm und in eines der vielen Geräte stellte, die für Paul alle gleich aussahen. Nach einigem Knopfdrücken und mündlichen Befehlen hier und dort las Eyeless ein paar Daten auf dem Monitor durch. Anerkennend streckte er Paul den erhobenen Daumen zu.

»Okay. Gut getroffen, die Sonde ist da!«

Das interessierte Paul gegenwärtig nicht die Bohne, er sah aber davon ab, den Doc mit seiner Meinung zu belasten. »Mit anderen Worten, du weißt auch nicht, was Sache ist?«, hakte er nach.

»Ja«, musste der Doc eingestehen.

Zack rappelte sich auf und machte Anstalten, den Wagen zu verlassen. »Warte draußen, Zack. Ich komme in zwei Minuten nach«, gab Paul dem Runner mit auf den Weg.

Zack schenkte ihm ein stummes Nicken, aber er konnte deutlich in der Miene des Samurais lesen, dass dieser nicht glücklich über die Geheimniskrämerei war.

Paul wartete, bis der Runner draußen war, und klärte dann den Rest mit dem Doc ab. Was er ihm zu sagen hatte, sollte nicht an die große Glocke gehängt werden. Wenn alles nach seinem Plan verlief, würden die anderen es früh genug erfahren. Im Augenblick wäre damit sowieso keinem geholfen. Und Paul war sich nicht so sicher bei der ganzen Sache. Er hatte ein verdammt ungutes Gefühl in der Magengegend. Bis jetzt hatte er nur auf sich Acht geben müssen, aber mit all den Leuten um ihn herum sah die Sache anders aus. Wem konnte er von den vielen neuen Gesichtern trauen, und wie weit durfte dieses Vertrauen gehen? Welche Position konnten die einzelnen Personen innerhalb des Teams einnehmen? Wer von ihnen war verzichtbar? Ein anderes Problem war für Paul die Tatsache, dass er mittlerweile einige als echte Chummer betrachtete. Letzten Endes kam er zu der Erkenntnis, dass das Leben als einsamer Wolf einfacher gewesen war. Aber die Vorteile des Teams waren auch nicht von der Hand zu weisen. Sie besaßen gute Ressourcen, die genutzt werden wollten.

*Tja, die guten, alten Zeiten,* dachte er mehr aus Gewohnheit, obwohl er nicht hundertprozentig von diesem Gedanken überzeugt war.

Snap war dort, wo er sich zu Hause fühlte: in der Matrix, dem magischen Ort des Cyberspace. Das Deck war der Renner! Mit dem Fuchi Cyber-7 tauchte er in die Datenströme ein und genoss die kribbelnde Erregung. Er hatte nicht lange gebraucht, um das Deck auf sich einzustimmen. Natürlich gab es noch Ecken und Kanten, an denen geschliffen werden musste, aber nichts konnte ihm dieses freudige Gefühl vermiesen. Der Datenjockey war zurück. Snap, der mit den Fingern schnippende Comicheld. Neben seinem Konstrukt stand das Eismädchen der Elfin, glitzernd und schimmernd. Snap fühlte sich an eine Eisprinzessin erinnert. Und ihre Stimme erklang hier nicht mit dem kurzen Augenblick der Verzögerung, der ihr außerhalb der virtuellen Welt zu Eigen war. Snap hatte die Deckerin davon überzeugt, erst einmal bei Teresa vorbeizuschauen, bevor sie sich auf den Weg zum Bayersdorf Laborknoten machten. Anfangs hatte sich die Elfin dagegen gesträubt, aber er hatte ihr darlegen können, dass es vorteilhaft wäre, wenn man die Unstimmigkeit auf beiden Seiten beheben würde.

Teresas LTG-Knoten tauchte vor ihnen auf. Ein kleines Aal Icon blitzte rosafarben am Eingang. Snap zog seine riesige Visitenkarte und steckte sie in das Maul des Tiers. Nach einigen Millisekunden Realzeit öffnete das Icon den Mund und gewährte ihnen Zutritt zum Knoten. Im Inneren war eine kleine Theke aufgestellt, hinter der Teresas Konstrukt stand: eine fette Fleischerin mit einem Fleischermesser in der Hand und einer Angel auf dem Rücken, echt freundlich. Ohne Umschweife sprach Snap die Frau mit dem Witz seiner Cartoonpersona an. »Hey, Angler-Lady. Alles frisch?«

Sein Icon schnüffelte mit dem für kurze Zeit anschwellenden Riechkolben übertrieben auffällig in der Luft. Teresas Messer kam dem Decker bedrohlich nahe. Auf der Klinge konnte Snap die verzerrte Silhouette seiner Nase erkennen. Unwillkürlich musste sein Icon schlucken und trat einen Schritt zurück. Aus seinen Augenwinkeln sah er Icebaby ein großes Eisschwert ziehen. Ein kurzes Knurren hinter ihr ließ sie aber in der Bewegung gefrieren. Aus dem Nichts waren zwei vercyberte Rottweiler aufgetaucht. Die Blasterprogramme lauerten darauf, dass einer von ihnen etwas Falsches tat. Gut, sie hätten einen Kampf riskieren können, aber wozu? Schließlich waren sie hier, um ein Missverständnis zu bereinigen, und ein neues wäre so überflüssig gewesen wie ein Kropf.

»Hey, Snap. Was willst du mit dem Wassereis hier? Das ist ein Fischgeschäft! Ich bin aber froh zu sehen, dass du gesund bist.«

Abwehrend hob der Decker die Hand. »Teresa, ich bin hier, um ein paar Missverständnisse aus der Welt zu schaffen.«

Die Klinge vor seiner Nase bewegte sich Pixel für Pixel zurück. Ein Gähnen der Hunde setzte ihn zusätzlich davon in Kenntnis, dass sich diese ebenfalls zurückzogen. Teresa war offenbar ebenfalls nicht auf Ärger aus. »Gut, lass deinen Spruch ab!«

Es dauerte einige Zeit, bis er Teresa alles ausreichend erklärt hatte. Am Ende ihrer Unterhaltung reichte der Decker der Anglerin eine Hand voll Süßigkeiten. Diese Süßigkeiten waren eine beträchtliche Menge Geld, eine Aufmerksamkeit von Paul, dem Herrn Ich-Weiß-Nichts, wie Chet ihn nannte. Teresa nahm sie mit einem anerkennenden Grinsen entgegen und hieb dem Decker mit der riesigen Fleischerpranke auf den Rücken. Der Hieb ließ sein Konstrukt erbeben.

Die Elfin hatte die ganze Zeit über kein Wort gesagt. Sie verweilte hinter dem Decker und zog es vor, Snap agieren zu lassen. Als sie den Laden verließen, hatte sich die Lage zwischen der Elfin und der Schieberin vorläufig entspannt. Jetzt kam der aufregende Teil, der Einstieg in das Matrix-System der Bayersdorf AG. Snap rechnete mit nicht allzu viel Widerstand. Die Bayersdorf AG war nicht schlecht, was die Entwicklung von Kosmetik anging, aber hinsichtlich Datensicherung und Systemaufbau hinkte sie den führenden Megakonzernen hinterher. Anders als bei seinem letzten Run gegen den Konzern befand sich die Adresse diesmal etwas außerhalb. Die beiden Decker hatten die nötigen Frames programmiert, um an hilfreiche Hintergrundinfos zu gelangen: Kanalisation, Stromanschlüsse, Reinigungsdienste und so weiter – die ganze Palette auf und ab. In der nächsten Stunde würden sie hoffentlich genug brauchbares Material haben, um das Eindringen in den Konzern so einfach wie nur irgend möglich zu gestalten. Ein Schwachpunkt in dem Plan war Zeit. Nach dem kleinen Zwischenfall in der Bar und dem Erscheinen des magischen Wesens auf der Tischplatte stand fest, das Zeit etwas war, dass sie aller Wahrscheinlichkeit nach nicht hatten. Es wäre auch ein Wunder gewesen, wenn es sich anders verhalten hätte.

Icebaby schenkte ihm ein freudiges Lächeln. Wie jeder leidenschaftliche Decker verspürte sie den Nervenkitzel, in ein neues System einzuhacken: das Spiel mit dem Geist, die Grenzen testen und sich fortwährend neuen Aufgaben stellen.

Als sie am Eingang des Knotens standen, stellte sich die Anlage als nicht so einfach wie erwartet heraus. Anders als in dem System, in das Snap vor kurzem eingedrungen war, hatte hier ein wahrer Künstler von Systemprogrammierer am Deck gehangen. Vor ihnen erstreckte sich ein riesiger, vier bis fünf Meter hoher und mit Hochspannung geladener Stacheldrahtzaun. Rot leuchtende Schilder warnten jeden Unbefugten vor unerlaubtem Betreten des Grundstücks. Klasse, eine Einladung hatte er auch nicht erwartet, aber das? Auf der anderen Seite spazierten Wachmänner mit Hunden am Zaun entlang, und die Scheinwerfer der Wachtürme suchten einen zwanzig Meter breiten Streifen dahinter ab. Vor ihnen war ein Tor zu erkennen. Wachsoldaten in schwarzen Uniformen standen an der Schranke und schauten aufmerksam in ihre Richtung. Sofort war beiden klar: Das würde nicht einfach werden.

Es war erst einmal an der Zeit, abzuhauen und Kriegsrat zu halten. Ihre Icons machten kehrt und suchten eine virtuelle Schattenbar auf, den *Flensburger Krabben-*

*fänger*. Als sie das Innere der Bar betraten, wehte ihnen programmierte rauchige Luft entgegen. Dudelnde Musik übertönte hin und wieder den Hintergrundlärm der Gäste. Snap führte Icebaby in eine Ecke und bestellte für sie einen Ice-Tonic und für sich einen Tomatensaft. An einigen Tischen herrschte reges Treiben, aber ihnen warf man nur die üblichen Blicke oberflächlicher Neugier zu. Als die Getränke von einem weiblichen Cyberrobot auf den Tisch gestellt wurden, steckte Snap der stählernen Lady eine Ölkanne als Bezahlung in den Ausschnitt. Das Eismädchen nippte an ihrem Drink und schenkte ihm ein flüchtiges Lächeln. Snap schwoll das Herz an. Der Gedanke, dass sie das vielleicht nicht bei jedem machte, stimmte ihn für kurze Zeit glücklich, auch wenn die Kälte, die von der Frau ausging, etwas störend war.

»Snap, wie ist das Deck?«, leitete sie das Gespräch ein.

»Sahne, ich habe mir aber ein paar Sachen bestellt, die ich bis zum Run noch einbauen will.«

Sein Icon legte die zu großen Turnschuhe auf den Tisch und fing an mit dem Stuhl zu wackeln. Ein Routinebefehl, den Snap dem Icon zugeordnet hatte, wenn es längere Zeit saß. Der Decker liebte es, seine Persona so plastisch wie möglich zu gestalten, und im Augenblick konnte er den Speicher dafür opfern, wenn auch nur im Augenblick.

»Wie sollen wir weiter vorgehen? Der erste Eindruck lässt auf massiven Widerstand schließen. Oder bist du anderer Ansicht?«, wollte sie von dem Decker wissen.

Zu seinem Bedauern musste er Icebaby zustimmen.

»Ich fürchte, du hast Recht. Das System verfügt über verdammt viel Rechenkapazität.«

Sie nickte bestätigend »Hast du irgendwelche Vorschläge, wie wir eindringen können?«

Snap hatte eine Idee, fühlte sich aber nicht wohl dabei. Er wusste nicht, ob er sich darauf verlassen konnte.

»Ja, aber dafür müsste ich mich in das System von innen heraus eindecken ...«

Bevor er ausgesprochen hatte, war ihm Icebaby ins Wort gefallen. »Die Idee hatte ich auch, aber ich kenne deine Akte. Zu viel körperliche Anstrengung könnte tödlich für dich sein. Ich bin dafür, dass du draußen wartest, bis ich dir die Tür aufmache. Mein Deck ist sowieso schneller als deins. So ka?«

Die eisige Stimme reichte, um Snap zu zeigen, dass die Elfin ihren Entschluss gefasst hatte und keine Widerrede duldete. Er war nicht froh darüber, aber sie hatte Recht. Das war ihr Weg.

Pandora verließ ihre menschliche Hülle und glitt durch den Astralraum in Richtung Norden. Sie überquerte mehrere Sümpfe und Wasserwege und musste einigen Giftgeistern auf ihrem Weg ausweichen. Neben ihr schwebten die Auren des Ratten- und des Löwenschamanen. Obwohl sie es nicht gerne tat, musste sie mit den beiden kooperieren. Hermetische Magier hatten so ihre Differenzen mit Schamanen, was die Einschätzung der Materie Magie anging. Aber bei dem, was sie vorhatten, war jede Form von magischer Unterstützung ein Bonus, auf den sie nicht verzichten konnten.

Die Magierin hatte bei Bayersdorf gearbeitet, und eines war klar: Stefan Brückner besaß Einfluss. Somit hatte er auch verdammt viel Sicherheit im Rücken. Die normalen Sicherheitsaufgaben waren den eigenen kleinen Sicherheitsdiensten übertragen worden. Aber es gab garantiert Konzerntruppen, die auf Abruf bereitstanden. Dem Dienstplan zufolge besaßen sie drei Minuten, bis die Verstärkung im Falle eines massiven Eindringens auf der Bildfläche erscheinen würde. Plus minus dreißig Sekunden. Die zusätzlichen Truppen würden aus dreißig Bodentruppen, aufgeteilt in Team A und Team B, bestehen. Zusätzlich verfügte jede Einheit über einen Kampfmagier, und somit waren Elementare nicht auszuschließen. Der Rattenschwanz, der danach kommen würde, war nicht zu beschreiben. Die Feuerkraft würde ausreichen, um einen Drachen in die Flucht zu schlagen. Tolle Aussichten!

Sie erreichten den Laborkomplex der Bayersdorf Außenstelle. Viele tote Bauten streckten ihre Köpfe in den tiefschwarzen Himmel der Astralwelt. Die Außenanlagen waren mit Rasen und Bäumen bepflanzt. Lediglich ein unscheinbarer Zaun umgab das Gelände. Es war jedoch davon auszugehen, dass Sensoren vor und hinter dem Hindernis angebracht waren. Auf einen Wink von ihr blieben sie stehen, weil einige Watcher auf dem Gelände ihre Runde machten. Sie wollte nicht riskieren, sofort etwas zu unternehmen. Aber sogar auf diese Entfernung spürte sie ein unerklärliches, mystisches Vibrieren der Luft. Die Macht, die von diesem Ort ausging, raubte ihr den Atem. Die Stimme des Schwarzen drang knurrend zu ihr vor. Bis jetzt hatte der Löwenknabe es ihr überlassen, etwas zu tun. Es wunderte sie, dass er sich nun so bereitwillig am Geschehen beteiligte – das musste wohl am Totem liegen.

»Ich fühle die Kraft auch. Sie ist nicht natürlich«, bemerkte er. Was für eine Aussage! War sie denn nur von Idioten umgeben?

»Natürlich ist sie das nicht. Sie ist magisch!«

Die Augen des Löwen funkelten sie bernsteinfarben an. Innerlich notierte sie die Empfindlichkeit des Burschen.

»Natürlich magisch, aber nicht natürlich!«

Was erzählte der Knabe da für einen Stuss? Magie war nicht natürlich, oder war sie es doch? Was meinte der Bursche nur? Konnten sich Schamanen denn nie deutlich ausdrücken?

Claw musterte die astrale Gestalt der Frau. Sie strahlte Macht aus. Er vermutete, dass sie eine Initiatin war.

Dies half ihm aber nicht über die Tatsache hinweg, dass sie eine Magierin war. Eine von den Leuten, die Magie als Werkzeug ansahen; etwas, das man logisch beschreiben konnte, etwas, das man beherrschen konnte. Nichts, das mit der Intuition des Wesens behandelt werden musste. Löwe würde diese akademischen Grade nie verstehen. Und jetzt standen sie vor einer toten Betonmasse. Die Gefühle von Stress, Ehrgeiz und Kampf überlagerten die natürlichen Ausstrahlungen der wenigen lebenden Flächen. Anfangs hatte Löwe es vorgezogen, die Magierin handeln zu lassen, aber jetzt hatte er das Gefühl, dass sie nicht wusste, was sie tun sollte. Deshalb gab er seine Zurückhaltung auf.

Ihm war aufgefallen, dass die Energie im Raum unnatürlich stark war. Das war etwas, das ihn innerlich knurren ließ. Etwas in ihm spürte, dass ein dunkler Schleier über dem Gelände lag. Nur wie sollte er es dieser Frau begreiflich machen? Hermetische Zauberer waren eine Ansammlung von Formeln, Thesen und Studien. Sie sangen und tanzten nicht mit einem Totem, das die Essenzen des Lebens bildete und Intuition als etwas sehr Wichtiges, wenn auch Unerklärbares behandelte.

Das Fiepen ließ sie beide herumfahren. Der junge Schamane trat nervös von einem Fuß auf den anderen. Seine Aura war durchzogen von Angstgefühlen und innerer Unruhe. Sein Arm deutete vage in eine Richtung, und beide folgten der unbeholfenen Geste. Ihre Grübeleien hatten sie für kurze Zeit abgelenkt. Aus einem der Gebäude löste sich eine glühende, mächtige Erscheinung. Ein flammendes Wesen bahnte sich den Weg zu ihnen. Pandora hatte diese Aura schon einmal gesehen, aber diesmal war sie nicht maskiert und offenbarte ihre ganze Kraft. Es war James, der Feuerelementar von Stefan Brückner. Das Wesen hatte sie gesehen und raste nun auf sie zu. Man konnte kaum davon ausgehen, dass die Absichten dieser Kreatur freundlicher Natur waren.

Auf einen Wink von Claw machten sie so schnell wie möglich kehrt. Ein Kampf musste zu diesem Zeitpunkt vermieden werden, da sie später zurückkommen wollten. Die dunklen Silhouetten Hamburgs zogen unter ihnen vorbei. Hinter sich hörten sie das Knistern der Flammen des Elementars. Es kam bedrohlich näher und brachte eine riesige Hitzewelle mit sich. Der Flammenodem hüllte sie ein, und das magische Feuer zerrte an ihren astralen Körpern und drohte sie zu verbrennen. Stöhnend wandten sie sich dem Wesen zu. Vor ihnen kreiste der Elementar und bereitete sich darauf vor, sie im nächsten Augenblick zu töten. Alle drei versuchten ihre verbliebenen Kräfte zu sammeln, um den Feuerelementar zu bannen, aber aufgrund der Hitze war es ihnen unmöglich, sich aufeinander einzustimmen. Jeder brauchte seine Kraft, um sich vor den sengenden Flammen zu schützen. Lücke schrie als Erster auf, weil die flammende Klaue der Gestalt ihn nur knapp verfehlt hatte. Ihre Lage war aussichtslos und die Macht der Kreatur unvorstellbar …

Wie aus dem Nichts erschien Aqua auf der astralen Ebene und hüllte den Feuerelementar in seine kühle Umarmung. Das heiße Wesen war nicht darauf vorbereitet und ließ von ihnen ab. Die hell lodernden Flammen des humanoiden Butlers drohten für einen kurzen Augenblick zu erlöschen. Aqua hielt seinen Gegner erbarmungslos umklammert, doch erneut glühten die astralen Flammenzungen des Feuerelementars von innen heraus auf und leckten begierig über die astrale Oberfläche der wässrigen Erscheinung. Stöhnend wich Aqua zurück und ließ den Gegner aus seiner Umarmung entweichen. Claw und Lücke, deren Auren von irrationaler Wut durchzogen waren, machten Anstalten, sich auf den feurigen Besucher zu stürzen. Eine Handbewegung von Aqua hielt sie aber davon ab, ihr Vorhaben umzusetzen.

James wich zurück und lachte sie dann lauthals aus. Seine unirdische Stimme drang an ihre vor Entsetzen pochende Ohren, wenngleich die Worte des Feuerelementars an Aqua gerichtet waren. »Ach, mein Freund, hast du dir ein neues Spielzeug gesucht? Denkst du wirklich, dass du mich besiegen kannst? Ich gebe dir die Chance, dich wieder mit den Abwassern der menschlichen Kloake zu vereinigen, aus der du emporgestiegen bist. Anderenfalls werde ich dich mit ihnen zusammen vernichten!«

Aquas Gestalt bewegte sich wie die Masse einer riesigen Flutwelle, und seine Stimme klang wie das Brausen unzähliger Brecher, die auf den Strand niedergingen. »Nicht jetzt und nicht hier werden wir kämpfen. Später werde ich dich vernichten!«

Der feurige Orkan glühte auf, und James Stimme polterte, einem brennenden Inferno gleich, in ihren Ohren. »Nicht hier und jetzt, da magst du Recht haben! Aber einst wird die Zeit kommen, in der du dich mir nicht mehr entgegenstellen kannst! Deine stetige Gegensätzlichkeit wird dein Untergang sein, armer kleiner Elementar. Akzeptiere, was du bist, und folge deiner Bestimmung. Aber wir werden sehen!«

James zog sich zurück und ließ sie allein. Aqua wandte sich Pandora müde und geschwächt zu. Der kurze Kampf hatte sichtbare Spuren an dem Wesen hinterlassen.

»Wir haben nicht mehr viel Zeit. Ihr müsst sofort eindringen! Je schneller, desto besser! Er ist fast fertig!«

Pandora wurde wütend, das gefährliche Knurren des Löwen zeigte ihr, dass er genauso zornig war. Sie wollte endlich Antworten haben. »Was meinst du damit?«, herrschte sie den Elementar an.

Die traurigen Augen des Wasserwesens schauten sie

müde und bestürzt an. Und das, was er ihr jetzt sagte, ließ ein Weltbild für sie zusammenbrechen. »Würde er nicht so kurz vor der Beendigung seines Vorhabens stehen, hätte er sich die Zeit genommen, uns zu vernichten! Bald wird er imstande sein, in einem menschlichen Körper zu existieren!«

War das möglich? Niemals! So etwas durfte nicht geschehen und war wider die Natur eines Elementars. Diese Wesen liebten es, in ihren Sphären zu existieren, oder etwa nicht?

Aqua ließ sie allein. Pandora fühlte sich wie eine Schachfigur in einem Spiel, das über die Grenzen ihres Begriffsvermögens hinausging.

## 42

Stefan Brückner hatte alles vorbereitet. Die freiwilligen Testpersonen lagen auf den speziell für dieses Unterfangen angefertigten Tischen und schliefen ihren durch Magie verursachten ruhigen, konstanten Schlaf. Er hatte eigens auf pharmazeutische Mittel verzichtet. Die Gefahr, dass sie das Ritual negativ beeinflussten, war ihm zu groß erschienen.

Neben ihm stand, mit der gleichen freudigen Erwartung im Gesicht, seine rechte Hand, Niels von Wersch. Die Vorbereitungen waren abgeschlossen, und alle warteten auf sein Zeichen. Biologen, Assistenzärzte und Krankenschwestern schauten ihn erwartungsvoll an.

Sie alle wussten jedoch nicht, was hier geschehen würde. Nicht einmal Niels hatte eine klare Vorstellung von dem, was ihnen bevorstand.

Er, Stefan Brückner, war in der Lage, arkane Cyberware mit astraler Energie zu durchfluten und eingearbeitete Fetische und Fokusse in einem menschlichen Körper zu platzieren. Eine Revolution! Magisch unbegabte Personen würden in der Lage sein, diese gespeicherten Sprüche gezielt zu nutzen.

Eine Generation von ultimativen Kämpfern und Arbeitern würde gezüchtet werden. Ein Mittel der absoluten Macht. Sein Konzern würde diesen Wert zu schätzen wissen, und wenn nicht, dann würde er eben den Konzern dazu zwingen. Bisher hatten sie ihm nicht alle Mittel zur Verfügung gestellt, aber sie mussten einfach sehen, wie weit sie die Ergebnisse seiner Forschung auf dem Weltmarkt bringen würde. Diese Methode stellte alle gängige Cyberware in den Schatten. Über seine leichten Vergehen würde man, vorausgesetzt, man entdeckte sie überhaupt, hinwegsehen. Was war denn schon dabei, an ein paar Leuten von der Straße Experimente durchzuführen? Die paar Menschen, die anfangs dabei gestorben waren, würden nicht ins Gewicht fallen, wenn man die Möglichkeiten sah, die dieser Erfolg bot. Unbedarfte würden von verbotenen Feldversuchen sprechen, aber angesichts dieses neuen, ultimativen Machtwerkzeugs würde keiner es wagen, ihm offen entgegenzutreten. Diese Schatten, die seinen Erfolg bedroht hatten – Paul Frazer, Peter Brandt und wie sie alle hießen –, würden keine Gefahr mehr darstellen. Er würde sie, kleinen Schaben gleich, unter seinen Füßen zertreten.

Aber jetzt galt es das Experiment erfolgreich zu beenden. Sollte die Welt sehen, wozu seine technologische und magische Entwicklung in der Lage war.

Er setzte das Laserskalpell an die markierte Stelle an. Die schönen, wohlgeformten Brüste der Frau gar nicht erst zur Kenntnis nehmend, widmete er sich seiner Arbeit. Leise murmelte er die nötigen magischen Sprüche und schnitt den Brustkorb routiniert auf. Als Erstes galt es, die arkane Cyberware zu platzieren. Danach würde er die Auren des arkanen Materials und der Testperson aufeinander abstimmen. Mit seinen Händen schuf er einen anderen, besseren Menschen.

Der Konzern würde ihn verstehen, der Erfolg würde alle vorhandenen Zweifel in den Führungsetagen beseitigen. Er hatte sein Leben und seine Forschung dem Aufblühen von Bayersdorf gewidmet. Sein Genie würde alles Vorhandene in den Schatten stellen. Stefan Brückner würde mit diesem Augenblick Geschichte schreiben.

# 43

Paul war mit Zack in den HMU zurückgekehrt, als Pandora, Claw und Lücke aufschreckten. Sie hatten die zusammengesunkenen Körper im hinteren Teil des spärlich beleuchteten Raums entdeckt. Sofort hatte Paul die Brandspuren an dem jungen Ganger bemerkt und sich darangemacht, das Kid unsanft zurückzuholen. Ohne Erfolg. Die Schläge ins Gesicht hatten nicht ausgereicht, und noch härter zuschlagen wollte er nicht, weil ihm aufgefallen war, dass sich der Körper des Schamanen nach einigen Augenblicken wieder beruhigte.

Zack hatte ihm ratlos zugeschaut. Als die Magierin die Augen aufschlug, meinte er in ihnen schieres Entsetzen zu lesen, war sich aber nicht ganz sicher. Die Halbasiatin berichtete ihnen, was auf ihrem Erkundungstrip passiert war. Zack ließ nicht erkennen, ob er das verstand, was die Magierin erzählte. Paul zumindest hatte Probleme, all das zu verdauen. Dennoch unterbrach er Pandora nicht. Er würde später nachfragen. Das Knurren des Löwenbubis und Lückes ängstlicher Gesichtsausdruck führten ihm vor Augen, wie wichtig die ganze Angelegenheit ihnen erschien.

»Du meinst als, der riskante Einbruch bei Bayersdorf soll sofort stattfinden?«, schloss Paul aus den neu gewonnenen Informationen.

»Nicht sofort. Jetzt!«, meinte die Magierin.

»Und das, weil du meinst, dass ein Elementar in einem menschlichen Körper einen Streifzug durch die Gegend machen möchte?«, hakte Paul nach.

Die Frau fuhr sich mit den Fingern durch ihre langen Haare, bevor sie antwortete. »Ja und nein. Das Wesen von vorhin, das uns hier gestört hat, sagte, der Feuerelementar von Stefan Brückner wird in einem menschlichen Körper existieren!«

Das klang ja aufregend, aber Paul verstand nicht, was so schlimm an der Sache sein sollte. Er war kein Magier; zwar hatte er über die Jahre hinweg einiges an Wissen über Magie erworben, aber nicht die Zeit und die Muße gehabt, einen Doktorgrad zu erwerben.

»Ja, und ... was?«, fragte er hohl.

Langsam wurde die Magierin ungeduldig, wie man an ihrem Mienenspiel deutlich erkennen konnte. »Mein Gott, das ist nicht natürlich! Vor allen Dingen ist es unmöglich! Wenn nicht sogar zu mächtig! Ich habe keine Ahnung, was das Wesen damit bezwecken will! Ich bin nur der Meinung, dass wir es aufhalten sollten. Nein, sogar müssen!«, platzte es aus ihr heraus.

»Du denkst also, deswegen will man mich geeken. Nur weil ich diese wichtigen Daten in meinem Kopf habe?«, hakte Paul nach.

»Ja, stell dir einmal vor, viele dieser Wesen könnten das! Ich habe keine Ahnung, welche Fähigkeiten diese Kreaturen besitzen würden. Nehmen wir an, dass sie sich paaren und vermehren könnten? Die menschliche Gesellschaft könnte untergraben, wenn nicht sogar ausgerottet werden! Bin ich Gott? Woher soll ich wissen, was das Wesen denkt oder im Sinn hat?«

Nachdenklich strich sich Paul über sein raues Kinn. »Die Daten in meinem Kopf enthalten also die für das Ritual nötigen Informationen?«, fragte er.

»Möglich. Vielleicht verfügst du über einen Teil der Aufzeichnungen – oder was auch immer. Ich bin auf jeden Fall davon überzeugt, dass dieses Wissen nicht gut für uns ist.«

Zack meldete sich zu Wort, als Chet und die anderen den Raum betraten.

»Wir könnten dir den Kopf wegpusten. Dann würde keiner mehr in der Lage sein, die Daten zu nutzen.«

Paul lachte trocken, zeigte aber, dass ihm diese Idee nicht wirklich zusagte.

»Hey, keine schlechte Idee!«, kommentierte der Ork, obwohl er das komplette Gespräch nicht mitbekommen hatte.

»Klar, und ich könnte meinen Kopf nicht mehr benutzen. Nein, das ist es nicht. Wir müssen bei Bayersdorf alle Daten vernichten«, beharrte Paul.

»Das wäre ein erster Schritt. Ich werde mich um James und Stefan Brückner kümmern«, stimmte die Magierin ihm zu.

Der Ork schaute Paul fragend an. Pandora wiederholte ihre Geschichte, wobei sich die Augen des Metas verdrehten.

»Ihr meint also, wir schauen auf einen Sprung bei der Bayersdorf AG vorbei? Spazieren so mir nichts, dir nichts in diesen Forschungskomplex, zerstören die Daten, versohlen Stefan Brückner seinen süßen kleinen Hintern und verschwinden wieder freundlich lächelnd durch den Haupteingang?«, sagte der Ork mit gehässiger Stimme.

»Sahne, so hab ich mir das vorgestellt! Was meint ihr, ob die Leute an der Pforte unseren Wagen parken?«, schloss sich Ratón dem Ork an und führte allen Anwesenden erneut die Lächerlichkeit ihres Unterfangens vor Augen.

»Hey, macht mal halblang. Wir haben im Augenblick keine Alternative!«, warf Paul ein.

Chet unterbrach ihn grob. »Stopp, du hast keine andere Möglichkeit, Paul!«

Pandora stellte sich auf Pauls Seite. »Wir haben keine andere Wahl, Chet. Denkst du, Brückner bekommt nicht heraus, dass wir alle in der Sache mit drinhängen? Nach Straußenart den Kopf in den Sand zu stecken funktioniert hier nicht mehr.«

Paul hob beschwichtigend die Hand und versuchte, die sich hochschaukelnde Diskussion in geregelte Bahnen zu lenken.

»Die Sache ist zu groß für uns, das mag sein. Aber wenn wir nichts tun, gehen wir mit großer Wahrscheinlichkeit drauf! Dann schließen wir uns Candle auf einem Trip in die Hölle an.«

Der Ork zuckte zusammen. Pauls Kommentar hatte gesessen.

»Ich mag es auch nicht, wenn einer aus meinem Team stirbt, aber Rache zahlt keine Rechnungen, Chummer!«, erwiderte der Meta nur.

Die Elfin schaltete sich ein. »Wir haben auch einen Freund verloren, und der Anschlag in der Bar war auch nicht gerade nett.«

Claw sagte nur ganz beiläufig: »Ich mag es nicht, wenn man ein Mitglied meines Rudels tötet.«

Icebaby nickte ihm stumm zu, bevor sie fortfuhr. »Ein Konzern ist vor allem nicht besonders glücklich, wenn man seine Daten löscht. Kopieren ist eine Sache, aber mit dem Löschen von Infos beschwört man die Wut eines Konzerns förmlich herauf. Und die Bayersdorf AG kann bestimmt äußerst nachtragend sein«, stellte die Frau fest.

Snaps Blick signalisierte seine Zustimmung.

Aber Paul versuchte weiter, die anderen zu überzeugen, schließlich würde ihnen das Hissen der weißen Fahne nichts mehr bringen. Sie steckten bis über beide Ohren im Dreck und drohten nur tiefer zu versinken, egal zu welchem Handeln sie sich entschieden.

»In dem Punkt gebe ich dir Recht. Aber wenn es

stimmt, dass das Amt für Innere Sicherheit dem Konzern am Arsch klebt, dann wird es der Konzern nicht wagen, alles an die große Glocke zu hängen. Vorausgesetzt, wir halten genauso dicht! Ich nehme an, dass der Konzern noch nicht weiß, welches Spiel gespielt wird. So ka?«

Fragend schaute Paul die Halbasiatin an. Sie griff seinen Faden auf. »Das stimmt. Ich kenne die Akte von Stefan Brückner. Er ist ein Mann, der gerne auf eigene Faust arbeitet. Seinem Persönlichkeitsprofil nach will er erst den Erfolg vorweisen können, bevor er nach außen dringen lässt, woran er gearbeitet hat. Diese Eigenart wird von Konzernen nicht gerne gesehen, aber in kaum einem anderen Konzern sägt der eine so sehr am Thron des anderen wie bei Bayersdorf. Machtspiele und Intrigen stehen permanent auf der Tagesordnung.«

Chet fühlte sich etwas besänftigter, da er einen winzigen Funken Hoffnung sah, und ließ einen lockeren Spruch ab. »Und du hast dort gearbeitet und dein Leben dem Konzern gewidmet?«

»Einer der Gründe, warum ich ausgestiegen bin. Aber der Hauptgrund waren die schlechten Sozialleistungen«, beantwortete sie die Frage des Orks mit einem ehrlichen Lächeln im Gesicht.

Paul kam eine Möglichkeit in den Sinn, wie sie einen großen Teil des Unheils abwenden konnten.

»Angenommen, wir finden in der Matrix etwas, das Stefan Brückners Ruf und das Ansehen der Bayersdorf AG in der Öffentlichkeit ins Wanken bringen könnte ... Dann hätten wir zumindest einen kleinen Trumpf in der Hand, nachdem wir Konzerneigentum vernichtet haben.«

Chet willigte ein, auch wenn sie alle wussten, dass man nicht lange überlebte, wenn man einen Konzern zu erpressen versuchte. »Ich bin dabei«, sagte der Ork. »Es ist zwar ein Schuss ins Blaue, aber wir können von Glück sagen, wenn wir heil aus der Sache rauskommen.«

Etwas zuversichtlicher machten sie sich an die Arbeit. Snap frickelte an seinem Cyberdeck herum, und Icebaby tat es ihm an ihrem gleich. Die Elfin hatte darauf bestanden, das Team zu begleiten. Sie würde für Snap die Türen von innen öffnen. Paul kannte die Leute nicht gut genug, stimmte der Frau aber zu. Snap machte nicht gerade den Eindruck, körperlich besonders fit zu sein. Ratón verschwand mit der Bemerkung, dass sie den Wagen noch einmal checken wollte – etwas, das Paul ihr garantiert nicht abnehmen konnte. Zack, Chet und Paul, die Spezialisten fürs Grobe, kontrollierten die Waffen des Teams. Was die magische Abteilung des Teams anging, so meditierte Pandora, während Claw den Körper durch Liegestütze wärmte und Lücke sich in den hintersten Winkel des Raums verkroch.

Danach beugten sie sich alle über die ausgedruckten Blaupausen, welche die Elfin aus der Matrix besorgt hatte, um einen Plan zu entwickeln. Paul notierte sich gedanklich mögliche Fluchtwege, Wartungsschächte und sonstige Details. Es war immer gut, mehrere Ausweichmöglichkeiten in der Rückhand zu haben. Eine Viertelstunde später konnte er sich sicher sein, dass jeder im Team seine Position kannte und den Ablauf des Unternehmens beherrschte.

Jetzt hatten sie zumindest einen Plan. Zwar besaß dieser genauso viele Löcher wie ein Schweizer Käse, aber er war besser als gar nichts.

Ein letztes Mal musterte Paul den kleinen, aus unterschiedlichsten Leuten zusammengewürfelten Haufen. Ihr Team glich einem Patchwork. Er konnte nur hoffen, dass eine fürsorgliche Hausfrau an der Decke gearbeitet hatte. Eine Einheit war nur so stark wie ihr schwächstes Glied. Pauls Einschätzung nach war das Lücke.

Für den Fall, dass Paul das Lebenslicht ausgeblasen wurde – und das war bei einem derartigen Run jederzeit möglich –, bot sich der Löwenschamane mit seinen Führungsqualitäten als Nachfolger an, obwohl die zurückhaltende Art des Schwarzen ihn auf den ersten Blick nicht dafür zu qualifizieren schien.

Paul fragte sich beklommen, wen er nach diesem Run nicht mehr sehen würde.

In den Akten der Armee wurde jeder Soldat auf seine eventuelle Verzichtbarkeit eingestuft, aber hier hatte er das Ruder in die Hand genommen, und für ihn kam eine solche Abwägung nicht in Frage. In seiner Rolle als Teamleader fühlte er sich nicht sonderlich wohl, aber ein Gutes hatte die Armee ihn gelehrt – in den sauren Apfel zu beißen, wenn Not am Mann war.

Egal, was man machte, man machte es sowieso falsch. Aber wie falsch es war, kam auf die äußeren, nicht beeinflussbaren Umstände an. Glück, Karma oder wie auch immer man es nennen mochte, war das, was sie jetzt am meisten brauchten.

Zwanzig Minuten später befanden sie sich vor dem Forschungsgelände der Baiersdorf AG, das unter der Leitung von Stefan Brückner stand. Viele Gebäudekomplexe, darunter eine große Anzahl von Verwaltungsgiganten, streckten ihre Häupter in den kalten Himmel. Vereinzelt reflektierten die verspiegelten Fassaden das Licht vorbeifahrender Fahrzeuge. Die optischen Displays des Nachtsichtfernglases erlaubten es Paul, die niedrigen Zäune zu erspähen. Die Drohne der Riggerin hatte in den Bäumen mehrere Kameras entdeckt, die auf das Gelände ausgerichtet waren. Sie mussten davon ausgehen, dass der Boden vor und hinter dem Maschendrahtzaun zusätzlich mit Sensoren gespickt war. Der Astralraum war laut Aussagen von Pandora und den beiden Schamanen ungewöhnlich ruhig. Kein Watcher ließ sich blicken, und auch kein Elementar erschwerte das Eindringen.

Noch einmal ging Paul in Gedanken den Plan durch. In zwei Minuten würden sie in einen nahe gelegenen Wartungsschacht der städtischen Abwasserwerke eindringen. Rustle hatte keine Probleme gehabt, ihnen das Zeug zu besorgen, das sie benötigten. Kleidung, Ausrüstung und Chips, die von der Deckerin mit aktuellen Daten und gefälschten Personaldateien neu beschrieben worden waren. Die Löcher in den Uniformen, der Größe nach Kleinkaliber-Einschüsse, hatten ihn davon überzeugt, dass es unnötig wäre, zu fragen, wo der Troll alles aufgetrieben hatte. Von diesem Wartungsschacht aus würden sie nach fünf Minuten an einem Gitter ankommen, in dem das gefilterte Abwasser des Konzerns mit den Abwassern der Stadt zusammenfloss. Dem Bereich Winterhude, einem Viertel von Hamburg, das sich nördlich der Rathausstadt befand, hatte HanSec die höchste Sicherheitsklassifizierung gegeben. Wenn sie nicht äußerst vorsichtig vorgehen würden, standen die Chancen gut, diesen Ort in einem Blechsarg zu verlassen. Die hohe Sicherheitsstufe erwies sich jedoch als Vorteil. Der Zuwachs von Geld und Macht in diesem Bezirk hatte zu einer Verschärfung der Umweltbestimmungen in diesem Abwasserkomplex geführt. Natürlich hatte das auch ein Ansteigen der Schmiergelder bewirkt, aber dennoch waren gelegentliche Routinekontrollen nichts Ungewöhnliches. Die Daten auf den gefälschten Sticks und Chips waren so präpariert worden, dass sie Informationen über eine Routinewartung der Abwasseranlagen enthielten. Snap und Icebaby hatten die LTG-Knoten der städtischen Behörde so manipuliert, dass ein eingehender Anruf vom Bayersdorf-Komplex an eine andere Nummer weitergeleitet würde. Dort würde man nur freundlich die Angaben der Chips bestätigen.

So viel zum ersten Teil des Plans. Paul schloss das kleine Seitenfenster des Kleintransporters. Der Wagen hatte in der letzten Stunde eine neue Lackierung erhalten. Die städtischen Plaketten und Farben stachen auf dem weißen Lack regelrecht in der Dunkelheit hervor. Sie hatten das Fahrzeug direkt unter einer Laterne – drei Meter daneben war in dem Boden der Gullydeckel eingelassen – geparkt. Auffälliger konnte man sich dem Komplex nicht nähern, aber man musste das Ganze von der Sicht eines faulen Angestellten der Stadt betrachten. Sich so wenig Arbeit wie möglich zu machen stand bei diesen Leuten ganz oben auf der Liste. Paul erwog kurz, den Beruf zu wechseln, entschied sich dann aber doch anders. Das Leben in den Schatten war hart und gefährlich, aber den Kampf mit Behörden hatte er schon bei den Söldnern als unangenehm empfunden. Sesselfurzer waren keine Menschen der Tat. Davon einmal abgesehen, war der Kick auf einem Run mit nichts zu vergleichen. Er merkte in diesem Augenblick, wie sein Körper die Ausschüttung des Adrenalins in freudiger Erwartung übernahm. Jetzt galt es, einen kühlen Kopf zu bewahren. Ein letztes Mal musterte er die Leute im hinteren Bereich des Wagens.

Ratón hatte sich umgezogen. Sie trug jetzt einen billigen Dress und hatte reichlich Schminke aufgetragen. Das perfekte Äußere einer kleinen Sekretärin. Der Plan sah nämlich vor, dass der Anruf vom Konzernknoten über nicht zu verzeichnende Umwege in diesen Transporter weitergeleitet werden sollte. Die Hardware hatten sie dem Troll abgekauft. Da die Sachen so high waren, weil sie vom Militär stammten, war es naheliegend anzunehmen, dass dies die Reste der Ausrüstung vom Team des Sibirischen Bären sein mussten. Was für eine Ironie!

Die Elfin passte ihre blasse Haut dem weißen Chemoanzug an und trug eine große Arbeitstasche auf dem

Rücken, in dem sich ihr Deck befand. Paul hatte einen kurzen Blick auf die Hardware geworfen und den Wert zur Kenntnis genommen. Zwar war er kein Cyberjockey, doch sein Wissen reichte aus, um die fachmännischen Veränderungen zu erkennen.

Ein Standard-Arbeitsgürtel war um die schmale Taille geschlungen und klimperte bei jeder ihrer Bewegungen. Unter dem Anzug trug sie einen nicht erkennbaren kevlarverstärkten Kampfanzug. Es war immer besser, etwas auf der Haut zu haben, das zumindest der Wucht einer Kugel standhalten konnte. Paul wäre froh gewesen, wenn er voller Überzeugung hätte behaupten können, dass er mit keinem Direktkontakt rechnete. Sein Blick wanderte von der Elfin zu Snap, der die Frau wie ein Schatten begleitete. Wenn das stimmte, was er in den Augen des Deckers las, war das nur ein weiterer Anlass, die schwere Last der Verantwortung auf seinem Rücken zu spüren. Paul glaubte, die rosarote Brille der Liebe auf der Nase des Deckers zu sehen. Unnötige Gefühle waren gefährlich auf einem Run und konnten für alle Beteiligten den Tod bedeuten. Aber innerlich musste er sich eingestehen, dass auch er von Gefühlen geleitet wurde, sonst würde er sich nicht so viele Gedanken über die anderen Teilnehmer machen. Paul riss sich aus seinen Grübeleien und fuhr mit der Begutachtung des Deckers fort. Snap hatte sich nicht sonderlich umgezogen. Er würde im Transporter bleiben und über die Satellitenverbindung des Fahrzeugs in die Matrix vorstoßen. Dort würde er warten, bis Icebaby ihm die Tür öffnete, dann konnten sie zusammen nach wichtigen Daten suchen. Das würde Zeit sparen, aber gleichzeitig die Möglichkeit der Entdeckung erhöhen. Wenn allerdings vorher Alarm ausgelöst würde, sollte Snap den Versuch starten, einen halbherzig geführten Angriff von außen gegen das System zu führen. Die Jungs auf dem Gelände brauchten nur kurz abgelenkt zu sein, denn diese paar Sekunden konnten über ihr Leben und Sterben entscheiden. Als der Decker Pauls Blick bemerkte, zog er eine Plastikdose mit Pillen hervor und schüttete sich einige davon in den Mund. Dank der Vergrößerung in seinen Cyberaugen konnte Paul die Aufschrift lesen. Er kannte das Präparat und wusste aus der Akte des Deckers, dass es keine Aufputschmittel waren. Das war einer der Gründe gewesen, warum er mit dem Troll allein gesprochen hatte. Paul hatte die Zeit genutzt, um einige seiner Kontakte anzurufen. In der kurzen Zeit hatte er einige Daten über die Leute in seinem Team, so weit das überhaupt möglich war, erhalten. Der Decker hatte eine Kopfverletzung, die irreparabel war. Zumindest dann, wenn man nicht über die nötigen finanziellen Mittel verfügte. Deshalb war er froh, dass die Frau mit eingestiegen war und Snap im Transporter einigermaßen geschützt war.

Der Nächste in der Reihe war Claw. Es hatte einiges an Überredungskunst gekostet, den Schamanen von seinem Speer und dem Löwenschädel zu trennen. Argumente, die sich auf die Sicherheit des Rudels bezogen, hatten ihn letzten Endes überzeugt, wenn auch nur unter heftigstem Protestgebrüll in einer Sprache, die Paul als Kisuaheli erkannte. Ansonsten fand Paul, dass dem Schwarzen das Weiß nicht stand. Der Schamane hatte den Schädel in seinen Werkzeugkasten gesteckt, mit der Option, ihn auszupacken, wenn es hart auf hart kam. Paul vermutete, dass es sich bei dem Gegenstand um einen magischen Fokus handelte. Jetzt schauten ihn die Augen des Löwen mit einem aufmunternden Lächeln an.

Zack sah in den Klamotten wie ein wandelnder Eisschrank aus. Die knappen Bewegungen beim Überprüfen der Ausrüstung waren ein Zeichen für die eiserne Selbstdisziplin des Runners. Auch er hatte einen großen Werkzeugkasten in der Hand. Darin befanden sich einige Waffen, die später ausgeteilt würden.

Wenn Zack schon wie ein Schrank aussah, dann wirkte der Ork wie ein Fels in der Brandung. Unter dem bis zum Zerreißen gespannten Anzug konnte man das Spiel der Muskeln sehen. Der Meta war gerade dabei, die letzten Waffen auseinander zu nehmen und in seinem Werkzeugkasten zu verstauen. Paul würde sich die größten Vorwürfe machen, wenn dem Ork etwas zustieß. In den letzten Tagen hatte er die grobe Art des Mannes schätzen gelernt. Auch wenn solche Vorwürfe unnütz waren; schließlich wusste jeder, worauf er sich einließ. Das hoffte Paul zumindest.

Die Magierin saß etwas abseits und hatte die Augen geschlossen. Sie war noch einmal im Astralraum und erkundete ein letztes Mal die Lage. Ihr Körper war gut trainiert und extrem gut aussehend. Innerlich verglich Paul sie mit Candle. Das war keine gute Idee, denn der Gedanke an die tote Frau, die ihm mit ihrer kühlen, berechnenden Art zu Beginn dieses Abenteuers das Leben vor den Söldnern gerettet hatte, schmerzte. Für ihren Tod würde jemand Bestimmtes zahlen. Er wollte Stefan Brückner für diesen ganzen Mist persönlich an den Eiern packen. Der Kerl würde bluten.

Den Letzten in der Runde musterte er in dem Bewusstsein, den größten Schwachpunkt im Team vor sich zu haben. Lücke. Der neu erwachte Rattenschamane hatte noch zu viel von einem undisziplinierten Ganger an sich. Auf dem Run würde er ihn die ganze Zeit im Auge behalten. Es war immer besser, einen Fehler im Ansatz zu ersticken, als mit den Folgen leben zu müssen – oder dafür auch mit dem Leben zu bezahlen.

Er zuckte die Achseln. Es gab kein Zurück, sie mussten los. Stumm gab er das Zeichen zum Aufbruch. Chet öffnete die Rolltür des Lieferwagens und stieg gemächlich auf die Straße. Die verschlafenen Bewegungen wirkten auf Paul überzeugend. Wenn der Meta nur halb so verkrampft war wie er selbst, hätte man ein Stück Kohle in seinen Hintern schieben können, um zwei Minuten später einen Diamanten zu erhalten. Langsam trat einer nach dem anderen aus dem Team auf die Straße und schritt auf den Gullydeckel zu. Die großen Pranken des Orks zogen einen Universalschlüssel hervor und öffneten das Schloss. Mit gespielter Anstrengung hob der Meta den Deckel hoch und legte ihn laut scheppernd auf den Boden. Bei dem Geräusch fuhr Paul innerlich zusammen. Es war gegen alle Regeln, so viel Lärm auf einem Run zu machen, aber in der jetzigen Situation war es nötig. Er hoffte nur, dass er seine Instinkte abschalten konnte. Die Instinkte eines Raubtiers, das in den Schatten jagte, konnten hier äußerst fehl am Platz sein. Die anderen waren bereits im Schacht verschwunden. Paul kletterte als Letzter hinab und widerstand dem Drang, den Gullydeckel hinter sich zu schließen.

# 44

Der Weg nach unten war nicht sonderlich anstrengend. Helle Lichterketten an den Seiten des Schachts begleiteten sie auf ihrem Weg die Eisensprossen hinab drei Meter in die Tiefe. Der Schalter für das Licht befand sich am Eingang und war mit Hilfe von gefälschten Berechtigungskarten von der Elfin betätigt worden. Von unten hörte Paul das Rauschen der Abwassermassen, und der bekannte Gestank wehte ihm entgegen, bevor er das Ende der Leiter erreichte. Die Filtersysteme des Chemoanzugs machten das Atmen schwer, aber erträglich.

Unten angekommen folgten sie dem Gang nach rechts und blieben auf den gut ausgeleuchteten Seitenwegen. Neben ihnen floss ein Strom dampfender grüner Abwässer und begleitete sie auf ihrem Weg. Genau nach Zeitplan erreichten sie das Abwassergitter des Bayersdorf-Komplexes. An der Wand neben dem Eingang, aus dem die Abwasser des Konzerns mit denen der Stadt zusammenflossen, war eine Panzertür in die mit Kacheln bedeckte Wand eingelassen. Neben der Tür hing in Kopfhöhe ein Monitor. Es waren zwar keine Kameras zu sehen, aber nur ein Idiot hätte sich dem Irrglauben hingegeben, dass es hier keine gab. Als Paul sich an den anderen vorbeischob, erwachte der dunkle Bildschirm zum Leben und zeigte ihm das gelangweilte Bild eines Konzerngardisten. Das müde Gesicht des Mannes war ein Gesicht unter Tausenden, nichts Auffallendes. Genauso unscheinbar wie das Gesicht war auch seine Stimme, die jetzt über Lautsprecher leise an ihre Ohren drang. Paul hatte arge Probleme, alles zu verstehen, was der Mann ihm erzählen wollte.

»Hey, die Stadtwerke. Sie waren doch erst vorgestern hier. Was ist denn heute wieder los?«, wollte der Mann wissen.

Ein Glück, dass Paul sich vorbereitet und Pandora ihm einiges von den Sicherheitsroutinen bei Bayersdorf erzählt hatte. Die coole und gelangweilte Art des Mannes barg mehrere Fallen. Pauls Miene nahm den Ausdruck eines Arbeiters an, der sich in seinem Job unnötig behindert fühlte. Seine Stimme wurde laut, da er den Lärm des Wasser übertönen musste.

»Sorry, ich kann Ihr Namensschild nicht lesen und verstehe Sie kaum. Drehen Sie gefälligst Ihren Lautsprecher auf. Mein Name ist Heinrich Bertels. Ich bin Angestellter bei der Stadt und muss Sie davon in Kenntnis setzen, dass Ihre Informationen falsch sind. Die letzte Kontrolle durch unsere Behörde war vor genau vier Wochen. Wenn Sie nun so freundlich wären, das in Ihrem Computer zu überprüfen, könnten Sie uns beiden einen Gefallen tun!«

Hinter ihm unterhielten sich Zack und Chet über das letzte Intermezzo im Combat-Biking. Die Lautstärke ihrer Unterhaltung wurde nur teilweise von dem rauschenden Strom verschluckt, was auch Absicht war. Die Elfin und Pandora gluckten über eine Vielzahl von imaginären Liebhabern, die sie am Wochenende vernascht hatten. Auch sie waren sehr laut, und ihr hohes Gekicher stach ihm schmerzhaft in die Ohren. Aber das war nur eine notwendige Tarnung. Leute, die in einem derartigen Umfeld arbeiteten, neigten dazu, halb taub zu sein und laut zu sprechen, oder gar nicht viel zu reden, so wie Lücke, der abseits stand und den Eindruck machte, viel lieber woanders zu sein.

Das Gesicht des Mannes auf dem Monitor wurde ernster. Standardverhalten. Wenn es locker nicht klappte, kam die harte Tour an die Reihe.

»Ich kenne Sie nicht. Mein Name ist Leutnant Kaiser. Ich bin der leitende Sicherheitsposten für diesen Bereich. Übermitteln Sie mir bitte Ihre aktuellen Personal- und Arbeitsdateien. Anderenfalls sehe ich mich gezwungen, den Wachen den Auftrag zu geben, Sie in Gewahrsam zu nehmen.«

Am Monitor öffnete sich eine Klappe, dahinter befand sich ein Stick- und Chiplesegerät. Paul hob beschwichtigend die Hand und kramte in seinem Anzug nach den geforderten Sachen.

»Immer halblang, ich bin ja schon dabei!«, meinte er und tat so, als habe der Mann ihn eingeschüchtert.

Paul holte den Stick hervor und schob ihn in die vorgesehene Öffnung. Danach steckte er den Chip in das Lesegerät. Der Stick enthielt die Personaldateien, der Chip den aktuellen Arbeitsauftrag. Wenn nur eine der beiden Dateien den Sicherheitsüberprüfungen nicht standhielt, steckten sie verdammt tief im Dreck. Er hielt unauffällig den Atem an, und auf seinem Rücken bildete sich ein Schweißfilm. Sein Gesicht jedoch strafte diese Gefühle Lügen. Lächelnd stand er dort und wartete seelenruhig, bis der Beamte mit seiner Arbeit fertig war. Von Pandora wusste er, dass der Sicherheitsangestellte erst dann einen Magier anfordern würde, wenn er sich irgendeiner Sache nicht völlig sicher war. Einer magischen Überprüfung hätten sie nicht standhalten können. Die Auren der Magierin und der Schamanen würde bei keinem Konzernmagier unentdeckt bleiben.

Snap wartete, bis es dreimal geklingelt hatte, dann nahm er den Anruf entgegen und schaltete die Kamera ein. Hoffentlich lief alles glatt. Sie hatten das Innere des Lieferwagens, soweit dies möglich war, einem Büro nachempfunden – den Rest simulierte Snaps Cyberdeck.

Das Objektiv schaute Ratón emotionslos an und verfolgte jede ihrer Bewegungen. Auf dem Monitor vor ihr erschien das Gesicht eines Mannes. Kurz schaute sie auf einen zweiten Bildschirm, eine Geste, die unnötig war, denn sie wusste ja, woher der Anruf kam. Sie setzte ein gekünsteltes Lächeln auf und sprach ihre einstudierten Sätze. »Guten Tag, Sie sind mit der städtischen Abwasserbehörde verbunden. Ich wünsche Ihnen einen schönen Abend. Mein Name ist Vanira Darington. Wobei kann ich Ihnen behilflich sein?«

»Guten Abend, mein Name ist Leutnant Kaiser. Ich möchte die Richtigkeit folgender Daten bestätigt haben.«

Ratóns Miene wechselte von gespielt freundlich auf außerordentlich gelangweilt. Ihre langen, lackierten Fingernägel trommelten auf dem Gehäuse der alten Tastatur, bis sie die Daten erhalten hatte. Danach krochen sie sehr langsam über die Tasten, schließlich wollte sie sich keinen Nagel abbrechen.

»Leutnant Kaiser. Mein Computer zeigt mir an, dass die Daten korrekt sind. Kann ich Ihnen sonst noch irgendwie behilflich sein?«

»Nein, danke. Das war alles«, beendete der Mann das Gespräch.

Ratón schenkte dem Wachmann ein letztes, aufgesetztes Lächeln, bis Snap die Verbindung unterbrach. Erleichtert atmeten der Decker und die Riggerin durch. So weit, so gut.

Der Mann war mit den Kontrollen fertig und nickte ihm zu. Das kleine Schauspiel hatte geklappt. Dafür hätten die Riggerin und der Decker einen Holo-Oscar verdient.

»In Ordnung, Sie dürfen mit Ihrem Team eintreten, Herr Bertels. Sie haben zwei Stunden.«

Mit einem Nicken entnahm Paul den Stick und den Chip. Der Monitor wurde schwarz, und die Tür schwang unter dem Surren eines Servicemotors nach innen. Ihre nassen Gummistiefel quietschten, als sie über den glatten Kachelboden des Vorraums schritten. In einem Fenster links in der Wand sahen sie, wie die Wassermassen in die Filteranlage des Konzerns flossen und dann durch mehrere Pumpen und Becken liefen. Danach drang das Wasser durch eine Öffnung durch das Gitter. Gelangweilt schaute Paul auf die Anzeigen der Gerätschaften, und beiläufig schweifte sein Blick über die Wände des kleinen Raums. Sofort sah er die Kamera, die in der oberen rechten Ecke auf sie hinabstarrte. Chet hatte sie auch gesehen und stellte sein breites Kreuz vor die Linse, während er den Eindruck erweckte, eine der unzähligen Apparaturen zu mustern. Pandora hatte ihnen erzählt, dass in diesem Raum aller Wahrscheinlichkeit nach eine zusätzliche Kamera versteckt war. Also suchte Paul mit den Augen den großen Kasten ab, der für die Steuerung des Filtersystems zuständig war.

Icebaby war ihm jedoch zuvorgekommen. Ihr scharfer Blick hatte die Kamera hinter einem leuchtenden Display entdeckt. Die Frau hatte sich auf so etwas vorbereitet. Eine Hand von ihr steckte das Kabel des Cyberdecks in den dafür vorgesehenen Port. In ihr Deck hatte sie ein speziell für diesen Augenblick vorbereitetes Programm geladen. Nach zwei Sekunden hatte das Programm die Kontrolle über die Kamera übernommen und ließ sie drei Minuten lang aufzeichnen, wie sie der Arbeit nachgingen. Danach würde das Deck in beliebiger Reihenfolge und aus unterschiedlichen Kameraeinstellungen die Bilder wiederholen. Auf die gleiche Weise arbeitete auch das akustische Sendegerät von Zack. Sie hatten vorher minutenlang über sämtlichen Scheiß gesprochen, der damit in Zusammenhang stand. Das Gerät speicherte die Sätze und ließ sie dann immer variabel und den Bildern angepasst ablaufen. Lange würde dieses Schauspiel nicht bestehen können, aber der Plan sah vor, dass sie in spätestens zehn Minuten den zuständigen Wachraum in ihrer Hand hatten.

Die Elfin öffnete die Schutzverkleidung des elektronischen Türschlosses und stöpselte ihr Deck ein. In der Zwischenzeit rissen sie sich die Chemoanzüge vom Leib und bauten mit einigen Handgriffen die Waffen zusammen. Nichts Großes, Roomsweeper und MP, schwere Pistolen und Narcojekt-Waffen. Nach einigen Minuten, die Paul wie eine Ewigkeit erschienen, stöpselte sich die Elfin aus, zwängte sich aus dem hinderlichen Chemoanzug und gab den erhobenen Daumen als ihr Okay-Zeichen.

Alle wussten Bescheid und hielten wie vereinbart die Luft an. Pandora hatte nur auf das Zeichen gewartet. Die Magierin griff in die Tasche ihres Chemoanzugs, holte zwei längliche Plexiglasröhren heraus und öffnete die Schraubverschlüsse. Die Sensoren im Raum überprüften die Temperatur und den Sauerstoffgehalt auf auffällige Merkmale. In den Gefäßen befanden sich spezielle Bakterien. Sie würden dafür sorgen, dass die Temperatur etwas höher als die normale Raumtemperatur blieb, da arbeitende Menschen bekanntlich schwitzen und Wärme produzieren. Zusätzlich schütteten die *Tiere* Kohlendioxid aus, was den Verbrauch des Sauerstoffs simulieren sollte, wenn sie später unbemerkt den Raum verlassen hatten. Claw breitete die Arme aus und sang ein kleines Lied. Um sie herum wurde eine luftleere Glocke geschaffen. Dies sollte verhindern, dass die Bakterien nach draußen gelangten. Icebaby drückte die entsprechenden Tasten, und die Tür glitt auf.

Mit vorgehaltenen Waffen sprangen sie in den dahinter liegenden Korridor. Während Icebaby die Tür hinter ihnen schloss, stürmten sie in den anschließenden Raum. Der Wachmann schreckte auf seinem Stuhl hoch, ließ ein 3D-Holo fallen und wollte unter den Tisch greifen. Chet ließ die Narcojekt sprechen. Die mit Gas angetriebenen Pfeile hatten keine Probleme mit der ballistischen Panzerung, aber die überall beliebte gepanzerte Unterwäsche besaß immer noch eine Chance, den Schuss aufzufangen.

Der Ork hatte gut gezielt. Sein Pfeil traf den Wachmann am Hals und ließ ihn über dem Schreibtisch bewusstlos zusammenbrechen. Der zweite Vorteil der Pfeile war, dass das Geräusch vom Alarmsystem nicht als Schuss identifiziert wurde und somit keinen Alarm auslöste.

Zack hatte einen Störsender hervorgeholt. Pandora hatte berichtet, dass die Bayersdorf AG bei ihren hauseigenen Wachen einen zusätzlichen Sender implantierte, wenn das Personal mit Cyberware ausstaffiert wurde. Natürlich wussten die Leute nichts davon, aber vor Gericht würde dies als zusätzliche Schutzfunktion von Seiten des Konzerns für das Wohl seiner Angestellten akzeptiert werden, wenn es denn einmal bekannt werden sollte. Fiel ein Wachmann während seiner Schicht aus, sei es nun durch Schlaf oder Exitus, wurde dieses Signal an die nächste Zentrale gesendet. Bei Schlaf hätte dies nur einen Vermerk in der Personalakte und gegebenenfalls die Entlassung zur Folge, vorausgesetzt, es wäre die Schuld des Angestellten. Wären jedoch Runner im Spiel, würde das Signal erst einmal ausreichen, eine Kontrolle des Ausfalls durchzuführen, was immer auf irgendeinem Weg getan wurde. Ob Kamera oder Komanruf, im Falle des Todes würde zwangsläufig ein Sicherheitsteam zu dem betroffenen Wachmann geschickt werden. Natürlicher Ausfall konnte sofort behandelt werden, beim Einwirken dritter Personen wäre der Konzern in der Lage, sofort Alarm zu geben und so sein Kapital zu schützen. Maßnahmen, die Paul bekannt waren. Als er seine vorzeitige Entlassung herbeigeführt hatte, hatte er einen Haufen Kohle ausgegeben, um den Dreck auszuschlachten, den sie bei ihm eingebaut hatten. Je höher die Position, desto höher die Sicherung des Kapitals, das man investiert hatte! Magier und hohe Execs mussten sich nicht vor Cyberware, aber vor Gewebeentnahmen fürchten. Ein idealer Weg, die entschwundenen Schäflein zurückzuholen oder auszuschalten – je nachdem, wie wichtig der Betreffende dem Konzern nach seinem Fauxpas noch erschien oder wie vielen hohen Tieren er auf die Füße getreten war. Es war überall, wo Geld und Macht im Spiel war, das Gleiche.

Die Elfin machte sich sofort an ihre Arbeit und stöpselte sich ein – die Matrix war ihr Revier. Pandora rief einen Wasserelementar herbei; sie musste eine Vorliebe für dieses Element besitzen. Das Wesen erschien leuchtend in der Luft und wartete auf einen Befehl. Pandora richtete ihr bestimmendes Wort an die paranormale Erscheinung. »Du passt auf sie auf! Lass niemanden außer uns in den Raum!«

»Ich weiß Bescheid, Meister«, sagte das Wesen, neigte dann stumm das kopfähnliche Gebilde und verschwand aus ihrem Sichtfeld.

Chet sicherte die Tür zum Korridor. Paul und Lücke räumten den schlaffen Körper des Wachmanns in eine Ecke, nachdem sie sich davon überzeugt hatten, dass er noch lebte. Paul mochte es nicht, unnötig Menschen auf einem Run umzubringen. Der Mann hatte nur seinen Job getan. Ein Anpfiff von ihm rettete dem Mann seinen Ebbie. Der Rattenschamane hatte sich an der Kleidung des Gardisten zu schaffen gemacht. Der Junge wich vor der Schärfe seiner Worte zurück. Später konnte so ein Ebbie viel Ärger bedeuten. Daten waren nun einmal Daten und über die ganze Welt zurückzuverfolgen. Und unnötigen Ärger konnte Paul nicht ausstehen. Der Junge hatte noch viel zu lernen.

Der Plan sah weiter vor, dass sie jetzt warten würden, bis Icebaby das Sicherheitssystem unter ihre Kontrolle gebracht hatte. Für diese Sache hatte sie zwei Minuten zur Verfügung. Nicht gerade viel, aber Paul wusste, dass die Zeit in der Matrix schneller ablief. Zwei Minuten konnten einem Decker unendlich lang vorkommen. Paul kam es zumindest in der realen Welt so vor.

Das Zirpen von Grillen begrüßte ihre Ohren in der virtuellen Realität. Das Eismädchen befand sich in einer Strohhütte. Auf einem Tisch stand ein Fernseher, davor befanden sich ein altes Mikro und eine Antenne mit einem Steuerpult. Ansonsten war der Raum leer. Icebaby ließ eine Lupe in ihrer Hand erscheinen und suchte die Umgebung ab. Sie brauchte mehr Zeit, als ihr recht war, um Teile der Struktur des Systems zu verstehen. In der Gerüchtekiste hieß es zwar, dass die Bayersdorf AG, was IC anging, nicht auf dem Laufenden war, aber diese auf das System zurechtgeschnittene Realität wollte ihr nicht gefallen.

Endlich wusste sie, wie sie mit dem Kontrollpult umgehen musste. Die ganze Zeit über rasten die Finger der Frau in der Realität über die Kontrollen des Cyberdecks. Sie passte ihr Deck dem System an. Jetzt hatte sie die Kameras unter ihrer Kontrolle und fütterte sie permanent mit den gleichen Daten – leere Korridore und

Räume. Weiterhin löschte sie alle bislang vorhandenen Daten von ihnen. Noch besaß sie die Zeit dafür; später konnte die Sache schon anders aussehen. Nachdem sie alles vorbereitet hatte, so weit es ihr möglich war, griff sie sich das Mikro und sprach hinein.

Paul und die anderen hörten über Lautsprecher die Stimme von Icebaby. Sie hatte es zehn Sekunden schneller als erwartet geschafft »Ich habe die Kameras bearbeitet. Die Türen werden nach Zeitplan geöffnet. Ihr könnt mich weiterhin über Headphone erreichen. Ich mache mich jetzt auf den Weg, um Snap die Tür zu öffnen. Auf eins, zwei, los!«

Die Tür öffnete sich, und sie schlichen in den Hauptkorridor. Von nun an musste der Elementar auf die Elfin aufpassen. Wenn ihr jedoch etwas in der Matrix zustoßen sollte, war keiner da, um sie im Ernstfall auszustöpseln. Solche Punkte hasste Paul in einem Plan, aber Schwachstellen gab es leider immer. Und in diesem Fall würde die Elfin dabei draufgehen. Aber sie hatte sich diese Rolle selbst ausgesucht.

Icebaby hatte in ihrem Sichtfeld ein Fenster geöffnet, auf dem sie den Weg des Teams verfolgen und es gegebenenfalls warnen konnte. Natürlich machte sie das langsamer, aber es musste sein. Wenn ihr die anderen im Team auch nicht viel bedeuteten, so wollte sie Claw doch nicht verlieren. Davon einmal abgesehen, zogen sie alle am gleichen Strang. Und wenn einer losließ, konnten alle in den tödlichen Abgrund stürzen.

Ein Tastendruck von ihr aktivierte ein Schleicher-Programm. Die Persona trug jetzt einen Anzug, der denen der Wachen an jenem Tor glich, auf das sie zuvor mit Snap gestoßen war. Danach verließ sie die Hütte. Draußen begrüßte sie die kühle Nachtluft. Der Wind tat ihr gut auf der Haut, auch wenn er bloß pure programmierte Einbildung war. Vor sich sah sie einen ausgetretenen Waldweg. Langsam schritten ihre Füße über den sandigen Boden. In einiger Entfernung sah sie die Scheinwerferkegel am Zaun über die Baumwipfel durch den Nachthimmel gleiten. Sie beschleunigte ihr Tempo ein wenig. Zwischen den Bäumen konnte sie endlich das Tor erkennen. Davor liefen die Konstrukte mit den Wachhunden wie erwartet auf und ab. Von jetzt an musste sie kreativ sein.

Zum Glück schenkte ihr niemand besondere Aufmerksamkeit. Einen Konzerndecker konnte sie auch nicht erkennen. Sie erreichte die letzte Baumreihe, hinter der der breite Todesstreifen begann. Ein Mann mit zwei Wachhunden blieb am Fuße ihres Pfades stehen und musterte sie aufmerksam. Icebaby hatte ihrer Kleidung die Streifen eines Offiziers gegeben. Der Wachmann mit den beiden Hunden schien aber zu stutzen. Scharf pfiff sie das Programm zurecht.

»Was glotzen Sie so? Nehmen Sie gefälligst Haltung an! Los, machen Sie sich an Ihre Arbeit!«

Das Konstrukt reagierte und salutierte zu ihrer Erleichterung. Dann nahm es wieder unbeirrt seinen Weg am Zaun entlang auf und ließ die Deckerin allein zurück.

Zielstrebig ging sie auf das Tor zu. Der Plan, den sie mit Snap ausgeheckt hatte, war eine heikle Kiste. Verdammt gefährlich, aber nicht unmöglich.

Auf der anderen Seite des Zauns konnte sie sehen, wie eine Comic-Figur auf den Zaun zuschlich. Es dauerte einige Zeit, bis der Junge den ausgerollten Stacheldraht auf dem Boden überwunden hatte. Es sah fast so aus, als ob das Icon des Deckers die Hindernisse überwinden konnte. Aber sie wusste, dass Snap keine Chance besaß. Früher oder später würde er auf tödliches IC treffen. Das, was sie jetzt tun musste, gefiel ihr ganz und gar nicht.

Icebaby griff in ihre Uniformtasche und führte die Pfeife an den Mund. Sie pfiff das Alarmsignal und deutete mit der Hand auf den Comic-Helden. Die Scheinwerfer der Wachtürme schwenkten auf den bibbernden Jungen, der wie ein Hase in dem hellen Kegel gefror und am ganzen Körper zitterte. Die Waffen der Wachtürme wurden auf den Eindringling gerichtet und drohten jeden Augenblick das Feuer zu eröffnen. Das System wurde in einen vorübergehenden Alarm versetzt. Eine Stufe, die, wenn Fortuna ihnen hold war, nicht weiter beachtet wurde.

Paul und die anderen schlichen in diesem Augenblick durch den Flur. Vor ihnen befand sich die Aufzugstür zu den tiefer gelegenen Stockwerken. Wenn sie die Pläne richtig studiert hatten, mussten sich Stefan Brückners Laborräume im zweiten Kellergeschoss des Komplexes befinden. Der grellgrüne Teppich sah alles andere als beruhigend aus. Paul wäre Amok gelaufen, wenn er ihn länger hätte betrachten müssen. Höchstwahrscheinlich war dies einer der Gründe, warum man ihn ausgewählt hatte. Wenn es im Flur ungemütlich war, konnte die Konzernspitze sicher sein, dass sich ihre Lohnsklaven nicht allzu lange auf den Fluren aufhielten und ihre Arbeit vernachlässigten. Mit einem Mal schaltete sich die Beleuchtung aus, und ein Warnsignal hallte durch die Gänge. Pauls Nackenhaare stellten sich auf; das System war in Alarmbereitschaft versetzt worden. Er und die anderen drückten sich an die Wände des Gangs. Im Alarmzustand konnten die Aufzüge nur mit einem speziellen Code gesteuert werden – und den hatten sie leider nicht. Abwarten stand jetzt ganz vorn auf der Liste. Alle sahen nervös von rechts nach links. Lücke hätte sich am liebsten im Teppich verbuddelt. Paul empfand ebenfalls so, erlaubte seinem Körper aber nicht, etwas von seinen Gefühlen preiszugeben.

Er hasste es, wenn er sich auf andere verlassen musste. Aber ihr Überleben hing jetzt vom Erfolg der Elfin ab.

Auf dem Monitor konnte sie sehen, wie Paul mit den anderen stehen blieb. In dem Gang, in dem sich das Team gerade befand, waren die Lampen automatisch auf Notbeleuchtung umgeschaltet worden. Es war an der Zeit, den nächsten Schritt zu tun. Icebaby schüttelte die Angst ab und schritt auf das Tor zu. Einige Soldaten mit Hunden waren schneller als sie bei dem Decker. Die bellenden Hunde rissen an ihren Ketten. Weitere Wachsoldaten liefen herbei und senkten die automatischen Waffen auf den Körper des Teenagers. Das Eismädchen in Uniform schritt nach vorn und schob die im Weg stehenden Konstrukte beiseite.

»Machen Sie Platz! Sicherheitsstufe 37-A!«, rief sie laut.

Den Code hatte sie von der Magierin. Es blieb ihr nichts anderes übrig, als zu hoffen, dass diese Information noch aktuell war. Wenn nicht, würde ein Klumpen verbranntes Fleisch von ihr übrig bleiben. Eines der Wachmannkonstrukte musterte sie aufmerksamer als die anderen, unterließ es aber, den Blaster auf sie abzufeuern.

Icebaby ergriff die Initiative. »Übergeben Sie mir den Gefangenen. Ich habe die nötige Ausrüstung, um ihn fügsam zu machen.«

Der Wachmann trat einen Schritt zurück und machte ihr Platz. Icebaby griff in die Innentasche, entnahm ihr ein paar Handschellen und legte sie dem verängstigten Decker an. Natürlich hätte Snap jederzeit den Versuch starten können, sich auszustöpseln, aber dann hätten sie sich diese Farce sparen können. Die Handschellen waren ein Programm, das sich in die CPU des Decks einschaltete. Es hatte die unangenehme Funktion, das Deck komplett unbrauchbar zu machen. Der Decker, dem solche Handschellen angelegt wurden, war dazu verdammt, den Rest seines Matrixaufenthalts als Beobachter zu verbringen. Wenn er sich entschied, seine Synapsen auf Widerstand einzustellen und versuchte, irgendeines seiner Programme zu starten, war davon auszugehen, dass nichts als schwarzer Rösttoast von ihm übrig bleiben würde.

Nachdem die Lady ihre Arbeit beendet hatte, machte sich der Großteil der Wachhundkonstrukte wieder auf den Weg. Nur der eine von eben wartete ab.

Icebaby wandte sich an dieses unangenehm arbeitswütige Gebilde, das die Streifen eines Feldwebels trug. »Ich bringe den Gefangenen jetzt in die Zelle. Es besteht kein Grund mehr, den Alarm aufrechtzuerhalten.«

Der Feldwebel schien nicht gewillt zu sein, ihrer Aufforderung Folge zu leisten. Die Frau steckte sich eine aus dem Nichts entstehende und bereits angezündete Zigarette in den Mund und blies dem Wachmann den Rauch ins Gesicht. Das Konstrukt hustete kurz, und der Hund schnüffelte in der Luft. Der Rauch war längst vergangen, und der Hund wandte seine Nase dem Boden zu. Lächelnd neigte der Wächter nun den Kopf, griff sein Mikro und gab den Befehl zur Entwarnung. Die Scheinwerfer nahmen wieder ihren Weg auf, und die restlichen Konstrukte beachteten sie nicht weiter. Die Elfin wusste, dass sie nicht viel Zeit hatten. In spätestens drei Minuten würde ein Konzerdecker auftauchen, um den Vorfall zu überprüfen. Danach stand Kampf auf dem Plan.

Icebaby wandte sich ab und führte Snap vor sich herstoßend einen Pfad entlang, von dem sie hoffte, dass es der richtige war. Die Vielzahl der abzweigende Wege führte leicht dazu, dass man sich in dem System verlief. Der Konzern hatte sein Augenmerk darauf gelegt, dem Decker die Orientierung innerhalb seines Systems so schwer wie möglich zu machen.

Nachdem Icebaby ihre Sensoren überprüft hatte, konnte sie zu achtzig Prozent sicher sein, dass sie nicht verfolgt oder überwacht wurden. Eine hundertprozentige Sicherheit gab es nie. Sie nahm dem Decker die Handschellen ab, und dessen Konstrukt umarmte die überraschte Frau ohne Vorwarnung. Etwas verstört gelang es ihr, sich aus den Armen des Teenagers zu befreien. Das strahlende Gesicht von Snaps Persona achtete nicht weiter auf den vorwurfsvollen Blick der uniformierten Frau. Es wandte sich ab und ließ ein paar Ratten laufen.

In dem Frame konnte die Elfin sehen, wie ihr Team weiter vorrückte und in den Fahrstuhl gestiegen war, um in den Keller zu gelangen. Bis jetzt waren sie auf keinen Widerstand gestoßen. Das war etwas, was ihr nicht passen wollte – die Sache lief zu glatt. Viel zu glatt.

Paul und sein Team erreichten die Sektion des Forschungskomplexes. Die ganze Sache lief ihm zu glatt. Kein Widerstand, keine magische Überwachung. Nichts! Bis auf Lücke schien den anderen die Sache auch nicht astrein zu sein. Das nächste Hindernis war die Tür zum Laborkomplex.

Paul nahm mit der Deckerin Kontakt auf. »Hier spricht Backstab. Verläuft alles nach Plan?«

»Ja, alles so weit okay. Aber die Tür vor euch kann ich nicht öffnen«, sagte die Frau.

*Verdammt!* dachte Paul.

»Wieso nicht?«, wollte er wissen.

»Ich habe keine Ahnung, von wo aus ich das tun sollte. Und uns bleiben gerade einmal eineinhalb Minuten, um die Daten zu finden«, antwortete ihm die Frau über Funk.

»Viel Glück. Wir bringen das Haus zum Wackeln«, meinte Paul und unterbrach die Verbindung.

Paul gab Chet die nötigen Handzeichen. Der Ork brachte einen Batzen Plastiksprengstoff an der Tür an und steckte den Katalysezünder in die Knetmasse. Sein ausgestreckter Daumen war das Zeichen zum Verteilen. Alle huschten den Gang entlang und verbargen sich in den Türrahmen. Chet schaute aus einem Türrahmen hervor und suchte Pauls Blick. Dessen stummes Nicken veranlasste den Ork dazu, den Zünder über Funk zu aktivieren. Die Zeit des Anschleichens war somit vorbei, jetzt würde hier gleich der Bär tanzen.

## 45

Snap war beeindruckt von der Komplexität des Systems. Ein wahres Labyrinth, das es zu durchqueren galt. Er fühlte sich wie Theseus, der mit seiner geliebten Ariadne durch das Labyrinth des Königs Minos hastete, immer auf der Hut vor dem monströsen Minotaurus. Diese Anspielung brachte ihn auf eine Idee. Ariadne hatte einen Bindfaden besessen, um dem Labyrinth zu entkommen. Wieso sollte er nicht so etwas Ähnliches benutzen? Gedacht, getan. Schnell schrieb er einige Routinen und kombinierte sie mit Teilen seiner laufenden Programme. Zwar bildeten diese Markierungen auch Anhaltspunkte für verfolgende Einheiten, aber er tat sein Möglichstes, um die Zeichen mit den vorhandenen Datenstrukturen zu kombinieren und auf diese Weise zu verschleiern. Es blieb abzuwarten, ob sein Plan funktionierte. Den Erfolg würde allein die Zeit zeigen.

Icebaby und er erreichten eine ebene Fläche, in deren Mitte ein riesiges, aus Bambus errichtetes Fort stand. Das Herz des Systems, die CPU, wenn er seinen Sensoren trauen konnte. Ihm blieb nicht viel Zeit zum Nachdenken. Die Tore öffneten sich, und eine Horde schwarz uniformierter Soldaten mit Bayersdorf-Abzeichen stürmte über die Ebene auf sie zu. Die schimmernden Rüstungen der Gegner erinnerten auf ihrem Vormarsch an zuckende Blitze, die sich unaufhaltsam auf sie zubewegten. Jetzt war Krieg angesagt. Das Versteckspiel hatte keinen Sinn mehr. Icebaby ließ die Maske fallen und zog ihr schimmerndes Eisschwert. Snap entsicherte seine überdimensionale Wasserpistole und legte an. Das IC, das ihnen entgegenstürmte, war nicht von schlechten Eltern, bildete aber nicht den Hauptwiderstand, mit dem er rechnete, sobald es ihnen gelingen würde, ins Innere der Festung vorzustoßen. Die Soldaten legten im Sturm ihre Waffen an und eröffneten das Feuer. Vorsorglich hatte die Elfin einen schimmernden Schild in ihrer Hand erscheinen lassen, und Snap befand sich im Inneren einer Seifenblase, von der die ersten Schüsse wirkungslos abprallten.

## 46

Fleisch und Knochen waren entfernt worden, und der Blutfluss war auf magischem Wege unterbrochen worden. Die Testperson schlief einen stetigen Schlaf und zeigte keinerlei Anzeichen von allergischen Reaktionen auf das arkane Material. Eine ständige Kontrolle des Immunsystems und der Zellfunktionen lieferte sehr befriedigende Ergebnisse. Stefan sammelte seine Kraft und leitete sie mit der seiner Assistenten in den Astralraum. Das Plasma der Sphären wurde kanalisiert und in die Implantate geleitet. Auf der astralen Ebene sah er, wie die pulsierende Macht die Cyberware auflud und formte. Kein Schwinden der Essenz der Testperson war zu vermerken. Stefan hatte gewusst, dass es so kommen würde, aber der Anblick versetzte ihn erneut in Erregung. Er fühlte sich so, wie sich ein Gott fühlen musste.

Er schuf eine Verbindung zwischen totem Material und Leben, ohne dass ein Verlust zu verzeichnen war. Das war phänomenal. Die optischen Kameras zeichneten diesen denkwürdigen Augenblick in allen Einzelheiten auf. Eine Dokumentation für die Geschichte der Wissenschaft.

Als die Energie sich immer mehr aufbaute, bemerkte er, dass etwas nicht stimmte. Ein schneller Blick auf sein Ritualteam zeigt ihm, dass sich Niels aus dem Kreis entfernt hatte. Der Mann lächelte, als er den Blick seines Mentors bemerkte. Es kostete Stefan seine letzten Reserven, um das Ritual aufrechtzuerhalten. Weil er die leitende Rolle innehatte, musste er den Verlust der Kraft durch seine eigene ausgleichen. Schweiß rann ihm in Strömen den Körper hinab und durchnässte seinen mit Runen bestickten Chemoanzug. Seine Körpertemperatur glich einem Vulkan, und er wusste nicht, wie lange er dieser Belastung noch standhalten konnte. Wenn er jetzt versagte, war seine Karriere, sein Lebenswerk mit einem Mal vernichtet. Dabei stand er so kurz vor seinem Ziel. Mit erschreckender Deutlichkeit erkannte er, dass er von seinem Protegé verraten worden war.

Die Explosion, die den Forschungskomplex erzittern ließ, raubte ihm den letzten Funken von Kraft und Konzentration, der noch übrig geblieben war, und schleuderte ihn zu Boden. Die Folge war, dass der Zauber sich entlud und auf die Teilnehmer und die Einrichtung übergriff. Brennende Trümmer fielen von der Decke und rissen mehrere Apparaturen zu Boden. Computer verweigerten knisternd und funkensprühend ihren Teil der Arbeit und quittierten den Dienst. Techniker und Ärzte taumelten verstört, brennend oder voller Panik schreiend im Raum umher. Brennende Fackeln des Entsetzens, die nach wenigen Schritten zusammenbrachen und einen grauenhaften Tod fanden. Andere hielten sich blutende Wunden oder stützten Kollegen halbherzig ab und versuchten einen Weg aus dem Chaos zu finden. Die Beleuchtung fiel aus, wurde aber von dem stroboskopischen, schwach gelblich leuchtenden Notlicht nahtlos abgelöst. Die Notreaktoren des Komplexes liefen an und versorgten die medizinischen Apparate mit Notenergie, sofern diese keinem Totalausfall zum Opfer gefallen waren.

Das Experiment war außer Kontrolle geraten. Der eingeleitete Zauber entfaltete weiterhin seine Kraft und entlud unkompensiert seine ganze Macht in der Zielperson.

Mit einem Mal riss die Testperson die Augen auf und stieß einen verzweifelten Entsetzensschrei aus. Einen Schrei, der von Stefan hätte stammen können, aber dieser besaß nicht mehr die Kraft dazu. Müde drehte er sich, seinen Körper kaum noch bewusst wahrnehmend, auf die Seite, um wenigstens den Rest noch mit anzusehen.

## 47

Paul stürmte durch das Loch in der Eisentür, welches die Explosion gerissen hatte. Wenn er später die Zeit dazu finden würde, wollte er den Ork für sein mathematisches Geschick, was die Berechnung der Sprengkraft anging, beglückwünschen. Die Bodenkacheln waren von der Explosion herausgerissen worden und hatten sich in dem dahinter liegenden, nicht mehr ganz sterilen Raum verteilt. Die Panzerglasscheibe rechts im Raum war mit Rissen durchzogen und machte einen Blick hindurch unmöglich. Paul sah sich schon mit dem nächsten Hindernis konfrontiert, einer zweiten Metalltür, die doppelt so dick war wie die erste. Paul stieß einen obszönen Fluch aus. Von der anderen Seite der Tür drang gedämpftes Klopfen zu ihnen vor, das war alles. Die Notbeleuchtung war mittlerweile in Betrieb und machte es seiner Cyberware nicht gerade leicht, sich auf das flackernde Licht einzustellen. Chet war bis zur Metalltür vorgedrungen und hatte ihm resigniert zu verstehen gegeben, dass er kein zweites Überraschungspaket mehr in seiner Tasche hatte. Pandora, Lücke und Claw standen mit erhobenen Händen beisammen und vollführten unverständliche Gesten. Paul vermutete, dass sie ein magisches Hindernis beseitigen wollten oder andere Probleme hatten. Zack ließ die Narcojekt fallen und ersetzte sie durch eine Sandler Maschinenpistole. Paul schaute den Samurai fragend an und erntete sofort eine Antwort. »Ich mach uns die Tür auf, Chummer!«

Der Typ war ein Witzbold. Hatte er etwa die Absicht, sich durch die Stahltür zu beißen?

Zack nahm Anlauf und rannte auf die Panzerglasscheibe zu. Während er vom Boden absprang, verteilte er einen breiten Feuerstreifen über die Scheibe. Dem Lärm und Mündungsfeuer nach hatte der Runner die Waffe mit Explosivmunition geladen. Kurz vor dem Aufprall rollte sich der Samurai geschickt wie eine Katze in der Luft zusammen. Mit dem breiten Kreuz durchbrach er das Glas, das wie ein Wasserfall in sich zusammenstürzte und klirrend auf den Boden fiel.

»Zack, alles klaro?«, schrie Paul über den Lärm der Alarmsirene hinweg.

Keine Antwort.

Er fühlte, wie das Adrenalin von dem Reflexbooster durch seinen Körper gejagt wurde, und war in zwei Sätzen an der Öffnung. Die dahinter liegenden Computerterminals hatten von den Treffern der Explosivmunition ins Nirwana übergewechselt. Der Samurai lag über einem bewusstlosen Wachmann auf dem Boden. Ein Sprung, und Paul befand sich mit vorgehaltener Waffe im Kontrollraum. Er bückte sich neben Zack nieder. Dessen Kampfanzug war an mehreren Stellen zerschnitten, und einige tiefe und blutende Schnitte zogen sich über das sowieso schon nicht besonders schöne Gesicht der Messerklaue.

Als Paul versuchte, Zacks Puls zu ertasten, erwachte der Runner wieder zum Leben. Sein erster Kommentar war: »Wow, was für eine Dröhnung. Beim nächsten Mal darf das einer von euch machen.«

Paul musterte den Verrückten vor sich genauer. »Alles okay?«, fragte er besorgter, als ihm lieb war.

Zack wischte sich mit dem Ärmel das Blut vom Gesicht und zuckte leicht zusammen. »Ich fühle mich wie nach einer Sauftour mit Chet. Aber ich fürchte, ihr müsst ohne mich weiter.«

Der Blick des Samurais wanderte kurz nach unten. Paul folgte dem Blick und sah warum. Eine Glasscherbe hatte ihm den Unterschenkel aufgespießt und steckte wahrscheinlich bis zum Knochen im Fleisch fest. Die Wunde sprudelte munter den Teppich voll, und es war davon auszugehen, dass die Sehnen und Muskeln hinüber waren. Das musste verdammt wehtun.

»Scheiße«, war das Einzige, was Paul sagen konnte. Sie wussten beide, dass sie ihn so nicht mitnehmen konnten. Der Rückweg würde ohnehin nicht einfach werden.

Zack machte ihm die Entscheidung etwas leichter. »Ach, reg dich nicht künstlich auf. Bei dem ganzen Dreck wird sich die Putzfrau über das bisschen Blut nicht weiter beschweren.«

Paul drückte dem Samurai die Hand. Es hieß Abschied nehmen, vielleicht für immer, zumindest für diese Welt.

Ein halbherziges »Bis später« war alles, was ihm einfiel.

Der Runner hielt ihm den Daumen hin und steckte sich mit der anderen Hand ein paar Pillen in den Mund. Chet gesellte sich zu ihnen, dicht gefolgt von den anderen. Ein schneller Blick reichte dem Meta, um die Situation zu erfassen. Zu Pauls Verwunderung las er echte Anteilnahme in den Augen der Messerklaue.

Pandora schaltete sich ein. »Hey, Jungs. Ich fürchte, wir bekommen Ärger. Den Gang runter, die Sicherheit rückt an!«

»Ich habe damit gerechnet und eine kleine Überraschung vorbereitet. In der Kanalisation hat es leider nicht geklappt, aber hier …«, kam von Seiten des Orks.

Ein Explosion hallte durch den Gang. Danach hörte man einige Rüstungen zu Boden stürzen. Paul vermutete, dass die Ursache nicht die umwerfende Wirkung des Teppichs, sondern eine Granate gewesen war.

»Ich bleibe hier bei Zack und halte sie auf«, meldete sich Chet zu Wort.

Was zwischen dem Ork und Zack vorher gewesen sein musste, wischte jetzt alle Zweifel des Misstrauens weg.

Die donnernde Stimme des Löwen übertönte den Lärm der heranrückenden Truppen. »Ich bleibe auch hier! Ich glaube, die zwei könnten meine Hilfe gebrauchen!«

Ein stummes Nicken, und er zerrte den Rattenschamanen hinter sich her. Pandora folgte ihm auf jedem Schritt. Die Tür zum nächsten Raum war aus Metall und wurde elektronisch gesteuert. Das Steuerpult hing funkensprühend in der Wand und verweigerte den Dienst. Dicht daneben befand sich eine Handkurbel für den Notfall. Pauls Muskeln spannten sich, und er drehte den Hebel.

»Hey, Paul! Dahinter findet irgendetwas Großes statt. Wir haben es nicht geschafft, über die astrale Ebene einzudringen. Der Äther ist voll von pulsierender Energie, die sich immer weiter ausbreitet!«, kam es von der Magierin.

»Danke für die Vorwarnung, aber jetzt können wir uns nur noch überraschen lassen.«

Die Tür rollte weit genug zurück, und dichter Rauch wehte ihnen entgegen, als sie durch den Spalt gingen. Hinter ihnen hörten sie, wie die Samurais das Feuer auf die ersten Wachen eröffneten, die den zerstörten Vorraum betraten. Aus den Augenwinkeln sah er, wie der Löwenschamane einen Feuerball in den Haufen von Vollrüstungen warf. Die Schreie der Soldaten und das Knattern der automatischen Waffen begleiteten das geschrumpfte Team auf seinem Weg ins Ungewisse.

# 48

Langsam, aber sicher drohte sich Snaps Seifenblase aufzulösen. Er rief mehrere Medprogamme auf, hatte aber nicht viel Hoffnung, dass dies noch viel bringen würde. Seine Seifenblase war schon über und über mit Kaugummis geflickt und erlaubte nicht mehr viel Spielraum. Neben sich sah er, wie die Elfin durch die Reihen der Soldaten stürmte. Ihr Eisschwert teilte die Konstrukte in mehrere Hälften, die in Tausende Partikel zerfielen und verschwanden. Tiefe Bewunderung kam in dem Decker auf, als er die Eleganz der Bewegungen und die Sicherheit sah, mit der die Frau ihre Waffe beherrschte.

Eine weitere Erschütterung in seiner Seifenblase brachte ihn zurück in die virtuelle Realität. Der Soldat vor ihm hatte ein Bajonett aufgepflanzt und schwang die Waffe wie ein Brotmesser. Snaps Schild stürzte ab und ließ das Konstrukt des Deckers stocken. Dadurch, dass er langsamer geworden war, pfiff der Stich des Bajonetts knapp an seinem Kopf vorbei und schnitt nur die Tolle seiner Comic-Persona ab. Der Schmerz war trotzdem höllisch. Wie erwartet leistete die BTL-Software ganze

Arbeit und erinnerte den Decker schmerzhaft daran, dass man auch im Cyberspace sterben konnte. Aber Snap wusste, dass seine Zeit noch nicht gekommen war.

Seine Persona zerrte an den Schnürsenkeln seiner Turnschuhe. Als es einen endlich befreit hatte, wickelte er das virtuelle Nylon um die Beine des Soldaten. Völlig überrascht, stürzte das IC auf den Boden. Den Rest des Schnürriemens benutze er dazu, die Hände und den Hals mit den Enden zu verbinden. Der Soldat versuchte sich zu befreien und bemerkte nicht, dass er die Fesseln immer stärker festzog. Die volle Angriffskraft des Soldaten richtete sich gegen sich selbst und löste ihn vollends auf.

Erschöpft blieb Snap stehen und machte sich darauf gefasst, einem neuen Angreifer gegenüberzutreten. Aber nichts geschah. Das Feld war leer. Sie hatten den nächsten Schritt geschafft, das Innere der CPU wartete auf ihren Besuch. Kurz umarmte er Icebaby. Diesmal erwiderte die Frau seine Umarmung, und sie gönnten sich die kurze Millisekunde Ruhepause. Eine letzte Kontrolle des Decks, dann hieß es, hinein in die Höhle des Löwen. Hinein in das Herz dieses Bayersdorf-Systems.

Der Vorplatz des Forts war leer. Ohne zu zögern betraten Icebaby und Snap das größte Haus am Platz. Snap ging davon aus, dass hier normalerweise reges Treiben herrschte. Weil sich das System aber in Alarmzustand befand – das ständige Heulen einer Sirene erinnerte sie daran –, waren alle Arbeitsroutinen abgeschaltet worden. Alle Geschwindigkeit wurde den Abwehrprogrammen zur Verfügung gestellt.

Eine Welle hatten sie bereits geschlagen, aber vor dem, was jetzt kommen würde, hatte Snap Angst. Er schämte sich nicht seiner Angst; sie war nur ein Zeichen seines gesunden Menschenverstands. Snaps Angst spiegelte sich in seiner Persona wider. Der Teenager knirschte lautstark mit den Zähnen, was ihm einen bösen Blick von Icebaby einbrachte.

Die Eisfrau stieß einen Fluch aus. Snap blieb verwirrt stehen. »Ich habe das Team verloren«, erklärte sie. »Alle Kameras wurden abgeschaltet, verdammt! Ich versuche es über Funk … Nichts als Rauschen – wir sind auf uns allein gestellt. Irgendwelche Vorschläge?«

Snap dachte angestrengt nach. Sein Icon schnippte mit den Fingern, dann stieß es einen Pfiff aus. »Ich bin fürs Weitergehen. Wenn wir in fünf Minuten nichts haben, hauen wir ab. Du glaubst doch wohl nicht, dass ich jetzt den Schwanz einziehe und zum Rückzug blase? Vorsichtshalber stelle ich uns den Wecker.« Der Teenager zog einen großen roten Alarmwecker auf und heftete ihn sich an die Brust seines viel zu langen Hemdes.

Icebaby öffnete die Tür, und sie betraten einen großen Raum, in dem sich viele seltsame Apparaturen und eine große Anzahl von Aktenschränken befanden. Die Blechbüchsen warteten nur darauf, ihren Inhalt preiszugeben. Snap konnte es förmlich riechen – Falle. Die Dinger mussten gesichert sein! Der Kampf zuvor war hart gewesen, aber das konnte nicht alles gewesen sein, was der Systemprogrammierer zur Sicherung eingebaut hatte. Vorsichtshalber ließ Snap seine Ratten laufen. Sie sollten das System nach Fallen absuchen. Die Eiskämpferin tat es ihm gleich und ließ einen kleinen, schimmernden Eisdrachen über den Schränken kreisen.

»Was jetzt?«, wollte er von der Deckerin wissen.

»Lass uns den Safe suchen«, war ihre Antwort.

Seine Persona nickte. Hinter einem Bild, auf dem die Geburt Christi dargestellt war, fanden sie den schweren Brocken. Das silberfarbene Metall stand in krassem Gegensatz zum Rest der Einrichtung. Es stand förmlich ›Hightech‹ darauf. Ihnen blieb eine Minute. Snap kramte eine Dynamitstange hervor und zündete die

Lunte an. Dann klebte er sie an der Safetür fest und wollte mit Icebaby Schutz am anderen Ende des Raums suchen. Dieses Dynamit-Programm hatte er selbst entwickelt. Es war so aufgebaut, dass es, einmal platziert, unabhängig von seinem Deck operieren konnte. Es nutzte die Energie des Objekts, an das es gehaftet wurde, und setzte diese Energie gegen sich selbst ein. Tricky! Der Nachteil war, es funktionierte nur an starren Objekten.

In diesem Augenblick fiepten die Ratten laut auf, und der Drache stieß zischend von der Zimmerdecke zu der Deckerin herab. Aus der anderen Ecke des Raums näherte sich eine ältere Frau. Sie sah wie eine alte Bibliothekarin aus, aber etwas in ihren Augen jagte Snap Angst ein. Sie waren kalt und blitzten verstohlen hinter den Gläsern der Nickelbrille. Icebaby stellte sich der Frau in den Weg und zog ihr Schwert.

Die Frau hob beschwichtigend die Hand. »Keine Aufregung«, sagte sie. »Dies ist ein friedliches Haus. Ich möchte nur Ihre Zugangsberechtigung sehen. Danach können sie unbeirrt Ihrer Arbeit nachgehen.« Auffordernd streckte die Frau ihre alte, verschrumpelte Hand nach Icebaby aus.

Die Deckerin handelte schnell. Ihre Kämpferin schlug mit einem Vorhandschlag nach der Hand der Alten. Snap hätte erwartet, dass dies das Ende der Hand bedeutete. Aber weit gefehlt. Rasend schnell schlossen sich die Finger der Bibliothekarin um die Klinge des Schwerts. Ein einziger Ruck der alten Schachtel reichte, um die Klinge abzubrechen und in unzählige Partikel zu verwandeln. Das sah nach Ärger aus, und zwar nach mehr Ärger, als Snap lieb war.

Icebaby taumelte zurück. Dieses Gebilde vor ihnen hatte mit einer einzigen Geste ihr Angriffsprogramm abstürzen lassen. Sie hechtete über einen der Aktenschränke und brachte sich fürs Erste in Sicherheit. Sie brauchte die kurze Pause, um wenigstens eines ihrer Programme zu starten. Sonst würde sie völlig nackt gegen dieses büchersortierende Monster kämpfen müssen.

Um sicherzugehen, befestigte Snap weitere Dynamitstangen an der Safetür und machte sich dann auf den Weg, der Elfin zu helfen. Allein hatte die Frau keine Chance, den Kampf zu überstehen.

Die Bibliothekarin wuchtete mit einer Hand den Aktenschrank beiseite, der sich zwischen ihr und der Eiskämpferin befand. Die Elfin hatte mittlerweile einen kleinen Schild in ihrer Hand und zog sich weiter zurück. Sie versuchte wahrscheinlich, den Schaden zu reparieren, den die Zerstörung des Angriffprogramms mit sich gebracht hatte.

Snap zog ein Blasrohr und zielte auf die alte Spinatwachtel, musste jedoch mit ansehen, wie seine Schüsse wirkungslos an ihrer Kleidung abprallten. Die Bibliothekarin schlug nach Icebaby, und es gelang der Elfin mit knapper Not, den Schild hochzuhalten. Die Wucht des Treffers riss sie von den Beinen und ließ sie durch den Raum fliegen.

Snap sah, dass der Schild nutzlos mit dem gebrochenen Arm hin und her baumelte, als die Elfin stöhnend wieder aufstand. Ohne lange zu überlegen, sprang der Teenager das IC von hinten an. Die Frau streifte den um sich tretenden Decker mühelos von ihrem Rücken ab. Sie hielt den Teenager in ihrem starken Griff am Hals umklammert, und Snap ging langsam die Luft aus. Verzweifelt versuchte er sich zu wehren, aber ohne Erfolg.

Icebaby stürmte auf die Frau zu. Mittlerweile hatte sie wieder ein neues Schwert in der Hand. Die Klinge glitt durch das Kleid der Frau, was dazu führte, dass der Druck auf Snaps Hals für kurze Zeit nachließ. Er schaffte es, mit einem weiteren Atemzug Luft in seine brennenden Lungen zu saugen. Das war aber auch schon alles. Der Hieb hatte das IC nicht stark genug beschädigt. Die andere Hand der Frau schwang ein dickes Buch und traf die Eiskriegerin heftig am Kopf. Icebabys Persona fiel um und blieb regungslos liegen.

Snap sah, wie die Deckerin zu Boden stürzte und nicht mehr aufstand. Der Minotaurus hatte gewonnen. Ariadne war tot, und Theseus würde ihr gleich folgen.

Halt, so durfte es nicht enden! Der Decker setzte alles auf eine Karte. Die alte Frau würde ihn nicht besiegen! Einmal schon hatte es ihm geholfen, wenn auch anders als erwartet.

Snap aktivierte die Camera obscura, die er bei dem Troll im HMU gekauft hatte. Die Matrix flimmerte für einen kurzen Augenblick, und danach war alles anders. Das Teenager-Icon des Comic-Helden trug jetzt einen roten, natürlich viel zu langen Umhang mit einem Zeigefinger und Daumen darauf. Die Frau sah jetzt wie eine alte Comic-Lehrerin aus, die Elfin am Boden glich einem Schulmädchen, und die Aktenschränke hatten die Gestalt von Schulbänken angenommen.

Der Teenager-Superheld spuckte der Lehrerin einen Kaugummi ins Gesicht. Die klebrige Masse ließ die Frau zurückschrecken, was zur Folge hatte, dass Snaps Teenager unsanft zu Boden stürzte. Der Superheld sprang sofort auf. Ein Roundkick, wobei die Knöchel sich beim Tritt dehnten und Spikes unter den Turnschuhen erschienen, hatte zur Folge, dass die Lehrerin den Treffer genau am Kinn abbekam. Mit wehenden Röcken fiel die Frau hintenüber und landete auf dem Boden. Mittlerweile wurden die Bewegungen des Megagegners langsamer, und das IC fand nicht einmal mehr die Zeit, aufzustehen, geschweige denn, sich den klebenden Kaugummi aus dem Gesicht oder den Haaren zu entfernen.

Ein Sprung, und Snaps Persona war mit seinen Hyper-Spike Schuhen auf dem Bauch der Frau gelandet. Die Lehrerin zersprang in ihre Partikel und verschwand.

Als der Decker neben der Elfin niederkniete, explodierte das Dynamit an der Safetür. Unzählige Blätter flogen durch den Raum. Unbewusst gab er seinen Ratten – diese trugen jetzt alle einen leuchtend roten Umhang mit dem Emblem der schnippenden Finger – den Befehl, die Daten zu sammeln, zu kopieren und danach die Originale zu zerstören.

Leider musste er erkennen, dass Ariadne sich nicht mehr rührte. Die Elfin musste tot sein. Ihr konnte er nicht mehr helfen. Weinend brach der Decker in dem Chaos zusammen und nahm seine virtuelle Umwelt nicht mehr zur Kenntnis. Die tiefen Gefühle, die er für die Frau empfand, entluden sich ohne Rücksicht auf die gefährliche Situation schmerzhaft intensiv in ihm.

## 49

Paul und die anderen kämpften sich ihren Weg durch den Rauch. Gelegentlich passierten sie verkohlte Skelette, konnten sich aber nicht erklären, was geschehen war. Nachdem sie den Laborbereich hinter sich gelassen hatten, kamen sie in den Hauptkomplex der unterirdischen Forschungsanlage.

Die Hitze, die ihnen entgegenströmte, als sie durch die Tür traten, war unerträglich. In Zentrum des Raums saß eine nackte Elfin aufrecht auf einem OP-Tisch. Unter anderen Umständen hätte man die Frau als attraktiv bezeichnen können, aber in diesem Augenblick sah sie wie ein wandelnder Leichnam aus. Teile des Körpers standen offen und erlaubten ihnen einen Blick auf das Innenleben der Frau. Lücke wich vor der Hitze zurück und versuchte sich zu verdrücken. Ein Mann in einem versengten Chemoanzug lag auf dem Boden und versuchte sein Gesicht gegen die Hitze mit den verbrannten Händen abzuschirmen. Pandora hinderte Paul daran weiterzugehen. »Das ist Stefan Brückner, oder sagen wir besser, das, was von ihm übrig ist«, stellte die Magierin sachlich fest.

Bei der Erwähnung seines Namens wälzte sich der Mann auf die Seite und schaute sie an. Die rechte Gesichtshälfte glich einem verschmorten Fleischklumpen, und ein irrsinnig verzerrter Mund lächelte sie an. Krächzend begrüßte sie der Sterbende: »Guten Abend, Raline, oder sollte ich Pandora sagen? Egal, lange nicht gesehen!« Der Magier verfiel in wahnsinniges Gelächter.

Bei der Erwähnung des Namens der Magierin war Paul zusammengezuckt. Hier lief viel mehr ab, als er begreifen konnte.

»Du siehst schlecht aus, Stefan«, war alles, was die Magierin erwiderte.

Nach einer Hustenattacke, die den ausgezehrten Körper heftig erbeben ließ, fand der Mann auf dem Boden seine Stimme wieder. »Lange her, dass du hier warst … Wie ich sehe, hat dir das Leben auf … der Straße neue Freunde beschert.«

Eine verbrannte Hand wies auf Paul und den aufgeschreckten Rattenschamanen. Die Magierin ging nicht weiter auf den Kommentar des Mannes ein. »Wie ich sehe, ist dein Experiment etwas außer Kontrolle geraten.«

Erneut lachte der Mann auf dem Boden und versuchte sich langsam aufzurichten, gab aber nach einigen halbherzigen Versuchen auf. »Wieso?«, röchelte er. »Sie lebt und wird euch jetzt vernichten. Ich muss ihr nur den Befehl dazu geben. Sie hat ihre Seele dem Konzern verschrieben!«

Langsam wurde Paul die ganze Sache zu bunt. Der stetige Rauch ließ seine Lungen brennen, und diese Tatenlosigkeit machte ihn ziemlich wütend. »Hey, Barbecue«, fragte er zornig. »Was soll das alles?«

Für einen kurzen Moment verengten sich die Augen des Wahnsinnigen. Diesmal richtete er das Wort an Paul. »Ach ... Sie sind bestimmt der Mann ... der die Daten in seinem Kopf trägt und dem ich einiges an ... Ärger zu verdanken habe?«

»Das kommt darauf an, von wessen Standpunkt aus man die Sache betrachtet!«, erwiderte Paul.

»Sie haben die Daten gestohlen und wollten dieses Experiment sabotieren!«, fuhr der Magier ihn an.

*Spinnt der Typ? Wovon faselt der Kerl die ganze Zeit?*

»Nein, ich habe nur den Entschluss gefasst, auf einen Sprung vorbeizuschauen, um mit Ihnen eine nette Unterhaltung zu führen«, konterte Paul. »Ich möchte Antworten!«

Zu ihrer aller Erstaunen schaltete sich eine neue Stimme in das Gespräch ein. Ein anderer Mann in einem grauen Chemoanzug trat aus einer anderen Ecke des Raums in ihr Sichtfeld. »Herr Frazer, ich hatte damit gerechnet, dass Sie hier erscheinen würden. Vorsorglich hatte ich die Sicherheitsvorkehrungen in diesem Teil der Anlage etwas heruntergeschraubt.«

Die Stimme ... Paul erkannte sie. Sie gehörte dem Mann aus der Wohnung des Schwarzen. Dem Typ mit Hut, dem er den ganzen Schlamassel hier zu verdanken hatte.

»Ah, ich lese in Ihren Augen, dass Sie mich wiedererkennen. Wir hatten ja nicht viel Zeit, einander vorzustellen. Mein Name ist ...«

Der Mann auf dem Boden beendete den Satz: »Niels von Wersch! Wieso? War ich so schlecht zu dir? Ich habe dich an meinem Erfolg teilhaben lassen!«

Verächtlich verzog der andere das Gesicht. »Ich wäre immer das stille Licht im Hintergrund geblieben. Als aber Chardwin Brown die Daten gestohlen hatte, sah ich einen Weg, meine Position innerhalb des Konzerngefüges etwas aufzuwerten. Sie mussten ja unbedingt

Ihre Feldversuche tätigen. Dabei sind Ihnen einige Fehler unterlaufen. Einer war, mich in die Sache mit hineinzuziehen. Ich besorgte mir die Adresse des Samurais und holte mir mit einem Runner-Team die Daten. Dank meiner Kontakte, die bis ins Bundesamt für Innere Sicherheit reichen, wusste ich von der Datenübergabe. Stellen Sie sich einmal vor, es wäre an die Öffentlichkeit gedrungen, dass die Bayersdorf AG Feldversuche macht. Unvorstellbar – die Aktien des Konzerns wären in den Keller gegangen, und der Ruf des Unternehmens wäre hinüber gewesen. Sie sollten mir dankbar sein für das, was ich getan habe, Herr Brückner! Wie dem auch sei, dadurch, dass die Daten auf den Chips waren, konnte ich meine halbherzigen Versuche aufgeben, sie auf anderem Wege zu erlangen.«

Der Mann am Boden unterbrach den Redefluss seines Protegés unsanft. »Du warst also derjenige, der in den Datenbanken gesucht hat? Und ich dachte, ich wäre bei der Führungsetage in Ungnade gefallen.«

Ein gehässiges Lächeln breitete sich auf dem Gesicht des Mannes aus, als er auf den Einwurf seines Lehrmeisters einging. »Ein Zufall, der mir sehr gelegen kam. Eine Wendung des Schicksals, mit der ich nicht gerechnet hatte. Da ich die Daten nicht im System erlangen konnte, nutzte ich die Gelegenheit und besorgte sie mir von Chardwin Brown. Sie, Herr Frazer, oder wie immer Sie auch in Wahrheit heißen mögen, entwickelten sich zu meinem Trumpf. Dadurch, dass Sie die Aufmerksamkeit Herrn Brückners hatten, blieb mir mehr Zeit, die nächsten Schritte zu planen. Als Erstes wollte ich Sie dazu bringen, die Sache weiterzuverfolgen. Die kleine Notiz auf der Visitenkarte erschien mir sehr passend. Letzten Endes hat sie auch ihre Wirkung erzielt: Sie sind hier. Sie fragen sich sicher, was das Ganze für einen Sinn hat?«

Paul konnte nur noch vor Zorn stumm den Kopf neigen. Er hasste es, benutzt zu werden.

Pandora antwortete für Niels: »Bei der Bayersdorf AG ist der Kampf unter den Angestellten am stärksten. Mobbing wird hier besonders groß geschrieben.«

Wersch klatschte in die Hände. »Richtig! Sie sind zwar schon lange nicht mehr hier, haben aber die Gepflogenheiten nicht vergessen. Dadurch, dass Sie jetzt hier sind, haben Sie es mir ermöglicht, den Schritt nach oben zu machen. Herr Brückner wird von einem Terror-Team getötet, und die Daten aus dem Hauptcomputer wurden vielleicht vernichtet – was aber egal ist, da ich dank Chardwin Brown die nötigen Kopien besitze. Ich werde also unersetzlich für die Konzernspitze sein. Schließlich habe ich jahrelang an der Seite von Herrn Brückner gearbeitet. Dadurch, dass Sie, Frau Keraja, hier erschienen sind, kann alles als ein Racheakt bezeichnet werden. Ich behalte auf jeden Fall eine saubere Weste, wie Sie die Sache auch angehen werden. So etwas nennt man Glück«, endete der Mann mit einem selbstzufriedenen Lächeln.

»Und was ist mit Peter Brandt?«, wollte Pandora wissen.

»Ach, Sie meinen den letzten Schattendoktor, der noch lebt. Den habe ich am Leben gelassen, um meine geringe Schuld an dem ganzen Unterfangen zu beweisen, wenn der Konzern frühzeitig etwas von der Sache erfahren hätte. Jetzt ist er natürlich wertlos für mich geworden. Aber er befindet sich bereits in den richtigen Händen. Sein Ausflug morgen – oder sagen wir besser später – wird sein letzter werden. Finden Sie diesen Plan nicht einfach genial? Ich bin der strahlende Gewinner, egal was passiert!«

Diese Selbstgefälligkeit raubte Paul den letzten Nerv. Es musste doch einen Weg geben, diesem Mistkerl den Hahn abzudrehen.

»Und was hat James damit zu tun?« Die Frage kam wieder von Pandora.

»Das ist leider eine Sache, die ich selber noch herausfinden muss. Es war auch für mich verwunderlich, dass der magische Eingriff, den ich bei Ihnen, Herr Frazer, versucht habe, in die Hose gegangen ist. Allerdings besaß ich zu dem Zeitpunkt noch nicht sämtliche Daten, die für eine richtige Wirkungsweise des Spruches nötig waren. Ich weiß aber mittlerweile, dass ein Feuer …«

Eine tiefe, grollende Stimme meldete sich zu Wort. Alle erkannten, dass die Frau auf dem von der Hitze verbogenen OP-Tisch die Quelle der verzerrten Stimme war. »Ich habe meine eigenen Ziele! Ihr sterblichen Menschen seid nicht in der Lage, die komplexen Strukturen unseres Denkens zu begreifen!«

Alle reagierten mit Verblüffung oder Bestürzung. Sogar Niels von Wersch wirkte verwirrt. Die Kreatur sprach weiter: »Ich habe das Unterbewusstsein dieses Magiers beeinflusst und ihn dazu gebracht, mein Werkzeug zu sein. Er hat es uns ermöglicht, einen Weg in diese Welt zu finden.«

Vor Pauls Augen erschien ein großes Fragezeichen.

»Mit seiner Hilfe ist es mir gelungen, einen Körper zu erlangen. Die Macht dieses Rituals ermöglicht es mir, noch andere aus den Tiefen der Metaebenen hierher zu bringen. Gemeinsam werden wir das große Lied anstimmen, und unsere Noten werden die Welt …«

Die Stimme verstummte mit einem Mal. Neben der Gestalt auf dem Tisch materialisierte sich die Erscheinung des Wasserelementars, was zur Folge hatte, dass sich für einen kurzen Moment eine angenehme Kühle im Raum ausbreitete. Aquas Stimme plätscherte auf das Feuerwesen ein. »Wieso gibst du nicht auf? Die Welt braucht uns nicht, wir sind nicht dazu geschaffen, hier zu leben! Dies ist nicht unsere Heimat, und auch wir müssen Regeln folgen.«

Vor Lachen krümmte sich der Körper der Frau auf eine unmenschliche, abstrakte Art. »Das sagst ausgerechnet du! Du bist doch selbst noch ein Kind, was die Dauer deiner Existenz angeht!«

Traurig schaute das Wasserwesen auf die Gestalt auf dem Tisch. »Ich dachte, es würde mir gelingen, dich von dem Wahnsinn deines Vorhabens zu überzeugen«, sagte Aqua, und seine Stimme klang gequält.

Das Wesen auf dem Tisch drehte sich herum und setzte vorsichtig einen Fuß auf den gekachelten Boden. Als es aufstand, glitt das Laken zu Boden. Behutsam setzte die Kreatur einen Fuß vor den anderen. Auf dem Gesicht erschien das Lächeln eines Kindes, und ein Ausruf der Freude entwich dem Wesen. »Ach, was für ein Gefühl! Ich spüre meine Umwelt und sehe die Schwingungen, die alles durchfließen.«

Dann breitete sich purer Hass in dem Gesicht der Kreatur aus, und es widmete seine Aufmerksamkeit dem Wasserelementar.

»Aber da du es nicht anders willst, werde ich euch jetzt alle vernichten!«

»Ich werde bis zu meinem Ende kämpfen«, sagte Aqua nur.

Das Etwas zuckte mit einer obskuren, menschlichen Geste die Schultern. »Und wenn schon!«

Doch bevor es sich auf das Wasserwesen stürzte, hüllte es die anderen im Raum in seinen feurigen Odem. Stefan Brückner besaß nicht mehr genug Kraft, um sich zu schützen. Schreiend verbrannte er bis zur Unkenntlichkeit.

Pandora hatte einen Schutzzauber um sich und Paul gewirkt. Mit Mühe gelang es ihr, den feurigen Angriff abzuwehren. Der Körper der Frau zitterte wegen der enormen Kraft, die sie aufbringen musste, um dem Druck standzuhalten. Paul und sie taumelten leicht zurück, konnten sich aber auf den Beinen halten.

Niels von Wersch hatte genauso reagiert, aber man konnte auch auf seinem Gesicht die Spuren der Anstrengung lesen. Stöhnend wich der Mann zurück, als die Flammenzungen über seinen unsichtbaren Schild leckten. Lücke schaffte es nicht, sich zu schützen. Die Magierin versuchte dem jungen Schamanen zu helfen, musste den Versuch aber abbrechen, da sie bemerkte, dass sie nicht mehr stark genug war. Die Feuerwand brach über dem fiependen Jungen zusammen, und der Letzte der Rat-Skins wurde zu Asche verbrannt. Das Feuer ließ einen dampfenden Haufen Knochen zurück, das war alles.

Jetzt stürzte sich die glühende Kreatur mit vor Wahnsinn verzerrtem Gesicht auf den Wasserelementar. Die Elemente stießen aufeinander, und heißer Wasserdampf erfüllte den Raum.

Pandora hätte das Wesen, das auf ihrer Seite war, gerne unterstützt, musste aber den letzten Rest ihrer Magie aufbringen, um sich und Paul vor dem heißen Dampf zu schützen.

Bevor Paul reagieren konnte, war Niels von Wersch durch eine der Feuerschutztüren geflohen. Hinter ihm glitt die glitzernde Metalltür zu. Es gab keinen Weg mehr für sie, den Mann zu verfolgen.

Die beiden Wesen kämpften immer noch gegeneinander, und Paul war es nicht möglich zu erkennen, wer im Augenblick der Stärkere war. Das abwechselnde Aufleuchten von Blau und Rot wurde vom gelben Licht der Notbeleuchtung durchflutet.

Pandora betrachtete den Kampf mit Astralsicht. Die Strukturen der Metaebenen flossen um die Wesen. Bisher hatte sie noch nicht oft Kontakt mit Metawesen gehabt. Aber eines stand für sie jetzt schon fest: Wenn sie dies hier überleben sollte, würde sie sich der Forschung in diesem Bereich widmen.

Sie musste mit ansehen, wie die Kraft des Wasserelementars schwand. Aqua würde ohne Hilfe diesen Kampf nicht gewinnen können. Sein Gegner war zu stark. Pandora konnte jedoch nichts tun, denn ihre Kraft schwand ebenfalls, und das bisschen, was sie noch hatte, war nötig, um sie und Paul vor dem Tod zu bewahren. »Paul – Aqua, der Wasserelementar, braucht Hilfe!«, rief sie. »Ich kann aber nicht …« Sie brach ab, weil sie ihre Konzentration für den Zauber benötigte.

Paul hatte eine Idee, auch wenn er nicht glaubte, dass sie etwas nützen würde. »Icebaby, Snap, bitte melden!«, rief er über Funk. »Uns läuft der Arsch auf Grundeis! Wir müssen raus hier!«

Nach einigen kostbaren Sekunden hörte er endlich die vor Schmerz verzerrte Stimme des Deckers. »Icebaby ist tot. Ich will nicht mehr.«

Paul wurde sauer. Es war schade, dass es Icebaby erwischt hatte, aber wenn sich der Kerl nicht zusammenriss, war alles vergeblich gewesen. »Snap, reiß dich zusammen!«, schrie er wütend. »Das mit Icebaby tut mir Leid! Aber wenn du dich nicht aufrappelst, werden wir anderen gleich auch tot sein! Und dann war alles umsonst! Hast du verstanden?«

Keine Antwort. Paul stellte sich die Frage, was zur Hölle im Augenblick nur los war.

Snap waren die anderen egal. Der Schmerz in ihm saß zu tief. Dann rasselte der Wecker los, den er vorhin gestellt hatte. Und in ihm wurde eine Saite angeschlagen. Paul hatte Recht – es musste weitergehen. Wenn er sich nicht am Riemen riss, war Icebaby umsonst gestorben. Er raffte sich auf und sagte: »Okay … Was kann ich tun?«

Erleichtert atmete Paul auf. Dann versuchte er seine Aufregung zu drosseln und seine Idee dem Decker so verständlich wie möglich klarzumachen.

»Okay, Snap. Hier unten brennt es. Wir brauchen Wasser, viel Wasser. Ich will, dass die Sprinkleranlage endlich einsetzt. Kannst Du erkennen, warum das noch nicht passiert ist? Bitte, hau in die Tasten!«

Snap suchte in den Aktenschränken und entdeckte, warum die Anlage außer Betrieb war. Aus den Daten ging hervor, dass man aufgrund der hohen Hitze, die das Experiment mit sich bringen würde, das automatische Einschalten der Sprinkleranlage im Forschungsbereich deaktiviert hatte. Snap schaltete die Automatik wieder ein und erhöhte den Wasserdurchfluss der Anlage. Mehr konnte er nicht tun.

Plötzlich setzte die Sprinkleranlage ein, und Pandora konnte erkennen, wie die Kraft in den Wasserelementar zurückkehrte. Das Wesen nutze den feuchten Beistand, während der Feuerelementar heftig unter den neuen äußeren Einflüssen zu leiden schien. Dennoch war die Kraft der Kreatur unglaublich. Sie hatte offensichtlich nicht vor, so leicht aufzugeben. Pandora meinte zu erkennen, wie Aqua sie ein letztes Mal anschaute. Dann sammelte das Wesen seine letzten Kraftreserven und hielt das Feuerwesen mit seinen Armen fest umschlossen.

Ein Schrei, der ihr bis ins Mark glitt, ertönte im Raum. Der schlaffe Körper der Versuchsperson fiel zu Boden und blieb reglos liegen. Ihre Aura sah tot aus, so als wäre alles Leben in ihr ausgelöscht worden.

Die Existenz dieser Freien Geister konnte eine schlimme Bedrohung darstellen. Bis Pandora die komplexen Bahnen dieser Intelligenzen auch nur im Ansatz verstand, würde wohl viel Zeit vergehen. Sie versuchte sich einen Reim darauf zu machen, was das Wesen mit dem gemeinsamen Lied und den Noten gemeint haben mochte.

Es dauerte einige Augenblicke, bis sich die Frau gefangen hatte. Letzten Endes war es Pauls Berührung, welche die Magierin zurück in die Wirklichkeit holte und sie an die Gefahr erinnerte, in der sie schwebten.

»Wir müssen weg!«

Schnell suchten sie sich einen Weg aus dem an einigen Stellen immer noch lodernden Inferno. vermutlich waren Teile der Decke so stark zerstört, dass die Leitungen unterbrochen waren. Unzählige Chemikalien explodierten oder siedeten in den Laborschränken. Das Feuer hatte die Bausubstanz einiger Räume angegriffen und leckte hungrig über alle brennbaren Materialien, und davon lagen ziemlich viele herum. Mit Mühe erreichten sie den Kontrollraum, in dem sie die anderen zurückgelassen hatten.

Die Konzerntruppen lagen größtenteils bewusstlos auf dem Boden. Einige hielten sich blutende Wunden, und wieder andere hatten die Waffen fortgeworfen. Dieser Fehlschlag würde sich in ihren Akten nicht gut machen, aber das interessierte Paul in diesem Moment nicht die Bohne.

Pandora wirkte einen letzten Zauber, bevor sie ohnmächtig zu Boden fiel. Die Soldaten folgten ihr mit geschlossenen Augen ins Reich der Träume und gingen vorzeitig in ihre wohlverdiente Ruhepause. Wenn die Männer Glück hatten, würde die Konzernfeuerwehr sie später noch retten.

Chet hatte einige üble Wunden abbekommen, aber Paul machte sich nicht allzu viele Sorgen um ihn. Der Ork war hart im Nehmen, so viel stand fest. Claw lehnte müde, aber mit selbstzufriedener Miene an einem zerschossenen Computerterminal. Der Kampf schien den Burschen richtig aufgebaut zu haben.

Zack lag leblos auf dem Boden. Eines war sicher: Paul würde ihn nicht zurücklassen. Es reichte ihm schon, dass Lücke und Icebaby gestorben waren. Er wollte nicht noch mehr Ausfälle haben.

Ihnen blieben nur noch wenige Minuten, bevor die Konzerngarde anrücken würde. Die Zeit würden sie trotzdem nutzen, um hier wegzukommen. Schafften sie es aber nicht, von hier zu verschwinden, mussten sie sich mit den Kampftruppen der Bayersdorf AG ein aussichtsloses Gefecht liefern.

Entschlossen wuchtete er sich den schweren Samurai auf die müden Schultern. Seine letzten Reserven würden nicht lange reichen, um diesen Brocken durch die Gegend zu schleppen. Claw und der Meta trugen gemeinsam die Magierin. In Gedanken suchte Paul nach einem möglichen Ausweg aus dieser verzweifelten Lage. Er brauchte wieder Hilfe. Aber Snap war ja noch da! Der Knabe hatte seinen Job vorhin gut erledigt; vielleicht würde er ihnen auch jetzt weiterhelfen können.

»Snap! Danke, das vorhin war geil. Aber wir haben ein neues Problem: Wie kommen wir hier raus?«

»Ich habe mich ins System eingehackt, um euch den Weg zu zeigen. Im Augenblick sehe ich euch nicht, da die Kamera bei euch ausgefallen sei muss. Nehmt den Gang nach links. Von rechts kommt die Kavallerie der anderen Seite! Was ist eigentlich passiert? Ich hatte nur Rauschen auf eurer Leitung!«

Paul unterbrach den Redefluss des Deckers. Dafür hatten sie jetzt keine Zeit. »Später!«

Mit dem Rest des Teams machte er sich auf den Weg, und kurz darauf erreichten sie einen Aufzug, der noch funktionstüchtig war. Vereinzelte Explosionen ließen den Laborkomplex unter ihren Füßen bedrohlich erbeben und Teile der Deckenverkleidung herabstürzen.

Sie fanden die Deckerin bewusstlos auf dem Boden liegend. Die Elfin zitterte am ganzen Leib, und Paul sah sich erneut mit einer Situation konfrontiert, in der er mit seinem Latein am Ende war. Chet trug Pandora nun allein, und der Schwarze kümmerte sich um sein *Rudelmitglied*.

Draußen erwartete sie eine aufgeschreckte Ratón. Sie teilte ihnen mit, dass der Funkverkehr nur so von HanSec-Einsatzbefehlen wimmelte. Hastig sprangen sie in den Lieferwagen und machten, dass sie wegkamen.

Paul war müde und bemerkte nicht, mit welchen Finessen die Riggerin das Team in Sicherheit brachte. Ihn störte, dass dieser Mistkerl Niels von Wersch mit seinem Arsch aus der Schusslinie verschwunden war. Aber wenn es einen Weg gab, dann würde er diesem Exec noch an den Karren pissen. Es gab immer einen Weg – wieso sollte es jetzt anders sein? Sein Gehirn arbeitete einen neuen Plan aus. Diesmal wollte er die Fäden in der Hand behalten, und wenn er dabei draufgehen würde. Es war ihm mittlerweile alles egal.

# 50

Es war so weit. Nach einigen untauglichen Versuchen hatten sie einen Weg gefunden, auf das Gelände der Shell-Kuppel zu gelangen. Um diese Tageszeit war nicht mehr besonders viel los auf dem Platz. Nur wenige Sararimänner ließen sich auf der Straße blicken, und das war gut so. Der Uhrzeiger näherte sich der Acht.

Paul rechnete jeden Augenblick damit, Simons Limousine aufkreuzen zu sehen. Sein ganzer Körper schmerzte und war mit unzähligen blauen Flecken bedeckt. Dies war aber nichts, was nicht heilen würde. Endlich sah er den schwarzen Wagen die Straße entlang kriechen.

Paul winkte dem Wagen zu. Die Limousine blieb stehen, und Simon trat auf die Straße. Paul winkte dem Mann zu und stieg durch die Seitentür des Lieferwagens zu den anderen ins Innere des Fahrzeugs. Hinter sich auf einem Häuserdach meinte er etwas blitzen zu sehen, zuckte aber nur mit den Achseln und verschwand aus Simons Sichtfeld.

Sekundenbruchteile später flog eine Rakete auf den Lieferwagen zu. Das Geschoss schlug ein und regnete in brennenden Einzelteilen mit den Trümmern des Lieferwagens auf den sauberen Boden des Konzerngeländes.

Simon hatte sich hingeworfen und sah, wie einige brennende menschliche Körperteile auf dem Asphalt aufschlugen und sich in der Gegend verteilten. Eine halbe Minute später waren Konzernwachen zur Stelle, und Simon sah sich gezwungen, einige unangenehme Fragen zu beantworten. Sein Ausweis beschützte ihn vor körperlichen oder mentalen Angriffen, räumte ihm aber auch einige Steine in den Weg.

Die Wachen gaben ihm während der Befragung zu verstehen, dass sich unter den Leichen laut DNS-Analyse eine Magierin, eine weitere Frau mit Cyberware-Implantaten, ein vercyberter Meta und zwei mit Cyberware gespickte Männer befänden. Auf die Frage, um wen es sich bei diesen Personen handelte, konnte und wollte er den Leuten nicht mehr erzählen, als dass er dies nicht mit Bestimmtheit beantworten könnte. Auf seine Gegenfragen erhielt er die gleichen reichlich vagen Antworten.

Simon hatte nicht besonders gute Aussichten, auf anderem Wege mehr zu erfahren. Da dieser Anschlag auf Konzerngelände stattgefunden hatte, konnte das Bundesamt für Innere Sicherheit seine Kompetenzen nicht zur Geltung bringen. Ihm waren die Hände gebunden.

Eine Stunde später hatte er den Shell-Komplex verlassen können. Die Regierung wollte keinen Ärger mit den Konzernen, und die Konzerne wollten keinen Ärger mit der Regierung – so einfach lief der Hase in diesem Geschäft.

Simon entschloss sich dazu, erst einmal nach Hause zu fahren. Er hatte vor, die Daten von Paul und Pandora aus seinem Computer zu löschen. Der Fall Stefan Brückner war nach dem Chaos in dem Forschungskomplex gestern Abend abgeschlossen. Eigentlich hatte er sich erhofft, aus dem Gespräch mit Paul mehr zu erfahren, doch alle Hoffnungen waren zu Rauch zerblasen worden.

Müde schloss er die Tür zu seinem Appartement auf. Sofort bemerkte er, dass etwas nicht stimmte – der Hund sprang ihn nicht an und sabberte seinen teueren Anzug voll. Mit der Waffe in der Hand durchsuchte er die anschließenden Räume, fand aber nichts Auffälliges. Im Schlafzimmer wurde er endlich fündig. Ein unbekanntes Chipetui lag einsam auf seinem Bett. Simon steckte die Waffe wieder weg und führte den Chip in das Lesegerät seines Computers.

Auf dem Bildschirm erschien ein Comic-Icon und ein Text mit der hervorgehobenen Bitte am Ende, diesen Chip nach dem Lesen mehrmals zu formatieren. Simon las Zeile um Zeile. Je weiter er las, desto besser wurde seine Laune.

Ihm blieb nicht mehr viel Zeit. Nachdem er sich alles Wichtige gemerkt hatte, kam er der Bitte nach und formatierte den Chip. Danach machte er sich auf den Weg zum Büro. Er hatte noch viel zu tun, wenn er die Leute in seiner Abteilung überraschen wollte. Die nötigen Formulare würde er später ausfüllen – schließlich konnte er sich zumindest das in seiner Position erlauben.

# 51

Peter Brandt näherte sich dem Kontrollpunkt der Suborbitalflieger. Die Runner, die ihm diesen Flug ermöglicht hatten, wollten ihn begleiten, um sicherzugehen, dass er die Stadt auch wohlbehalten verlassen hatte. Ihm sollte das recht sein.

Beiläufig sah er einen Flughafenangestellten den Boden mit einem Mob wischen. Dann bat ihn die nette Dame hinter dem Schalter freundlich, ihr seine Tickets zu zeigen.

Was danach geschah, wurde ihm erst später in der Zelle so richtig bewusst. Der Mann mit dem Wischmob hatte die Wischaufhängung einem seiner Begleiter ins Gesicht geschleudert. Der Mann hatte schreiend nach dem nassen Zeug gegriffen und war eine Sekunde später röchelnd zusammengebrochen. Peter meinte den Geruch von Säure zu erkennen. Dann hatte er eine Nadel an der Spitze des Wischmobstiels aufblitzen sehen. Die Nadel war geschickt geführt worden und in den Hals seines zweiten Begleiters eingedrungen, bevor dieser überhaupt reagieren konnte, und hatte ihn in tiefen Schlaf geschickt. Als Peter den Blick wieder auf den Schalter richtete, hatte ihn die Frau diesmal mit vorgehaltener Waffe freundlich angelächelt. Die strahlend weißen Zähne würde er nie mehr vergessen, und erst recht nicht den Ausweis mit der Aufschrift ›Bundesamt für Innere Sicherheit‹, den sie ihm vor die Nase gehalten hatte. Seine anderen Begleiter waren entmutigt der Aufforderung nachgekommen, die Hände über den Kopf zu heben, und hatten sich festnehmen lassen, nachdem sie sich von einer Sondereinheit umstellt sahen. Peter war ihrem Beispiel willenlos gefolgt.

Später in der Zelle war ein Mann mit grau meliertem Haar auf ihn zugekommen und hatte ihm seine Hilfe angeboten. Die Aussicht, als Kronzeuge aus der Sache herauszukommen, hatte ihm gefallen, und er hatte bereitwillig zugesagt. Das war, wenn überhaupt, die einzige Möglichkeit, aus der Angelegenheit lebend herauszukommen. Schließlich war der Typ von der Bayersdorf AG an der Sache schuld. Peter war bedroht worden und sah sich dieser mächtigen Person ausgeliefert. Das musste man ihm einfach glauben.

Der Name des Mannes bei der AG war Niels von Wersch gewesen. Simon, so hieß der freundliche Mann, hatte ihm nämlich zu verstehen gegeben, dass Stefan Brückner tot und somit unwichtig für ihn sei.

# 52

Simon ging, ohne ein Wort zu sagen, an der Sekretärin im Vorzimmer vorbei. Die junge Frau wusste nicht, was sie tun sollte, und beließ es dabei, ihm wortlos hinterherzuschauen.

Der Mann in dem angrenzenden Luxusbüro richtete gerade seinen Schreibtisch neu ein und schaute ihn fragend an. Simon zeigte dem Mann seinen Ausweis. Lächelnd stand der Mann auf und reichte ihm die Hand. »Ah, der Herr von der Regierung. Ich nehme an, Sie haben Fragen wegen des Vorfalls von gestern Abend?«, eröffnete der Konzernmann das Gespräch.

Jetzt war es an der Zeit für Simon zu lächeln. »Nein, Herr von Wersch. Sie wissen, dass es uns untersagt ist, uns in interne Konzernangelegenheiten einzumischen. Ich habe nur den Auftrag, Sie festzunehmen. Sie brauchen nicht erst um die Hilfe Ihres Konzerns zu bitten. Der Vorstand höchstpersönlich hat uns versichert, dass der Konzern ein Verfahren gegen Sie einleiten wird und der Regierung volle Unterstützung zukommen lässt. Sie haben sich für das Ausführen von Feldversuchen vor Gericht zu verantworten. Alles Weitere können Sie diesem Schreiben entnehmen.«

Simon reichte dem Mann einen an ihn adressierten Umschlag. Bestürzt öffnete der Exec den Brief und vertiefte sich in das Schreiben. Mit jedem Wort, das der Mann las, wurde sein Gesicht blasser.

Bevor der Wissenschaftler auf die Idee kam, irgendwelche Dummheiten zu begehen, die er später bereuen würde, traten zwei Herren in bestickten Roben und den Abzeichen der Regierung darauf in den Raum. Ohne Zwischenfälle transportierten sie den Mann aus seinem Büro, an der verstörten Sekretärin vorbei, ins Staatsgefängnis. Bald würde er sich auf Big Willy, der hanseatischen Gefängnisinsel, mit Trollen um die Seife schlagen müssen.

Zufrieden lächelnd zog Simon die Tür zum Büro hinter sich zu. Er hatte noch einiges an Papierkram zu erledigen, aber das war ihm die Sache wert. Der Konzern hatte seinen Sündenbock gefunden und Simon auch. Es würden in nächster Zeit einige Köpfe rollen, aber sein eigener würde nicht darunter sein. Die undichten Stellen in seiner Abteilung würde er schon stopfen können. Er liebte es, wenn ein Plan funktionierte.

# 53

Zack kam wieder zu sich. Der Schmerz in seinem Bein war unbeschreiblich. Es dauerte einige Zeit, bis er die Gesichter vor sich erkennen konnte. Die grinsenden Fratzen gehörten Shit und Fuck, den Bodyguards von Doc Eyeless.

Der Doc beugte sich über sein Gesicht, und er sah eine Spritze in der Hand des Mannes blitzen. Jetzt verstand er Pauls Phobie, was ihn aber auch nicht von diesem Ort wegteleportierte. Benommen hörte er den Doktor sagen: »Nicht aufregen, Zack, ich glaube, du bist bald über den Berg …«

Kurz darauf verschwamm das Bild erneut, und es wurde dunkel für den Samurai. Zack hoffte nur, nicht zu sterben, denn das Letzte, was er im Leben sehen wollte, sollten nicht die Gesichter der beiden verrückten Cyberzombies sein.

Claw strich über die Steppe. Löwe hatte ihn dazu eingeladen, auf die Pirsch zu gehen. Freudig spürte er den Staub der Savanne unter seinen Füßen knirschen. Die lästige Last der Stiefel hatte er an seiner sterblichen Hülle zurückgelassen. Hier lief er nackt und der Natur am nächsten herum.

Vor sich sah er Antilopen über die Steppe springen.

Erwartungsvoll spannte er die Muskeln und machte sich bereit zum Sprung. Löwe war zufrieden mit ihm, und zusammen stimmten sie das königliche Gebrüll an.

Claw war zufrieden. Er hatte gesiegt. Wie hätte es auch anders sein sollen?

Snap saß auf einem Stuhl neben dem Bett der Elfin im Schattenkrankenhaus. Viele Schläuche waren mit dem zarten Körper der Frau verbunden. Die Ärzte machten ihm nicht allzu große Hoffnungen. Ihrer Ansicht nach würde sie für immer ein Pflegefall bleiben. Die Wahrscheinlichkeit dafür stand 99:1.

Der Decker gab die Hoffnung nicht auf, denn es waren noch Hirnfunktionen vorhanden. Sie musste einfach überleben und wieder auf die Beine kommen!

Die Geschichte entwickelte sich so gut für alle – warum sollte er kein Glück haben? Er liebte diese Frau. Das wurde ihm in den langen Stunden am Bett bewusst. Die Hoffnung auf Besserung konnte ihm keiner nehmen, wenn sie auch das Einzige bleiben sollte, was er besaß.

Pandora hatte ihren Hund im Seitenwagen der Blitzen untergebracht und machte sich auf den Weg in den Hanse-Meta-Untergrund. Sie wusste, dass sie dort nicht lange bleiben konnten. Aber bis sie und der Rest des Teams einen anderen Platz gefunden hatten, gaben sie sich mit der spärlichen Bude im Untergrund zufrieden. Freudig drehte sie am Gasgriff und heizte über die belebten Straßen. Der Wind zerzauste ihr die Haare. Sie hatte heute keine Lust auf einen dämlichen Helm gehabt. Mit der Nase im Wind genoss sie das berauschende Gefühl der Freiheit. Die Fahrt ermöglichte es ihr, die Erlebnisse und deren Konsequenzen für einige Zeit zu vergessen. Aber so ganz beruhigt war sie noch nicht, denn die Sache mit den Elementaren wollte ihr keine Ruhe lassen. Was hatte diese Kreatur nur gewollt?

Dennoch entfaltete sich die Zukunft vor ihr wie ein unbeschriebenes Blatt.

Paul und die anderen waren ebenfalls auf dem Weg zurück in den HMU. Rustle, der Troll, watete durch die tosenden Massen des unterirdischen Flusses, ohne ein Anzeichen der Anstrengung preiszugeben.

Die Rakete hatte der Troll wie vereinbart zum richtigen Zeitpunkt auf sie abgefeuert. Später hatte er ihnen erzählt, dass einer seiner Spitzel beim Kaffeeholen aufgeschnappt hatte, wann der Doc die Stadt verlassen wollte. Im Aquarium wäre der Name Doc Brandt gefallen, eine Neuigkeit, mit der Paul nicht im Entferntesten gerechnet hatte. Sofort hatte er gemeinsam mit der Magierin seinen Plan verfeinert.

Sie entwickelten sich zu einem richtigen Team mit Zukunft. Auch wenn er die Rolle des einsamen Wolfes vermissen würde, gefiel ihm der neue Haufen mit seinen Ecken und Kanten.

Danach war es ein Kinderspiel gewesen, alles Weitere in die Wege zu leiten. Wenn alles glatt ging, würde er Pandora später mit den anderen Mitgliedern des Teams im Untergrund treffen.

Der Verlust von Lücke und Icebabys Schicksal lasteten schwer auf seiner Seele. Aber dies gehörte zu den Dingen, mit denen er allein fertig werden musste. Das Leben in den Schatten war noch nie einfach gewesen – wieso sollte es jetzt oder in Zukunft anders sein?

Chet hatte seine Wunden provisorisch behandelt, aber für später einen Termin beim Doc arrangiert. Der neu gewonnene Freund schleppte sich neben ihm durch den stinkenden Strom.

Ratón ging wütend abseits auf dem Steg hinter ihnen her. Pauls Nase tat heftig weh, denn sein Zinken war gebrochen. Als er der Riggerin seinen Plan unterbreitet hatte, war diese Frau zu einem wahren Energiebündel geworden. Ihr unangemeldeter Schlag hatte seine Nase ruiniert. Er hatte nicht mehr die Kraft aufbringen können, um den Schlag abzuwehren. Er konnte sie natürlich verstehen. Die Aussicht, den Wagen sofort wieder zu verlieren, war nicht leicht für diese Tech-Fetischistin gewesen.

Über sich hatten sie die Explosion des Wagens gehört, als sie sich auf den Weg in die dunklen Tiefen des Kanalsystems begeben hatten. Alle Beweise waren somit nach außen hin vernichtet worden, zumindest für den Teil der Öffentlichkeit, auf den es ihnen ankam.

Die Bayersdorf AG hatten sie über Pauls spezielle Konzernkontakte über die ganze Geschichte und die auf die Zukunft projizierte Entwicklung unterrichtet. Äußerst kooperativ hatte er anschließend einen großen Geldbatzen auf einem seiner Konten vorgefunden. Er war froh, dass sich die Sache so entwickelt hatte. Sie hätten auch noch mehr Ärger am Hals haben können. Der Konzern musste die Kosten-Nutzen-Rechnung zu ihren Gunsten gewertet haben. Die Kohle bedeutete zwar ›Schweigt oder sterbt!‹, aber damit konnten Paul und die anderen leben. Lange würde das Geld nicht reichen, aber es war ein Anfang.

Niels von Wersch würde einiges zu erklären haben. Und als einziger Überlebender der Forschungsabteilung würde er sich für den Drek der Feldversuche verantworten müssen.

Paul hatte eine dumme Idee. »Du Chet, findest du, dass mir ein Bart stehen würde?«, fragte er.

Der Meta musterte ihn verwundert. »Auf was für einem Trip bist du denn jetzt?«, platzte es aus ihm heraus.

»Ach, ich wollte mal auf einen Sprung beim Doc vorbeischauen. Komplett-Restaurierung, du verstehst schon.

Schau dir meine Nase an, und die Daten will ich auch noch loswerden. Schließlich habe ich mit dem Doc schon etwas ausgehandelt; dabei könnte ich mir einen von den Bärten zulegen, die man nicht mehr schneiden braucht.«

»Bäh, Bärte kratzen beim Küssen.« Der Kommentar kam von der Riggerin und brachte alle außer Rustle zum Lachen.

»Ich will ihn garantiert nicht küssen!«, erwiderte der Ork.

Ihr Gelächter hallte laut durch die langen Tunnel der Kanalisation und begleitete sie auf ihrem Weg. Es scherte sie nicht im Geringsten, ob sie jemand hören konnte. Rustle fiel in das Gelächter ein, da er sich in buntesten Bildern ausmalte, wie es wohl aussehen würde, wenn der Ork an Pauls Backe kleben würde.

Von **SHADOWRUN**™ erschienen in der Reihe
HEYNE SCIENCE FICTION & FANTASY:

1. Jordan K. Weisman (Hrsg.): *Der Weg in die Schatten* · 06/4844

TRILOGIE GEHEIMNISSE DER MACHT

2. Robert N. Charrette: *Laß ab von Drachen* · 06/4845
3. Robert N. Charrette: *Wähl deine Feinde mit Bedacht* · 06/4846
4. Robert N. Charrette: *Such deine eigene Wahrheit* · 06/4847
5. Nigel Findley: *2 X S* · 06/4983
6. Chris Kubasik: *Der Wechselbalg* · 06/4984
7. Robert N. Charrette: *Trau keinem Elf* · 06/4985
8. Nigel Findley: *Schattenspiele* · 06/5068
9. Carl Sargent: *Blutige Straßen* · 06/5087

TRILOGIE DEUTSCHLAND IN DEN SCHATTEN

10. Hans Joachim Alpers: *Das zerrissene Land* · 06/5104
11. Hans Joachim Alpers: *Die Augen des Riggers* · 06/5105
12. Hans Joachim Alpers: *Die graue Eminenz* · 06/5106
13. Tom Dowd: *Spielball der Nacht* · 06/5186
14. Nyx Smith: *Die Attentäterin* · 06/5294
15. Nigel Findley: *Der Einzelgänger* · 06/5305
16. Nyx Smith: *In die Dunkelheit* · 06/5324
17. Carl Sargent/Marc Gascoigne: *Nosferatu 2055* · 06/5343
18. Tom Dowd: *Nuke City* · 06/5354
19. Nyx Smith: *Jäger und Gejagte* · 06/5384
20. Nigel Findley: *Haus der Sonne* · 06/5411

# Shadowrun

21. Caroline Spector: *Die endlosen Welten* · 06/5482
22. Robert N. Charrette: *Gerade noch ein Patt* · 06/5483
23. Carl Sargent/Marc Gascoigne: *Schwarze Madonna* · 06/5539
24. Mel Odom: *Auf Beutezug* · 06/5659
25. Jak Koke: *Funkstille* · 06/5667
26. Lisa Smedman: *Das Luzifer Deck* · 06/5889
27. Nyx Smith: *Stahlregen* · 06/6127
28. Nick Polotta: *Schattenboxer* · 06/6128
29. Jak Koke: *Fremde Seelen* · 06/6129
30. Mel Odom: *Kopfjäger* · 06/6130
31. Jak Koke: *Der Cyberzombie* · 06/6131
32. Lisa Smedman: *Blutige Jagd* · 06/6132
33. Jak Koke: *Bis zum bitteren Ende* · 06/6133
34. Stephen Kenson: *Technobabel* · 06/6134
35. Lisa Smedman: *Psychotrop* · 06/6135
36. Stephen Kenson: *Am Kreuzweg* · 06/6136
37. Michael Stackpole: *Wolf und Rabe* · 06/6137
38. Jonathan Bond/Jak Koke: *Das Terminus-Experiment* · 06/6138
39. Lisa Smedman: *Das neunte Leben* · 06/6139
40. Mel Odom: *Runner sterben schnell* · 06/6140
41. Leo Lukas: *Wiener Blei* · 06/6141
42. Stephen Kenson: *Ragnarock* · 06/6142
43. Lisa Smedman: *Kopf oder Zahl* · 06/6143
44. Stephen Kenson: *Zeit in Flammen* · 06/6144
45. Markus Heitz: *TAKC 3000* · 06/6145
46. Björn Lippold: *Nachtstreife* · 06/6146
47. Markus Heitz: *Gottes Engel* · 06/6147
48. Markus Heitz: *Aeternitas* · 06/6148
49. Harri Assmann: *Auf dem Sprung* · 06/6149